창의적
사고와 소통

C Creative
& Thinking
C Communication

창의적
사고와 소통

이연도 · 최윤경 · 한수영 · 홍경남

중앙대학교

창의적
사고와 소통

수정판 1쇄 인쇄 2016년 1월 18일
수정판 1쇄 발행 2016년 1월 28일

편저자 이연도, 최윤경, 한수영, 홍경남
발행처 중앙대학교 출판부
발행인 이용구

제작   인문과교양
주소   (139-876) 서울특별시 노원구 동일로 1700
전화   02-3144-3740
팩스   02-933-3777

등록   제14-1호(등록일: 1977. 8. 31.)

창의적 사고와 소통(C&C), 자유로운 영혼은 어떻게 단련되는가

"생각한다는 것은 외로운 일이네."

한 대학생이 사유하는 법을 배우고 싶다고 찾아오자, 스승인 철학자가 한 말입니다. 사유한다는 것은 어렵고 고독한 작업입니다. 창의적으로 생각하는 것은 더욱 힘든 일입니다. 오늘날 우리 사회가 미래 핵심 역량으로 '창의성'을 강조하고, 대학마다 '창의적 인재' 양성을 목표로 하고 있지만, 그 개념 규정을 둘러싸고 여러 의견이 분분한 이유입니다.

'창의적'이란 말에 대한 가장 일반적 해석은 독창적이며 개성적이라는 것입니다. 대개 사고가 관습에 매여 있거나 굳어 있지 않고, 참신하고 유연한 태도를 갖추고 있을 때 '창의적'이라고 합니다. 그 말 속에는 유용성과 효용성에 대한 기대도 들어 있습니다. 그런데 독창성과 효용성을 갖추고 있으면, 이를 '창의적 사고'라고 할 수 있을까요? 과학기술을 이용해 '원자폭탄'이나 '생화학 무기'

를 개발한 것을 '창의적'이라고 할 수는 없을 것입니다. 그런 측면에서 남들과 다른 새로운 생각을 한다고 해서, 혹은 효율적인 결과를 가져온다고 해서 이를 '창의적'이라고 이름 붙이는 것은 곤란합니다.

대학에서 '창의적 사고'를 기른다고 하는 것은, 홀로 튀는 순발력을 키우거나 실용적 가치를 확대하는 도구적 이성을 훈련하는 것이 아닙니다. 자기만의 사유, 자기만의 인식이 가능하기 위해선 먼저 사회와 인간을 이해하는 자기의 입장이 분명하게 정립되어야 합니다. 자신의 생각이 전체 지식 체계와 어떻게 관계를 맺고 있으며, 그 생각의 근원이 어디에서 나온 것인지에 대한 분명한 인식이 있어야만 올바른 의미의 '창의성'이 확보될 수 있다는 의미입니다.

여러분에게 대학은 무엇입니까? 대학을 통해 여러분은 어떤 존재가 되고 싶습니까? 우리는 대학 생활을 통해 실력 있는 전문가가 되어야 하며, 건강한 사회인이 되어야 합니다. 불의에 맞서는 용기 있는 시민이 되어야 하고, 무엇보다 따뜻한 인간이 되어야 합니다.

'생각하는 사람, 공감하는 사람, 상상하는 사람, 융합하는 사람'. 우리가 생각하는 '창의'는 스스로 생각하면서 자신만의 가치를 사랑하며 키워 나가는 '힘'입니다. 우리가 지향하는 '소통'은 자신을 성찰하며 타인에 공감할 수 있는 감수성을 바탕으로, '나'이면서도 동시에 시민으로서 함께 어울려 살아갈 수 있는 '능력'입니다. 창의성의 함양은 궁극적으로 자아의 완성을 목표로 하지만, 이를 경쟁을 위한 전략적 수단으로 여겨선 곤란합니다. 그렇게 될 경우 '창의성'이란 소중한 가치는 목적을 달성하기 위한 도구로 전락할 수밖에 없습니다. 자신의 창조적 역량을 타인과 나누고 소통하는 것을 배우는 일이 중요한 이유입니다. '창의성'과 '소통'은 도구적 수단이 아니라, 그 자체가 목적입니다.

〈창의적 사고와 소통〉은 이러한 힘과 능력을 키울 수 있는 자리입니다. 우리 과목의 영문명은 'Creative Thinking and Communication'입니다. 약자로 'CC'입니다. CC는 캠퍼스 커플의 약자이기도 합니다. 우리는 캠퍼스를 누비며 미래를 준비하는 여러분의 동반자가 될 것입니다. CC는 열심히 읽고, 생각하고 토론하면서, 나를 타자에게로, 우리에게로, 세계로 확장시키는 기쁜 공감의 시간입니다.

이 책은 이러한 교육 목적을 달성하기 위하여 '노래', '거울', '춤'이라는 큰 주제 아래 예술, 문화, 인간, 사회, 자연 등 다양한 영역의 글과 시청각 자료들을 연결해 구성한 것입니다. '노래, 창의의 소리'는 잠들어 있던 감각을 깨우는 장입니다. 일상적으로 보아 왔던 세계, 별생각 없이 들어 왔던 소리가 여러분에게 새롭게 다가올 것입니다. '거울, 창의의 내면'은 자신의 정체성을 확인하는 곳입니다. 창의성의 토대는 자신을 신뢰하고 사랑하는 '자아 존중감'에 있습니다. 마지막으로 '춤, 창의의 몸짓'은 사회 속에서 어떻게 창의적이고 균형있는 선택을 할 것인가를 고민하는 자리입니다. 각 장은 두 개의 독립된 주제를 다루고 있지만, 어느 한 영역에 매이지 않고 서로 유기적으로 연결되어 있습니다. 따라서 여러분은 특정한 어느 한 주제를 선택했다고 할지라도, 이와 관련한 다른 주제의 자료를 자유롭게 참고할 수 있습니다.

하나의 주제 안에는 세 개의 읽기 텍스트가 제시되어 있습니다. 텍스트별로 창의성과 소통 능력을 기르기 위한 질문들이 있습니다. 문제 제기에서 출발하여(Think First), 분석적이고 비판적인 읽기를 거쳐(Creative Thinking Question), 유추, 상상, 확장의 사유를 해 보고(C&C), 마지막 종합 토론(Discussion Question)으로 마무리되는 구성입니다.

지적 호기심을 품고 세계를 새롭게 보는 과정에서 창의성은 길러집니다. 저자와 대면하여 질문을 던지고, 이를 현재 자신의 모습에 대입하여 새로운 물음을 만들어 보십시오. 여기에서 앎이 시작됩니다.

공부란 자기 자신을 위한 것이고 자유로운 인간이 되기 위한 것입니다. 자, 이제 '춤'추고 '노래'하며 자신의 맨얼굴을 '거울'에 비추어 보는 공부가 시작되었습니다. 즐거운 만남을 기대합니다.

2016년 1월

『창의적 사고와 소통』집필진

목차

서문　창의적 사고와 소통(C&C), 자유로운 영혼은 어떻게 단련되는가 ·5

01 노래, 창의의 소리

제1장　감각의 즐거움

저 소리를 들어라
| What a wonderful world, 「계란 한 판」 ·19

산이 깨어나고 있어요
| 『내 영혼이 따뜻했던 날들』, 『잃어버린 시간을 찾아서』 ·27

보여 주는 것, 보고 싶은 것
| 『타인의 고통』 ·42

제2장　청춘의 감수성

높고 푸른 빈 방
| 「일곱 살의 시인들」 ·61

배가 텅 비었을 때 진정으로 꿰뚫어 볼 수 있음을
| 『파리는 날마다 축제』 ·67

너의 노래를 불러라
| 「개미도 노래를 부른다」 ·78

02 거울, 창의의 내면

제3장 행복의 조건

그는 나에게서 거울을 보고 있었던 거였다

| 「이발소 거울」   · 99

'그'라고 말하는 것은 '나'라고 말할 수가 없기 때문이네

| 『지킬 박사와 하이드』   · 126

'사랑에 빠진다'는 말은 모순이다

| 『소유냐 삶이냐』   · 147

제4장 자유의 무게

스스로 택한 감금은 강제적인 감금보다 훨씬 더 힘들다네

| 「내기」   · 169

진리가 너희를 자유롭게 하리라

| 『세상을 바꾼 법정』   · 182

자유로운 삶을 위해서는 약간의 용기가 있어야 한다

| 『삶을 위한 철학수업』   · 194

03 춤, 창의의 몸짓

제5장   일상의 선택

나는 구조의 희생양이다
| 『예루살렘의 아이히만』   · 227

얼마나 더 업그레이드 돼야 밖으로 나갈 수 있을까
| 『철수사용설명서』   · 245

오직 인간만이 춤출 수 있다
| 『피로사회』   · 259

제6장   시장과 가치

인센티브가 인간을 움직이는가
| 『돈으로 살 수 없는 것들』   · 283

빵 한 덩이에서 삶은 시작되고
| 『레미제라블』   · 294

'균 본위제' 빵집의 실험
| 『시골빵집에서 자본론을 굽다』   · 314

출전   · 332

일러두기

1. 이 교재에 수록된 글의 일부는 필자들이 편집하였으므로 정확한 원문을 인용하려면 권말의 출전을 확인하기 바랍니다.

2. 공유 저작물이 아닌 인용문과 도판은 저작권자와 출판사의 사용 허가를 받고 수록하였습니다.

3. 필자들이 번역한 경우, 역자명을 따로 표시하지 않았습니다.

4. 외래어 표기는 국립국어원 〈외래어 표기법〉 용례를 따르되 일부 인명과 지명은 출판사와 학계의 관행을 따랐습니다.

5. 책 제목은 겹낫표(『』), 글 제목은 홑낫표(「」), 영상물 제목은 홑화살괄호(〈〉)로 표시하였으며, 인용문의 경우에는 해당 출판사의 표기 방식을 따랐습니다.

01

노래,
창의의 소리

우리는 오감의 즐거움을 충분히 누리고 활용하고 있는가, 아니면 특정 감각의 노예인가? 우리는 자발적으로 지각하고 판단하는 감각의 주체인가? 감각의 즐거움과 힘을 한껏 표출한 텍스트들을 소리 내어 읽고 음미하면서 우리가 가진 오감 고유의 기능을 생생하게 되살려 본다. 대상을 균형 있게 인식하고 판단하기 위해 필요한 요소들은 무엇인지 답을 찾아가 본다.

01

노래,
창의의 소리

제 1 장
감각의
즐거움

THINK
FIRST

보고 듣고 맛·냄새·감촉을 느끼는 모든 감각은 언어에 선행한다. 어린아이는 말하는 법을 배우기 이전부터 무언가를 보고 들으며 느낀다. 개인에 따라 특정 감각을 선호하기도 하고, 특별히 발달된 감각을 지니기도 한다. 샤를 보들레르는 모든 감각을 통합하고 확산시킬 수 있는 것은 향기라 하여 후각에 중요한 의미를 부여했고, 파트릭 쥐스킨트의 소설 『향수』의 주인공은 사물과 대상의 냄새를 통해 말을 배웠다. 도로시 캔필드 피셔는 어떤 장면을 강렬한 이미지로 만들어내려는 노력으로 소설을 써나갔으며, 스콧 피츠제럴드는 『위대한 개츠비』에서 목소리와 어조의 묘사만으로도 여주인공의 특징을 생생하게 드러낼 수 있었다. 이처럼 감각은 정보수집의 도구인 동시에 창조적인 표현 수단이다. 그중에서도 시각과 청각은 가장 많은 정보를 전해 주는 통로로, 인간이 사회적 존재로서 활동하도록 하는 중추 역할을 담당하였다.

문자문화가 구술문화의 우위에 서기 시작하면서 시각과 청각의 등가 관계는 무너졌고 미디어 매체의 급격한 발달로 그 격차는 걷잡을 수 없이 벌어졌다. 스마트폰을 제3의 손인 양 몸에서 분리하지 못하고, 컴퓨터와 TV의 세계에서 벗어나기 어려운, 바야흐로 색채와 이미지, 영상에 몸을 내맡기는 시대. 시각이 오감을 총괄하고 사유와 인식의 기본 통로 역할을 하는 것이 자연스러운 일이 되었다. "볼 수 있다는 것을 의식하면 곧 이번에는 우리 자신이 보이고 있다는 사실을 깨닫게 된다."고 존 버거는 말한다. 외모지상주의를 비판하면서도 끊임없이 외모를 평가하고, 카·페·인(카카오스토리, 페이스북, 인스타그램) 우울증에 시달리면서도 시각 정보를 우위에 둔다. '보는 것이 믿는 것이다'라는 신념이 부지불식간에 확산되다 보면 어떻게 될까? 시각 정보에 지배된 채 대상을 균형 있게 인식하고 판단하는 것이 가능한가? 아니, 무엇보다도 우리는 오감의 즐거움을 충분히 누리고 활용하고 있는가, 아니면 특정 감각의 노예인가? 우리는 감각의 주체인가, 아니면 우리의 의지와 관계없이 감각이 사용되거나 사용당할 수도 있는가?

이러한 질문을 성찰하기 위해서는 우리가 가진 오감 고유의 기능을 생생하게 활용하는 것이 선행되어야 한다. 감각의 즐거움과 힘을 한껏 표출한 아래의 텍스트들을 소리 내어 읽고 음미해 보자. 무의식적으로 사용하고 느끼던 감각을 얼마나 잘 인식하고 이해하고 있는지 명료한 의식으로 좇아가 보자. 쏟아져 들어오는 장면과 이미지, 소리와 감촉의 홍수 속에서 좋은 것의 진가를 볼 수 있는 힘이 우리에게 있는가? 루이 암스트롱의 *What a wonderful world*의 가사를 음미하며 노래를 들어보자. 고영민의 시「계란 한 판」은 말과 침묵이 교차되며 소리의 무늬와 여백을 만들어 낸다. 우리의 일상을 채우고 있는 각종 소리들에는 어떤 힘이 있는가 생각해 본다. 우리를 둘러싼 세상은 쉴 새 없이 감각의 향연을 벌인다. 우리는 세상을 바라보고 그 안의 소리와 냄새를 듣고 맡는다. 딛고 선 땅의 감촉을, 누군가의 손맛을 느끼기도 한다. 감각이 없다면 우리는 세계와 관계를 맺을 수 있을까? 보다 풍부하고 정확하게 감각에 주의를 기울이면 어떤 일이 벌어질지 궁금해지지 않는가. 아침에 눈을 뜨면서부터 시작되는 감각의 소곤거림에 온몸으로 반응하며 좇아가는 소년을 따라가 보자(『내 영혼이 따뜻했던 날들』). 감각과 감각은 연결되어 있다. 감각은 시간과도, 감정과 의식과도 연결된다. 감각을 기억하고 되살리는 것은 경험을 흡수하고 소화하여 되살려냄으로써 자아를 인식하는 일이기도 하다. 『잃어버린 시간을 찾아서』에서 전개되는 그 섬세한 과정이 자신 안에서는 어떻게 펼쳐지는지 관찰해 본다.

감각을 자각하고 그 즐거움을 충만하게 느끼는 것은 자기를 발견하는 일이다. 지각이 흡수한 것에 반응하면서 감각의 주체는 자기 자신을 느끼고 내면의 화학작용을 좇아갈 수 있다. 그것이 창의성의 출발점이다.

생기를 불어넣은 감각으로 우리가 보고 듣고 느낀 것을 분석하고 판단해야 한다. 본 것을 그대로 받아들여도 되는가? 거기에 누군가의 의도나 편견, 환상, 잘못된 정보가 들어설 가능성은 없는가? 『타인의 고통』에 묘사된 고통과 행복의 순간들을 통해 이미지의 용도와 의미를 생각해 보고 대상을 균형 있게 인식하고 판단하기 위해 필요한 요소들은 무엇인지 답을 찾아가 본다.

저 소리를
들어라

What a wonderful world | 루이 암스트롱
계란 한 판 | 고영민

What a wonderful world

| 루이 암스트롱

난 푸른 나무들과 붉은 장미를 바라보아요.
나와 당신을 위해 장미가 피어나는 걸 봅니다.
그리고 혼자 생각해요 이 세상이 얼마나 멋진가를.

난 파란 하늘과 하얀 구름을 바라보아요.
축복 받은 밝은 낮, 신성한 검은 밤
그리고 혼자 생각해요 이 세상이 얼마나 멋진가를.

하늘에 떠 있는 일곱 빛깔 무지개는 참 아름다워요.
지나가는 사람들의 얼굴 또한 예뻐요.
난 친구들이 악수를 하며 인사하는 걸 바라보아요.
"당신을 사랑해요"라고 그들은 진심으로 말하고 있어요.

난 아이들이 우는 소리를 듣고 그들이 자라나는 걸 바라보죠.
그 아이들은 내가 알지 못할 아주 많은 것들을 배울 거예요.
그리고 혼자 생각해요 이 세상이 얼마나 멋진가를.
그래요, 난 생각해요 이 세상이 얼마나 멋진가를.

I see trees of green, red roses too.
I see them bloom for me and you
And I think to myself, what a wonderful world.

I see skies of blue and clouds of white,

The bright blessed day, the dark sacred night

And I think to myself, what a wonderful world.

The colors of the rainbow so pretty in the sky,

Are also on the faces of people going by.

I see friends shaking hands, sayin' "How do you do?"

They're really sayin', "I love you."

I hear babies cryin'. I watch them grow.

They'll learn much more than I'll never know

And I think to myself, what a wonderful world.

Yes, I think to myself, what a wonderful world.

계란 한 판

| 고영민

대낮, 골방에 처박혀 시를 쓰다가

문 밖 확성기 소리를 엿듣는다

계란…(짧은 침묵)

계란 한 판…(긴 침묵)

계란 한 판이, 삼처너언계란…(침묵)…계란 한 판

이게 전부인데,

여백의 미가 장난이 아니다

계란, 한 번 치고

침묵하는 동안 듣는 이에게

쫑긋, 귀를 세우게 한다

다시 계란 한 판, 또 침묵

아주 무뚝뚝하게 계란 한 판이 삼천 원

이라 말하자마자 동시에

계란, 하고 친다

듣고 있으니 내공이 만만치 않다

귀를 잡아당긴다

저 소리, 마르고 닳도록 외치다

인이 박여 생긴 생계의 운율

계란 한 판의 리듬

쓰던 시를 내려놓고

덜컥, 삼천 원을 들고 나선다

Creative Thinking
Questions

1. 말의 생동감이나 음악성이 두드러지는 텍스트나 가사, 광고문구들이 있다. 예시를 들어보고 그 특징을 만들어 내는 것이 무엇인지 분석해 보라.

2. 눈으로 읽기와 소리 내어 읽기의 차이를 느끼고 설명해 보라.

3. 나는 어떤 감각에 특히 민감한가? 내가 느끼는 즐거운 감각은 무엇인지, 그 이유는 어디에 있는지 찾아보자.

4. 자신이 경험한 '멋진 순간', '절실한 순간'을 위 텍스트처럼 감각을 활용하여 묘사해 보라.

ⓒLovehearts

C&C

흥보가 중 박타는 대목을 감상해 보라. 소리의 기억만으로 전해 내려올 수 있었던 힘은 어디에서 나온다고 보는가?

"여보, 애기 아버지, 작년에 왔던 제비가 입에 무엇을 물고 와서 저토록 넘놀고 있으니 어서 나와 구경하오."

흥부 즉시 나와 보고 이상히 여기는데, 그 제비가 머리 위로 날아들며 입에 물었던 것을 앞에다 떨어뜨리는지라, 얼른 주워 보니 한가운데 보은표(報恩瓢)라 쓰인 박씨더라.

흙이라도 금으로 알고, 돌이라도 옥으로 알고, 해(害)라도 복으로 알자고 하면서, 고난의 날을 피하여 동편 울타리 아래 터를 닦고 심었더니, 이삼 일에 싹이 나고 다시 사오 일에 순이 뻗어 마디마디 잎이 나고, 줄기마다 꽃이 피어 박 네 통이 열렸으니 대동강 물에 큰 나무 배같이, 종로 인경같이, 육관 대사 법고같이 동그랗게 달렸다. 흥부는 좋아라 하고 제법 문자를 써서 유식하게 하는 말이,

"유월에 꽃이 떨어지니 칠월에 열매 맺는도다. 큰 것은 항아리와 같고 작은 것은 동이만 하니 어찌 아니 기쁠소냐. 여보 애기 어머니, 비단이 한 끼라 하니 한 통을 타서 속은 지져 먹고 바가지는 팔아다가 쌀 팔아 밥을 지어 먹어 봅시다."

흥부 아내 하는 말이,

"그 박이 하도 유명하니 하루라도 더 굳혀서 쾌히 견실하거든 따 봅시다."

하고 말하였다. 이처럼 의논할 새 팔월 추석을 당하였으나 굶기는 여전한지라, 어린 자식들은 입을 모아 조른다. 이때 흥부 아내가 배가 고파 하는 수 없이 박 한 통을 타서 박 속이나 지져 먹자 하니, 흥부는 박을 따서 놓고는 먹줄을 반듯하게 긋고서 아내와 더불어 톱을 맞잡고 켰다. 흥부와 아내가 밀거니 당기거니 슬근슬근 툭 타 놓으니 오색 채운이 서리며 청의 동자 한 쌍이 나오는 것이었다.

그 동자를 보니 왼손에 병을 들고 오른손에 거북류의 갑피로 된 쟁반을 눈 위까지 높이 쳐들어 이것이 값으로 말하면 억만 냥이 넘으니 팔아서 쓰라 하고 홀연히 떠나 버렸다.

"세상 사람들이 재물이 많다 한들 이런 보배는 없을 것이니, 이같은 보물을 가진 부자 어디 또 있으리오."

흥부 아내도 좋아라 하고 하는 말이,

"그도 그러려니와 저 박을 타 보면 또 무엇이 나오나 켜 봅시다."

슬근슬근 톱질하니 그 속에서 온갖 세간이 다 나온다. 자개함, 농, 반닫이며, 구름같이 고운 비단이며, 화려한 문방구며, 여러 종류의 서책이며, 여러 가지 지물(紙物)이며, 숱한 피륙이며, 온갖 물건이 더럭더럭 나올 적에 흥부 내외는 이리 뛰고 저리 뛰며 어쩔 줄을 모르면서 또 한 통을 타 보았다.

이번에는 황금, 백금, 천은, 밀화, 호박, 산호, 금패, 진주, 주사, 사향 등이 가득한 순금궤라. 쏟아 놓으면 여전히 가득가득 쌓여 밤낮 엿새를 부리나케 쏟고 보니 어느덧 큰 장자가 되어 있었다. 이렇게 많은 재물을 집이 좁아서 둘 수가 없어 남은 박 한 통을 마저 타고 집이나 지어볼까 하여 남은 박 한 통을 타려고 흥을 돋우어 슬근슬근 톱질을 하였다. 이번에는 일등 목수들과 온갖 곡식이 쏟아져 나온다. 목수들은 우선 명당을 가려 터를 닦고 집을 지었다. 그러고는 또 사내종, 계집종, 아이종이 나며 들며 그 동안 박에서 나온 온갖 것을 여기 쌓고 저기 쌓고 야단법석이니 흥부 내외는 더할 나위 없이 흥에 겨워 춤을 춘다.

"여보 마누라, 춤추려면 내일까지도 다하지 못할 것이니, 어서 덤불 밑에 있는 박 한 통을 마저 켜 봅시다."

슬근슬근 툭 타 놓으니, 이번에는 박 속에서 연꽃같이 아름다운 한 미인이 나와 흥부한테 나붓이 큰절을 하기에 흥부는 대경하여 황급히 답례하고 연유를 물은즉,

"저는 월궁의 선녀이옵나이다. 강남국 제비 왕이 날더러 그대의 부실(副室)이 되라 하시기로 왔나이다."

이에 흥부는 언짢아하는 아내 조강지처를 괄시할 수 없다 하여 타이르며, 고대 광실 좋은 집에 처첩을 거느리고 향락으로 세월을 보냈다.

- 『우리고전소설 한마당』 중 「흥부전」

(혜문서관, 2001)

66

산이
깨어나고 있어요

내 영혼이 따뜻했던 날들 | 포리스트 카터
잃어버린 시간을 찾아서 | 마르셀 프루스트

난로에서 옹이 많은 소나무 땔감이 타닥타닥 기름튀기는 소리를 내며 타는 동안, 가냘픈 몸집의 할머니가 저녁마다 흔들의자에 앉아 콧노래를 부르면서 모카신(바닥이 평평하고 부드러운 인디언 신발) 한 켤레를 만드는 데는 꼬박 일주일이 걸렸다. 할머니는 먼저 갈고리 칼로 사슴 가죽을 찢어서 끈을 만든 다음, 빙 돌아가며 테두리를 꿰맸다. 이렇게 해서 구두가 완성되자 이번에는 그것을 물에 담갔다. 이 젖은 구두를 신고 방안을 왔다갔다 하면서 구두를 말리는 일은 내 몫이었다. 이렇게 말리면 신발이 발에 딱 맞아 공기처럼 가볍게 느껴진다.

그날 아침, 자리에서 일어나 멜빵바지를 입고 잠바 단추를 잠그고 난 나는,

드디어 모카신 속에 가만히 발을 집어넣었다. 주위는 아직 어둡고 추웠다. 나뭇가지를 뒤흔드는 아침 바람조차 불지 않는 이른 시각이었다.

할아버지는 "새벽에 일찍 일어나면 산꼭대기까지 데리고 가겠다."고 하셨다. 그러나 '깨워주겠다'고는 하시지 않았다. "남자란 아침이 되면 모름지기 제힘으로 일어나야 하는 거야." 할아버지는 조금도 웃지 않는 얼굴로 나를 내려다보시며 이렇게 말씀하셨다. 그렇지만 할아버지는 자리에서 일어나신 후 여러 가지 시끄러운 소리를 내셨다. 내 방 벽에 쿵 하고 부딪치기도 하고, 유난스레 큰 소리로 할머니에게 말을 걸기도 하셨다. 사실 나는 그 소리 때문에 눈을 뜬 것이다. 덕분에 한발 먼저 밖으로 나간 나는 개들과 함께 어둠 속에 서서 할아버지를 기다릴 수 있었다.

"아니, 벌써 나와 있었구나!"

할아버지는 정말 놀랍다는 얼굴로 말했고,

"예, 할아버지."

내 목소리에는 뿌듯한 자랑이 묻어 있었다.

할아버지는 우리 둘레를 경중경중 뛰어다니는 개들에게 손가락을 내밀고 "너희들은 그냥 있거라."라고 지시했다. 개들은 꼬리를 사리면서도 졸라대듯이 코를 끙끙거렸다. 모드는 컹컹 짖기까지 했다. 그렇지만 어느 개도 우리를 따라오지는 않았다. 모두들 그 자리에 그대로 서서 빈터를 빠져나가는 우리를 실망한 눈빛으로 바라보고만 있었다.

나도 시냇가 둑길을 따라 만들어진 야트막한 오르막길을 올라가 본 적은 있었다. 꼬불꼬불 구부러진 그 길을 따라 더듬어 가다보면, 꽤 널찍한 풀밭이 눈앞에 펼쳐진다. 할아버지는 그곳에 마구간을 지어 노새와 소를 기르고 있었다. 그러나 오늘 아침에는 그쪽 길로 가지 않고, 곧장 오른쪽으로 꺾어지더니 산허리를 돌아 올라가기 시작하셨다. 이 길은 계곡을 따라 이어지는 길이 그렇듯이 꽤 가파른 경사를 이루면서 위로 이어져 있었다. 나는 급한 경사를 온몸으로 느끼면서 종종걸음으로 할아버지 뒤를 따라 걸었다.

그런데 그전과는 뭔가 다른 게 느껴졌다. 할머니가 말씀하신 대로 어머니인 대지, 모노라(Mom-o-lah)가 내 모카신을 통해 나에게 다가온 것이다. 여기서는 볼록 튀어나오거나 밀쳐 올라오고, 저기서는 기우뚱하거나 움푹 들어간 그녀의 존재가 내 몸으로 전해져 왔다…… 그리고 혈관처럼 그녀의 몸 전체에 퍼져 있는 뿌리들과, 그녀 몸 깊숙이 흐르는 수맥의 생명력들도. 어쩌나 친절하고 부드러운지 그녀의 가슴 위에서 내 몸이 통통 뛰는 것 같았다.

모두가 할머니가 말씀하신 그대로였다.

차가운 공기 탓에 내 입김은 뿜어져 나올 때마다 작은 구름을 이루었다. 저 멀리 아래쪽에 개울이 놓여 있는 게 보였다. 벌거벗은 나뭇가지 아래로 이빨처럼 자라난 고드름들에서는 물방울이 똑똑 떨어졌다. 더 높이 올라가니 길바닥에도 얼음이 깔려 있었다. 이제 어둠은 사라지고 새벽 회색빛이 사방을 뒤덮었다.

할아버지가 멈춰 서서 길섶 쪽을 가리켰다.

"여기가 야생 칠면조가 다니는 길이야. 한번 보련?"

나는 쪼그리고 앉아서 그 작은 발자국들을 보았다. 그것은 가운데 동그란 자국을 중심으로 사방으로 퍼져나간 줄무늬 모양이었다.

"이제 덫을 놓아볼까."

길을 따라가던 할아버지는 얼마 안 가 그리 깊지 않은 구덩이를 찾아냈다. 우리는 먼저 구덩이 위에 수북이 쌓인 나뭇잎부터 치웠다. 그러고 나자 할아버지는 긴 칼을 끄집어내서 눅눅한 땅을 파들어 가기 시작했다. 파낸 흙은 낙엽들 사이에 뿌렸다.

가장자리를 볼 수 없을 정도로 구덩이가 깊어지자 할아버지는 나를 구덩이에서 끌어올렸다. 우리는 나뭇가지들을 끌고 와서 구덩이에 걸쳐 놓고, 그 위에 나뭇잎 한 무더기를 뿌려 놓았다. 그러고 나서 할아버지는 그 긴 칼로 야생 칠면조가 다니는 길에서 구덩이로 비스듬히 이어지는 작은 도랑을 파더니, 주머니에서 붉은 인디언 옥수수 알갱이들을 꺼내 도랑을 따라 쭉 뿌려 나갔다. 구덩이 속에도 옥수수 한 움큼을 던져 넣었다.

"자, 이제 가자."

할아버지는 다시 숲길을 오르기 시작했다. 서리가 내린 것처럼 땅에서 솟아오른 얇은 얼음들이 발밑에서 부서졌다. 맞은편 산이 훨씬 가까워졌다. 그럴수록 골짜기는 가늘고 길게 갈라져서 저기 까마득히 발 아래로 멀어졌다. 그 갈라진 바닥에는 칼날 같은 시냇물이 담겨 있었다. 우리는 길에서 벗어나 낙엽 위에 주저앉았다. 그때 마침 아침 해님이 산꼭대기로 머리를 내밀어 계곡 전체에 첫 햇살을 비추기 시작했다. 할아버지가 주머니에서 건빵과 사슴고기를 꺼냈다. 우리는 산을 바라보며 아침식사를 했다.

산꼭대기에 폭발이라도 일어난 것처럼 반짝이는 빛들이 하늘 위로 솟구쳤고, 얼음에 덮인 나뭇가지들은 햇빛을 받아 눈이 부실 정도로 반짝거렸다. 아침 햇살은 물결처럼 아래로 내려가면서 밤의 그림자들을 천천히 벗겨가고 있었다. 정찰을 맡은 까마귀 한 마리가 하늘을 날면서 날카롭게 깍깍 세 번 울었다. 아마 우리가 여기 있다는 걸 알리는 신호였으리라.

이제 산은 기지개를 켜며 일어나 천천히 하품을 하고 있었다. 하품으로 토해 낸 미세한 수증기들이 공중으로 흩어졌다. 해가 나무에서 죽음의 갑옷인 얼음을 서서히 벗겨감에 따라, 산 전체에서 살랑거리고 소곤거리는 소리들이 되살아났다. 할아버지도 나처럼 눈을 모으고 귀를 기울이고 계셨다. 아침 바람이 나무 사이에서 낮은 휘파람소리를 일으키는 것에 맞추어 산의 소리도 점점 커져 갔다.

"산이 깨어나고 있어."

산에서 눈을 떼지 않은 채 할아버지가 낮고 부드러운 목소리로 말씀하셨다.

"그래요, 할아버지. 정말 산이 깨어나고 있어요."

– 포리스트 카터의 『내 영혼이 따뜻했던 날들』
(조경숙 옮김, 아름드리미디어, 2014)

나는 켈트인의 신앙이 매우 옳다고 생각한다. 그에 따르면, 우리가 여읜 이들의 혼은 짐승이나 식물이나 무생물 안에 사로잡혀 있다가, 우리가 우연히 그 나무 곁을 지나가거나 혼이 갇혀 있는 것을 손에 넣거나 하는 날, 우리를 부른다고 한다. 우리가 그 목소리를 알아들으면 마술 결박은 금세 풀린다. 해방된 혼은 죽음을 정복하고 다시 우리와 더불어 산다고 한다.

과거도 마찬가지다. 과거를 억지로 환기하려는 것은 헛수고이다. 과거는 지성의 영역 밖, 그 힘이 미치지 못하는 곳에 우리가 꿈에도 생각하지 못했던 어떤 물질적인 대상 안에(또는 이 물질적인 대상이 우리에게 주는 감각 안에) 숨어 있다. 죽기 전에 그 대상을 만나거나 만나지 못하거나 하는 것은 우연에 달려 있다.

어느 겨울날, 추위에 떨며 집에 돌아온 나에게 어머니는 차를 마시겠냐고 물어보셨다. 평소 습관에 어긋나는 일이라 처음에는 거절했다가, 나는 마음을 바꿔 차를 마시기로 했다. 어머니는 과자를 가지러 보냈다. 가느다란 홈이 난 조가비 속에 반죽을 흘려 넣어 구운 것 같은, 마들렌이라고 하는 통통한 과자였다. 나는 마들렌 조각이 촉촉해지도록 담가둔 차 한 숟가락을 기계적으로 입술로 가져갔다. 그런데 과자 부스러기가 섞여 있는 한 모금의 차가 입천장에 닿는 순간 나는 소스라쳤다. 우울했던 나의 몸 안에 이상한 일이 일어나는 것을 깨달았기 때문이다. 형용하기 어려운 감미로운 쾌감이 어디에서인지 모르게 솟아나 나를 휩쓸었다. 그 쾌감은 마치 사랑이 그러하듯 귀중한 본질로 나를 채우고, 삶의 무상함을 즉시 떨쳐내게 했으며, 삶의 재앙은 무해한 것으로, 그 짧음은 착각으로 느끼게 하였다. 아니, 그 본질은 내 몸속에 있는 것이 아니라 바로 나였다. 나는 더 이상 나 자신이 초라하고, 우연적이고, 죽어야만 하는 존재라고 느끼지 않게 되었다. 어디서부터 이 힘찬 기쁨이 왔는가? 기쁨이 차와 과자의 맛과 이어져 있다는 것은 느낄 수 있었지만, 그 기쁨은 너무도 커서 도저히 같은 성질을 띤 것이라고 여겨지지 않았다. 무엇을 뜻하는 거지? 그 원천이 어디일까? 다시 한 번 떠 마신다. 그것은 첫 모금을 능가하지 못했다. 세 번째 모금은 두 번째보다 다소 못했다. 그만두는 편이 좋겠다. 음료의 효력이 감소되어 가는 것 같다. 내가 찾는 진실이 음료에 있지 않고 나 자신 속에 있다는 건 확실하다. 음료는 내 몸을 진실에 눈뜨게 했다. 그러나 어떠한 진실인지를 모르는 채 점차 힘이 빠지면서 나는 이 표시를 해석하지 못하였다. 처음 느꼈던 것과 같은 완전한 표시를 되찾을 수 있기를, 그리하여 훗날 결정적인 답을 얻을 수 있기를 바라는 마음 뿐. 나는 찻잔을 놓고 정신을 되돌아본다. 진실을 찾아내는 일이야말로 정신의 소임이다. 하나 어떻게? 정신이 그 능력을 초월한 영역에 발을 들여놓았을 때 느끼는 심각한 불안정감. 탐구한다? 그뿐이랴, 창조하는 거다, 정신은. 아직 존재하지 않는 어떤 것에 직면하게 되면, 정신만이 그것을 현실화시킬 수 있고 광명 속에 넣을 수 있는 것이다.

그래서 나는 자신에게 다시 묻기 시작한다. 도대체 그 미지의 상태는 무엇이

일리에-콩브레 거리와 생자크 성당의 종탑 ⓒOXXO
일리에-콩브레는 프루스트가 어린 시절을 보낸 곳으로 소설에서는 콩브레라는 이름으로 등장하였다.

었나? 너무도 확실한 행복감이 다가와 온갖 잡념을 쫓아낼 수 있었던 그 미지의 상태는 무엇이었냐고. 나는 그 상태로 되돌아가려고 애쓴다. 사고의 흐름을 거슬러 올라가 첫 숟가락 차를 마신 순간으로 돌아간다. 동일한 상태를 발견하지만 새로운 광명은 없다. 도망쳐 가는 감각을 다시 한 번 붙잡아보자. 정신은 감각을 다시 붙잡으려고 애쓴다. 이러한 정신의 노력이 유지되도록 나는 온갖 장애물, 온갖 잡념을 물리친다. 그러나 정신은 피곤해지기만 한다. 이번에는 반대로 다른 생각을 하게 하여 정신에게 휴식을 주고 기운을 회복하게 한다. 그 다음 다시 정신을 비우고 아직도 새로운 그 첫 한 모금의 맛을 느끼게 한다. 그러자 나의 몸 안에, 깊은 심연에 빠진 닻처럼 끌어올려지기를 기다리고 있던 그 무엇이 움직이기 시작한다. 떠오르려고 꿈틀거리는 것을 감지한다. 그것이 뭔지 나는 모른다. 그러나 그것은 천천히 올라온다. 나는 그것이 저항하는 것을 느끼며, 그것이 지나오는 거리의 소란한 소리를 듣는다.

그렇다, 자아의 밑바닥에서 떨고 있는 것, 그것은 그 미각과 결부되어 자아의 거죽으로 올라오려는 심상(心象), 시각의 추억임에 틀림없다. 그러나 그것은 너무나 멀리, 너무나 어렴풋이 파닥거린다. 옛 순간을 끄집어내어, 움직이며, 일으키려고 하는 이 추억, 이 옛 순간은 과연 의식의 표면까지 도달할 것인가? 나는 모른다. 이제 나는 아무것도 느끼지 못한다. 추억이 멈추고 다시 가라앉았나 보다. 나태한 마음이 고개를 들고 오늘의 권태나 내일의 욕망을 생각하면서 차라도 마시라고 권유한다.

그러자, 갑자기 추억이 떠올랐다. 이 맛, 그것은 콩브레(프랑스의 한 지역의 이름으로 『잃어버린 시간을 찾아서』 1권 1부의 제목이기도 하다) 시절의 주일 아침, 내가 레오니 고모의 방으로 아침 인사를 갔을 때 고모가 홍차나 보리수 꽃 달인 물에 담근 후 주었던 그 작은 마들렌 조각의 맛이었다. 여태까지 마들렌을 보아왔지만, 실제로 맛을 보기 전까지는 아무것도 회상되지 않았었다. 과자 가게에서 몇 번이나 보았지만, 그 심상은 콩브레 시절과는 멀어져버린 채 보다 가까운 다른 날들과 이어져 있었기 때문인지도 모른다. 혹은 오랫동안 기억 바깥으로 밀려나 분해되어 버렸기 때문인지도 모른다. 그런데 레오니 고모가 나에게 준, 보리수꽃을 달인 따뜻한 물에 담근 한 조각 마들렌의 맛임을 깨닫자 즉시 고모의 방이 있는 오래된 회색 집이 극의 무대장치처럼 나타났다(그 기억이 왜 나를 그토록 행복하게 하였는지는 시간이 한참 더 흐른 뒤에야 깨달았지만). 회색 집과 더불어, 마을, 심부름을 다니곤 했던 광장, 아침부터 저녁까지 쏘다니던 거리들, 날씨 좋은 날 다 같이 산책하던 길들이 나타났다. 우리들의 꽃이란 꽃은 모조리, 스완 씨 정원의 꽃이란 꽃은 모조리, 비본 냇가 수련 마을의 선량한 사람들과 그들의 소박한 집과 성당, 온 콩브레와 그 근방에 이르기까지, 그 모든 것이 형태를 갖추고 뿌리를 내려, 마을과 정원과 더불어 나의 찻잔에서 나왔다.

– 마르셀 프루스트의 『잃어버린 시간을 찾아서』
(김창석 옮김, 국일미디어, 2001)

1. 내 영혼이 따뜻했던 날들의 감각을 떠올리고 표현해 보자.

2. 세계가 다르게 보이는 순간에 대해서 말해 보자.

3. 프루스트처럼 하나의 감각에 몰두하여 집중한 경험이 있는가? 그 경험을 떠올려 보자. 그렇게 했던 이유는 무엇이며, 이를 통해 무엇을 인식했는지 생각해 보자. 감각은 그 자체로 존재했다 사라질 뿐인가, 아니면 다른 작용과 해석, 판단을 불러올 수 있는가?

4. 과학자나 수학자, 예술가들은 '생각을 위한 도구'라는 연장을 사용하여 '창조적인 작업'을 한다고 하며, 시각적 이미지나 몸의 감각 등도 그 연장에 포함된다고 한다(『생각의 탄생』 中). 감각이 창조적 작업에 어떻게 기여할 수 있는지 다양한 사례를 찾아보자.

C&C_01 ————————

인상파 화가 클로드 모네는 40세가 넘어 파리 근교의 지베르니라는 마을에 정착했다. 빌린 집이었지만 본격적으로 정원을 가꾸고 연못에는 일본식 다리를 설치했다. 명성을 얻고 경제적으로 풍요로워진 말년에는 정원사를 고용하여 수련 잎사귀와 꽃잎을 닦아 주고 물이 원활하게 흐르도록 관리하며 자기만의 아름다움의 세계를 가꾸었다. 모네는 연못과 풀과 바람, 수련과 나무를 보았고, 그것을 통해 빛의 세계를 발견했다. 바라봄은 그의 예술의 중심이었고, 그를 세계를 이끌어가는 아름다움의 조력자로 만들었다. 철학자 바슐라르 또한 모네의 그림과 지베르니의 연못을 바라보았다. 그는 수련과 물과 빛을 바라보면서 자연의 섭리와 삶의 이치까지 보았다.

- 다음 글에서 붓꽃과 수련은 어떻게 대비되는가? 두 존재의 의미를 읽어 보라. 그 중 어떤 삶의 태도에 끌리는가?

- "세계는 보아 주기를 바라고 있다."고 바슐라르는 말한다. 존재하는 것은 그 자체로 의미가 있는가, 누군가 인지했을 때 의미를 갖는가?

[자료1]

수련이 있는 연못 (클로드 모네, 1899)

　수련(垂蓮)은 여름꽃이다. 만개한 수련은 여름이 다시 돌아오지 않으리라는 것을 의미한다. 강가에 피는 꽃들이 얼마나 짧고 격렬하게 한 철을 보내는지 알기 위해서는 아침 일찍부터 서둘러야 한다. 그러므로 우리의 클로드 모네는 이른 아침부터 길을 떠나는 것이다. 화가는 캔버스를 꽃피우러 간다는 기쁨에 넘쳐 발걸음을 재촉한다. 자신을 기다리고 있을 풍경을 떠올리며 미소를 짓는다.

연못은 온통 신선한 꽃 냄새, 밤새 젊어진 꽃향기를 풍기고 있다. 저녁마다 꽃은 잔물결 밑에서 밤을 지내기 위해 사라져 버린다. 여름 밤, 편안히 잠을 자고 난 수련은 새벽이면 생생하게, 물과 태양의 순결한 처녀처럼 빛과 함께 되살아난다. 모네는 이런 광경을 수없이 보았다.

그토록 무수히 젊음을 되찾고, 낮과 밤의 리듬에 충실히 복종하며, 새벽의 순간을 정확히 알리는 특별함. 이것이야말로 수련이 인상주의의 꽃이 된 이유이다. 수련은 세계의 한 순간이다. 그것은 두 눈을 지닌 아침이다. 그것은 또한 여름날 새벽의 놀라운 꽃이다.

그렇다. 아침의 물 속에서는 모든 것이 새롭다. 출렁거리는 물의 생동감만으로도 모든 꽃은 새로워진다. 고요한 물의 더할 나위 없이 가벼운 운동이 꽃들의 아름다움을 이끌어낸다.

"움직이는 물은 그 물 속에 꽃의 맥박을 담아낸다"고 시인은 말했다. 꽃 한송이가 더 피어나는 것만으로 강물 전체가 술렁대는 것이다. 한 그루의 갈대가 꼿꼿하게 서 있는 것만으로 잔물결은 더욱 아름다워진다. 화가는 뒤얽혀 우거진 수련의 초록빛을 꿰뚫고 생생하게 나타난 붓꽃의 놀라운 승리를 그리지 않을 수 없으리라. 붓꽃은 칼을 빼어든 것처럼 잎사귀들을 날카롭게 세우고, 상처를 입힐 것 같은 아이러니 속에, 물결 위로 아주 높이 황색 혓바닥을 늘어뜨린다.

모네의 물의 그림 앞에서 몽상하는 철학자는, 붓꽃과 수련의 변증법, 똑바로 서 있는 잎사귀와 고요하고 조심스럽게 살며시 물에 떠 있는 잎사귀의 변증법을 펼칠 수 있으리라. 이것이야말로 수초의 변증법 그 자체이다. 한쪽은 타고난 삶터를 향한, 이유를 알 수 없는 반항으로 솟아오르고자 하고, 다른 한쪽은 그 타고난 삶터에 충실하다. 수련은 잔잔한 물이 주는 고요의 가르침을 이해하고 있다. 붓꽃은 잔잔한 물결에 나타나는 섬세하고 부드러운 수직성을 대변한다. 화가는 이 모든 것을 본능으로 느끼며, 물의 고요한 세계를 수직으로 구성하는 확실한 원리를 물에 반영된 모습들 속에서 발견할 줄 안다.

세계는 보아주기를 바라고 있다. 바라보기 위한 눈들이 존재하기 이전에는, 물의 눈, 조용한 물결의 커다란 눈이 꽃들이 피어나는 것을 주시하고 있었다. 그리고 세계는 이 물에 비친 반영 속에서 자신의 아름다움을 처음으로 자각했다. 누가 이의를 제기할 수 있겠는가! 클로드 모네가 수련을 주시한 이래, 일드 프랑스(모네가 43년 동안 정착하여 그림을 그린 지베르니 마을이 속해 있는, 파리를 중심으로 한 반경 100km의 지역)의 수련은 더욱 아름답고 위대하게 되었다는 것을. 수련은 더 많은 잎사귀를 무성하게 돋우고, 조용하게 강물 위에 떠

있다. 동양의 정원에서는 몽우리를 맺은 싱싱한 줄기 앞에 두 개의 램프와 거울을 가져다 놓는다고 한다. 꽃이 보다 아름답고 빠르게, 스스로의 아름다움에 대해 확실한 믿음을 가지고 피어나도록 배려하고 애정을 쏟기 때문이다. 그러면 꽃은 밤새 자신의 모습을 거울에 비춰 볼 수 있고, 자신의 화려함을 끝없이 누리는 것이다.

클로드 모네는 아름다움에 대하여 한없이 관대했다. 아름다움을 지향하는 모든 것이 그 아름다움을 보다 드높일 수 있도록 돕는 행위도 기꺼이 이해하였다. 그는 자기의 눈에 스친 모든 것의 아름다움을 평생에 걸쳐 키워 나갈 줄 알지 않았던가. 클로드 모네는 생애 내내 세계를 이끌어가는 아름다움이 가진 힘에 봉사했으며 그 길로 우리를 안내하였다.

- 가스통 바슐라르의 『꿈꿀 권리』 중 「수련, 또는 여름 새벽의 놀라움」
(이가림 옮김, 열화당, 2008)

C&C_02 ————————

『나의 문화유산답사기』 머리말에 "알면 곧 참으로 사랑하게 되고, 사랑하면 참으로 보게 된다"는 구절이 있다. 정조 때의 이름 높은 문장가 유한준의 글 "내가 참으로 알 때 보인다(知則爲眞看, 지즉위진간)"를 풀이한 것이다. 이 말에 나타난 '알다'와 '보이다'의 경지를 사유하고 표현해 보라. 유한준이 시간여행을 하여 이 시대로 왔다면, 시각 이미지와 영상이 판단의 주요한 근거가 되는 일이 비일비재한 현 상황에 어떻게 반응했을까? 자신이 유한준이라면 현 시대에 어떤 질문을 던지겠는가? 유한준의 입장에서 질문을 던져보라. 그리고 미디어 · 소셜 네트워크 세대로서 그 질문에 답해 보라.

보여 주는 것,
보고 싶은 것

타인의 고통 | 수전 손택

사진은 대상화한다. 사진은 어떤 사건이나 인물을 소유할 수 있는 그 무엇으로 변형시켜 버린다. 그리고 사진은 일종의 연금술로서, 현실을 투명하게 보여 준다고 높이 평가받는다.

때때로 우리는 사진을 통해서 뭔가를 '훨씬 더 잘' 보게 되며, 혹은 적어도 그렇게 느끼게 된다. 실제로, 보통보다 사물을 더 잘 보이게 해주는 것이야말로 사진의 주요 기능들 중 하나이다(그래서 사람들은 실물보다 좋게 보이지 않는 사진에 늘 실망을 감추지 못한다). 뭔가를 미화하는 것은 카메라의 전통적인 기능으로서, 이런 기능은 보여진 것에 대한 사람들의 도덕적 반응을 하얗게 표백해 버린다. 뭔가를 최악의 상태로 보여줘 그것을 추하게 보이도록 만드는 것은 좀더 근래에 등장한 기능이다. 사람들에게 뭔가를 가르치고 싶어하는 이런 기능은 즉각적인 반응을 불러일으킨다. 뭔가를 고발하고, 가능하다면 사람들의 행동까지 변화시키려는 사진은 사람들에게 충격을 줄 수 있어야만 하는 것이다.

예를 하나 들어보자. 몇 년 전, 한 해에 흡연으로 4만5천 명이 죽는다고 추산되던 캐나다의 공공보건 관계자들은 모든 담뱃갑에 암에 걸린 폐나 발작으로 피가 뭉친 뇌, 손상된 심장이나 격렬한 치주(齒周) 통증으로 피를 토하는 입 같은 충격적인 사진을 곁들인 경고문을 인쇄해 넣기로 결정한 적이 있었다. 어느 연구 조사팀이 대략적으로 추정한 바에 따르면 담뱃갑에 흡연의 해로운 영향을 알리는 경고문과 이런 사진을 같이 실을 경우, 담뱃갑에 그냥 경고문만 써 놓을 때보다 흡연자들이 담배를 끊으려고 할 가능성이 60배나 높아진다고 한다.

이런 추정이 사실이라고 가정해 보자. 그렇지만 궁금증은 남는다. 도대체 얼마나? 이런 충격이 무한정 지속될까? 만약 캐나다의 흡연자들이 이런 사진들을 보게 된다면, 지금 당장은 넌더리를 치며 움츠러들지도 모른다. 그러나 그때부터 5년이 지난 뒤에도 흡연자들이 그런 사진들에 계속 불편함을 느낄까? 충격은 익숙해지기 마련이다. 충격은 점점 엷어지는 것이다. 혹시 그렇지 않을지라도, 그런 사진들을 더 이상 보지 않을 수도 있다. 사람들은 자신들의 속을 뒤집어 놓는 것(이 경우에는 계속 흡연을 하고 싶어하는 사람들에게 그리 달갑지 않은 정보)에 맞서 스스로를 방어할 수 있는 수단을 갖고 있다. 이런 일은 흔한 일로서, 다시 말하자면 사람들은 적응력을 갖고 있는 셈이다. 사람들은 실제 생활에서의 공포에 익숙해질 수 있는 것처럼, 어떤 이미지가 건네주는 공포에도 익숙해질 수 있는 것이다.

그렇지만 충격적이거나 슬프거나 간담을 서늘케 하는 뭔가에 반복적으로 노출되더라도 진심에서 우러나오는 반응을 억누르지 못하는 경우가 있다. 습관화된 반응이 자동적인 것은 아니다. 왜냐하면 (이식과 삽입이 가능한) 이미지는 실제 현실과는 다른 법칙에 따라 움직이기 때문이다. 십자가에 못 박히는 예수를 재현해 놓은 표현물은 신자들에게 전혀 진부한 것이 될 수 없다. 그 사람이 진정한 신자라면 말이다. 연출된 재현물에는 이런 법칙이 훨씬 더 잘 들어맞는다. 일본 문화에서 가장 유명한 이야기일 추신구라(에도 시대인 1702년 12월 14일, 아코한의 영주 아사노 나가노리가 거느리던 46명의 가신들이 천황의 칙사였던 기라 요시나카를 살해한 이야기)를 재현한 공연물은 영주인 아사노가 할복을 하러 가는 도중 벚꽃의 아름다움에 찬탄을 금치 못하는 장면에서 일본인 관람객이 눈물을 흘릴 것이라고, 그 이야기를 (가부키나 분라쿠, 혹은 영화를 통해서) 제아무리 많이 보고 들었더라도 매번 눈물을 흘릴 것이라고 가정한다. 마찬가지로, 이맘 후사인(이슬람교 시아파의 제3대 교주. '이맘'은 아랍어로 교주라는 뜻이다. 후사인은 661년 아버지가 피살된 뒤 예언자 가문인 자신의 일파를 일으켜 세우려다가 그를 두려워한 옴미아드 왕조의 칼리프가 보낸 군대에게 공격을 받고 일족과 함께 순교했다)이 배신을 당하고 살해된 이야기를 담고 있는 타지아(타지아는 '애도', '추모'를 뜻하는 아랍어로서, 후사인을 주인공으로 등장시킨 수난극을 지칭한다. 2백 개의 이본이 존재한다고 알려져 있을 만큼 이슬람권에서 가장 대중적이고 전통적인 연극 중 하나이다)라는 극은 이 순교자의 고통을 그린 수난극을 수십 수백 번 봤다 할지라도 이란인 관람객으로 하여금 눈물을 흘릴 수밖에 없도록 만든다. 그렇지만 상황은 정반대이다. 어떤 면에서 이란인들은 그 수난극을 여러 번씩 봐 왔기 때문에 우는 것이다. 즉, 그들은 울고 싶어하는 것이다. 이야기의 형태를 띤 비애감은 좀체 옅어지는 법이 없다.

그렇다면 사람들은 공포에 떨기를 원하기도 할까? 아마도 그렇지 않을 것이다. 물론, 부분적으로는 사람들이 자주 볼 수 없는 이유로 아직까지 그 힘이 떨어지지 않은 사진들도 존재한다. 언제까지나 어마어마한 죄악을 입증해 줄 사진들, 가령 엉망이 되어버린 얼굴을 담고 있는 사진들은 어떻게 해서든지 살아남을 것이다. 지옥 같은 참호에서 살아남은 제1차 세계대전 참전 군인들의 끔찍할 만큼 손상된 얼굴 사진들, 미국이 투하한 원자폭탄 때문에 피부 조직이 녹아내리고 눌어붙어 반흔이 생긴 히로시마와 나가사키 생존자들의 얼굴 사진들, 르완다 후투족이 집단 학살을 벌이면서 휘두른 만도(중남미 원주민이 벌채에 쓰는 칼)에 맞아 두 조각으로 쪼개진 투치족 생존자들의 얼굴 사진들 등 – 사람들이 한때에만 이런 일을 자행했다고 말하는 것이 옳은 일일까?

사실상 잔악 행위, 전쟁 범죄라는 관념은 사진으로 증거를 남길 수 있다는 가능성과 결부되어 있다. 대체로 이런 증거는 사후에 나타나는 그 무엇, 그러니까 일종의 유품이다. 폴 포트가 통치했던 캄보디아의 해골 무덤, 과테말라·엘살바도르·보스니아·코소보 등지의 집단 매장지 등이 그렇다. 그리고 이렇듯 사후에 발견된 현실은 흔히 현실을 가장 신랄하게 보여주기 마련이다. 제2차 세계대전이 끝난 뒤 한나 아렌트가 곧바로 지적한 것처럼, 집단수용소를 담은 모든 사진들과 뉴스 영화들은 사람들을 오도한다. 왜냐하면 그 사진들과 영화들은 연합군이 진군해 들어가던 바로 그 순간의 수용소만을 보여주기 때문이다. 시체 무더기, 피골이 상접한 생존자들처럼 이런 이미지들을 도저히 참을 수 없게 만들었던 요소들은 전혀 수용소의 전형적인 모습이 아니었다. 오히려 수감자들을 (굶주림이나 질병이 아니라 가스를 사용해) 체계적으로 말살한 뒤 곧바로 소각해 버렸던 것이 이런 수용소들의 원래 기능이었다. 게다가 사진은 사진을 흉내내기 마련이다. 다시 말해서 1992년 세르비아가 보스니아 북부에 세웠던 집단 처형장, 즉 오마르스카 수용소에 갇혀 있던 보스니아 죄수들의 수척한 사진들이 1945년 나치의 강제수용소에서 찍힌 사진들을 사람들의 기억 속으로 불러낸 것은 부득이한 일이었다.

잔악 행위를 담고 있는 사진들은 그런 행위의 존재 여부를 확증해줄 뿐만 아니라 자세히 보여주기도 한다. 정확히 얼마나 많은 사람들이 살해됐는가 하는 논쟁들(처음에는 그 숫자가 부풀려지는 경향이 있다)을 싹 건너뛴 채, 이런 사진들은 잊힐 수 없는 실례를 제시해 준다. 사진의 예시 기능은 의견, 편견, 환상, 잘못된 정보 등을 그냥 놔두게 만든다. 대부분의 경우, 예닌 공격으로 죽는 팔레스타인인들의 숫자가 팔레스타인 관리들이 주장하는 것보다 훨씬 더 적다는 정보(이스라엘은 늘 이렇게 말한다)는 완전히 파괴된 난민수용소의 건물들을 찍어 놓은 사진들에 비하면 별로 영향을 끼치지 못해 왔다. 물론 유명한 사진 이미지들을 통해서 우리의 정신에 깊이 각인되지 못했거나, 남아 있는 이미지가 별로 없는 잔악 행위들은 훨씬 더 푸대접을 받는다. 예컨대 1904년 독일의 식민 정부가 나미비아의 헤레로족을 완벽하게 몰살시키기로 작정한 사건, 일본이 중국을 습격한 사건(특히, 1937년 12월 중국인 40만여 명을 학살하고 8만여 명을 강간한 이른바 난징 대학살 사건), 1945년 베를린 주둔 소비에트 사령부의 묵인 아래 승전을 거둔 소비에트 병사들이 1백여 명의 부녀자들과 3만여 명의 소녀들을 강간한 사건(이들 중 1만여 명이 자살했다) 등이 좋은 예이다. 사람들은 이런 사건들에 거의 주목하지 않는다.

어떤 사진이 자아내는 친숙함은 현재, 그리고 얼마 안 된 과거를 둘러싼 우리의 감각을 형성해 놓는다. 사진은(감각의 옳고 그름을 판단하는) 일종의 참조점을 규정해 놓으며, 그 판단의 근거를 나타내는 일종의 토템 기능을 한다. 말로 된 표어보다 한 장의 사진이 사람들의 정서를 훨씬 더 구체화하는 것이다. 게다가 사진은 좀 더 먼 과거를 둘러싼 우리의 감각을 구성하는 데, 그리고 교정하는 데 도움을 준다. 여태껏 알고 있지 못했던 사진이 유포되어 우리에게 사후적으로 충격을 주는 경우가 그렇다. 오늘날 모든 이들이 알아보는 사진은 특정 사회가 한번쯤 생각해 보자고 선택해 놓은 것, 그도 아니면 그러리라고 표명된 것을 구성하는 일부이다. 우리는 이런 사고방식을 '기억하기'라고 말하는데, 결국에 가서 이것은 일종의 허구가 된다. 정확하게 말하자면, 집단적 기억이란 것은 존재하지 않는다. 그것은 집단적 죄의식 같은 그럴싸한 관념들의 일부일 뿐이다. 그렇지만 집단적 교훈은 존재한다.

모든 기억은 개인적이며 재현될 수도 없다. 기억이란 것은 그 기억을 갖고 있는 개개의 사람이 죽으면 함께 죽는다. 우리가 집단적 기억이라고 부르는 것은 상기하기가 아니라 일종의 약정이다. 즉, 우리는 사진을 통해서 이것은 중요한 일이며 이것이야말로 어떤 일이 어떻게 일어났는지를 알려주는 이야기이다, 라고 우리의 정신 속에 꼭꼭 챙겨두는 것이다. 이데올로기는 뭔가를 구체화할 수 있는 이미지, 즉 중요하기 그지없는 공통 관념을 담고 있으며 사람들의 생각과 감정을 예측 가능하도록 움직이게 하는 재현적 이미지의 저장소를 만들어 둔다. 곧장 포스터로 만들 수 있는 사진들, 가령 원자폭탄 실험 뒤에 생긴 버섯구름, 워싱턴 D.C.의 링컨 기념관에서 연설하고 있는 마틴 루터 킹 2세, 달에 착륙한 우주 비행사 등의 사진들은 중요한 사건들의 핵심을 전달해 주는 시각적 등가물이다. 이런 사진들은 중요한 역사적 순간들을 기념우표들보다 훨씬 더 흥미롭게 상기시켜 준다. 실제로 위에서 언급한 순간들, (원자폭탄 사진을 빼고는) 일종의 개선식 같은 이 순간들은 기념우표에 담겼다. 나치의 강제수용소 사진이 실린 전지우표가 나오지 않는 것이 다행스러운 일이다.

모더니즘의 세기에 들어와 예술이 박물관에 모셔지게 될 그 무엇인가로 새롭게 규정됐듯이, 오늘날에는 무수히 많은 사진들이 수집되어 박물관과 비슷한 각종 시설에서 전시되고 보존되기에 이르렀다. 공포의 순간을 모아놓은 각종 기록물들 가운데에서도, 집단 학살을 담아놓은 사진들이야말로 제도적으로 가장 발달된 기록물이다. 대중들을 위해서 이런저런 역사적 자취를 기록해 놓은 보고(寶庫)를 만드는 핵심적인 이유는 그런 보고가 기록해 놓은 범죄를 사람들의 의식 속에 계속 자리잡게 만든다는 데에 있다. 사람들은 이런 일을 '상기하기'라고 부르지만, 사실 따지고 보면 이것은 그보다 훨씬 더 멋진 거래에 가깝다.

최근 급증하고 있는 각종 기념관은 1930~40년대의 유럽에서 유대인들이 학살된 사건을 사색하고 애도하던 방식의 산물로서, 그 제도적 결실은 예루살렘의 야드바솀(〈유대인 대학살 박물관〉을 말함), 워싱턴 D.C.의 〈홀로코스트 기념관〉, 그리고 베를린의 〈유대인 기념관〉으로 이어졌다. 쇼아('절멸'을 뜻하는 히브리어)의 광경을 담은 각종 사진과 기록물은 끊임없이 유통되며, 거기에 담긴 기록들을 언제까지고 기억되어야 할 것으로 만들어 왔다. 사람들의 고통과 순교를 담은 사진들은 죽음, 좌절, 그리고 희생 그 이상을 상기시켜 준다. 그런 사진들은 생존의 기적까지 일깨워 주는 법이다. 뭔가를 영원히 기억하려고 한다는 것은 그 누군가가 그 기억을 끊임없이 갱신하고 창조할 임무를 수행해야 한다는 점을 의미할 수밖에 없다. 특히 일종의 도상 같은 사진이 자아내는 감동의 힘을 빌려서 말이다. 사람들은 자신들의 기억을 찾아가기를, 그리고 새롭게 되살리기를 원한다. 오늘날 수많은 희생자들은 기념관, 자신들이 겪은 고통을 알기 쉽도록 연대기적으로 일목요연하게 정리해 이야기해주는 일종의 사원을 원한다. 예를 들어서, 아르메니아인들은 오스만투르크 제국이 자행한 아르메니아인 집단 학살을 기념할 수 있는 박물관을 워싱턴에 세워달라고 오래 전부터 아우성쳐 왔다. 그렇지만 이 미국의 수도에, 그러니까 이미 미국계 흑인들이 인구의 대부분을 차지하고 있는 이 도시에 아직까지도 흑인 노예사 박물관이 존재하지 않는 이유가 무엇이겠는가? 실제로 독립 전쟁 때부터 남북 전쟁 때까지 미국 흑인 노예들의 탈출을 도왔던 지하 네트워크나 그들이 사용했던 탈출 경로처럼 선별된 일부분만이 아니라, 아프리카에서 자행된 노예무역에서부터 노예제도의 전말을 모두 들려주는 흑인 노예사 박물관은 미국 내 어디에도 존재하지 않는다. 아마도 흑인 노예를 둘러싼 기억은 사회의 안정에 지나치게 위험하기 때문에 그 기억을 자극하거나 새롭게 만들어서는 안 된다고 판단됐을 것이다. 〈홀로코스트 기념관〉, 그리고 언젠가 개장될지 모를 〈아르메니아인 집단 학살 박물관〉은 미국에서 벌어지지 않은 일들을 보여줄 뿐이다. 그렇기 때문에 이런 추모 작업은 국내 대중들을 몹시 격분시켜 당국에 맞서게 만들

위험이 조금도 없는 것이다. 아프리카 흑인들을 노예로 만든 미합중국의 엄청 난 범죄를 연대기별로 기록해 놓은 박물관을 세운다는 것은 바로 이곳 미국에 서 악이 행해졌다는 사실을 시인하는 꼴이 될지도 모르는 것이다. 미국인들은 저곳, 그리고 미국이 개입되지 않은 곳에서 행해진 악을 사진으로 찍기를 더 좋 아한다(미국은 그야말로 독특한 나라이다. 건국 이래로 사악한 지도자가 단 한 명도 존재하지 않았다고 증명하려는 그런 나라가 바로 미국인 것이다). 다른 모든 나라들과 마찬가지로 미국이라는 나라가 비극적인 과거를 가지고 있다는 사실은 미국은 예외라는 건국 신조, 즉 지금까지도 막강한 영향력을 행사하고 있는 이 나라의 믿음과 그리 어울리지 않는 것이다. 미국의 역사를 진보의 역사 로 보려는 국가적 합의는 비참한 광경을 담은 사진들이 맞닥뜨린 새로운 환경 이다. 이런 환경에서라면 사람들은 그 어느 곳에서 벌어졌든지 간에 그릇된 일 들에 온 정신을 뺏길 것이다. 단, 미국 자체를 유일한 해결사이자 구원자로 보 는 한에서만 말이다.

– 수전 손택의 『타인의 고통』
(이재원 옮김, 이후, 2004)

1. 우리는 왜 사진을 찍는가? 지나간 사진들이 자신을 구성할 수 있다고 보나?

2. 전쟁이나 테러를 담은 충격적인 그림이나 사진을 보면 어떤 느낌이 드는가? 자신의 반응을 세밀히 관찰하여 분석해 보라.

3. 화가와 사진가가 전쟁, 사고, 죽음의 순간을 담는 이유는 무엇이라 생각하는가?

4. 사진에 찍힌 장면은 '사실'이지만, 선택한 순간이거나 무언가를 표명하도록 요구된 것일 수도 있다. 그런 사진을 찾아 사진이 전달하는 사건이나 기억을 재구성해 보고, 우리가 본 것을 믿어도 될지 판단해 보라.

이것은 변기가 아니다.

르네 마그리트는 파이프 그림을 그려 놓고 '이것은 파이프가 아니다'라고 써 놓았다. 여기에 똑같이 변기를 그려 놓고 '이것은 변기가 아니다'라고 부정하는 그림이 있다. 왜 파이프나 변기를 그려 놓고 그것이 아니라고 부정하고 있을까? 그 이유를 찾아보고 이 그림을 해석해 보라. 그림 속 변기는 변기인가 아닌가?

보는 것, 보이는 것은 보거나 보여 주는 주체의 욕망에서 자유로울 수 있나? 아래 자료를 참고하여 이에 관한 질문을 만들어 보고 답해 보라.

[자료1]

그녀는 아름답고 매력 있는 처녀였지만, 운명의 잘못으로 하급 직원의 가정에 태어났다. 부유하고 집안 좋은 남자와 결혼할 길이 없었던 그녀는 문부성에 근무하는 하급관리와 결혼하고 말았다. 자기야 말로 온갖 쾌락과 사치를 위해 태어났다고 생각했으므로 언제나 마음이 아팠다. 어느 날 남편이 문부대신이 주최하는 야회 초대장을 들고 의기양양하게 돌아왔다. 그녀는 성난 눈초리로 남편을 노려보며 소리쳤다. "뭘 걸치고 가라는 거예요." 뺨이 눈물로 젖었다. "400프랑을 줄 테니 예쁜 옷을 사 입어요." "난 보석이고 장신구고 몸에 붙일 것이라곤 아무 것도 없으니 야회에 가지 않는 편이 낫겠어요." "친구에게 빌려보는 건 어때요?" 친구는 큰 상자를 꺼내 놓으며 골라 보라고 권했다. 검은 공단 상자 속 눈부신 다이아몬드 목걸이가 눈에 띄었다. 야회날 그녀는 누구보다도 아름답고 우아했으며 기쁨에 취해 웃었다. 한없이 달콤한 완전무결의 승리였다. 집에 돌아와 화려한 자기 모습을 다시 한 번 보려고 거울 앞에 선 그녀는 비명을 질렀다. "저, 저, 목걸이가 없어졌어요." 그 어디에서도 목걸이는 찾을 수 없었다. 부부는 유산을 털어 넣고 닥치는 대로 빚을 얻어 똑같은 목걸이

「목걸이」의 초판 이미지 (1885)

를 4만 프랑에 구입하여 친구에게 돌려주었다. 무서운 빚을 갚아야 했다. 모두 갚으리라. 그녀는 비장한 결심을 했다. 하녀를 내보냈다. 집을 옮겼다. 기름 낀 그릇과 냄비를 닦느라 분홍빛 손톱이 다 닳았다. 식료품점에서 값을 깎다 욕을 먹어가며 한 푼 한 푼을 절약했다. 비참한 생활이 10년 동안 계속되었다. 빚을 모두 갚은 그녀는 이제 늙어보였다. 억센 고집쟁이에 거칠고 가난한 살림꾼이 되었다. 이따금 남편이 출근한 뒤 그녀는 창가에 앉아 자기가 그토록 아름다웠고 사랑받았던 무도회를 생각해 보았다. 그때 목걸이를 잃어버리지 않았더라면 어떻게 되었을까? 인생이란 참 이상하고 무상한 거야! 어느 일요일 그녀는 샹젤리제 거리로 산책을 나갔다가 친구를 만났다. "오랜만이야!" "저… 부인, 누구신지 저는 모르겠군요. 사람을 잘못 보신 게 아닌지요?" "나 마틸드야." 친구는 소리를 질렀다. "아… 가엾은 마틸드, 어쩜 이리 변했어…." "응, 고생 많이 했지. 그 다이아몬드 목걸이 때문에. 그걸 잃어버렸거든." "뭐라고? 내게 돌려주고선." "모양은 똑같지만 다른 거였어. 그걸 갚느라 10년이 걸렸지." 친구는 발걸음을 멈추고 그녀의 두 손을 붙잡았다. "아! 가엾은 마틸드! 내 것은 가짜였어. 기껏해야 5백 프랑밖에 안 나가는…."

– 모파상의 「목걸이」

[자료2]

특히 연출됐다는 사실에 우리가 적잖이 당황하게 되는 사진들은 개인이 겪는 가장 최고의 순간, 특히 사랑과 죽음을 기록한 듯이 보이는 사진들이다. 로베르 두아노는 1950년 자신의 사진, 그러니까 젊은 남녀 한 쌍이 파리 시청 근처 보도에서 입을 맞추고 있는 사진이 일종의 순간 포착이었다고 명확히 주장한 적이 결코 없었다. 40여 년이 지난 먼 훗날, 일당을 받고 고용된 한 쌍의 남녀가 두아노의 지휘 아래 입을 맞혔다는 사실이 밝혀지자마자, 이 사진이야말로 고이 간직해야 할 낭만적인 사랑과 낭만이 넘치는 파리의 모습을 담고 있다고 생각했던 많은 사람들이 분통을 터뜨렸다. 사람들은 이 사진작가가 사랑과 죽음이 펼쳐지는 장소를 드나드는 스파이가 되어주기를, 그리고 사진에 찍힐 인물들이 카메라가 있다는 사실도 모른 채 "방심 속에서" 사진작가에게 찍히기를 바랐던 것이다. 우리는 재빠른 사진작가가 포착해 놓은 한 장의 사진이 사람들에게 건네주는 만족감을 결코 누그러뜨릴 수 없을 것이다.

만약 근처에 있던 사진작가가 적절한 순간에 셔터를 열어서 찍은 전쟁 사진만을 진정한 전쟁 사진이라고 받아들이게 된다면, 승전 장면을 담은 사진들도 모조리 적격 판정을 못 받을 것이다. 일종의 전투 행위로서 자국의 깃발을 고지에 꽂는 행위도 연출됐기 때문이다. 1945년 2월 23일 이오 섬에서 미국 국기가 게양되는 장면을 연출한 유명한 사진은 미군이 스리바치 산을 점령한 다음날 아침에 거행됐던 국기 게양식 장면을, 연합통신의 사진작가 조 로젠탈이 '재구성'해서 찍은 사진이라는 사실이 밝혀졌다. 로젠탈은 당일 좀 더 시간이 지난 뒤 좀 더 큰 국기로 이 장면을 재현했던 것이다. 시간이 지남에 따라, 연출됐던 그토록 많은 사진들이 그 순수하지 못한 성격에도 불구하고 역사의 증거가 되어 버렸다. 대부분의 역사적 증거들이 그렇듯이 말이다.

– 수전 손택의 『타인의 고통』

미국 워싱턴 D.C.에 있는 해병대 전쟁 기념비
태평양 전쟁 중 이오지마 상륙 작전에 투입된 해병대 병사들이 성조기를 게양하는 모습이다.

" Discussion Questions

1. 아름다움의 보편적 기준은 존재한다.
   (예 모나리자는 아름답다.)

2. 성형 미인도 미인이다.

3. 나의 빛나는 순간에도 포토샵은 필요하다.

4. 나는 SNS를 거부한다.

5. 예술적 표현의 자유는 제한될 수 있다.

6. '먹방' 프로그램은 삶을 풍요롭게 한다.

제 2 장
청춘의
감수성

THINK
FIRST

어린아이들은 모두 시인이고 화가이고 무용수다. 특별할 것 같았던 재능, 부모의 가슴을 벅차게 했던 창의적 발상은 그러나 대부분, 시간이 흐르며 사그라지고 만다. 강가의 무수한 조약돌마냥 올망졸망 엇비슷한 일상을 살아가면서 눈앞에 닥친 과제와 일을 수행하기에 바쁘다. 어린아이 때 가졌던 엉뚱하고 기발한 착상, 서툰 필치였으나 대상의 특징을 기막히게 잡아냈던 동물 그림, 자신도 모르게 구사했던 시적인 언어들은 모두 어디로 갔을까? 합리적 사고를 익히고 사회 구조의 체계와 효율에 적응하여 경쟁력을 높이는 데에는 도움이 되지 않는 능력이라 도태된 것일까? 아니면 지도에 표시되지 않은 복류천(伏流川)처럼 삶의 이면에 고요히 스며들어 있다가 어느 지점에선가 다시 솟아오르길 꿈꾸고 있을까?

미하엘 엔데의 『모모』를 읽고 한 소년이 말했다. "현재는 영원히 존재하지 않는다는 생각, 나도 유치원 때 했었는데… 내가 생각하고도 말이 안 되는 이야기인 줄 알았는데, 이렇게 책으로 써도 되는 건 줄 몰랐어요." 소년은 자신의 생각을 왜 '말이 안 되는 이야기'라 여기고 상상의 나래를 일찍 접었을까? 그 말이 안 되는 이야기를 미하엘 엔데는 어떻게 장년의 나이에 펼쳐 보일 수 있었을까? 소년에게 안타까운 마음이 든다면, 시인이고 화가이고 무용수였던 시절에 대한 그리움과 아쉬움이 남아 있다는 의미일 것이다. '말이 안 되는 이야기'도 포기하지 않고 생각하고 또 생각하다 보면, '말이 되는 이야기', '아름다움과 즐거움을 주는 이야기'가 될 수 있다고 믿는다는 의미일 것이다.

삶을 사랑하게 하고 가꾸어 주는 아름다움에 대한 지향은 놓칠 수 없는 것 아니던가. 마음을 울리는 그 생명력은 예술의 불멸의 주제이며, 이를 삶 속에 실현하는 것은 인간의 영원한 화두이므로. 누구나 자신에게 있어서만큼은 유일무이한 존재이다. 사회적 존재로서 안착하는 것과 개인적 삶의 풍요로움은 맞바꿀 수 있는 것이 아니라 상호 교류하고 도와가며 일구어야 할 삶의 소중한 가치이다. 보편적 삶과는 멀리 떨어진 고상한 존재로 여겨지는 예술적 감수성과 행위는 실상은 삶의 순간순간에 깃들어 있을 때 가장 충만하게 발휘될 수 있다.

엄격한 가톨릭 교리를 강요하는 어머니에게 말없이 항거하고, 신보다 작업복을 입은 노동자에게 연민을 보내고, 미지의 세계로 나아가려는 열망에 사로잡힌 소년. 일곱 살의 랭보는 자신이 특별한 존재임을 이미 알아차리며 미래를 예감한다(「일곱 살의 시인들」). 소설가로 명성을 얻기 전, 헤밍웨이는 끼니 걱정을 하면서도 장편소설을 쓰려는 의지를 불태운다. 그의 가슴을 뛰게 한 것은 무엇이었던가? 뛰는 가슴을 따라가다 맞부닥친 어둠을 그는 어떻게 견뎠으며, 의지를 다잡는 동력을 어디에서 얻었는가?(『파리는 날마다 축제』) 자신의 감수성이 사회의 통념이나 보편적 질서와 일치하지 않는다면 어떻게 할 것인가? 짜루는 배부른 행복이 최고의 덕목이었던 개미왕국에 '아름다움'에 관한 문제를 던진다. 삶에서 아름다움을 추구한다는 것의 의미는 무엇인가? 먹고사는 일과 아름다움을 추구하는 것은 병행할 수 있는 것인가?(「개미도 노래를 부른다」).

이 세 편의 글은 천재라고 불렸거나, 문학에 대한 열정 이외의 것에는 곁을 주지 않았거나, 남다른 가치관을 의지를 갖고 밀고 나갈 수 있었던 이들의 것이다. 그렇다고 예술가는 타고 나는 것이므로 평범한 사람들과는 다른 신념과 삶을 갖게 마련이라고 밀쳐 둘 일은 아니다. 자신의 개성과 사상을 발현하는 것은 예술에 속하는가, 아닌가? 열정을 만드는 것은 기질인가, 자기 자신인가? 예술가의 길을 걷지 않더라도 삶의 예술을 가꿀 수 있는가? 이러한 질문을 품고 해답을 더듬어 찾아가 보면, 발견하고 음미할 수 있을 것이다, 유일무이한 '나'라는 존재가 발현되어 만들어 낼 고유한 내 삶의 무늬를.

높고 푸른 빈 방

일곱 살의 시인들 | 아르튀르 랭보

그리하여 어머니는, 숙제장을 덮고,

만족스러워하며, 아주 자랑스레 가버렸어,

아들의 푸른 눈에, 볼록 튀어나온 이마 아래,

반감에 젖어 있는 영혼은 보지 않은 채.

온종일 그는 어머니에 순종하느라 진땀을 흘렸지. 매우

총명했지만, 얼굴엔 어두운 경련이 일었고, 마음 속 위선을

드러내는 쓰라린 표정도 스쳐갔어.

벽지에 곰팡이가 핀 어두운 복도를 지나며

그는 사타구니에 두 주먹을 넣고 날름 혀를 내밀었지,

감은 눈 속으론 검은 점들이 어른어른 보였어.

저녁을 향해 문이 열려 있었어. 지붕에서 늘어진

햇살의 만(灣) 아래, 등불을 받으며,

저 위쪽 난간에 기대 괴롭게 숨을 몰아쉬는 그의 모습이 보였지.

여름이면 더더욱, 의욕을 잃고 멍해져, 서늘한 변소에

오래 틀어박혀 있었어.

거기서 그는 생각에 빠져들곤 했지, 고요하게, 코를 벌름거리면서.

대낮의 냄새를 씻어낸 뒤뜰의 작은 정원에

겨울 달빛이 스며들어 빛날 때,

석회질 흙에 파묻혀, 그는 담장 아래 드러누워

현기증 나는 눈을 짓누르며 환영을 좇다가,

늘어선 과일나무들이 옴에 걸려 들끓는 소리를 들었어.

가엾어라! 가까운 애들이라곤

허약하고, 모자도 쓰지 못했을 뿐더러 눈빛은 희미하게 뺨 위로 잦아드는,

설사 냄새 진동하는 누더기 속에 진흙 묻은 검고 누런 앙상한 손가락을 감추고

바보처럼 천진하게 이야기하는 녀석들뿐!

그가 불결한 연민에 빠져있는 걸 간파하고,

어머니는 질색을 했지만, 아이의 다정함은

그 놀라움 위로 달려들곤 하였지.

그건 좋았어. 어머니의 시선은 푸르렀지 – 거짓의 시선!

일곱 살에, 그는 소설을 지었어, 황홀한 자유가 반짝이는

광활한 사막에서의 삶을 그린 소설을,

숲, 태양, 강기슭, 사바나! - 신문 삽화에서 영감을 얻었는데, 거기

웃고 있는 스페인 여자들과 이탈리아 여자들을 보며 그는 얼굴을 붉혔지.

갈색 눈에 옥양목 옷을 입은 옆집 노동자의 -여덟 살짜리- 딸은

거칠기 짝이 없었어, 귀퉁이에서

머리채를 흔들며 정신없이 달려와 그의 등 위로 뛰어오르곤 했지.

밑에 깔린 그는, 바지를 입는 법이라곤 없는

여자애의 엉덩이를 물어뜯었고

- 발길질 주먹질에 멍이 든 채

그 살결의 맛을 자기 방으로 가져오곤 했어.

12월의 생기 없는 일요일들이 그는 두려웠어,

포마드를 바르고, 조그만 마호가니 원탁에서

가장자리에 양배추 같은 녹색이 칠해진 성경을 읽어야 했기에,

침대에서 밤마다 꿈에 짓눌렸지.

그가 사랑했던 건 신이 아니라, 그 사람들. 누르스름하게 물든 저녁,

북을 세 번 울리면서 관원들이

군중을 웃게도 투덜대게도 하는 칙령을 외치는 성 밖으로

시커먼 얼굴에 작업복을 입은 그들이 돌아가는 것을 그는 바라보았어.

- 사랑의 초원을 그는 꿈꾸었어, 넘실대는 빛이,

건강한 향기가, 황금빛 솜털이

고요히 일렁이다가 자유로이 날아오르는 그곳!

그는 특히 어두운 것들을 즐겼기에,

높고 푸르며, 습기 자욱한 텅 빈 방에서

덧창을 닫고 한 시도 생각에서 놓치지 않았던

자신의 소설을 읽었어,

갑갑한 황토색 하늘, 홍수에 잠긴 숲

붙박이별들의 숲에 살의 꽃들이 가득 펼쳐 있는 소설을.

현기증이 나, 주저앉네, 당혹스러워, 이를 어쩌지!

- 저 아래, 동네의 소음이 들려오는데 -

혼자, 날 삼베천 위에 누워,

항해의 예감에 격렬히 사로잡히며!

첫 영성체를 받던 날, 11살의 랭보(1865)

1. 아이가 꿈꾸는 세계는 어떤 것인가?

2. 그래서 아이는 어떻게 되었을까? 뒷이야기를 상상해 보자.

3. 나에게도 볼록 튀어나온 이마가 있었는가?

4. 꿈꾸는 삶과 처한 현실이 동떨어진 경우 어떤 태도를 취해야 하나?

5. 일곱 살의 나, 또는 열두 살의 나는 어떤 아이였는가?

C&C

소설가 폴 오스터는 자전적 소설인 『빵 굽는 타자기』에서 "작가가 되는 것은 선택하는 것이기보다 선택되는 것이다."라고 말했다. 이 말은 작가나 예술가는 아무나 할 수 있는 일이 아니며 천부적인 재능을 필요로 한다는 의미로 이해되기 쉽다. 그러나 작가들의 자전적 소설을 읽다 보면 '재능'의 의미를 재고해야 할지도 모른다. 재능이란 재주와 능력을 아우르는 말인데, 보통 우리는 이를 '타고난' 재주와 능력이라고 생각해 버리고 만다. 그러나 타고난 것 이상으로 특출하게 되는 능력이야말로 진정한 재능이 아니겠는가?

20세기 라틴아메리카 문학을 대표하는 거장 가브리엘 마르케스는 자전적 소설에 『이야기하기 위해 살다』라는 제목을 붙였다. 이야기를 잘하도록 타고났기 때문이 아니라, 이야기하기 위해 살았기 때문에 그는 위대한 작가가 되었다. 콜롬비아의 작은 해안 마을에서 11남매의 장남으로 태어난 그는 대학졸업장을 얻기를 바라는 부모의 희망을 저버리고 글 쓰는 일을 업으로 삼기로 결심한다.

"공부를 그만둬 버리다니……. 네 아버지가 아주 슬퍼하고 계신다."

학교는 그만두지만 공부는 계속할 것이며, 신문에 글을 써서 먹고살 수 있다고 마르케스는 항변한다. 어머니의 눈에 미더울 리가 없다.

"말은 그렇게 한다만 네 상황이 얼마나 힘든지 한눈에 알겠더구나. 난 네가 거지인 줄 알았다. 양말은 신지도 않았구나. 한 가지만 말해다오. 네 아버지에게 뭐라 전해 주리?"

불확실한 미래, 넉넉하지 못한 가정 형편, 그리고 부모의 반대. 혼돈이 가득한 삶으로 발을 내딛으려는 마르케스는 어머니의 질문에 어떻게 답해야 할까? 열정에 대한 자신의 관점을 토대로 답변을 제시해 보라.

배가 텅 비었을 때
진정으로
꿰뚫어 볼 수 있음을

파리는 날마다 축제 | 어니스트 헤밍웨이

배고픔은 훌륭한 교훈이다

파리에서는 충분히 먹지 못하면 몹시 허기가 진다. 빵집 진열대에는 먹음직스러운 빵들이 그득하고 거리에는 테라스에 차려진 식탁에서 식사하는 사람들이 많아서 늘 먹을 것이 눈에 보이고 음식 냄새가 코를 자극하기 때문이다. 특파원 일을 그만두고 나서 미국에서 아무도 사주지 않는 글만 쓰고 있을 무렵, 누군가와 점심을 먹으러 간다고 집에 말하고 나왔을 때 가기에 딱 좋은 장소는 뤽상부르 공원이었다. 옵세르바투아르 광장에서 보지라르 거리에 이르는 길에는 음식이 전혀 눈에 띄지 않고, 냄새도 전혀 나지 않기 때문이었다.

셰익스피어&컴퍼니. 헤밍웨이가 즐겨 찾던 영미문학 중고서점으로 파리 5구에 있다(사진제공_이숲).

뤽상부르 공원에 가면 나는 으레 박물관으로 발길을 옮기곤 했는데, 배가 몹시 고플수록 벽에 걸린 그림들이 더욱 맑고, 또렷하고, 아름답게 보였다. 나는 배가 텅 비었을 때 세잔을 더 잘 이해할 수 있고, 그가 어떻게 풍경화를 그렸는지를 진정으로 꿰뚫어볼 수 있음을 깨달았다. 그림을 그릴 때 그도 역시 배가 고팠을지 궁금했지만, 어쩌면 그가 식사하는 것조차 잊어버렸으리라는 생각이 들었다. 그것은 잠이 부족하거나 허기가 질 때 느낄 수 있는, 건전하지는 않지만 엄청난 깨달음의 순간이었다. 그리고 오랜 세월이 흐른 후에야 나는 세잔이 다른 면에서 허기를 느꼈으리라고 생각하게 되었다.

뤽상부르 공원에서 나와서 역시 식당이 전혀 없는, 좁은 페루 거리를 지나 생쉴피스 광장에 다다른다. 나무와 벤치가 많은 그 조용한 광장에는 사자 조각상이 있는 분수대가 있고 비둘기들이 길 위를 이리저리 걸어 다니거나 주교들의 동상에 날아가 앉곤 했다. 광장의 북쪽에는 성물과 성복을 파는 가게들이 있었다.

광장을 지나 센 강변으로 가려면 어쩔 수 없이 과일 가게, 채소 가게, 포도주 가게, 빵집 앞을 지나야 했다. 그러나 낡은 교회의 회백색 석조 건물을 끼고 오른쪽으로 돌아 오데옹 거리로 들어서서 그 길을 따라가다가 오른쪽으로 꺾어지면, 나를 괴롭게 하는 음식 가게들과 자주 마주치지 않고도 실비아 비치의 서점으로 갈 수 있었다. 일단, 오데옹 거리에 들어서면 식당 세 개가 있는 오데옹 광장에 이를 때까지는 다행히 음식점이 없었다.

오데옹 거리 12번지에 도착할 즈음이면 허기가 어느 정도 가라앉으면서 다른 모든 감각이 무척 예민해졌다. 벽에 걸린 사진들도 달리 보이고, 그때까지 미처 보지 못했던 책들도 눈에 띄었다.

"헤밍웨이 씨, 너무 해쓱해지셨네요." 실비아가 말했다. "식사는 제대로 하셨나요?"

"그럼요."

"점심때 뭘 드셨어요?"

새삼스럽게 속이 쓰려 오는 것을 느끼며 나는 이렇게 대답했다. "실은 지금 점심 먹으러 집으로 가는 길입니다."

"오후 세 시에요?"

"시간이 그렇게 됐는지 몰랐어요. 저한테 온 우편물은 없지요?"

이것저것 뒤적이던 그녀는 메모 하나를 발견하고는 마냥 기쁜 표정으로 나를 보더니 책상 서랍을 열고 편지 한 장을 꺼냈다. 봉투 안에는 돈이 들어 있는 것 같았다. "웨데르코프 씨한테서 온 거네요."

"아마도 《데어 크베어슈니트》(1856-1943년까지 발간된 독일의 문학평론지)에서 온 편지일 겁니다. 웨데르코프 씨를 만나신 적이 있나요?"

"아니요. 정식으로 만난 적은 없어요. 하지만 그분은 조르주와 함께 여기 들렀죠. 그쪽에서 선생님을 만나려 할 거예요. 걱정하지 마세요. 아마도 그분은 선생님께 먼저 돈부터 드리고 싶었나 봐요."

"600프랑이네요. 이건 선금이고 나중에 더 주겠다는군요."

"우편물이 있는지 다시 찾아보라고 하셔서 다행이에요. 정말 멋있는 분이네!"

"제가 뭔가를 팔 수 있는 나라가 고작 독일뿐이라니, 정말 아이러니군요. 하필 그 사람과 《프랑크푸르트 차이퉁》(2차 세계대전 이전까지 발간되던 독일의 대표 일간지)이라니…"

"그렇군요. 그래도 너무 속상해하지는 마세요. 선생님은 단편을 포드 씨에게 팔면 되잖아요." 그녀가 나를 놀렸다.

"페이지당 30프랑. 다섯 페이지짜리 글을 《트랜스애틀랜틱 리뷰》에 석 달마다 싣는다는데, 3개월 수입이 고작 150프랑, 1년에 600프랑이군요."

"하지만 헤밍웨이 씨. 지금의 수입 액수에 너무 연연하진 마세요. 중요한 건 선생님께서 글을 쓸 수 있다는 사실이잖아요."

"알고 있습니다. 하지만, 제가 단편을 써도 사는 사람이 없을 거예요. 그런데 특파원 일을 그만두니까 벌이가 없어요."

"언젠가는 팔릴 거예요. 두고 보세요. 조금 전에도 한 편에 대한 원고료를 받았잖아요."

"미안해요, 실비아. 쓸데없이 넋두리를 늘어놓았군요. 용서해 주세요."

"용서할 게 뭐 있어요? 언제든 와서 하소연하세요. 다른 작가들도 모두 선생님처럼 하소연한다는 걸 모르셨나요? 선생님도 아무 걱정 하지 마시고, 식사도 거르지 마세요."

"그럴게요."

"그럼, 어서 댁으로 가셔서 점심부터 드세요."

다시 오데옹 거리로 나왔을 때, 나는 그렇게 넋두리를 늘어놓은 나 자신이 한심하게 여겨졌다. 오늘 하루 내가 한 행동은 내 자유의지에 의한 것이었지만, 어리석었다. 식사를 거르지 말고 커다란 빵 한 덩어리라도 사 먹는 편이 나았으리라. 노르스름하고 맛있는 빵 껍질의 맛이 생생하게 떠올랐다. 그렇지만, 뭔가 마실 것이 없이 빵만 먹는다면 목이 멜 것이다…. '이런 빌어먹을 불평쟁이야!' 나는 속으로 중얼거렸다. '이 치사하고 위선적인 순교자야. 네가 자진해서 특파원 일을 그만뒀잖아. 네 신용은 아직 유지되고 있으니 실비아에게 돈을 빌릴 수 있을 거야. 그녀에게는 돈이 있으니, 물론 빌려 주겠지. 하지만 그러고 나면 다른 일에도 너 자신을 굽혀야 할 거야. 배가 고프다는 것은 네 몸이 건강하다는 뜻이고, 배고플 때는 그림이 더 잘 보이는 법이지. 하지만, 음식을 먹는다는 것 또한 대단히 멋진 일이잖아. 자, 이제 어디 가서 식사나 할까?

나는 걱정하지 말자고 다짐했다. 나는 내가 쓴 단편 작품들이 좋다는 것을 알고 있었고, 언젠가는 미국에서 내 책을 출간할 출판사를 찾을 수 있으리라 믿었다. 신문사 일을 그만둘 때 나는 내 작품을 출간하게 되리라고 확신했다. 하지만 내가 보낸 원고는 모조리 되돌아왔다. 그러나 내가 그토록 낙관적일 수 있었던 것은 에드워드 오브라이언이 발행하는 《우수 단편선집》에 나의 단편 〈나의 아버지〉가 실렸고, 또 그해에 그 책을 내게 헌정했기 때문이었다. 오브라이언은 그때까지 어느 잡지에도 실리지 못했던 내 단편을 자신의 선집에 넣기 위해 모든 규칙을 어기면서까지 나를 매우 특별히 예우해 주었던 것이다.

당시에 일이 아주 우습게 돌아갔다. 그토록 난리법석을 떨면서 내 작품을 단편 선집에 실었던 그가 막상 내 이름의 철자를 틀리게 인쇄했던 것이다. 그 단편은 내게 남아 있던 두 편의 원고 중 하나였다. 이전에 나는 그때까지 작업했던 원고를 모두 잃어버렸다. 당시에 내가 머물고 있던 로잔으로 오면서 나를 기쁘게 해주려고 내가 그동안 썼던 모든 원고를 가져오던 아내가 리옹 역에서 가방을 도둑맞고 말았기 때문이다. 그녀는 알프스에서 휴가를 보내는 동안에도 내가 틈틈이 글을 쓸 수 있게 해주려는 기특한 마음에서 내가 손으로 쓴 초고, 타자기로 친 원고, 그리고 사본들을 모두 폴더 속에 잘 정리하여 가방에 챙겨 넣었다가 사고를 당한 것이다. 그나마 〈나의 아버지〉 원고가 내 수중에 남아 있었던 것은 링컨 스테펀스가 어느 출판사 편집자에게 그 원고를 보냈는데 그쪽에서 되돌려 보냈던 덕분이었다. 다른 원고를 모두 도둑맞았지만, 그 원고는 우편으로 반송되었기에 내게 남아 있었다.

죽어 가거나 단말마의 고통을 느끼는 사람을 제외하고, 내 원고를 모두 잃어버렸다고 말하던 아내보다 더 괴로워하는 사람을, 나는 본 적이 없다. 처음에 아내는 무슨 일이 벌어졌는지 설명조차 할 수 없을 정도로 울고 또 울었다. 나는 어떤 끔찍한 일이 일어났더라도 그것은 이미 벌어진 일이고, 세상에는 해결할 수 없을 만큼 나쁜 일은 없으며, 어떤 일이 벌어졌든 괜찮으니 걱정할 필요 없다며 그녀를 달랬다. 그리고 우리가 어떻게든 문제를 잘 해결할 수 있으리라고도 했다. 마침내 아내는 내게 자초지종을 들려주었다. 아내가 사본까지도 전부 가져올 수 없었을 것이라 믿었던 나는 당시 상당한 수입원이었던 신문사 일을 대신해줄 사람을 구해 놓고 파리로 가는 기차를 탔다. 그녀가 사본까지 몽땅 잃어버렸다는 것은 돌이킬 수 없는 명백한 사실이었고, 아파트로 돌아가서 모든 것이 사실임을 확인하고 나서 내가 그날 밤 무슨 일을 했는지는 지금도 기억이 생생하다. 어쨌든, 이미 엎질러진 물이었고, 칭크는 우연한 사고에 대해서는 절대 다시 왈가왈부하지 말라고 내게 누누이 일러 주었다. 그래서 나는 오브라이언에게 그렇게까지 가슴 아파하지 말라고 말했다. 초기 작품들을 잃어버린 것은 나를 위해 차라리 잘된 일인지도 모른다고, 나는 마치 신입 병사의 사기를 북돋아 주듯이 그를 다독였다. 나는 그에게 내가 다시 단편을 쓸 계획이라고 말했다. 처음에는 단지 그를 위로하려고 거짓말을 했지만, 그 말을 하는 순간에 그것은 진심이 되었다.

나는 리프에 앉아서 모든 것을 잃어버리고 나서 다시 단편을 썼던 때를 떠올려 보았다. 내가 다시 글을 쓰기 시작한 곳은 이탈리아의 코르티나 담페초 스키장이었다. 당시 나는 아내와 봄철 스키 여행 중이었고, 취재 때문에 잠시 독일의 라인란트와 루르 지방에 갔다가 다시 돌아와 아내와 합류했다. 그때 내가 쓴 작품은 〈계절에 뒤늦은〉이라는 아주 간단한 단편이었는데, 나는 그 작품을 쓰면서 노인이 스스로 목을 매는 결말 부분을 의도적으로 생략했다. 그것은 나의 새로운 이론에 따른 결정이었다. 생략한 부분이 글의 내용을 더욱 강화하고, 그것을 계기로 독자가 단순한 이해 이상의 뭔가를 느낄 수 있다면 어떤 부분이

든 생략할 수 있다는 것이 내 지론이었다.

어쨌든, 나는 이제 그 문제를 잘 알게 되었지만, 다른 사람들은 이해하지 못하는 것 같았다. 그 점에 대해서는 의문의 여지가 없었다. 이 새로운 기법으로 쓰인 작품이 아직 환영받지 못하는 것은 사실이다. 그러나 그림도 그렇듯이 언젠가는 다른 사람들이 내 이론을 이해하게 될 것이다. 결국, 내게 필요한 것은 시간과 믿음이었다. 먹을 것을 줄여야 할 처지라면 배고픈 상태로 너무 많은 생각에 빠지지 않도록 스스로 통제할 필요가 있다. 배고픔은 좋은 훈련이자 교훈이 될 수 있다. 그러나 뭔가 해결책을 찾아야 한다. 다른 사람들이 내 생각을 이해하지 못한다면, 나는 그들보다 앞서 가고 있는 것이 분명하다. 내가 그들보다 너무 앞서 있기에 제때에 끼니를 때울 여유조차 없지만, 그들이 나를 조금만 따라와 준다면, 상황은 그리 나쁘지 않을 것이다.

나는 장편 소설을 써야 한다. 그러나 정제된 문장으로 소설을 완성하려고 애쓰다 보니 불가능한 일처럼 여겨졌다. 장거리 달리기를 연습하듯이 우선 조금씩 조금씩 긴 글을 쓰는 훈련이 필요했다. 전에 리옹 역에서 가방과 함께 원고를 잃어버린 그 소설을 썼을 때 나는 아직 젊음 그 자체만큼이나 허망하고 변덕스러운 젊은 나이의 순진한 정서에 사로잡혀 있었다. 나는 의심할 여지없이 그 원고를 잃어버린 것이 오히려 잘된 일이라는 것을 알고 있었지만, 새로 소설을 써야 한다는 것 역시 알고 있었다. 그러나 나는 소설을 쓰지 않을 수 없는 순간이 올 때까지 느긋하게 기다리기로 했다. 절대로 생계의 수단으로 소설을 써서는 안 될 것이다. 내가 할 수 있는 일은 그것밖에 없고, 다른 선택의 여지가 전혀 없을 때 나는 소설을 쓸 것이다. 따라서 나는 더 많은 압박이 쌓일 때까지 기다려야 한다. 기다리는 동안은 우선 내가 잘 아는 주제에 대해 긴 글을 써봐야 할 것이다.

내가 썼다가 잃어버린 글의 주제가 아니면서 내가 가장 잘 다룰 수 있는 주제는 무엇일까? 내가 진정으로 잘 알고 있는 것은 무엇이며 내가 가장 좋아하는 것은 무엇일까? 선택의 여지는 전혀 없었다. 가장 빨리 내가 작업할 수 있는 곳으로 돌아가기 위해 어떤 길을 택할 것인지가 내게 주어진 유일한 선택이었다. 나는 보나파르트, 귀느메, 그리고 아사스 거리를 지나고 노트르담 데샹 거리를 가로질러 라라클로즈리 데릴라로 갔다.

그리고 오후 햇살이 어깨 너머로 들어오는 구석진 테이블에 자리를 잡고 앉아서 공책을 꺼내 놓고 글을 쓰기 시작했다. 웨이터가 커피 한 잔을 가져왔지만, 다 식은 뒤에야 반쯤 마셨다. 그리고 나머지 반은 글을 쓰는 동안 테이블 위에 그대로 남겨 두었다. 글쓰기를 멈추고도, 나는 강물이 다리 기둥에 부딪히고, 떠밀려 올라온 물속에서 송어가 헤엄치는 모습이 보이는 이 강변을 떠나기 싫었다. 내가 카페에서 쓴 글은 한 병사가 전쟁터에서 집으로 돌아오는 장면을 묘사한 것이었지만, 전쟁에 대한 언급은 전혀 하지 않았다.

다음 날 아침에도 강은 여전히 그곳에 있을 터이고, 나는 내 글에 그 강과 이 나라와 여기서 벌어지는 모든 일을 담아야 했다. 앞으로 며칠 동안 그 일을 계속해야 하리라. 다른 일은 아무래도 좋았다. 내 호주머니에는 독일에서 받은 돈이 들어 있었기에 아무 문제없었다. 이 돈을 다 쓰고 나면 또 다른 돈이 들어올 것이다.

내게 당장 필요한 것은 다음 날 아침 다시 작업을 시작하는 순간까지 머리를 건강하고 맑은 상태로 유지하는 것뿐이었다. 그 당시 그런 일쯤은 전혀 힘들게 여겨지지 않았다.

– 어니스트 헤밍웨이 「파리는 날마다 축제」
(주순애 옮김, 이숲, 2012)

1. 배고픔은 감각을 일깨워줄 수 있을까?

2. '배고픈 예술가'라는 표현을 흔히 쓴다. 이 말이 무슨 의미를 담고 있다고 생각하
   는가?

3. 헤밍웨이가 문제에 대응하는 방법에 대해 평가해 보자.

4. 문제에 부딪쳤을 때 자신이 어떤 태도를 취해 왔는지 떠올려 보라. 그리고 그 태
   도가 어떻게 상황에 작용하였는지도. 다시 그 시점으로 돌아간다면 무엇을 어떻
   게 할 것인가?

C&C_01 ———————

아래는 쿠르베의 〈만남〉이라는 그림이다. 쿠르베는 몽펠리에에 도착하면서 자신의 후원자가 마중 나오는 장면을 상상하여 그림에 담았다. 이 작품은 1855년 만국박람회에 출품되었으나, 대중지의 조롱을 받으며 〈안녕하시오 쿠르베씨〉라는 부제가 붙게 되었다. 쿠르베가 예술가로서 자신을 어떻게 여기고 있으며 어떤 의미를 부여하고 있는지 그림으로 파악해 보라.

당신은 자신이 하고 있는(하고자 하는) 일에 어떤 의미를 두는가? 또는 어떤 의미를 추구하며 자신을 가꾸어 가고 싶은가? 세속적인 성공 여부와 관계없이 자신이 하는 일에 의미를 부여할 수 있는가?

만남(귀스타브 쿠르베, 1854)

영화 〈레인보우〉 포스터[(주)인디스토리 제공]

영화 〈레인보우〉(신수원, 2010)는 교사라는 직업을 과감히 던지고 뒤늦게 영화공부를 시작한 감독의 자전적인 이야기다. '서른아홉 엄마와 열다섯 아들의 파란만장 사춘기'라는 포스터 문구처럼 엄마와 아들은 각각 영화와 음악의 길을 가고자 하지만 녹록하지 않다. 하고 싶은 자신만의 이야기를 영화에 담겠다는 열정은 "아줌마, 당신 아들 밥은 먹어? 이제 그만 집에 가."라고 비아냥대는 사람들의 시선에 부딪치고, 흥행공식에 맞지 않는 시나리오에는 단박에 비주류라는 낙인이 찍힌다.

우리는 타인의 열정을 평가할 수 있는가? 주류/비주류를 구분하는 것은 누구이며 어떤 근거로 이루어진다고 보나? 그 구분은 어떤 문제를 야기하는가? 아니, 애초에 그러한 구분이 가능한 것인가? 고정관념은 믿어볼 가치가 있는가? 판단해 보라.

너의 노래를 불러라

개미도 노래를 부른다 | 소중애

숲 속에는 바람이 잔잔하게 불었습니다. 어디선가 풍뎅이 한 마리가 나타나 숲 속을 한 바퀴 돌다 사라지고 젓가락 잠자리가 풀숲에 숨어서 낮잠을 자는 한가한 숲 속입니다.

그러나, 개미 떼들만은 그렇게 한가하질 못하였습니다. 참나무의 뿌리 틈에 성을 갖고 있는 왕개미들은, 지금 마악 커다란 먹이를 운반해야 한다는 명령을 받고 성을 나서는 길이었습니다.

개미들은 연락하러 온 길잡이 뒤를 쫓아 줄을 지어 걸었습니다. 반들반들 윤이 나는 까만 몸에 잘록한 허리를 가진 개미들은 단단한 느낌이 드는 눈으로 앞만 보며 빠르게 걸었습니다. 그것은 군인들 행진하는 것같이 규칙적인 깃이었습니다.

그 규칙적인 속에서 한 마리의 개미가 간간이 발 맞추는 것을 잊어버리고 있었습니다. 그래서 줄 옆으로 빠지거나, 걸음이 늦어져 뒤따라오는 개미에게 떠밀리거나 하였습니다. 그 개미는 딴 개미들과는 달리 부드러운 눈빛을 하고 있었습니다.

"짜루! 빨리 오지 못해."

또다시 줄 옆으로 빠진 이 개미에게 우두머리 개미가 돌아보며 소리쳤습니다. 짜루는 당황한 듯 걸음을 빨리하여 줄에 끼였습니다.

'짜루'라는 것은 개미들의 말로 '바보'라는 뜻입니다. 보통, 이 왕개미 나라에서는 이름이 없습니다. 그런데 이 개미에게만 특별히, 명예롭지 못한 짜루라는 이름이 있었습니다. 그것은 여왕님이 지어 주신 이름입니다.

얼마 전에 짜루는 밖에 나가 작은 벌레를 찾아냈습니다. 그것은 죽은 지 얼마 되지 않아 싱싱하였고 좋은 냄새가 났습니다.

길에서 만난 딴 개미들이 보고,

"야, 그거 멋지구나."

"냄새가 근사하구나."

하며 부러워한 그러한 벌레였습니다.

그러나 짜루가 성으로 가지고 온 것은 빨갛고 조그만 먹지도 못하는 열매였습니다. 성안은 발칵 뒤집혔습니다. 만일을 생각하여 병정개미들은 무기를 챙겼고 - 딴 나라 개미들에게 빼앗겼다면 전쟁을 해서라도 찾아와야 하기 때문에 - 우두머리 일개미는 여왕님에게 보고하였습니다. 짜루는 여왕님 앞으로 불려갔습니다.

"네가 가져오던 벌레는 어찌 됐느냐?"

성의 가장 깊숙한 방, 높은 의자에 앉아 계신 여왕님은 차고 날카로운 눈으로 짜루를 내려다보았습니다.

"풀숲 속에 두고 왔습니다."

짜루의 말에 여왕님 옆에 서 있던 개미들이 웅성거렸습니다.

"어째 두고 왔느냐? 적에게 공격을 당하였느냐? 아니면 무거워 딴 개미들을 부르러 왔느냐? 그리고 이 필요 없는 열매는 무엇이냐?"

여왕님은 이렇게 엉뚱한 일을 아주 싫어하셨기 때문에 화가 나서 한꺼번에 많은 것을 물었습니다. 짜루는 머뭇거리며 여왕님을 올려다봤습니다.

'이 녀석은 무언가 다르군. 어째서 저런 눈을 갖고 있을까?'

여왕님은 여태껏 그런 눈을 본 적이 없기 때문에 불편해져서 눈길을 피했습니다.

"빨리 바른대로 말하지 못할까?"

병정개미 우두머리가 소리쳤습니다.

"열매가 너무 아름다워서……. 벌레는 곧 가지러 갈 생각입니다."

아무도 짜루의 말을 금방 알아듣지 못하였습니다. 개미들의 말 중에 '아름답다'라는 말이 있긴 하였지만, 하도 오랫동안 그 말을 쓰지 않았기 때문에 알아듣는 데 시간이 걸렸습니다.

"아-름-다-워-서?"

여왕님이 되물었습니다.

"네, 여왕님, 이것 보세요. 얼마나 고운 빛깔입니까?"

짜루는 증거물로 가져온 열매를 가리켰습니다. 방안은 좀 어두웠지만, 열매의 아름다운 빛깔을 보기에는 부족하지 않았습니다.

"너는 짜루(바보)구나. 아름답다는 것이 무슨 필요가 있단 말이냐?"

여왕님은 주위의 개미들에게 명령을 하였습니다.

"당장 이 녀석을 앞장세워, 버려 둔 벌레를 찾아오도록 하여라."

그리고 나서 여왕님은 짜루에게 말하였습니다.

"아름다운 것은 배를 부르게 하는 데 조금도 도움이 되지 않아. 알았느냐? 오늘부터 너는 짜루라는 이름을 갖도록 해라. 남들이 널 부를 때마다 오늘의 이 어리석음을 되살려 보아라."

짜루가 두고 온 벌레는 다행히 아무도 건드리지 않은 채 있어서, 짜루라는 이름만 얻고 일은 더 커지지 않았습니다.

그 아름다운 열매는 짜루가 곁에 두고 있었는데 어느 날 병정개미가 나타나 억지로 빼앗아 버렸습니다. 열매가 썩기 시작하면서 냄새가 났기 때문입니다.

이 때, 짜루는

"아름답다는 것은 참으로 잠깐의 일이구나."하고 슬프게 말하여 모든 개미들의 웃음거리가 되었습니다. 개미들은 모두 짜루를 비웃었습니다. 딴 개미들이 볼 때 짜루는 살아가는 데 중요한 것이 무엇인가를 모르는 것 같았습니다.

"짜루는 역시 짜루야."

개미들은 말하였습니다. 짜루는 완전히 외톨이가 되었습니다.

개미 일행은 커다란 먹이가 있는 곳에 도착하였습니다. 그것은 달콤한 냄새가 나는 큰 빵조각이었습니다. 개미들은 우두머리의 명령대로 맡은 곳에 가서 빵 조각을 끌고 밀고 당기며 나르기 시작하였습니다. 그들은 이 커다란 수확에 무척 기분이 좋았습니다. 그러나 짜루는 기뻐하는 기색도 없이 무언가 골똘히 생각하며 일을 하였습니다. 빵 조각은 성문 앞에서 조그맣게 잘려 다시 성 안으로 날라졌습니다. 성안의 길은 아주 잘 다듬어져 있었고 넓었습니다. 여왕님은 부지런하고 현명한 분이었습니다. 곡식 창고에는 3년간 먹을 만큼의 곡식이 그득그득 차 있었습니다.

짜루는 빵 조각을 창고에 쌓는 일이 끝나자, 다시 밖으로 나갔습니다.

"짜루! 열매 따러 가니?"

성문을 지키는 병정개미가 놀렸습니다. 짜루는 모른 척 빠른 걸음으로 빵을 나르던 길을 찾아 걸었습니다. 길에는 아직도 달콤한 빵 냄새가 남아 있었습니다. 한참 걷던 짜루는 길 옆으로 들어갔습니다. 그리고 빵을 나르며 봐 둔 조그만 풀잎을 찾아냈습니다. 그 풀잎은 아주 특이하게 생긴 것으로 어느 작은 벌레가 연한 곳을 몽땅 갉아먹어 조금 굵은 줄기만 남아 있었습니다. 짜루는 그 풀잎을 집어 들고 조심스럽게 줄기를 튕겨 보았습니다.

'퐁.'

야릇하고 아름다운 소리가 났습니다. 짜루는 온몸을 부르르 떨며 아랫줄기를 튕겨 보았습니다.

'통.'

아까와는 다른, 낮은 소리가 났습니다.

"오!"

짜루는 너무 기뻐서 어쩔 줄 몰라 했습니다. 빵을 나르며 이 잎을 발견하였을 때, 튕기면 소리가 날 것 같은 막연한 생각을 하기는 하였지만 이렇게 아름다운 소리가 날 줄은 몰랐었습니다.

짜루는 다시 조심스럽게 윗줄기부터 아랫줄기까지 튕겨 보았습니다. 그리고는 그 일에 온통 정신이 팔려 깜깜해져서야 성으로 돌아갔습니다.

짜루의 풀잎 악기는 성안을 다시 한 번 발칵 뒤집어 놨습니다. 짜루는 악기를 튕기며 노래를 불렀습니다. 개미들은 노래라는 것을 생전 처음 들었기 때문에 짜루가 미친 것이 틀림없다고 떠들어 댔습니다. 짜루의 이야기를 전해 들은 한 늙은 개미가 허둥지둥 짜루에게 찾아왔습니다.

"이것은 법을 어기는 짓이야. 노래를 한다든가 만들면 사형을 시키는, 수백 년도 더 된 법이 이 나라에 있다는 것을 넌 모른단 말이냐?"

늙은 개미의 말에 모든 개미들이 놀랐습니다. 짜루도 마찬가지지만, 그들은 그런 법이 있다는 것을 몰랐습니다. 그럴 수밖에 없는 것이, 수백 년 전에 만들어지긴 하였지만 아무도 이 법을 어기지 않았기 때문에 알 수가 없었기 때문입니다. 그리고 딴 개미들은 노래가 어떻게 하는 것인지도 알지 못하였습니다.

"어째서, 아름다운 노래가 죄가 된다는 말입니까?"

짜루는 악기를 뒤로 감추며 물었습니다.

"왜냐고? 짜루! 넌 〈개미와 베짱이〉의 이야기도 배우지 않았느냐?"

늙은 개미는 사납게 되물었습니다.

"그 이야기는 알에서 깨자마자 제가 가장 처음 들은 이야기입니다."

개미들은 짜루와 늙은 개미의 말을 숨죽여 듣고 있었습니다.

"그렇다면, 베짱이가 일은 안 하고 아무짝에 소용없는 노래만 해대다가 눈밭에서 굶어 죽었다는 것을 잘 알겠구나. 그 때부터 우리나라에서는 이것을 교훈삼아 노래를 법으로 금한 거야."

"그건…… 하지만 지독한 법이군요."

짜루는 법을 비난했기 때문에 또다시 여왕님의 앞으로 끌려가야 했습니다.

"우리나라는 일하는 것을 중히 여기고 질서를 지키는 것을 자랑으로 여겨 왔다. 노래나 하며 쓸데없이 시간을 보낸 베짱이를 어리석고, 죽어 마땅한 것으로 여겨 왔어. 그런데 너는 그 법을 어겼고……."

여왕님은 화가 너무 나서 말조차 더듬었습니다.

"도대체…… 그런데 너는…… 도대체 너는…… 어쩌다 너 같은 것이 이 나라에 태어났는지."

여왕님이 이토록 화내는 것을 처음 보는 딴 개미들은 가슴을 조이며 서 있었습니다.

"아름다운 것을 아름답게 생각하고, 그 아름다움을 노래하는 것이 어째서 죄가 된단 말입니까?"

짜루는 자신의 잘못을 잘못이라고 생각하지 않았습니다.

여왕님은 짜루를 가장 어둡고 구석진 방에 가두도록 명령하였습니다.

곁에 있던 많은 개미들이 그 명령에 찬성하였고 몇몇 개미들은 그를 죽이는 것이 좋다고 조그만 소리로 말하였습니다. 그러나 여왕님이 너무 화를 내고 있었기 때문에 모두들 큰소리로 말하려고 하지 않았습니다.

짜루는 갇혔고, 음식을 가져다주고 그를 지키는 병정개미를 제외한 모든 개미들은 그를 잊어버렸습니다.

풍성했던 여름과 가을이 가고 겨울이 왔습니다. 온 세상은 하얀 눈으로 덮여 버렸습니다. 봄, 여름, 가을 내내 바쁘게 일하였던 개미들은 할 일이 없어 심심하였습니다. 그들은 성안에서 해야 하는 아주 조그만 일이나, 이야기로 하루하루를 지루하게 보냈습니다.

그러다가 어느 날인가, 이야기 끝에 오랫동안 잊었던 짜루를 생각해 냈습니다.

"노랜가 무언가 하던 짜루는 어찌 되었지?"

"글쎄, 그리고 보니 그 괴상한 녀석이 어찌 됐나 모르겠군."

모두들 한마디씩 하는데, 한 솜씨 좋은 개미가 여럿 앞에 나와 악기 퉁기는 시늉을 하며 짜루가 노래하던 흉내를 내기 시작하였습니다. 구경하던 개미들은 깔깔거리고 웃으며 같이 흉내내기 시작하였습니다. 그런데 흉내내며 웃다 보니 그 노래라는 것이 퍽 재미있는 것이라는 것을 알게 되었습니다. 그 때, 짜루를 감시하는 병정개미가 나서서 새로운 노래를 불렀습니다. 그는 짜루가 부르는 노래를 매일매일 들었기 때문에 배웠던 것입니다. 모든 개미들은 병정개미를 따라 노래를 불렀습니다.

노래는 불처럼 성안에 번져 갔습니다. 법으로 금하고 있는 노래를 많은 개미들이 부르자 여왕님은 놀라서 병정개미들을 무장시켰습니다.

이것은 반란을 일으킬 징조라고 여왕님은 생각하였습니다. 병정개미들은 무기를 챙기면서 노래를 불렀습니다.

"도대체 이것이 무슨 일이란 말인가?"

여왕님은 머리를 감싸며 중얼거렸습니다.

"짜루를 진작에 사형시켜야 했던 것이 아닌지……."

여왕은 갈피를 잡을 수가 없었습니다.

"짜루를 끌어 오너라."

끌려 온 짜루는 오랫동안 갇혀 지내서 몸은 말라 있었지만 두 눈은 맑고 투명하게 빛났습니다.

"네 죄는 네가 알겠지? 귀를 기울여 봐라. 저 노랫소리, 얼마 전까지만 하여도 '노래'라는 것이 어떤 것인지조차 모르던 백성들이 저게 무슨 일이란 말이냐."

여왕님의 날카로운 목소리와는 반대로 짜루는 조용한 목소리로 말하였습니다.

"저는 그 동안 갇혀 지냈습니다. 노래는 저들 자신의 것이지 제 것이 아닙니다. 여왕님! 노래를 겁내지 마세요. 여왕님은 여왕님의 노래를 부르시면 됩니다."

"뭐라고! 나보고…… 나보고 노래를 부르라고?"

여왕님은 놀라 자리에서 벌떡 일어서며 소리쳤습니다. 여왕님 옆에 서 있던 신하 개미들도 한두 번은 노래를 불렀었기 때문에 가슴을 조이며 여왕님을 바라보았습니다. 여왕님은 현명한 분입니다. 노래를 부른 자를 잡아 가두는 것으로 일이 끝나지 않을 거라는 것을 느꼈습니다.

"아! 이 일을 어떻게 해야 할지."

여왕님은 자리에 털썩 주저앉았습니다. 여왕님은 가련해 보일 정도로 기운이 없어 보였습니다.

"나는 여태껏 열심히 일을 해 왔다. 백성들이 배불리 먹고 건강하게 지내도록 힘썼어. 그런데 지금은 그것이 참 부질없었던 일같이 느껴지는구나."

"여왕님, 아니옵니다."

신하 개미들이 위로하려 하자 여왕님은 그걸 막았습니다.

"모두 물러가거라. 혼자 있고 싶구나."

여왕님은 이틀 낮, 하룻밤을 혼자 계셨습니다. 왕개미나라 백성들은 여왕님의 건강과 여왕님이 내릴 결정을 걱정하였습니다. 이틀째 밤이 되자 여왕님은 아무도 모르게 짜루를 불렀습니다.

"이야기해 보렴. 왜 노래라는 것이 있어야 하는지. 백성들은 배부르고 건강하여 행복한데 왜 굳이 법으로 금하고 있는 노래를 부르는지. 짜루, 설명을 해 다오."

여왕님의 말투가 부드러워졌습니다.

"그들이 노래하는 것은, 그들이 지금 행복하기 때문입니다. 행복한 것을 나타내고 싶어서 노래를 부르는 것입니다."

여왕님은 짜루에게 물러가라고 손짓을 하였습니다. 그리고 골똘히 생각에 잠기셨습니다. 일과 노래와 베짱이를 생각하였습니다.

그렇게 또 이틀이 지났습니다. 3일째 아침 여왕님은 마음을 정하고 말하였습니다.

"법을 바꾸겠다. 열심히 일하는 자에게는 노래를 허락하겠다."

성안은 온통 기쁨의 함성으로 터질 것 같았습니다.

"여왕님 만세!"

"짜루 만세!"

짜루는 그 자리에서 '여왕님은 위대하셔라'라는 노래를 만들었습니다. 곧 개미들은 그 노래를 익혀 합창하였습니다.

이렇게 하여 수백 년도 더 금하여 왔던 노래를 개미들도 부르게 되었습니다.

세월이 흘러 여왕님도, 짜루도 죽었지만 개미들은 오늘도 일을 하면서, 혹은 쉬면서 노래를 부릅니다.

여러분도 숲에 가서서 조용히 귀를 기울여 보면 개미들의 노래를 들을 수 있습니다.

- 소중애의 「개미도 노래를 부른다」
(『100년 후에도 읽고 싶은 한국명작동화2』, 예림당, 2004)

1. 개미와 베짱이는 대립적 존재일 수밖에 없는가?

2. 현대의 관점으로 보면 여왕개미와 일반 개미들의 삶은 '재화'를 축적하는 데에 집중되어 있다. 재화를 축적하는 대가를 치르느라 삶의 대부분을 소요하는 개미들에게 던지고 싶은 질문을 만들어 보라.

3. 짜루는 개미왕국 구성원들의 통념과는 다른 방식으로 살아간다. 현재를 수용함으로써 얻는 안정을 버려야만 자신이 원하는 것(짜루의 경우에는 아름다움)을 얻을 수 있다면, 당신은 어떤 길을 택하겠는가? 자신의 삶의 방향을 좌우할 가장 큰 요인은 무엇이어야 한다고 생각하는가?

C&C_01 ——————————

정호승의 시 「밥값」은 "어머니 / 아무래도 제가 지옥에 한번 다녀오겠습니다"라는 구절로 시작한다. 밥값을 하러, 또는 밥값을 벌러 나가며 아들은 어머니께 식사 거르지 말고 꼭 꼭 씹어서 잡수시라고 말한다. 생존과 직결되는 '밥'을 지키기 위해서는 '지옥'을 오가는 일을 감내해야 한다. 살아가는 일은 이처럼 고단하면서도 숭고한 것이지만, 그 가치를 지키노라면 어느덧 '먹고사는 일'에 지쳐 버리기 쉽다. 예술은 돈이 많거나 고상한 사람들을 위해 콘서트홀이나 박물관에서 벌어지는 일이라 여기게 되고, 예술가는 낭만적이거나 영웅적인 특별한 사람들이라고 여기게 된다. 예술성은 보통의 삶에서 쓸모없는 요소일까? 일상의 삶에서는 아름다움을 추구하기 어려운가? 아래 자료를 읽고 일상의 삶과 예술을 연결해야 할 필요성을 제시해보고 이를 가능하게 하는 자신만의 방법을 고안해 보라.

[자료1]

늘 취해 있어야 한다. 그것이 모든 것이요 유일한 문제이다. 당신의 두 어깨를 짓눌러 당신을 땅 쪽으로 구부러지게 하는 무시무시한 '시간'의 무게를 느끼지 않으려면 끊임없이 취해 있어라.

그런데 무엇에 취한다? 술이든, 시든, 덕이든, 그건 당신 마음대로 하라. 어쨌든, 취해 있어라.

가끔 궁전 돌계단 위에서, 도랑가의 초록 풀밭 위에서, 또는 방 안의 음울한 고독 가운데에서 이미 취기가 가신 채로 깨어나거든 바람이건 파도건 별이건 새건 커다란 시계건 모든 지나가는 것, 탄식하는 것, 움직이는 것, 노래하는 것, 말하는 것에게 지금이 몇 시인지 물어

보아라. 그러면 바람과 파도와 별과 새와 시계가 답할 것이다. "지금
은 취할 시간이다! 학대받는 노예가 되어 '시간'의 손아귀에 떨어지지
않으려면 취해라. 끊임없이 취해 있어라! 술이든, 시든, 덕이든, 당신
좋을 대로."

– 샤를 보들레르의 「취해라」
(『악의 꽃/파리의 우울』, 박철화 옮김, 동서문화사, 2013)

[자료2]

아래는 '한국화의 아이돌'이라 불리는 김현정의 작품 〈내숭 : 空〉이
다. 김현정은 2013년 예술의 전당 〈내숭 이야기〉 전시에서 유명작가
도 어렵다는 '완판' 기록을 세우며 화제를 모았다. 김현정은 욕망을
솔직하게 드러내는 당돌함을 예술과 결합했다는 찬사를 받으며 시리
즈를 이어가고 있다.

김현정, 〈내숭 : 空〉
한지 위에 수묵담채, 콜라주, 110 x 180cm, 2013년

C&C_02 ────────────

배우에게 연기 지도를 할 때 많은 연출자들이 이렇게 말한다고 한다. "연기하지 마라."
당신은 자신의 삶이라는 무대의 배우이자 연출자이다. 연출자로서 당신은 배우에게 무엇
을 요구할 텐가? 한편, 배우로서 당신은 연기가 아닌 자기의 삶을 끌어내야만 한다. 그
러기 위해 연출자에게 무슨 질문을 던질 것인가?

Discussion
Questions

1. 젊어 고생은 사서도 한다.

2. 예술적 감성은 타고난다.

3. 천만 영화는 예술성도 높다.

4. 창조적 상상력은 경제적 보상에 비례한다.

5. "열심히 일하는 자에게는 노래를 허락하겠다."

6. 취해야 청춘이다.

거울,
창의의 내면

대학생은 진정 행복을 찾는 삶의 여정에 들어서고 있을까? 대학의 현실을 보면, 자기 자신에게 눈을 돌려 자아의 모습을 살피고 삶 속에서 자아의 의미를 묻는 일을 거의 못하고 있다. 더 큰 문제는 이런 방식의 삶이 우리 젊은이들을 채 삼십이 되기도 전에 자기 후회 내지는 회의의 길로 이끌 수 있다는 데 있다. 어떤 길에 있든 그 길이 자기 스스로 선택한 것이 아니라면, 신념이 결여될 수밖에 없기 때문이다. 다만 후회하지 않기 위해서라도, 우리는 끊임없이 자아를 돌아보고 스스로 깊이 성찰할 필요가 있다.

02

거울,
창의의 내면

제 3 장
행 복 의
조   건

THINK
FIRST

한국 사회의 행복지수가 그다지 높지 않다. 최근 조사에 따르면, 생활 조건이 상대적으로 열악한 나라들에 비해서도 낮은 수치를 나타냈다(2013년 UN 행복 보고서 - GDP 세계 15위, 행복지수 세계 41위). 과거에 비해서 상당히 높은 수준의 물질적 풍요를 누리고 있는데, 왜 사람들은 자신이 행복하다고 여기지 않는 것일까? 물질이 행복에 이르는 전부가 아니기 때문이다. 자신과 타인을 존중하지 않는 삶은 불행할 것이다. 자신의 현재적 삶에 가치를 부여할 수 없고 만족하지 못하는 삶 또한 불행할 것이다. 여러 불안 요인으로 인해 심리적으로 안정되지 못하는 삶도 마찬가지다. 정신적인 그릇을 채우지 않고서 참된 행복을 기대할 수는 없는 것이다. 그리고 정신적으로 풍요롭기 위해서는 "반성하지 않는 삶은 살 가치가 없다."라고 한 소크라테스의 말처럼 자신의 영혼을 보살필 필요가 있다.

자신의 영혼을 보살피려면 우선 자아의 모습을 찾아봐야 한다. 일례로 대학생의 일상을 들여다보자. 대학생은 진정 행복을 찾는 삶의 여정에 들어서고 있을까? 대학의 현실을 보면, 자기 자신에게 눈을 돌려 자아의 모습을 살피고 삶속에서 자아의 의미를 묻는 일을 거의 못하고 있다. 더 큰 문제는 이런 방식의 삶이 우리 젊은이들을 채 삼십이 되기도 전에 자기 후회 내지는 회의의 길로 이끌 수 있다는 데 있다. 어떤 길에 있든 그 길이 자기 스스로 선택한 것이 아니라면, 신념이 결여될 수밖에 없기 때문이다. 다만 후회하지 않기 위해서라도, 우리는 끊임없이 자아를 돌아보고 스스로 깊이 성찰할 필요가 있다.

자아에 대한 물음은 행복과 관련하여 또한 자연스레 인간 본성에 대한 물음으로 이어진다. 인간 본성은 무엇인가? 인간 본성은 행복을 이룰 수 있게끔 자연적으로 정해진 것인가? 자연적이지 않지만 인위적인 노력에 의해서 가능은 하도록 되어 있는 것인가? 애초에 나쁜 본성을 지녔기에 어떤 노력에 의해서든 진정한 행복은 이루어질 수 없고 인간은 멸망을 향하여 치달을 수밖에 없는 것인가? 실제 인간 역사에서 인간은 악의 화신의 모습을 하고 나타난 사례가 많다. 이것이 뜻하는 바는 무엇인가?

「이발소 거울」에는 오랜 삶의 시간 동안 전혀 자신을 바라보려 하지 않았던 두 사람이 상대방 삶의 모습에서 자신을 발견하고 진정한 자아를 찾아나가는 이야기가 담겨 있다. 그중 한 사람은 "내가 지금 무얼 하고 있는 걸까. 나는 왜 이렇게 살고 있는 걸까."라는 물음을 자신에게 던지게 되었다고 하며, 이렇게 회고한다. "하지만 더욱 참담했던 것은 지난 육십팔 년 동안 나 자신에게 그런 질문을 단 한 차례도 묻지 않았다는 사실을 깨달았을 때였소. 내 생활이 그토록 갑자기 낯설 수가 없었소. 끔찍하더이다." 자아를 돌아보는 일이 얼마나 중요한 일인지 성찰하게 하고 있다.

행복한 삶을 위해 자아 성찰이 갖는 중요성을 깨달았다면, 다음으로 우리의 관심은 자연스레 일반적인 인간 본성에 대한 물음으로 옮아간다.『지킬 박사와 하이드』는 인간 내면 속에 선과 악이 함께 자리하고 있음을 잘 보여 준다. "그 당시 나의 선한 부분은 깜빡 잠이 들어 있었고 악한 부분이 사납게 깨어나 재빨리 뛰쳐나와 기회를 움켜잡았던 것이다. 그 결과로 나타난 것이 하이드였다." 지킬 박사의 사례는 삶의 선택에 따라 선에 가까웠던 인간이 극단적인 악으로 변해 가는 경우를 그리고 있다. 홀로코스트의 경험을 기록한『쥐』는 극단적인 악을 행했던 가해자 못지않게 피해자 내지는 주변인들까지도 악의 모습을 서슴없이 드러내는 경우를 보여 준다. "진정 인간 본성은 무엇일까?"라는 근본적인 물음을 던지게 하면서, 또한 낙관적인 답변을 기대할 수 없게 하는 사례들이다.

　『소유냐 삶이냐』에서는 인간 행복의 문제가 본격적으로 제기된다. 그리고 우리의 일상적 삶이 소유적인 삶과 존재적인 삶의 양식으로 구분되면서 후자의 양식만이 참된 행복으로 이어질 수 있음을 넌지시 암시하고 있다. 여기서 존재적 삶은 자신을 성찰하는 삶으로서 자신의 본성이 무엇이든 그것을 자각하고 참된 행복을 위해 자신과 사회를 가꾸어나가는 능동적인 삶의 모습을 뜻한다. 존재적 양식이 좋아 보이기는 하지만 현실적으로 소유적인 양식에 비해 살기가 어려워 보인다. 소유적인 삶을 살고 있는지, 문제가 있다고 판단할 경우 존재적인 삶으로 바꿀 수 있는지 사람들에게 묻는다면 주로 어떤 답변이 나올까?

　이 장의 생각거리로 제시된 인용문은 다음과 같은 문제의식을 담고 있다. 성찰 없이 다만 일상적인 일에 충실한 삶과, 끊임없이 자신을 성찰하면서 고민하는 삶 중에서 나는 무엇을 선택할 것인가?(「이발소 거울」,『청춘을 디자인하다』) 인간 본성은 선인가, 악인가?(『지킬 박사와 하이드』,『쥐 - 한 생존자의 이야기』) 소유적인 삶과 존재적인 삶 중 어떤 삶이 인간을 진정 행복하게 하는가?(『소유냐 삶이냐』)

그는 나에게서
거울을 보고
있었던 거였다

이발소 거울 | 구효서

이발소가 없어졌다.

잠시 문을 닫은 건지도 몰랐다. 출입문이 잠겨 있을 뿐 며칠 전 모습 그대로였으니까.

그런데도 나는 어째서 없어진 거라고 생각했던 걸까. 사정이 있어 주인이 얼마 동안 쉬는 거라고 생각하지 못했던 걸까.

자물쇠가 잠겨진 문을 처음 보았기 때문인지도 몰랐다. 계단을 천천히 걸어올라가(그 이발소는 드물게 이층이었다) 잠긴 이발소 출입문 앞에 섰을 때, 검은 어둠이 유리문 안을 가득 채우고 있었다. 깊이도 넓이도 느껴지지 않는, 죽음 혹은 끝이라는 느낌만 들게 하는, 막장 같은 어둠이었다. 그래서였을 것이다. 나는 이발소가 없어진 거라고 생각했다.

이발소가 문을 닫은 적이 있었던가. 그럴 수도 있었겠지만, 적어도 내 기억엔 없었다. 한번도 헛걸음을 한 적이 없었다. 머리를 깎기 위해서가 아니더라도, 그 길을 지날 때면 언제나 원통형의 표지등이 돌아가고 있었다. 늦도록 창문 밖으로 불빛이 새어나왔다. 계단을 걸어내려와 길 위에 우두커니 서서 불 꺼진 이발소를 올려다보았다. 멈춘 표지등은 이미 그런 모습으로 한 세기나 지난 듯 보였다. 불빛이 새어나오지 않는 창은, 뜬 채로 싸늘하게 식은 주검의 두 눈 같았다.

결혼과 함께 이곳으로 분가를 한 뒤부터, 이십년 동안 줄곧 다니던 이발소였다. 처음 들렀던 다른 이발소에는 젊은 여자 면도사가 있었다. 면도를 끝내고 안마를 하던 여자가 다짜고짜 내 음낭을 주무르기 시작했다. 고문을 당하는 기분이었으나 끝까지 시치미를 떼고 있다가 요금을 치르고 도망쳐나왔다.

늙은 부부가 운영하는 이층 이발소를 발견하고서야 시름을 놓았다. 이발사는 말없이 머리를 깎고 면도를 했다. 아주머니 역시 말없이 머리를 감겨주고 물기를 닦았다. 그 뒤로 나는 오로지 한 이발소만 다녔다.

그게 어언 이십년이 되었다는 사실을, 이발소의 어둠을 바라보면서야 깨닫게 되었다. 나는 결혼 후 줄곧 한 이발소를, 이십년 동안 다녔어. 길 위에 선 채 나는 혼자 중얼거렸다. 이십년 동안, 나는 한 이발소만 다녔던 거야…….

그 이발소가 없어진 거였다.

십년도 못 탄 자동차를 폐차시킬 때도 나는 며칠을 망설였었다. 폐차를 시킨 뒤로도 한동안 차 없이 다녔다. 고려장을 치른 것처럼 오랫동안 죄의식에 시달렸다. 이발소를 내가 없앤 게 아니었다. 죄의식은 아니더라도, 허전함은 어찌할 수 없었다. 크게 부부싸움을 한 뒤에도 나는 그 이발소 의자에 앉아 있었고, 강제퇴직을 당한 다음날도 이발소 의자에 앉아 있었다. 그 밖의 많은 순간들을 이발소 의자와 함께했다.

군데군데 칠이 벗겨진 의자는 등받이를 뒤로 젖힐 때마다 삐거 하고 소리를 냈다. 그 구식 이발소 의자가, 거슬리기는커녕 정겨웠다. 만취해 의식이 없는 나를 회사 동료가 집까지 바래다준 다음날엔, 기어코 이발소 의자에 가 앉아야 간신히 참담한 기분에서 벗어날 수 있었다.

그곳은 내 고향 이발소와 크게 다르지 않았다. 공간의 크기며, 천장에 매달린 형광등의 밝기며 냄새 따위가 그랬다. 두 겹의 가죽띠가 이발소 벽 한켠에 매달려 있었다. 면도칼을 거친 가죽띠에 간 뒤, 약간은 부드러운 다른 가죽띠에 문질렀다. 면도칼을 가죽띠에 문지르는 이발사의 리드미컬한 손놀림이(사실은 그걸 따라 끄덕이는 고갯짓이 더) 향수와 신뢰와 평온을 가져다주었다.

가죽띠에는 셀 수 있을 만큼의 상처가 나 있었다. 스무 군데 정도. 내가 그 이발소에 처음 들렀을 때도 그곳엔 그 가죽띠가 걸려 있었다. 이발사는 일 년에 한차례정도 가죽띠에 상처를 낸 셈이었다. 일년에 한번 이발사의 맘이 흔들렸거나 심난했다고 볼 수 있을까. 그리스와 머리카락이 엉겨붙은 바리깡, 손때 버캐가 앉은 붓솔, 손잡이는 낡았어도 펼치면 시퍼런 날이 튀어나오는 면도칼은 고향 이발소에도 있던 것들이었다. 중간에 바리깡이 전기식으로 바뀐 것을 빼면 변한 게 없었다.

고향 이발소엔 커다란 바리깡이 있었다. 손잡이가 길어서 두 손으로 머리를 깎았다. 한쪽 손잡이를 왼손으로 쥐고 다른 쪽 손잡이를 오른쪽으로 놀려 깎았다. 예초기 수준이었다. 기계는 헐거웠고 날은 무뎠다. 깎이는 머리보다 뜯기는 머리가 더 많았다. 머리 깎는 것이 고역이었다. 이발사가 어찌나 무서웠던지 끽 소리도 못했다. 몸이라도 비틀면 당장에 불호령이 떨어졌다. 고향 이발사는 아버지의 친구였고 술고래였다. 항상 술에 취해 머리를 깎았다. 빡빡 깎는 머리라 특별한 기술이 필요없었다. 일 년에 한번, 여름 보리바심이 끝나면 아버지는 이발사 친구 집 앞마당에 겉보리 한 가마니를 툭 던져주는 것으로 이발요금을 치렀다. 이발사는 그걸 팔아 술을 먹었다. 머리를 다 깎고 나면 언제나 눈가가 짓물렀다. 창피하고 화가 나고 머리통이 화끈거려서 거울 따위는 보지 않고 도망쳤다. 고향 이발소의 가죽띠에는 수를 헤아릴 수 없을 만큼 많은 상처가 나 있었다.

그러나 나는 더 이상 그 나무 됫박 위에 앉지 않아도 되었다. 바리깡도 잘 들었고, 의자도 편안했다. 귓가를 간지럽히는 가위질 소리를 듣다보면 어느새 잠에 빠져 있곤 했다. 눈을 뜨면 아주머니가 스펀지로 목덜미의 머리카락을 쓸었다. 의자 등받이를 젖히고, 뜨거운 물수건으로 얼굴을 가렸다. 면도날이 이마와 코끝과 턱과 목줄기를 따라 내려갔고, 나는 잠시 무념상태에 도달할 수 있었다. 한올 한올 터럭이 깎일 때마다 면도날은 낱낱이 투명한 소리를 튕겨냈다. 뜨거운 찜질과 면도가 끝나면 차가운 샴페인을 얼굴에 바른 것처럼 기분이 쇄락해졌다. 그러나 거울을 보지 않는 버릇만큼은 끝내 고치지 못했다. 이발 전이나 후나, 거울 속에 비친 내 모습은 낯설어서 싫었다.

사거리 전자대리점 주인도, 골목 안 식료품가게 주인도 이발사의 행방을 알지 못했다. 나는 평소 사람 알은 척을 잘 안하던 위인이어서 일부러 이곳저곳을 찾아다니며 이발사와 이발소의 안부를 묻지는 않았다. 어쩌다 시장통에서 그의 사정을 알 만한 사람을 만나면 지나가는 말로 물었을 뿐이다. 이발소 문 닫은 거 맞나요? 왜 닫았답니까? 어디로 갔을까? 전자대리점 주인과 식료품 가게 주인에게 물었던 것은 그들도 그 이발소의 고객이라는 사실을 알고 있었기 때문이다. 그들은 고개를 가로저었다. 별로 궁금하지 않다는 투였다. 마을 일에 아무런 관심도 없던 내가 그런 질문을 불쑥 던지는 게 그들은 외려 더 궁금한 모양이었다.

이발소 앞을 지날 때마다 고개를 쳐들고 멈춘 표지등을 한참 동안 바라보았다. 언젠가부터 표지등도 그런 나를 물끄러미 내려다보는 것 같았다. 사람들은 여전히 바쁜 걸음으로 이발소 간판 밑을 지났다. 갈수록 손님을 인근 미용실에 빼앗겼기 때문일까. 그럴지도 몰랐다. 그렇더라도 문은 닫지 말라고 이발사에게 말할 수는 없는 노릇이었다. 나만큼은 어떤 일이 있어도 이발소에서 깎고 싶었지만, 그것만으로는 이발소의 폐업을 막을 순 없는 거였다.

이발할 곳이 없어져서 허전했던 게 아니었다. 큰길을 건너면 아직도 이층 이발소와 흡사한 이발소가 있고, 칠천원이면 머리를 깎을 수 있는 미용실이 도처에 있었다. 음낭을 주무르는 곳이 아니라면 머리란 아무데서나 깎아도 되었다. 그러나 이십년을 드나든 이발소는 어디에도 없었다.

부부의 한결같던 표정, 여전한 형광등과 익숙한 냄새, 그 이발소의 한 번도 교체하지 않은 의자 위에서 보낸 시간: 나를 짓눌렀을, 때론 참담하고 때론 한심했던 삼십대의 기억, 그리고 짧은 평온이 뒤섞인 사십대의 신산한 순간들이 일거에 사라진 거였다. 작은 조각들에 불과했으나 그때그때 내가 의지하고 기대며 지나온 시간들임엔 틀림없었다. 이발소가 없어짐으로써 문득, 보잘것없는 자식을 잃었기에 더욱 애틋해지는 상실감을 맛보았달까. 그런 시간의 편린들이 소중하지도 절실하지도 않은 거라면, 다른 무엇이 있어 내 생의 내용으로 삼겠는가.

어째 심상치 않다 했더니……. 방앗간 주인이 지나가며 중얼거렸다. 나는 여전히 표지등을 물끄러미 바라보고 있었다.

무슨 일이 있었습니까? 내가 물었다. 오십 중반의 방앗간 주인은 살이 없고 주름만 많아 열 살이나 더 늙어 보였다. 한쪽 어깨에 찹쌀부대를 메고 있었다.

알 수가 있나? 원체 말이 없는 사람이라서……. 그리고 그는 말했다. 얼마 전부터 허구헌 날 창밖만 하염없이 바라보았지. 일이 손에 잡히지 않는 모양이었어. 넋이 좀 나간 것 같기도 하고. 하지만 내가 그 속을 알 수가 있나. 묻는다고 대답할 사람도 아니고. 그렇다고 한자리에서 삼십년 한 이발소를 아무 말 없이 그만둘 줄 알았나…….

어깨에 멘 찹쌀부대가 너무 무거워 보여 나는 더 묻지 못했다. 물어도 뾰족한 대답을 들을 수 없을 것 같았다. 고향이 공주라던데, 거길 내려갔나……. 혼잣소리를 흘리며 방앗간 주인은 비칠비칠 언덕을 걸어내려갔다.

언젠가, 고향이 공주라는 얘기를 얼핏 들은 것도 같았다. 내가 알고 있는 그에 대한 정보라는 것은 모두 불분명하고 단편적인 것들이었다. 한 번도 그에 대해 제대로 물은 적이 없었고, 따라서 제대로 된 대답을 들은 적도 없었으니까.

길게 대화를 나누거나 그럴 사이도 아니었다. 오랜 세월 그에게 머리를 깎으면서 저절로 알게 된 것들이었다. 누군가와 주고받는 짧은 대화, 전화통화, 아내에게 하는 잔소리, 그저 스치던 서슬, 말끝에 드러나는 사투리, 박찬호나 박세리에 대한 관심 따위에서 조금씩 비치던 이런저런 느낌. 그런 것들의 종합이 그에 대한 내 앎이라면 앎이었고 인상이라면 인상이었다.

그렇게 해서 안 바로는 그가 올해 예순여덟이라는 거였다. 전쟁 직후 대전에서 통신병으로 군복무를 하다 전신주에서 떨어져 허리를 크게 다쳤고, 워낙 오랫동안 통합병원 신세를 지다보니 자기 팔에 자기가 주사를 놓게 되었다. 제대한 뒤로는 남의 집 농사를 대신 지어주었고, 틈틈이 마을의 부스럼 환자들에게 페니실린을 놔주며 연명했다. 지금의 아내를 만나 십여년 처가살이를 하다가 상경한 뒤로 줄곧 이발사로 사는 사람이었다. 삼십오년 동안 노루모를 먹었고, 자식들은 장성해 모두 분가를 했으며, 가오리찜을 특히 좋아했다. 꼭 일회용 라이터가 들어선 것처럼 그의 척추 허리부분은 툭 튀어나와 있었다. 어쩌다 그걸 본 뒤로, 이발하다 한참씩 의자에 앉는 그를 나는 이상하게 여기지 않았다. 내가 그에 대해 아는 것이란 그런 것들이었다. 그래서 나는 그를 안다고까지는 생각지 않았다.

내가 이발소에 들어서면 그는 말없이 의자 위의 방석을 한차례 툭툭 털어 앉으라는 시늉을 할 뿐이었다. 수건을 내 목에 감고, 때 전 나일론 보를 상체에 에둘렀다. 나는 거울에 비치는 내 모습이 싫어 눈을 감았다. 슬리퍼를 끌며 오가는 그의 기척을 편안하게 느꼈다. 스프레이 소리, 이따금씩 이발기구들끼리 부딪쳐 달그락거리는 소리, 이윽고 들려오는 가위질 소리는 오래 들어 형식을 완전히 외워버린 산조처럼 익숙하고 자연스러웠다.

아내에게 던지는 말이라든가 기침, 누구에게랄 것도 없이 벌써 산유수가 피었네, 라고 중얼거리는 음성은 참으로 심상하고 낯익어서 침묵과 다를 게 없었다. 어떨 때는 그와 몇 마디 주고받기도 했지만 대화를 나누었다는 느낌이 들지 않았다. 이발소 안에서는 내 오감이 작동하지 않는 것 같았다. 내 감각을 일깨울 만한 새롭거나 낯선 요소들이 그곳엔 없었다. 이발소 안의 것들은 모두 있던 자리에, 언제나 그 모습으로 있었다. 부부와 부부의 목소리, 움직임들까지.

지난봄까지는 이발을 하거나 면도를 하기 위해 들르던 곳이 이발소였다. 그러나 지난봄에 나는 처음으로 이발이 아닌 다른 이유로 이발소에 들었다. 니퍼를 빌리기 위해서였다. 갑작스레 퇴직을 당한 나는 석 달을 허송한 끝에 이발소 건너편 건물 일층에 매장을 냈다. 워낙 매장이 있던 곳이 아니었는데, 올 초 건물주가 벽을 터 작은 매장을 낸 것을 내가 임대한 거였다. 불법 개조인 걸 알면서도 임대료가 싸서 계약을 했다. 형광등이며 선반을 내가 달아야 했다. 니퍼가 없어서 이발소에서 빌려다 썼다. 니퍼를 장만한 뒤로도 나는 핸드드릴과 실리콘 압착기를 빌리러 이발소에 들렀다. 이발소 공구함엔 없는 것이 없었다.

이발소에서 내려다보면 매장이 바로 코앞이었다. 그러나 매장은 일층이고 이발소는 이층이었기 때문에, 마주하고 있어도 일부러 고개를 빼고 쳐다보지 않는 한 매장에서 이발소를 본다는 것이 쉽지 않았다. 이발소 표지등이 멈추고 불이 꺼졌는데도 얼른 알아차리지 못했던 것도 그 때문이었다.

건강보조식품을 파는 게 내 일이었다. 유리창에다 빨간 글씨로 생식, 선식, 홍삼, 알로에라고 써붙였다. 좁은 매장 안은 이슬차와 두충차 박스들로 어지러웠다. 체질개선법을 익히고, 음양오행에 따른 차별적 생식적용법을 배웠다. 인터넷 통신판매를 위해 신형 컴퓨터를 장만하고 상거래 등록을 마쳤다. 건강 마싸지는 온라인 동호회 활동을 통해 익혀 나갔다. 장사는 생각했던 것만큼 잘되지 않았다. 시작한지 두달도 안되어 때려치워야 할지도 모른다는 생각이 들었다.

대학을 졸업하고 오래도록 취직이 되지 않았다. 세무관계 법률집을 만드는 출판사에 겨우 들어갈 수 있었으나 이년 뒤 그만두었다. 그동안 한 번도 월급이 오르지 않았고, 그나마 반년치는 받지도 못했다. 물류회사에서 음료수를 운반했다. 보수는 그럭저럭 괜찮았지만 하루 열두 시간, 많게는 열여섯 시간을 일해야 했다. 트럭이 전복되면서 전치 육주의 부상을 입었다. 내 잘못이 아니었는데도 사장은 나를 해고했다.

언제나 새로운 직종을 처음부터 시작해야 했다. 경험도 호봉도 쌓이지 않았다. 불만을 느낄 겨를도 없었다. 기적 같은 일이지만, 그 와중에 결혼을 하고 아이도 둘 낳았다. 아이들이 크는 걸 보면서 삶이란 살다보면 살아지는 거라는 걸 알게 되었다. 만족스럽지도 불안하지도 않았다. 내 삶을 스스로 딱하게 여기지 않은 순간이 없었으나 포기할 수도 없었다. 가족은 언제나 큰 부담이면서 내 삶을 지탱하는 원인이기도 했다,

가족을 편주(片舟) 삼아 삶의 물줄기를 따라 흘렀다. 난 아무것도 체념하거나 초월하지 못했다. 바쁘고, 고달프고, 막막했다. 최근엔 가축사료 회사에서 부장 직함까지 얻었으나 광우병과 조류독감 파동 일순위로 잘렸다. 좌절하거나 허망할 겨를도 없이, 제2금융권에서 겨우 융자를 내 건강보조식품 매장을 냈다. 애당초 썩 잘될 거라는 생각은 없었다. 무슨 일이든 해야만 했다. 이왕 할 거라면 열심히 해보자는 다짐이 내 유일한 자산이었다. 두 달이 지나자 그 자산마저 위태로워졌다. 그동안 변함없이 계속되어왔던 건 이발소에 들르는 일이었다. 삼백 번쯤 가지 않았을까.

본의 아니게 이발소는 띄엄띄엄 그런 내 심난한 삶의 도정을 봐온 거였다. 누구라도 그런 속내를 보여주고 싶지 않았을 것이다. 나도 그랬다. 이발사와 속을 터놓고 얘기하지 않았다. 힘들거나 속상한 일이 있으면 이발소 의자에 앉아 눈을 꾹 감았을 뿐이다. 이발사도 그의 아내도 내게 묻지 않았다. 그들은 말없이 내 머리를 깎았고, 감았다. 나는 돈을 지불하고 이발소를 나왔다. 그랬을 뿐인데, 이십년을 그랬던 것이다. 말을 하지 않아도 내 기분과 감정은 저절로 조금씩 새어나와 이발소 안을 돌아다니거나 어느 한 귀퉁이에 쌓였을 것이다. 이발사 부부의 모습이 은연중에 내 기억의 화소를 채웠듯, 그들 기억 속에도 나라는 사람의 인상이 앙금처럼 남았을 것이다. 이발소가 없어졌을 때 나는 깜짝 놀랐다. 이발소와 함께 없어진 것은 하찮고 보잘것없게만 여겼던 기분과 감정의 부

스러기들뿐이었는데 나는 아주 많이 아쉬웠다. 내 삶의 총량 중에 적지 않은 부분을 상실한 듯했다. 내가 잠깐잠깐이나마 의존했던 시간과 공간, 나를 기억했던 사람들이 사라진다는 것은 곧 내가 사라지는 것과 같아 보였다. 나를 지탱한 것 하나가 이발소였다. 이발소는 정말 없어진 걸까. 그들은 어디로 간 것일까.

이발소가 이층이었던 까닭에, 바로 맞은편에 매장을 내고도 나는 이발소를 정면으로 바라볼 수 없었다. 매장을 오픈한 뒤로는 공구를 빌리러 가지도 않았다. 결국 언제나처럼 머리를 깎을 때나 들르게 되었다. 하지만 아주 가끔 이발소를 정면으로 볼 수 있었다. 점심을 먹은 뒤 바람도 쐬고 담배도 피울 겸 어쩌다 옥상에 올라갈 때였다. 매장이 들어선 건물은 원래가 다세대주택이었다. 그 옆구리를 튼 거였다. 매장 옆으로 이층과 옥상으로 오를 수 있는 철제 계단이나 있었다. 발을 디딜 때마다 쿵쿵 소리가 나는 그것은 언제 봐도 위태로웠다.

옥상에는 낡은 빨랫줄이 길게 늘어져 있었다. 한쪽 귀퉁이엔 메마른 화초가 화분째 버려져 있었다. 그곳에서 맞은편 건물을 바라보며 담배를 피우고 쓴 침을 뱉었다. 한숨을 쉬거나 공연히 기침을 했다. 옥상에 오르면 빙빙 돌아가는 이발소 표지등이 코앞에 보였다. '미성이발'이라고 씌어진 창문은 언제나 닫혀 있었다.

닫힌 유리창문 안으로 두 부부의 모습이 보였다. 한낮이어서 실내는 언제나 어둡게 느껴졌다. 이발사는 의자 주변을 어슬렁거리거나 거울 앞에서 제 머리를 빗곤 했다. 그의 머리는 숱이 적었다. 아주머니는 젖은 수건을 펴서 우산살 모양의 건조대에 널거나 자신의 손금을 하염없이 들여다보았다. 물론 이발 손님이 있을 때는 열심히 머리를 깎았고, 면도를 했고, 샴푸를 해주었다. 그들의 움직임은 내가 이발을 하고 있을 때와 조금도 다름이 없었다. 다만 그들의 슬리퍼 끄는 소리와 기침소리, 혼잣말인 듯 중얼거리는 소리, 전기 바리깡 소리와 가위질 소리가 들리지 않을 뿐이었다. 아주머니가 두 팔로 수건을 힘 있게 펴는 모습이 보일 뿐, 그럴 때마다 탁탁 경쾌하게 울려퍼지던 소리는 들리지 않았다.

음이 소거된 화면을 보는 것 같았다. 그래서일까, 그들의 동작이 다소 평면적으로 보였다. 좌우로 움직이는 모습은 비교적 제대로 보였으나, 내가 바라보는 시선과 연장선에 놓인 전후의 움직임은 잘 느껴지지 않았다. 소리와 전후 거리의 증발이 입체감을 떨어뜨렸다. 종이 위에서 그림이 움직이고 있는 것 같았다. 늘 보아오던 광경이었으나 이발소 안에서 느끼던 것과는 판이하게 달랐다. 낯설었다. 그래서 꽤나 오랜 시간 그들을 물끄러미 바라보게 되었다. 담배를 피우고, 헛기침을 하고, 침을 뱉고 한숨을 쉰 뒤에도 나는 옥상에 우두커니 서 있었다. 심지어 나는 나에게 물었다. 저들은 저기서 무얼 하는 걸까. 그들이 하고 있었던 것은 삼십년을 한결같이 해온 이발이었다. 그걸 모를 내가 아니었다. 그러나 나는 명청하게 자꾸 물었다. 도대체 저들은 저기서, 무얼 하고 있는 걸까. 삼십년 동안을.

볼수록 한없이 낯설게만 느껴지는 그들의 모습, 그리고 내가 내게 던지는 엉뚱한 질문이 나를 옥상에 오르게 했다. 그들이 얼마나 또 낯설게 여겨질까. 과연 내 입에서 또 그런 질문이 튀어나올까. 이미 식후의 담배 때문에 옥상에 오르는 것이 아니었다.

그들은 때로 커다란 유리 수조(水槽) 안을 무심하게 떠도는 물고기 같았다. 누구에 의해, 언제부터, 왜 옮겨와 살게 된 수조인지도 모른 채 그저 헤엄만 치는, 원산지도 모를 커다란 관상어. 알 수도 없고, 알려고도 하지 않으며, 그곳에서 산 세월 따위도 가늠 못하는 통점 없는 이어류(鯉魚類).

십 미터쯤 간격을 두고 바라보는 소리없는 이발소의 모습은 전혀 다른 세계였다. 갇혔으면서도 갇힌 줄 모르는 봉합된 유리 상자 안의 고요하고 반복적인 삶이 공연히 담배만 빨게 만들었다. 이발사를 옥상에 데려와, 무성영화 같은 자신의 이발소 풍경을 건너다보게 하면 어떨까.

그러나 그건 상상으로 그칠 일이었다. 오히려 그가 우연히라도 다세대건물 옥상에 올라오는 사태를 막아야 할 일이었다. 나는 언젠가부터 점심을 먹은 뒤로도 선뜻 옥상엘 오르지 못했다. 어쩌다 아주 조심스럽게, 염탐꾼이라도 된 기분으로 은밀히 올라가 그들을 얼른 훔쳐보고 도둑고양이처럼 계단을 내려오곤 했다.

벚꽃과 목련이 피었다 졌다. 멀리서 아카시아향이 바람을 타고 왔다. 초어름 비가 연이어 이틀을 내린 다음날 옥상엘 올랐다. 옥상은 빗물에 펑 하니 젖어 있었다. 말라죽은 화초는 더욱 후줄근해 보였다. 담배를 입에 물었으나 끝내 불을 붙이지 못했다. 이발소 표지등이 멈춰 있었다. 창문 안이 어두웠다. 왠지 다시는 그들의 모습을 볼 수 없을 것 같은 예감이 들었다. 예감의 근거는 없었다.

매장 앞을 지나는 방앗간 주인에게 한 번 더 물었다. 이발사 소식을 들은 게 있느냐고. 그는 고개를 가로저으며 이발소를 한차례 쳐다보았을 뿐 말이 없었다. 더 이상 그에게 물을 수 없었다. 사거리 전자대리점 주인에게도 골목 안 식료품가게 주인에게도 다시 묻지 못했다. 그들은 내가 이발사의 행방을 궁금해하고 있다는 사실을 알고 있었다. 묻지 않아도 뭔가 이발사에 관한 새로운 소식이 있으면 누구보다 내게 먼저 그 기별을 전할 사람들이었다. 시장통에서 그들을 몇 차례 마주쳤으나 아무 말이 없었다. 그들이 문득 야속해질 때도 있었다. 그들은 어쩌면 나보다 더 오랜 세월 그 이발소에서 이발을 한 사람들일지도 몰랐다. 나보다 더 많은 시간을 이발소 의자 위에서 보냈을지도 몰랐다. 그런데도 그들은 아무것도 잃은 것이 없다는 투였다. 야속한 게 아니라 그들이 무뎌 보였고, 그래서 싫었다. 날은 하루가 다르게 무더워지고 있었다.

어느날 검은 가방을 든 사내 하나가 매장을 기웃거렸다. 도숙붙은 머리가 답답해 보이는 오십 중반의 남자였다. 무슨 일이냐고 묻자, 그는 대답은 않고 불쑥 매장 안으로 들어섰다. 유니폼처럼 보이는 조끼 가슴에 정수기 회사 마크가 붙어 있었다.

정수기라면 살 맘이 없습니다.

내가 말했으나 그는 아랑곳 않고 매장 안을 흘끗 둘러본 뒤 물었다.

이발소가 언제 문을 닫았습니까?

낯선 이의 입에서 불쑥 튀어나온 이발소라는 말이 그처럼 생경할 수가 없었다. 나는 놀랐으면서도 한편으론 반가웠다. 나말고 이발소에 대해 궁금해하는 사람이 또 있다니.

일, 주일쯤 됐습니다. 근데 이 동네 분…… 같지가 않군요.

그는 가방을 든 채 서서 매장 안을 기웃거렸다.

아, 난 정수기를 팔러 돌아다니는 사람이에요. 우연히 이곳에서 이발소를 하는 동향 선배를 만났지요. 그동안 두어 번 머리를 깎았습니다.

그의 머리는 이발을 해야 할 만큼 자라 있었다. 나는 고개를 끄덕였다.

아주 그만둔 건가요?

그가 물었다. 나도 모르겠다고 대답했다. 아무 말 없이 어느날 갑자기 문을 닫아버렸다고.

그랬군요.

그러면서 그는 방앗간 주인과 비슷한 말을 했다.

하긴, 지난번에 들렀을 때 조금 이상하다 싶긴 했어요. 머리를 깎아달라고 했더니 머리 깎을 생각은 않고 팔짱을 낀 채 우두커니 창문 밖만 내다보고 있더라구요. 이십분 넘게. 생식, 선식, 홍삼, 알로에라고 씌어진 이 매장을 말예요. 버릇인 것 같았어요. 넋이 좀 나간 것 같기도 했고.

그러면서 그는 연신 매장 안을 두리번거렸다.

필요한 게 있으세요?

내가 물었다.

아뇨, 뭐. 그런 게 아니라……. 그가 말했다. 그날 선배가 날더러 저길 보라고 하면서 이 매장을 턱으로 가리키더라구요. 매장 안엔 지금처럼 한 사람 뿐이었지요. 박스를 들고 왔다갔다하는. 그뿐이었어요. 뭘 보라는 건지 모르겠더라구요……. 혹시 여기 무슨 영사기 같은 게 있나요?

영사기요?

나는 영문을 몰라 그를 물끄러미 바라보았다. 그가 말했다.

선배가 문득, 무성영화 같지 않아?라고 말했었거든요.

나는 여전히 영문을 알 수 없었으나 어느 순간 내 몸이 서서히 굳어가는 것을 느꼈다. 나는 사내가 언제 매장을 나갔는지 알지 못했다. 나는 오랫동안 석상처럼 서 있었다.

몸의 기운이 순식간에 모조리 증발해버린 것 같았다. 이틀 동안 그랬다. 일이 손에 잡히지 않았다. 매장 안의 나를 물끄러미 내려다보는 이발사의 모습이 머릿속을 떠나지 않았다. 옥상에 오를 엄두를 못 냈다. 이쪽 선반의 상자들을 공연히 저쪽 선반으로 옮겼다. 움직이고는 있었으나 아무 생각도 없었다. 머릿속에는 오로지 매장 유리문 안의 나를 내려다보는 이발사의 모습뿐이었다. 그리고 질문 한 가지. 그는 무얼 보고 있었던 걸까. 그 응시가 그의 증발과 무슨 연관이라고 있는 건 아닐까.

정수기 사내가 다녀간 사흘 뒤에, 이발소 외벽에 붙어 있던 표지등이 철거되었다. 표지등 하나를 떼어낸 것뿐인데 건물의 인상이 전체적으로 확 바뀌었다. 쓸쓸하고 황량했다. 유리창도 떼냈다. 실내 그늘 속에서 누군가 움직이는 게 느껴졌다. 인부들이었다. 그들은 계단 아래로 의자와 거울과 수납장들을 끌어내렸다. 그것들은 좁은 인도 한켠에 차곡차곡 쌓였다. 강렬한 한낮의 땡볕 때문에 낡은 가구들은 더 초라해 보였다.

얼마 뒤 인도에 쌓여 있던 가구들이 흔적도 없이 사라졌다. 누가 치웠는지 알 수 없었지만 어쨌거나 그것들은 버려질 것들이었다. 삼십년 동안 이발소의 얼굴이었던 것들이 그렇게 한순간에 사라져버렸다. 사라진 것들 중에는 내 지친 몸을 묻었던 의자도 섞여 있었다.

함부로 뜯겨지고 버려지는 것들을 바라보면서 잠깐 치를 떨었던가. 이발사의 증발도 증발이지만 오래된 물건들이 너무도 짧은 순간에 증발해버리는 게 끔찍했다. 이발사의 옷이 함부로 벗겨지고, 마침내는 살갗과 사지마저 찢겨 파멸하는 착각을 일으켰다.

삶의 흔적들이 저토록 쉽게 무너지고 소거되다니. 나는 쓰레기가 쌓이고 사리지는 것을 매장 유리문 밖으로 우두커니 내다보았다.

며칠 뒤면 새로 단장한 매장이 건물 이층에 들어서겠지. 인테리어 기술이 워낙 뛰어나 닷새면 모든 걸 뜯어고친다지. 무슨 매장이 들어설까? 비디오숍, 옷가게, 과외교습소, 피아노, 아니면 미용실? 어떤 게 들어서든 이제 그곳에선 이발소의 흔적이나 냄새 따위는 찾을 수 없으리라. 무덤 위에 지은 집처럼 감쪽같으리라. 이발소를 기억하는 사람들은 점점 줄어들겠지. 나는 그곳 가까이에 가지 않았다. 무슨 매장이 들어서는지 묻지 않았다. 정든 이발소에 대한 최소한의 예의를 나는 그런 식으로 차리고 있었다. 새로 들어서는 매장에 대해 궁금해 하지 않는 것.

새 각목과 도료들이 좁은 계단으로 올라갔다. 커다란 합판은 줄에 매달아 인도에서 창문으로 직접 올렸다. 그런 것들을 일 삼아 보지 않으려고 했다. 나는 바삐 전화를 받고 물건을 옮기고 인터넷 주문을 확인했다. 사실 바쁜 건 없었다.

실내공사가 다 끝났는지 어쨌는지 알 수 없었다. 하지만 나는 어느날 그곳으로 무작정 달려가지 않을 수 없었다. 단골 고객에게 동충하초를 배달하고 돌아왔을 때 나는 내 눈을 의심했다. 건물 이층 외벽에 크고 미끈하고 번쩍거리는 새 이발소 표지등이 붙어 있었다. 적, 백, 청 삼색띠가 빙글빙글 돌았다.

좁은 계단을 걸어올라갔다. 공사는 막바지 작업중이었다. 우중충했던 벽이 희고 반짝거렸다. 천장에는 커다랗고 둥근 조명등이 매달려 있었다. 세 명의 인부가 먼지를 뒤집어쓴 채 말없이 작업에 열중했다. 원판형의 기계톱이 아크릴 패널을 자르며 요란한 소리를 냈다. 비닐에 싸인 두 개의 새 이발 의자가 제자리에 놓일 차례를 기다리고 있었다. 오픈을 하려면 사나흘은 더 기다려야 할 것 같았다. 그런데도 이발사는 금방 이발을 시작할 것처럼 흰 가운을 입고 있었다.

새 분위기에 맞추려고 가운도 새로 장만해봤는데 괜찮소?

그가 웃으며 물었다. 평소에 잘 웃지 않던 그였다. 넥타이도 잘 매지 않던 그였다. 그런 그가 가운 안에 청회색 넥타이를 매고 있었다. 약사거나 무슨 연구소의 연구원이라고 해야 어울릴 복장이었다.

전 아주 이발소를 그만두는 줄 알았어요.

나는 그의 웃음에 웃음으로 답할 수 없었다. 그때까지도 나는 그의 출현을 실감하지 못했다.

그랬지. 정말 그만두려고 했었소. 다른 일을 해보려고 고향의 땅도 알아보았었지.

그랬던 거죠? 예감이 그랬거든요. 이발소는 이제 없어지는 거다……. 제 추측이 틀리지 않았어요.

그런데 그는 어째서 다시 돌아온 것일까. 그보다 먼저 그는 어째서 삼십년 넘게 해온 이발소 일을 갑자기 그만두려 했던 걸까.

살면서 그토록 암담해지기는 처음이었소.

묻지도 않았는데 그가 말했다.

내가 지금 무얼 하고 있는 걸까. 나는 왜 이렇게 살고 있는 걸까. 이게 사는 게 맞나……. 하지만 더욱 참담했던 것은 지난 육십팔 년 동안 나 자신에게 그런 질문을 단 한차례도 묻지 않았다는 사실을 깨달았을 때였소. 내 삶이, 내 생활이 그토록 갑자기 낯설 수가 없었소. 끔찍하더이다. 난 대체 무엇을 살고 있었단 말일까. 그의 말투가 낯설었다. 평소 그의 어투가 아니었다. 잠적했던 며칠 동안 그는 확실히 달라져 있었다. 이전에는 없던 품위 같은 게 느껴졌다. 그만큼 성찰이 절박하고 맹렬했었다는 얘길까.

그가 갑작스럽게 암담한 지경을 느껴야만 했던 이유를, 나는 묻지 않았다. 역시 그랬다. 내 짐작이 틀리지 않았다. 그 이유를 짐작했기에 나는 며칠 동안 넋이 나가 있지 않았던가.

내가 그에게서 수조를 보고 있을 동안, 그는 나에게서 거울을 보고 있었던 거였다. 그 사실을 깨달은 나는 열패감에 사로잡힐 수밖에 없었다. 끝내 궁금했던 것은 그가 어째서 그 자리, 그 일로 다시 돌아왔느냐는 거였다. 묻는다면 그는 무어라고 대답할까.

새로 건 이발소 거울은 이전 것보다 두 배나 컸다. 경면이 매끄럽고 밝았다.

이발사가 거울 앞으로 가 섰다. 나는 거울이라면 무조건 싫었다. 그러나 거울 앞에 말없이 서 있는 그의 모습이 거절할 수 없는 기운으로 나를 부르고 있었다.

거울이 크니까…… 실내가 훨씬 훤하네요.

내가 한 말이었다. 여전히 거울을 외면한 채.

그는 오랫동안 거울 속의 자신을 바라보았다. 놀랍게도 나도 어느새 거울속의 내 모습을 바라보고 있었다. 거울 속에서 그와 나의 눈이 마주쳤다.

부정하지 않기로 했지. 부정할 수 없었어. 부정되지도 않는 거니까. 인정하면 낯설 것도 고통스러울 것도 없고, 외려 정겨워질 수 있을 거라 생각했소. 내 가운이 어울리지 않소?

나는 대답하지 못했다. 그의 말이 귀에 잘 들리지도 않았다. 나는 거울 속에 비친 내 낯선 모습과 대면하느라 온몸에 잔뜩 힘을 주고 있었다. 그는 어느새 거울 속에서 모습을 감추었고, 텅 빈 거울 안에는 나 혼자였다.

나는 창가로 가 길 건너편 매장을 내려다보았다. 생식, 선식, 홍삼, 알로에.

내일부터라도 다시 옥상에 오르리라 맘먹었다. 담배를 피우고 한숨을 쉬고 여전히 침도 뱉겠지. 그리고 이발소를 건너다보겠지. 환하게 불밝힌 이발소 안에서 경쾌하게 가위질을 하는 멋진 가운의 이발사를 종종 바라보겠지. 거울처럼 바라보며 살 수 있겠지.

지금 짬 있으면 요 앞 파라솔에서 맥주나 한 캔 합시다.

등 뒤에서 이발사가 말했다. 고마워서 그래. 어서 내려와요.

나는 돌아서며 말했다.

제가 사야지요. 고마운 건 전데…….

– 구효서의 『시계가 걸렸던 자리』 중 「이발소의 거울」
(창비, 2005)

1. 나는 이발소 거울을 보면서 하필이면 수조 안을 떠도는 물고기를 떠올렸을까?

2. 왜 이발소 주인은 나를 보고 자신의 삶이 갑자기 낯설다고 생각했는가?

3. 다시 돌아온 이발소 주인이 '인정'한 것은 무엇인가?

4. 우리는 거울에서 무엇을 보는 것일까?

5. 자신이 낯설게 느껴지는 순간을 떠올려 보자.

폴리 베르제르의 술집(에두아르 마네, 1882) ⓒI, Sailko
여종업원 뒤에 걸린 큰 거울에는 술집의 전경이 다양한 모습으로 비치고 있다. 또한 그녀에게 술을 주문하고 있는 남자의 모습도 보인다. 이발소의 거울도 이처럼 두 사람을 비추고 있었을까? 무덤덤하고 공허한 표정을 짓고 있는 여종업원의 시선을 통하여 마네는 나에게 무슨 얘기를 하고 싶은 걸까?

C&C ──────────────────────

남들이 말하는 내가 참된 나일 수도 있고, 내 스스로 아는 내가 참된 나일 수도 있다. 누가 참된 나인가? 절실하게 나의 자아를 찾기 위해 애써 본 경험이 있는가? 다음 자료를 보고 자아에 관해 묻고 답해 보자.

[자료1]

"여러분은 자신을 어떤 사람이라고 생각하나요?" 멘티들에게 이 질문을 던졌을 때 멘티들이 짓던 표정을 기억한다. 처음에는 갑자기 이런 질문을 받을 줄 몰랐다는 당혹스러운 표정이 스쳐 갔고, 그 다음에는 '나는 어떤 사람이지?'라고 스스로에게 되묻기라도 하는 듯 표정이 심각해졌다. 그리고는 모두 말이 없다. 대답하기 곤란한 질문을 받은 사람들이 흔히 그렇듯 뭔가를 말할 것처럼 머뭇거리다가 침묵한다. '나는 그냥 난데… 어떤 사람이라고 할 게 있나?' 멘티들이 마음속으로 하는 말이 귓가에 들리는 것만 같았다.

누구나 중·고등학교를 다니던 10대 시절에 도덕이나 윤리 교과서에서 '자아 정체성'이라는 단어를 접했을 것이다. 이 거창한 단어는 대개 교과서의 첫 장에 등장한다. 그리고 자아 정체성이라는 단어 뒤에는 '나는 누구인가?'와 같은 문장이 반드시 따라 붙는다. 문제는 우리가 이러한 자아 정체성이나 '나는 누구인가?'와 같은 질문에 진지하게 답하는 시간을 갖지 못했다는 것이다. 그저 시험 문제에 나올 법한 대목을 외우고 과제를 잘해서 높은 점수를 받을 생각만 했다. 성적을 잘 받으려면 그렇게 하는 편이 훨씬 쉽다. 또 이 질문에 고민하거나 답하지 않는다고 해서 문제가 되지도 않았다.

10대 시절에 진지하게 고민했어야 할 문제를 가볍게 여기고 건너뛴 결과, 대부분의 20대 청춘들은 이 질문에 즉각 답하지 못한다. 뿐만 아니라 20대들에게는 너무 골치 아프고 대답하기 곤란한 질문, 그게 바로 '나는 누구인가?'다. 하지만 이 질문에 진지하게 고민하고 답하지 않고서는 아름다운 인생을 설계하고 디자인할 수도 없고 멋진 인생을 기대할 수도 없다. 인생의 주체이자 출발점인 '나'에 대해 깊고 폭넓게 이해하는 과정을 생략한 채 미래를 꿈꾸겠다는 것은 어불성설이다.

멘티들 가운데 가장 솔직하고 활달한 성격의 한 남학생이 침묵을 깨고 이렇게 대답했다. "멘토님, 실은 저도 저 자신을 잘 모릅니다! 소크라테스가 네 자신을 알라고 했다는데 저는 한 번도 자신에 대해서 생각해 본 적이 없어요. 하하" 그의 솔직한 고백에 모두가 까르르 웃었다. 대답하기 어려운 질문에 임기응변으로 대응하지 않고 모르는 것을 모른다고 떳떳하게 밝힌 것이 오히려 고마웠다. "그래요, 지금까지 생각해 본 적이 없으니 모르는 게 당연하죠. 그럼 지금부터 우리 스스로에 대해서 시간을 갖고 하나씩, 차근차근 생각해 봅시다."

우선 멘티들에게 '나는 누구인가?'라는 질문을 스스로에게 가급적이면 자주, 틈나는 대로 던져 보라고 했다. 물론 몇 차례 고민한다고 해서 짧은 시간 안에 완전한 답을 찾기는 어려울 것이라는 말도 덧붙였다. 그렇다고 해도 20대 청춘들에게 '나는 누구인가?' 하는 문제를 진지하게 생각해 보는 시간은 반드시 필요하다. 세월이 흘러서 훗날, 지금을 돌아보면 학점을 관리하고 시험을 준비하던 시간보다 내가 누구인지를 고민한 시간이, 몇 배는 더 소중했다고 여기게 될 것이다. '나는 누구인가?'라는 질문은 '내 인생의 꿈은 무엇인가?'라는 질문과 직결되기 때문이다.

"멘토님, 저의 오래된 고민을 들어주시겠어요?" 어느 날, 멘티들 중 한 학생이 이런 제목의 메일을 보냈다. 그는 고민을 털어놓을 곳이 없어서 답답해하다가 상담을 요청하게 되었다고 했다. 조심스러우면서도 초조한 기색이 역력한 제목을 보면서 심각한 고민을 이야기할 것임을 알았다. 메일은 이렇게 시작된다. 멘토님, 지금부터 저의 오래된 고민을 멘토님께 털어놓을까 합니다. 저는 사춘기와 학창 시절을 매우 순탄하게 보냈습니다. 학교생활에 충실했던 학생이었고 집에서는 부모님의 기대를 저버리지 않는 아이였습니다. 흔히 말하는 모범생으로 원하던 대학에 입학했습니다. 그때까지 저는 세상을 다 얻은 것처럼 기뻤습니다. "공부 열심히 해서 좋은 학교에 가라, 그게 최고다." 어른들의 말씀을 충실하게 따랐던 저는 겉으로 보기에는 아무 문제가 없는 것 같았습니다. 대학에 입학해서도 학과공부에 충실하며 성실하게 보냈습니다. 그런데 어느 날부턴가, 제 마음에 무슨 문제가 생긴 것인지 종종 멍해지고 가슴이 답답해지는 것을 참을 수가 없습니다. 그 시작은 이랬습니다. 어느 날 문득, 앞으로의 제 인생을 그려 봤는데 아무것도 보이지 않았습니다. 내일이나 한 달 뒤, 일 년 뒤의 제 모습은 대충 상상할 수 있었어요. 내일도 학교에서 수업을 듣고 도서관에 갔다가 과제를 하겠지요. 한 달 뒤에는 기말고사 준비로 밤을 새고, 일 년 뒤에는 졸업과 취업을 대비하느라 바쁘겠지요. 그런데 5년 뒤, 10년 뒤, 그리고 '내 인생'이라는 것을 그려 보려니 아무것도 보이지 않았습니다. 저는 그 순간, 커다란 충격을 받았습니다. 멘토님, 누구보다 하루하루를 성실하게 살았다고 생각했는데 이렇게 암흑 속에서 있는 것처럼 아무것도 보이지 않을 수도 있나요? 암담한 미래를 본 후로 저는 눈에 띄게 무기력해졌습니다. 오늘 하루를 열심히 사는 것도, 경쟁을 해서 이기는 것도 제게는 아무런 의미도 없는 일이 되었습니다. 제 앞에는 이뤄 내야 할 단기적인 목표만 있고 근본적인 꿈은 없으니까요. 목표를 하나씩 이루고 숱한 경쟁에서 이긴들 무슨 의미가 있을까요? 한 번 생각이 거기까지 미치고 나니 날로 우울해지고 미래에 대한 두려움만 커졌습니다. 멘토님, 꿈이 없고 그로 인해서 삶의 의미를 잃어버린 저는 이제 어떻게 해야 할까요? 저의 답답한 마음을 멘토님께서는 이해해 주실 것이라고 믿고 이렇게 상담을 청합니다.

요즘 20대가 말하는 스펙만 두고 보면 그는 누구에게도 뒤지지 않는 젊은이다. 명문대를 다니고 그 집단 안에서도 상위권으로 성적이 좋다. 그런데도 앞이 보이지 않는 것 같은 절망을 느꼈다니 이게 어떻게 된 일일까? 이메일을 보낸 멘티와 직접 만나서 이야기를 나눴다. 멘티는 자기 주변에는 자신의 고민에 동감하고 이해해 주는 사람이 없었다고 했다. 아니, 오히려 그 반대였다. "스펙도 좋으면서 괜한 불평이네. 다른 애들은 다 너처럼 되고 싶어 할걸?" "배부른 고민 같이 들리는데? 뒤늦게 사춘기라도 온 거야?" 고민을 이야기하면 듣는 사람들의 반응은 대체로 이랬다고 한다. 그래서 그는 친구들이나 주변 사람들에게는 마음을 털어놓을 수 없었다고 했다. 멘티의 편지를 읽고 제일 먼저 이렇게 일러 주었다. '내가 누구인가?'를 고민하고, 꿈이 없어 고민하는 것은 잘못이 아니라 청춘의 시작이다' 청춘이 자신을 알지 못하고 꿈이 없어서 고민하는 것은 절대로 배부른 투정이나 불평불만이 아니다. 그것은 인생을 더욱 아름답게 디자인하기 위하여 반드시 필요한 과정이다.

나는 누구인가?

남들은 또 나에게 말하기를

불쌍한 하루를 지내는 나의 모습이

어쩌나 평온하게 웃으며 당당한지

마치 승리만을 아는 투사 같다는데

남들이 말하는 내가 참된 나인가?

나 스스로 아는 내가 참된 나인가?

새장에 갇힌 새처럼 불안하고 그립고 약한 나

목을 졸린 사람처럼 살고 싶어 몸부림치는 나

색과 꽃과 새 소리에 주리고

좋은 말, 따뜻한 말동무에 목말라하고

방종과 사소한 굴욕에도 떨며 참지 못하고

석방의 날을 안타깝게 기다리다 지친 나

이제는 기도에도, 생각에도, 일에도 지쳐 공허하게 된 나

이별에도 지쳤다…이것이 내가 아닌가?

나는 누구인가?

이 둘 중 어느 것이 나인가?

오늘은 이 사람이고 내일은 저 사람인가?

이 둘이 동시에 나인가?

프시케 (베르트 모리조, 1876)

프시케는 전신을 비춰볼 수 있는 거울을 의미하기도 하고 혼(정신)을 뜻하기도 한다. 그리스신화에서는 에로스의 사랑을 받은 미소녀로 영혼을 상징하기도 한다.

독일의 목사이자 신학자인 디트리히 본회퍼가 지은 〈나는 누구인가?〉라는 시의 일부다. 본회퍼는 신앙심이 깊고 나치에 저항해서 히틀러를 암살할 음모에 가담했다가 투옥되었을 정도로 정의로웠으나 '나는 누구인가?'라는 질문 앞에서는 한없이 나약한 인간의 모습으로 돌아가 치열하게 고민하고 번뇌했다. 이 시에서 그는 스스로에게 '나는 누구인가?'라고 거듭해서 묻는다. 그러나 끝내 그 답을 찾지 못하고 방황한다. 이러한 방황하는 모습에서 우리는 그의 자아 정체성이 흔들리고 있음을 짐작할 수 있다. 그렇다면 여기서 말하는 자아 정체성이란 무엇인가?

한마디로 '이 세상에 단 하나뿐인 나에게 갖는 나에 관한 내 느낌'이 바로 자아 정체성이다. 다시 말해서 자아 정체성이란 행동이나 사고, 감정의 변화 속에서도 내가 누구인가를 일관되게 인식하는 상태를 말한다. 환경이나 상황이 달라져도 내가 나를 바라보는 시선, 이러한 변하지 않는 나에 대한 시선, 자아 정체성이 분명하고 흔들리지 않는다면, 스스로에게 이토록 분명하고 확고한 믿음을 가질 수 있다면 이 얼마나 멋진 일인가!

본회퍼가 '남이 말하는 나, 내가 아는 나, 둘 중에 어떤 나가 진짜인지 모르겠다'라고 고백한 것처럼 흔들리지 않는 자아 정체성을 갖기란 쉽지 않다. 더군다나 그 주체가 이제 막 20대를 지나고 있는 청년이라면 말할 것도 없다. 지금까지 우리가 만난 많은 청년들이 자신은 스스로를 사랑하지 않는다고 털어놓았다. 그들의 진심어린 고백을 듣고 왜 자신을 사랑할 수 없는지 그 이유를 말해 보라고 했다. 그러자 그들은 이렇게 대답했다. "저는 너무 나약하고 허점투성이에요." "남이 무심코 던진 말에도 상처 입고 작은 실패에도 의기소침해져요. 그래서 하루에도 몇 번씩 불안에 떨어요." "남들이 나를 나쁘게 생각하지는 않을까? 내가 초라하고 멍청해 보이지는 않을까? 지금 하고 있는 일에 실패하는 것은 아닐까? 늘 이런 생각에 빠져 있어요." 누구나 나약하고 부정적인 생각에 빠질 때가 있다. 하지만 유독 그 정도가 심각한 사람들이 있는데 그것은 그들의 마음속에 실재적 자아 대신에 거짓된 자아가 자리 잡고 있기 때문이다.

미국의 심리학자 에릭슨은 인간은 심리 사회적으로 여덟 단계를 거치면서 성장한다는 이론을 내놓았다. 신생아기에는 신뢰의 과업을 이루어야 하고, 유아기에는 자율성을, 초기 아동기에는 자발성을 키워야 한다고 했다. 또 중기 아동기에는 근면성, 청소년기에는 정체성, 청년기에는 친밀감, 중년기에는 생산성, 노년기에는 자아 통합의 과업을 이루어야 한다고 주장했다. 만약 어떤 이가 청년기에 자아 정체성과 친밀감 등의 과제를 잘 이루어 내지 못하면 그 사람은 오랜 시간 거짓된 자아의 탈을 쓰고 살아가게 될지도 모른다. 즉, 자기 자신을 찾지 못한 채, 외부화되어 살아갈 수 있다. 외부화란 자기 내면에서 진정한 자아를 찾지 못하고 자기가 아닌 다른 대상에 집착하며 방황하는 것을 의미한다.

외부화된 사람들은 우리 주변에서도 쉽게 찾을 수 있다. 삶의 공허함을 메우기 위해서 성에 몰두하는 사람이 있고 인터넷이나 마약, 쇼핑 중독에 빠지는 사람도 있다. 혹은 강한 소속감을 통해 허무감을 달래고자 몸부림치기도 한다. 그런데 안타깝게도 이들이 외부의 대상에 집착할수록 허무감은 더욱 커진다. 자아 확립이라는 근본적인 문제를 해결하지 못하는 한, 허무감에서 벗어날 수 없다. 이렇게 자라난 거짓 자아는 자기 자신을 사랑하지 못하게 방해한다. 나아가 거짓 자아는 우리를 열등감과 자신감 부족, 자기혐오의 구렁텅이로 밀어 넣고 비통함마저 느끼게 한다. 이 비통함은 분노를 일으키는 가장 큰 원인이 된다. 여기에 우연한 계기가 작용해서 분노가 외부로 투사되면 폭력이나 범죄가 되고, 내부로 투사되면 중독이나 우울증이 되는 것이다.

앞서 고민을 털어놓았다는 멘티 역시 가벼운 우울증을 앓고 있다고 고백했다. 그의 경우는 거짓 자아가 크게 발달된 것은 아니었기에 우려할 정도는 아니었다. 하지만 여기서 분명하게 짚고 넘어가야 할 것이 있다. 내가 누구인지 몰라서 혹은 꿈이 없어서 공허함을 느끼는 젊은이들은 이제부터라도 내가 누구인지 알고 올바른 자아상을 만들고자 노력해야 한다. 그래야 공허함과 허무함으로부터 벗어나 꿈을 꿀 수 있다. 올바른 자아상을 만들기 위해서는 먼저 자신의 내면부터 들여다봐야 한다.

우리는 일상에서도 하나의 현상만 보고 판단하는 실수를 저지르곤 한다. 이러한 실수는 어떤 사람의 외양이 번듯할 때 더욱 두드러진다. 겉으로 보기에 어려움이 없어 보이는 사람, 모든 것을 다 갖춘 사람은 내면 역시 평온할 것이라고 섣불리 판단한다. 하지만 이것은 크나큰 착각이 아닐 수 없다. 반대의 경우도 마찬가지다. 내면은 외양보다 훨씬 중요하다. 우리가 안고 있는 수많은 문제의 답은 외양이 아닌 내면에 있다. 내면을 주의 깊게 살펴보면 외양을 볼 때와는 전혀 다른 결과를 얻을 수도 있고 자신을 더 깊이 이해할 수도 있다. 이는 결국 자신과 화해하고 스스로를 사랑하는 것으로 이어진다.

— 이승한 & 엄정희의 『청춘을 디자인하다』
(코리아닷컴, 2012)

[자료2]

　장자가 '조릉'이라는 밤나무 밭에서 남쪽에서 날아온 이상한 까치 한 마리를 보았다. 그 날개의 넓이가 일곱 자나 되고, 눈은 그 크기가 한 치나 되었다. 장자가 혼잣말로 "저건 대체 무슨 새지? 날개가 저리 큰데 높이 날지 못하고, 눈은 크기만 하고 보지 못하네." 하고, 재빨리 다가가 활로 그 새를 겨누었다. 문득 보니 매미 한 마리가 시원한 나무 그늘에서 세상모르고 울고 있었다. 그 매미 뒤에 사마귀 한 마리가 그늘에 숨어 매미를 잡으려고 정신이 팔려 자기 몸을 잊고 있었다. 이상한 까치는 사마귀를 노리느라 정신이 팔려 자신의 위험을 모르고 있었다. 장자는 깜짝 놀라 "아! 사물이란 본래 서로 해를 끼치고 이익과 손해는 서로를 불러들이고 있구나!"라고 말하고, 활을 버리고 밭에서 빠져나왔다. 이를 본 밤나무 밭지기가 급히 쫓아와, 장자가 밤을 훔친 줄 알고 그를 꾸짖었다.

— 「산목(山木)」『장자』 외편(外篇)

'그'라고 말하는 것은 '나'라고 말할 수가 없기 때문이네

———————

지킬 박사와 하이드 | 로버트 스티븐슨

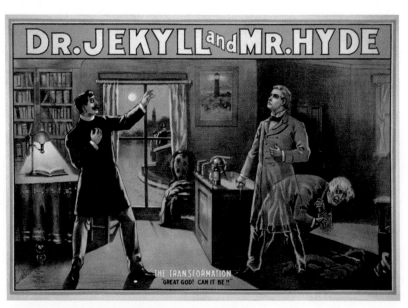

『지킬 박사와 하이드』 포스터(1880년대) ©Papa Lima Whiskey

헨리 지킬의 사건 설명

나는 18xx년 유복한 가정에서 태어났네. 여러 가지가 우수한 데다 근면했던 나는 동료들 가운데서도 현명함과 선량함을 특히 중시했지. 그러니 누구라도 짐작하겠지만 나에게는 명예롭고 훌륭한 장래가 보장되어 있는 셈이었네. 그러나 참을성 없이 즐기는 기질은 가장 나쁜 단점이었지. 그런 기질로 여러 가지 즐거움을 누렸지만, 그것이 사람들 앞에서 고개를 똑바로 세우고 근엄한 표정을 짓고 싶은 마음과는 맞지 않는다는 것을 알았지. 그래서 보이지 않는 곳에서 쾌락을 즐기게 되었네. 그리하여 옛일을 회고하며 주변을 돌아보고 세상에서의 내 위상을 점검할 때가 되었을 즈음, 이미 난 심각한 이중생활을 하고 있었지.

내가 죄책감을 느끼는 짓거리를 자랑삼아 떠들어대는 인간들도 있을 테지. 하지만 높은 이상을 품은 나로서는 그런 쾌락을 엄청나게 수치스러운 것으로 간주하고 숨겼네. 그러므로 내 결점으로 인한 타락보다는 엄격한 포부가 나를 만든 것이라고 할 수 있지. 그래서 인간의 양면성을 나누고 합하는 선과 악의 구분을 남들보다 혹독하게 구분하려는 열망을 갖게 되었다네. 나는 삶의 이치에 대해 깊이 고민했네. 종교의 뿌리에 엄격한 삶의 이치가 있으며, 그것이 사람을 가장 낙심하게 하지.

나는 심각한 이중인격자였지만 위선자는 아니었네. 나의 양면은 각기 죽어라 열심이었지. 학문을 연마하고 슬픔에 빠진 고통 받는 자를 구제하려고 노력하는 내가 내가 아니듯, 자제심을 밀치고 수치로 빠져드는 나도 내가 아니었네. 그러다가 신비롭고 초월적인 방향의 과학연구에 몰두하면서, 내 양면의 싸움에 강렬한 빛줄기가 비치게 되었네. 매일 매일 내 지성과, 도덕적인 이들과 지적인 이들의 양면에서 얻어낸 것으로 진실에 점점 가까워졌지. 일부만 밝혀낸 진실로 인해 나는 무시무시한 파멸을 당할 운명에 처하게 되었다네. 그 진실이란 인간은 하나가 아니라 둘이라는 것이었지. 둘이라고 말하는 것은 내가 아는 것이 그 정도이기 때문이네. 다른 사람들이 내가 설정한 것과 같은 논리를 좇아서 나 이상의 성과를 낸다면, 한 인간 속에 여러 다양하고 독립적인 존재가 들어 있음이 밝혀지겠지.

내 경우로 보면 하나의 방향으로만 뻗어나갔다네. 하나의 방향만 있었지. 오직 도덕적인 면만 있었네. 나는 그것을 통해 인간의 완전하고 원초적인 이중성을 알게 되었지. 내 의식 속에 선과 악의 특성이 있고, 내가 어느 쪽이든 나라고 말할 수 있는 것은 양쪽 모두 근본적으로 내가 가진 성격이기 때문이지. 과학적인 발견으로 그런 기적이 일어날 수 있다는 사실을 알기 훨씬 전부터 나는 선악을 분리하는 공상을 하면서 즐거움을 맛보았다네. 선과 악이 분리되어 각각 존재할 수 있다면 인생은 견디기 힘든 일에서 벗어날 수 있을 것이네. 악은 올곧은 쌍둥이 형제의 열망과 가책에서 벗어나 제 길을 가겠지. 선은 위로 뻗은 길을 묵묵히 안정적으로 걸어가면서 좋은 일을 행하여 기쁨을 얻으면 될 테고. 선으로서는 사악한 짓을 벌이고 수치를 느끼거나 참회할 필요가 없네. 어울리지 않는 선악이 하나로 뭉쳐져서 내면에 있다는 게 인류가 받은 저주이지. 의식이라는 고통스런 자궁에서 성격이 정반대인 쌍둥이 형제가 계속 다퉈야 하니 말일세. 그렇다면 둘을 어떻게 분리할 수 있을까?

깊이 고민하고 있을 때, 앞에서 말했듯이 실험실 탁자에 서광이 비치기 시작했네. 나는 걸어 다니는 육체가 겉으로는 견고해 보여도 실은 안개처럼 덧없는 비실체라는 것을 알아차렸지. 내가 발견한 약물은 육체를 흔들고 뿌리 뽑을 수도 있었네. 천막에 드리워진 휘장이 바람에 휘날리듯 그렇게 몸이 날아가 버릴 수 있었지. 여기서 실험 결과를 과학적으로 설명하지 않는 것은 두 가지 이유 때문이네. 먼저 나는 인생의 운명과 짐은 인간의 숙명이라는 사실을 알게 되었다네. 그 짐을 내려놓으려 하면 더 낯설고 강한 압박감이 우리를 짓누르게 되는 법이지. 둘째는 아쉽게도 이 고백을 하는 지금도 내가 얻은 결과가 불완전하기 때문이네. 당시 나는 몸에 깃든 내 정신을 이루는 어떤 힘의 기운과 광채를 알아낸데다가, 우수한 면모를 몰아낼 약을 조제할 수 있게 되었지. 약을 먹고 생긴 몸매와 얼굴은 내 마음에 들었네. 표정이 있었고, 내 영혼의 비열한 면이 그대로 찍힌 모습이었으니까.

　이 이론을 실제로 시험해보기까지 나는 꽤 오랫동안 망설였다네. 죽음을 무릅써야 한다는 것은 알고 있었지. 몸을 휘젓고 뒤흔들 가능성이 있는 약이어서 조금만 더 넣거나 약간만 시간을 못 맞추면, 변하기를 바라는 이 육체가 완전히 파괴될지도 모르니까. 그러나 확인하고 싶은 유혹이 워낙 강하고 깊어서 마침내 마음의 경고를 눌러버렸지. 오랫동안 약을 준비했네. 도매 약품상에서 특별한 소금을 대량으로 구입했지. 실험을 통해서 이 소금만 있으면 준비가 끝난다는 것을 알고 있었네. 어느 저주받은 밤에 재료를 섞고 그것을 끓이면서 유리컵에 연기가 피어오르는 광경을 지켜보았네. 부글부글 끓는 기운이 가라앉자 나는 용기를 내어 약을 들이켰지. 이어서 굉장한 통증이 일어났네. 뼈가 갈리는 듯 한 아픔, 죽을 듯한 메스꺼움, 태어나거나 죽는 순간에도 이 정도는 아닐 것 같은 공포감이 밀려들었지. 그러다가 이런 아픔이 싹 사라지면서 중병에서 회복된 것 같은 기분이 느껴졌네. 몸의 감각이 묘하더군. 말로는 설명할 수 없는 새로운 뭔가가 있었어. 이런 새로움은 믿기 힘들 만큼 기분 좋은 것이었다네. 몸이 더 젊어지고 가벼워지고 행복해진 느낌이었지. 몸속에서 고집스런 무모함이 고개를 드는 걸 알 수 있었네. 환상 속에서 방탕하고 감각적인 장면이 물레방아의 물처럼 흘러들었네. 의무감에서 해방된, 뭔지 모르지만 순결하지 않은 영혼의 자유가 느껴졌네. 이 새 생명으로 처음 숨을 쉬면서 나는 알았지. 내가 더 사악해졌다는 것을. 열배는 더 사악해져서 악한 본성에게 팔린 노예가 되었다는 것을. 그 생각을 하는 순간 포도주를 마신 것처럼 기분이 좋더군. 나는 양손을 뻗고 새로운 기분을 느끼며 펄쩍펄쩍 뛰어봤네. 그리고 그런 동작을 하면서 내 키가 형편없이 줄어들었다는 사실을 깨달았네.

　그때 내 연구실에는 거울이 없었네. 이 글을 쓰는 지금 내 옆에 있는 거울은 몸의 변화를 보려고 나중에 들여놓은 것이지. 하지만 그날은 밤이 깊어서 새벽이 되어가고 있었고-어둡기는 했지만 동이 트려는 기미가 있었네.-내 집 식구들은 모두 깊은 잠에 빠져 있었기에, 희망과 승리감에 도취된 나는 새로운 모습으로 침실까지 가기로 마음먹었네. 마당을 지날 때, 별빛이 내 머리 위로 쏟아졌네. 잠들지 않고 하늘을 지키고 있던 별들도 처음 보는 존재를 경이롭게 생각했을 것 같아. 나는 내 집에서 낯선 사람이 되어 살그머니 복도를 지났네. 그리고 내 방으로 가서 처음으로 에드워드 하이드의 모습을 보았네.

지금 내가 말하는 것은 나도 확신이 안 서지만 가장 그럴듯해서 이론상으로만 하는 것일세. 이제야 빛을 발한 내 본성의 악한 면은 내가 방금 없앤 선량함보다 부실하고 발달이 덜 됐던 것 같네. 인생의 9할을 미덕과 자제심을 발휘하기 위해 노력하면서 살아왔으니 악한 본성은 덜 활용되고 덜 지쳐 있던 셈이지. 그래서 에드워드 하이드는 헨리 지킬보다 훨씬 작고 호리호리하고 젊은 모습이었다는 생각이 드네. 한쪽 얼굴에서는 선함이 빛난 반면, 다른 쪽 얼굴에서는 악함이 확연히 드러났지. 그 외에도 악은(나는 아직도 이것이 인간을 죽음에 이르게 하는 면이라고 믿네) 내 몸에 기형과 파괴의 흔적을 남겨놓았네. 하지만 거울로 추한 우상을 보았을 때 그것이 싫다기보다 오히려 반가운 마음이 더 들더군. 이것 역시 내 모습이었네. 자연스럽고 인간적으로 보였어. 내 눈에는 하이드가 더 생생한 영혼의 모습을 담고 있는 것 같았지. 지금껏 나라고 부르면서 익숙해진, 불완전하고 분열된 얼굴보다는 그 얼굴이 더욱 표정과 개성이 넘치는 것 같았네. 의심할 여지없이 내가 옳았지. 내가 에드워드 하이드의 몸을 입고 있으면 누구든 불안한 기색을 보였네. 이것은 우리가 만나는 인간은 모두 선과 악이 뒤섞여 있지만 인류 가운데 오직 에드워드 하이드만이 순수하게 악하기 때문이라고 생각하네.

나는 잠시 거울 앞에서 시간을 끌었네. 이제 두 번째 결정적인 실험을 해야 했지. 내가 회복할 길 없이 본래 모습을 잃었는지 알아보고, 만약 그렇다면 날이 밝기 전에 이제는 내 집이 아닌 이곳에서 달아나야 했네. 나는 서둘러 약장으로 가서 다시 약을 준비해 마셨네. 몸이 녹는 아픔을 또 한 차례 겪은 다음 나는 예전과 같은 성품과 키와 얼굴을 가진 헨리 지킬로 되돌아왔다네.

그날 밤 나는 운명의 기로에 서있었지. 더 숭고한 성신으로 내 발견에 접근했더라면, 너그럽고 신성한 정신을 지니고 그 실험을 했더라면 모든 게 달라졌을 게야. 이런 죽음과 탄생의 고통에서 악마가 아닌 천사를 끌어냈으련만, 약은 분별력을 발휘하지 못했네. 약 자체는 악마성도 신성성도 없었어. 그것은 내 기질의 감옥 문을 흔들었고, 감옥 안에 있던 포로들처럼 내 기질이 쏟아져 나왔지. 그 시간 내 미덕은 잠들어 있었고, 악마성은 야심을 품고 깨어나서 조심스러우면서도 재빠르게 기회를 붙잡았던 것이네. 그렇게 밖으로 드러난 것이 에드워드 하이드였지. 나는 두 가지 외모뿐 아니라 두 가지 성품을 갖게 되었네. 하나는 완전히 사악했고, 또 하나는 여전히 선과 악을 함께 지니고 있는 헨리 지킬이었지. 모순 덩어리인 헨리 지킬이 변하고 발전해봤자 절망적이라는 것을 나는 이미 알고 있었네. 그러니 더 나쁜 쪽으로 마음이 쏠릴 수밖에 없었지.

그 당시에도 나는 학문을 추구하는 무미건조한 인생에 대한 반감을 극복하지 못하고 있었다네. 때때로 방탕하게 놀았고 (아무리 잘 봐줘도) 품위 있는 처신은 아니었네. 나는 유명했고 높은 평가를 받는 위치에 있었을 뿐 아니라 노년기에 접어들고 있었지. 그러니 뒤죽박죽인 생활이 점점 편치 않아졌다네. 이런 면에서 새로이 얻은 능력은 충분히 유혹적이었고, 결국 나는 노예가 되고 말았지. 그 한 컵을 들이켜는 것으로 저명한 교수의 몸에서 빠져나와 두툼한 망토를 걸치듯 에드워드 하이드의 몸을 입을 수 있었으니까. 그런 생각을 하니 미소가 떠오르더군. 당시에는 우스운 일로 보였던 게지. 나는 세심하게 준비를 했네. 소호에 집을 사서 살림을 갖추었어. 하이드가 경찰의 추적을 받은 바로 그 집일세. 그리고 말수가 적고 꼬치꼬치 묻지 않을 사람을 가정부로 들였지. 한편 내 하인들에게는 하이드란 사람이(그렇게 설명했네) 내 집을 수시로 드나들 것이라고 알렸네. 그리고 만약의 경우에 대비해서 하이드로 변해서 낯을 익히게까지 했다네. 다음으로 자네가 그렇게도 반대한 유서를 작성했지. 그러면 지킬 박사에게 무슨 일이 생겨도 금전적인 어려움 없이 에드워드 하이드가 살아갈 수 있을 테니까 말일세. 매사에 단단히 준비를 했다는 생각이 들자 나는 묘한 특권을 이용하기 시작했네.

이전에 사람들은 청부업자들에게 범죄행위를 시키고 본인의 인품이나 명성은 그대로 유지했지. 나는 쾌락을 위해 범죄를 저지르는 최초의 인물이 되었네. 사람들에게 존경받는 인물의 역할을 계속하면서도, 한순간 빌려 입은 옷을 휙 던지고 아이들처럼 앞뒤 가리지 않고 자유의 바다에 빠질 수 있었지. 신비로운 망토를 걸친 나는 완벽하게 안전했다네. 한번 생각해보게. 하이드는 존재하지도 않았던 것이네! 실험실 안으로 달아나서 언제든지 만들 수 있도록 준비해둔 약을 섞어 마시기만 하면 하이드는 사라지네. 무슨 짓을 저질렀든 거울에 번진 입김처럼 싹 사라지는 거지. 그 대신 조용히 자기 서재에서 등잔을 손질하는 헨리 지킬이 등장하는 거야. 헨리 지킬은 혐의쯤이야 웃어넘길 수 있는 사람이잖은가.

앞서 말했듯이 내가 변신해서 맛보고 싶어 했던 쾌락은 품위 없는 것이었네. 그보다 심한 표현은 쓰지 않겠네. 하지만 에드워드 하이드로 변하기만 하면 그것은 극악무도한 짓거리로 탈바꿈하기 시작했네. 그런 나들이에서 돌아오면 내가 저지른 별별 악행에 의구심에 빠질 때도 많았네. 내 영혼에서 불러내어 쾌락을 맛보라며 혼자 보낸 이 익숙한 나는 사악하고 비열하기 짝이 없는 존재였지. 모든 행동과 생각은 자기에게만 맞추고, 피도 눈물도 없는 인간처럼 남을 괴롭히는 것으로 짐승 같은 욕망을 채웠던 거야. 때로 헨리 지킬은 에드워드 하이드의 행동에 경악했네. 하지만 평범한 상황은 아니어서 양심의 가책을 교묘히 피했지. 결국 죄를 지은 것은 하이드였으니까. 하이드 혼자였으니까. 지킬은 그러지 않았지. 지킬의 선량한 인품은 고스란히 깨어났네. 그는 가능한 경우에는 하이드가 저지른 악행을 무마하기 위해 민첩하게 움직이기까지 했네. 그렇게 해서 양심의 가책을 피할 수 있었다네.

내가 못 본 채 넘긴 파렴치한 행위에 대해서는 (지금도 내가 저질렀다고는 좀처럼 인정할 수가 없네) 자세히 말하지 않겠네. 다만 곧 벌을 받으리라는 경고와 연속적인 과정이 있었다는 말은 해두겠네. 우연한 사고가 있었는데, 어떤 결과도 초래하지 않았으니 그것에 대해서는 간단히 언급만 하겠네. 내가 한 아이에게 잔인한 짓을 하는 걸 보고 지나던 사람이 분노했는데, 나중에 알고 보니 자네의 친척이더군. 의사와 아이의 가족이 그 사람에게 동조했지. 생명의 위협이 느껴졌다네. 결국 그들의 화를 풀어주려고 에드워드 하이드는 그들을 그 문까지 데려가서 헨리 지킬의 이름으로 발행한 수표를 줘야 했네. 하지만 나중에 에드워드 하이드의 이름으로 다른 은행에 계좌를 만들자 이런 위험도 사라졌지. 수표에 서명을 할 때는 글씨를 뉘어서 썼고, 그런 식의 생활은 안전할 거라고 생각했네.

댄버스 경의 살해 사건이 있기 두 달 전, 나는 쾌락을 찾아 나갔다가 늦게야 집에 돌아왔네. 다음 날 아침 깨어보니 느낌이 이상하더군. 주위를 둘러봤지만 그대로였네. 멋진 가구와 내 침실의 높은 천장도, 침대의 커튼 문양과 마호가니 틀도 그대로였지. 그런데도 내가 있으면 안 될 곳에 있는 듯 한 느낌이 계속 들었어. 이곳은 내 집 침실이 아니라 에드워드 하이드의 몸이 자는 소호의 작은 방이어야 될 것 같았네. 웃음이 다 나오더군. 마음속으로 이런 착각의 원인을 궁리하기 시작했지. 생각에 잠겼다가 깜빡 졸기도 했네. 하지만 신경이 쓰여서 정신이 든 순간에는 손에 눈이 갔네. (자네가 자주 말했듯) 헨리 지킬은 당당한 체격을 가진 사람이었지. 덩치가 크고 몸이 단단하고 피부가 희고 잘생겼었어. 하지만 아침나절의 환한 햇살이 비춘 잠옷에 반쯤 걸쳐진 내 손은 가늘고 핏줄과 관절이 튀어나온데다가 털이 덥수룩하고 거무튀튀한 것이었네. 바로 에드워드 하이드의 손이었지. 어안이 벙벙해서 30초쯤 그렇게 손을 쳐다봤을 걸세. 그때 갑자기 가슴이 덜컥 내려앉으면서 공포가 덮쳐왔네. 침대에서 뛰어 내려와 거울로 달려갔지. 거울에 비친 모습을 보자 피가 싸늘하게 식는 것 같더군. 그랬네, 잠자리에 들 때는 분명히 헨리 지킬이었는데 깨어보니 에드워드 하이드가 되어 있었네. 이 일을 어떻게 설명할 수 있을까? 나 자신에게 물었네. 그때 다시 공포가 밀려들더군. 지킬의 모습으로 돌아가려면 어떻게 해야 하지? 이미 날이 밝아 하인들이 깨어 있었네. 약은 모두 저쪽 건물의 연구실에 있는데, 그곳에 가려면 두 층이나 내려가서 뒷길을 통하고 마당을 지나 해부실을 통과해야 했지. 나는 겁에 질려 가만히 서 있었네. 얼굴은 가릴 수 있겠지만 키가 작아진 것은 숨길 수가 없으니 무슨 소용이 있을까? 그 순간 한 가지 생각이 떠오르자 안도감이 들었다네. 이미 하인들은 하이드가 드나드는 데 익숙했지. 나는 곧 최대한 몸에 맞는 옷을 차려입고 밖으로 나갔네. 브래드쇼가 그런 시간에 차림새가 이상한 하이드를 보자 놀라서 물러서더군. 10분 후 지킬박사는 본래의 모습으로 돌아올 수 있었고 식탁에 앉아 조반을 먹는 체했지.

입맛이 없더구먼. 몸을 하이드의 상태로 돌려놓은 이 이상하기 짝이 없는 사건은 내가 받을 심판을 예고해주는 것 같았네. 그래서 또 다른 나와 관련된 문제와 가능성에 대해서 어느 때보다도 진지하게 고민하기 시작했지. 나의 악한 부분은 최근에 활발하게 활동해서 영양분을 듬뿍 취했지. 이즈음에는 에드워드 하이드의 몸이 커진 것도 같았네. (내가 그 몸으로 변할 때면) 한층 혈기왕성해진 느낌이 들었지. 이제 하이드의 몸으로 있는 시간이 길어지면 내 성품의 균형이 완전히 깨지고, 선과 악을 내 의지대로 바꾸지 못해 하이드의 성격이 영영 내 성품이 되어버릴 위험이 있었지. 약효는 항상 같지는 않았네. 초기에는 약효가 전혀 나타나지 않았던 일도 있었어. 그 후로 약의 양을 두 배로 늘려야했던 경우도 몇 번 있었고, 죽음을 무릅쓰고 세 배로 늘린 적도 있었네. 이렇게 드물게 일어나는 불확실성은 내 만족감에 그림자를 드리우곤 했었네. 하지만 그날 아침의 사건으로 나는 알게 되었다네. 처음에는 지킬의 몸을 벗어버리기가 어려웠지만, 점점 확실하게 그 반대가 되어가고 있었지. 따라서 모든 정황은 이한가지로 모아지는 것 같았네. 나는 원래의 선한 면을 점점 잃고, 천천히 악한 성품으로 변해가고 있었던 거야.

그 둘 사이에서 선택을 해야 될 것 같더군. 두 가지 인격은 공통의 기억을 가지고 있었지만 그 밖의 다른 것은 똑같지가 않았지. 이제 (선악이 뒤섞인) 지킬은 가장 예리한 이해력과 탐욕스런 취향을 가지고 하이드의 쾌락과 모험을 같이 누렸네. 하지만 하이드는 지킬에게 무관심하거나, 그를 추적당하는 산적이 몸을 숨기는 동굴쯤으로 생각했지. 지킬이 아버지 이상으로 관심을 가지고 하이드를 대했다면, 하이드는 여느 아들보다 더한 무관심으로 답하는 셈이었네. 내가 지킬을 선택한다면, 오랫동안 은밀히 탐닉해오다가 이제야 제대로 맛보기 시작한 욕망을 버려야했지. 하이드를 선택한다면, 수많은 관심사와 포부를 버리고 한 번에 영원히 경멸당하는 인간으로서 친구도 모두 잃는 처지가 되어야 했고. 어느 쪽을 선택해야 할지는 생각할 것도 없어 보이겠지. 하지만 더 고려할 게 있었네. 지킬을 택하면 그는 절제의 불속에서 고통을 겪을 테지만, 하이드를 택한다면 그는 잃은 것을 의식조차 못할 터였지. 내 처지가 이상해 보일지 몰라도, 사실 이런 고뇌는 오래전부터 인간들이 겪어왔던 것일세. 유혹받고 두려움에 떠는 죄인은 누구나 같은 자극과 경각심을 느낄 테지. 다른 사람들처럼 나 역시 선한 쪽을 선택했지만 그 마음을 유지하기에는 힘이 부쳤다네.

그렇네. 나는 친구들과 정직한 소망을 품고 사는 늙고 불만족스런 박사 쪽이 좋았네. 그래서 하이드로 변해서 누렸던 자유와 젊음과 가벼운 발걸음, 뛰는 충동과 은밀한 쾌락에 단호히 작별을 고했지. 그러나 이런 선택을 할 때 나도 모르게 딴마음이 있었나 보네. 소호의 집을 처분하지 않은 거라든지, 에드워드 하이드의 옷을 버리지 않고 연구실에 그대로 놔둔 걸 보면 말일세. 하지만 두 달간 나는 결심한 것을 지켰네. 두 달 동안 이전보다 더 엄격하게 살면서 양심을 지키는 데 만족을 느꼈지. 그러나 마침내 경각심이 흐려지기 시작했고 양심을 지키는 기쁨도 별것 아닌 게 되어버렸다네. 나는 심한 고뇌와 갈망에 시달리기 시작했네. 하이드가 자유를 얻으려고 발버둥쳤지. 결국 도덕심이 약해졌을 때, 다시 한 번 약을 만들어서 들이켜고 말았네.

술꾼이 술을 마실 때는 잔악하게 육체적인 비정함을 저지를 위험이 있다는 걸 모르듯이, 나 역시 오래전부터 내 처지를 고민해왔으면서도 언제라도 에드워드 하이드의 성격이 뛰쳐나와 도덕적으로 완전히 무감각해지고 잔인할 만큼 악해질 수도 있다는 점을 예상하지 못했다네. 바로 그 때문에 나는 벌을 받았네. 오래 갇혀 있었던 내 안의 악마가 발광하면서 튀어나왔지. 약을 마시자 더욱 통제가 불가능한 사나운 사악함이 나오는 것이 느껴졌다네. 그날 나의 불행한 희생자가 예의를 갖춰 건네는 말에 참을성 없이 격동하게 된 것은, 그게 내 영혼을 휘저어댔기 때문일 걸세. 정신이 온전한 사람이라면 아무것도 아닌 자극으로 그런 엄청난 범죄를 저지른 것에 대해 죄책감을 느끼겠지. 나는 장난감을 부수는 정신 나간 아이처럼 제정신이 아니었네. 아무리 나쁜 인간도 유혹 속에서 어느 정도는 가지고 있는 균형감을 나는 스스로 내던져 버렸다네. 내 경우 가벼운 유혹이라도 일단 받으면 무너질 수밖에 없었던 거야.

당장에 악한 영혼이 내 안에서 깨어나 날뛰었지. 나는 환희에 차서 저항하지도 않는 상대를 매질했네. 내리칠 때마다 기쁨을 맛보았다네. 기운이 빠지기 시작할 때야 몽롱한 가운데 불쑥 겁이 나 등골이 서늘해지더군. 안개가 걷히고 나자 내 목숨이 위험해졌다는 걸 깨달았지. 나는 당장 사건현장을 떠났네. 영광스럽게 떨리던 사악한 만족감을 느꼈지만 이제는 목숨을 부지하고 싶은 욕망이 생겼지. 소호의 집으로 달려가서 (단단히 해두기 위해) 서류를 없애고 가로등이 켜진 거리를 지나갔네. 내가 저지른 범죄에 흐뭇한 마음이 들었고 앞으로 또 다른 사고를 칠 생각을 하니 흥분이 됐다네. 그러나 한편으로는 뒤를 쫓아오는 자가 있는지 발소리에 귀를 기울였네. 하이드는 입을 벌려 노래하면서 약을 섞어 마셨지. 죽은 자에게 축배를 들었네. 변화의 아픔도 그를 갈기갈기 찢지는 않았고, 곧 헨리 지킬이 감사와 후회의 눈물을 흘리며 무릎을 꿇고 앉아 신께 손을 모았다네. 머리에서 발끝까지 씌워 있던 방종의 베일이 찢어졌네. 내 인생을 돌아보았지. 아버지의 손을 잡고 걷던 어린 시절부터 스스로를 부정하면서 박사로서의 삶을 열심히 살았던 나날을 지나, 현실이 아닌 것 같은 그 무서운 저녁에 이르렀지. 나는 기억 속에 몰려드는 무시무시한 장면과 소리를 밀어내려고 눈물을 흘리며 기도했네. 하지만 그런 애원 속에서 죄의 추악한 얼굴이 내 영혼을 빤히 쳐다보았네. 통렬한 참회가 차츰 진정되기 시작하자 기쁨이 밀려왔네. 내 행동으로 인한 문제는 해결이 된 셈이었지. 이제부터 하이드는 절대로 나올 수가 없었네. 내가 원하든 원하지 않든 하이드는 선한 나에게 갇힌 셈이었지. 아, 그 생각을 하니 얼마나 기쁘던지! 그런 겸손함으로 자연스러운 삶에서 오는 제약을 다시 맞이했지! 나는 악한 나를 진정으로 포기하기 위해, 자주 드나들던 문을 잠그고 열쇠를 짓밟아버렸다네!

다음 날 살인범을 봤다는 사람이 나왔고, 하이드의 죄가 온 천하에 밝혀졌네. 희생당한 이는 사람들에게 존경받던 인물이었지. 그것은 범죄일 뿐만 아니라 비극적인 바보짓이기도 했네. 나는 그걸 알게 되어 다행이다 싶었네. 교수형에 대한 두려움 때문에 결심이 더욱 굳어졌으니 말이야. 이제 지킬은 피난처였네. 하이드가 고개를 내밀면 온 세상이 달려들어 후려갈길 터였지. 나는 앞으로의 행동으로 과거의 죄를 보상하기로 다짐했다네. 솔직히 내 결심은 좋은 결실을 맺었지. 작년 말 몇 달간 내가 고통 받는 이들을 위해 얼마나 애썼는지 자네도 알 걸세. 남을 위해 얼마나 많은 일을 했는지 자네는 잘 알겠지. 조용한 나날이 흘러갔고 행복하기까지 했네. 이 은혜스럽고 순결한 생활에 지쳤다고는 할 수 없네. 오히려 나는 하루하루 그 기쁨을 만끽하며 살았네. 하지만 나는 이중성이라는 저주를 받은 인간이었지. 뼈아픈 후회가 점점 사라지자 내 안의 비열한 부분이 고개를 내밀었네. 오랫동안 탐닉해오다가 최근에는 묶어놓은 사악함이 풀어달라고 으르렁대기 시작했지. 하이드의 부활을 꿈꿨던 것은 아니네. 그런 생각만 해도 나는 놀라서 까무러칠 걸세. 아니, 내 양심을 무시하자는 유혹에 다시 넘어간 것은 바로 나 자신이었네. 결국 나는 흔한 죄인이 되어 유혹의 손길에 무릎을 꿇었지.

모든 일에는 끝이 있기 마련이네. 마침내 한도에 도달한 게지. 잠시 악에 굴복한 것이 영혼의 균형을 완전히 깨뜨려 버렸네. 하지만 나는 놀라지 않았지. 약을 발견하기 전으로 돌아간 것처럼 타락이 자연스러워 보였거든. 화창한 1월의 어느 날, 서리가 녹아서 땅이 질퍽거렸지만 하늘에는 구름 한 점 없었네. 리젠트 공원에는 새소리와 봄의 향기가 넘쳐났지. 나는 벤치에 앉아 햇볕을 쪼였네. 내 안의 야수가 기억의 조각을 핥아댔고, 정신은 나중에 후회하게 될 텐데도 꾸벅꾸벅 졸며 움직이지 않았어. 마침내 나는 나를 다른 사람들과 비교하고는 씩 웃었네. 나태한 자들이 이웃에 무관심한 것에 비해 나는 선행을 베풀고 있었지. 그렇게 자만심에 빠져있던 바로 그 순간, 현기증과 함께 불쾌한 욕지기가 나면서 극심하게 몸이 떨리기 시작했네. 이 증세가 가라앉자 기절할 것 같더니, 이어 그 느낌도 사라졌네. 그때 생각 속에서 어떤 변화가 느껴지기 시작했네. 훨씬 대담해지고, 위험성에 무감각해지고, 의무감에서도 해방된 기분이었지. 몸 아래를 보았네. 체구가 줄어서 옷이 헐렁해져 있고, 무릎에 얹은 손은 힘줄이 튀어나오고 털이 무성하더군. 다시 에드워드 하이드가 된 걸세. 조금 전까지만 해도 사람들의 존경과 사랑을 받는 부유하고 안전한 지킬이었는데, 내 집 식당에는 나를 위한 식사가 준비되어 있는 몸이었는데, 이제 사람들에게 쫓기고 집도 없는 살인범이 되어 교수대에 올라갈 처지가 된 거야.

이성이 흔들렸지만 완전히 무너지지는 않았네. 나는 하이드의 인격을 가진 상태로 다시 생각해봤다네. 지적 능력이 상당히 날카로워지고, 생각에는 융통성이 생긴 것 같았지. 그래서인지 지킬이라면 굴복하고 말았을 그 중요한 순간에 하이드는 잘 대처했다네. 내 약은 연구실의 약장에 있었네. 어떻게 약을 손에 넣어야 하나? 그것이 당장 해결할 문제였네(양손으로 관자놀이를 눌러댔지). 연구실의 문은 내가 잠가둔 채였지. 집에 들어가면 하인들이 나를 교수대로 보내버릴 것이었네. 다른 사람의 손을 빌려야만 했지. 래니언이 떠올랐네. 어떻게 그와 연락을 하지? 어떻게 설득해야 하나? 거리에서 붙잡히는 꼴을 면한다 해도 어떻게 그와 만날 것인가? 알지도 못하는 불쾌한 방문객일 내가 어떻게 저명한 의사를 설득해서, 그의 동료인 지킬 박사의 연구실을 뒤지게 할 수 있을까? 그때 내 본래의 특성중 하나가 남아 있다는 사실이 생각났네. 내 필체는 그대로였지. 일단 생각에 불이 붙기 시작하자 처음부터 끝까지 방법이 쭉 떠오르더군.

최대한 신경 써서 옷매무새를 정돈하고 지나가는 마차를 잡아 포틀랜드 거리에 있는 호텔로 가자고 했네. 마침 기억나는 호텔이 한 군데 있었거든. 내 꼬락서니(비극적인 운명에 처해 있었지만 모양새는 우습기 짝이 없었지)에 마부는 웃음을 참지 못했네. 내가 갑자기 악마같이 노여워하며 이를 갈자 그의 얼굴에서 웃음기가 사라지더군. 그에게도 잘된 일이지만 나에게는 더욱 잘된 일이었네. 그가 조금 더 웃었다면 내가 그를 마차에서 끌어내렸을 테니까. 호텔에 들어서서 어두운 얼굴로 주위를 둘러보자 직원들이 덜덜 떨었네. 그들은 내 앞에서 눈짓을 주고받지 않고 고분고분 내 지시에 따랐지. 그들은 나를 방으로 안내하고 필기도구를 가져다주었네. 생명을 잃을 위험에 처한 하이드는 내게는 새로운 존재였다네. 그는 지나친 분노에 부들부들 떨면서 살인에 흥분하고 남에게 고통을 주고 싶어 안달했지. 하지만 그는 빈틈이 없었네. 엄청난 의지력으로 분노를 억누르면서 래니언과 풀에게 중요한 편지 두 통을 썼지. 또 편지가 제대로 보내졌는지 확인하기 위해 등기로 부치게 했다네. 그런 다음 종일토록 난롯가에 앉아서 손톱을 물어뜯었어. 그는 두려움에 휩싸여 호텔 방에서 혼자 식사를 했네. 웨이터가 눈에 띄게 몸을 떨었지. 밤이 되었고, 그는 마차에 처박힌 채 런던 거리를 돌아다녔네. 여기서 '그'라고 말하는 것은 '나'라고 말할 수가 없기 때문이네. 그 악마의 자식에게는 인간적인 면이 전혀 없었네. 공포와 증오만 있었지.

마침내 마부가 의심을 품고 있다는 생각이 들자 그는 마차에서 내려 걸어 다녔네. 잘 맞지 않는 옷을 걸친 터라 사람들 눈에 띄기 쉬웠지. 그런 행색으로 그는 행인들이 지나다니는 밤 속을 거닐었다네. 그의 마음속에서는 두 가지 열정이 폭풍우처럼 법석을 떨었지. 그는 두려움에 쫓겨서 빨리 걸으면서 속으로 중얼거리기도 하고, 인적이 드문 거리를 살금살금 걸으면서 자정이 되기를 기다렸네. 한번은 아낙네가 다가와서 성냥을 사라고 하자 그가 얼굴을 후려갈겼네. 아낙네는 달아났지.

래니언의 집에 도착했을 때 나를 보고 무서워하는 친구를 보자 내 마음이 이상하더군. 모르겠네. 하지만 그의 두려움은 몇 시간 동안 내 마음속에 퍼진 증오에 비하면 아무것도 아니었지. 내게 변화가 일어났네. 이제 두려운 것은 교수대가 아니었어. 나를 뒤흔드는 것은 하이드가 되는 두려움이었네. 나는 꿈속에 있는 것처럼 어렴풋한 기분으로 래니언의 비난을 들었고, 내 집에 돌아와 침대에 들어갈 때도 여전히 꿈에 젖은 느낌이었네. 고단한 하루를 보낸 터라 깊은 잠에 빠져 들었다네. 나를 쥐어짜는 악몽조차도 끼어들 틈이 없었지. 아침에 일어나니 몸이 떨리고 기운이 없었지만 기분은 개운했네. 그러면서도 여전히 내 안에 잠들어 있는 그 짐승 같은 존재를 생각하면 증오스럽고 두려웠다네. 물론 전날 겪었던 소름 끼치는 위험도 잊지 않고 있었지. 하지만 나는 다시 집에 돌아왔고, 약도 가까이에 있었네. 위험을 피한 데 대한 고마움이 어찌나 강렬한지, 희망이라고도 할 수 있는 느낌이 밀려들었다네.

아침 식사를 마친 후 한가롭게 마당을 거닐며 상쾌하게 바람을 쐬었네. 그런데 갑자기 변신을 예고하는 말로 표현 못 할 느낌이 들이닥쳤네. 간신히 연구실로 피할 수 있었고, 다시 한 번 맹렬하게 얼어붙은 하이드의 감정에 사로잡혔지. 이번에는 약을 두 배로 마신 후에야 원래의 나로 돌아올 수 있었네. 맙소사! 여섯 시간 후에 슬픈 마음으로 난롯가에 앉아 있는데 다시 통증이 일어났고, 다시 약을 마셔야 했지. 간단히 말하자면, 그날부터는 운동을 할 때처럼 열심히 활동을 할 때나 약효가 유지되고 있을 때만 지킬의 모습을 하고 있을 수가 있었네. 밤낮 할 것 없이 변신을 예고하는 떨림이 찾아왔고, 무엇보다도 잠이 들거나 의자에 앉은 채 꾸벅꾸벅 졸기만 해도 깨어나면 늘 하이드로 변해있었지. 지속적으로 다가드는 운명에 대한 압박과 인간으로서는 견디기 힘든 불면에 시달렸다네. 열병을 앓으며 몸과 마음이 몹시 쇠해진 나는 한 가지 생각만 붙들게 되었네. 바로 또 다른 나에 대한 두려움이었지. 나중에는 잠이 들 때나 약 기운이 사라질 때면 거의 별다른 변화 없이도(변화할 때의 통증이 나날이 약해졌네) 무서운 장면이 얼룩진 공상 속으로 빠져 들었네. 증오만이 들끓는 영혼, 생명의 기운을 담을 힘도 없을 것 같은 몸이 되어버렸지.

지킬이 약해질수록 하이드의 힘은 자라나는 것 같았네. 이제 서로를 향한 둘의 증오는 양쪽이 똑같아졌지. 지킬에게 그것은 사활이 걸린 본능이었네. 이제 그는 자신과 의식의 일부분을 공유하고 죽음을 함께할 하이드가 완전히 기형적인 것을 알았지. 지킬을 가장 낙담하게 하는 것은 이런 연관성 외에도, 그는 하이드에게 생명력은 있지만 지옥 같을 뿐 아니라 형체가 없다고 보았다네.

이것은 충격적인 일이었네. 구덩이 속의 더러운 존재가 울부짖으며 말하는 것 같았지. 형체가 없는 먼지가 움직이면서 죄를 짓는 셈이었네. 죽은 것, 모양이 없는 것이 생명이 있는 것을 괴롭히는 셈이었지. 이 반란에 대한 공포가 지킬에게는 자신의 아내보다, 자신의 눈보다 가깝게 밀착되어서 그의 살에 파고들었네.

그는 하이드가 중얼대는 소리를 들었고, 그것이 태어나려고 버둥대는 것을 느꼈다네. 그리고 지킬이 약해지거나 잠에 빠져드는 순간이면 하이드가 나타나서 생명을 빼앗아갔지. 지킬에 대한 하이드의 증오심은 달랐네. 교수대에 대한 두려움이 하이드에게 일시적인 자살을 감행하게 만들었고, 그리하여 지킬의 일부분일 뿐인 자리로 되돌아가곤 해야 했지. 그러나 하이드는 그런 결과가 싫었고, 지킬이 낙심한 게 못마땅했네. 지킬이 자신을 증오하는 것도 싫었지. 그래서 교묘한 수작을 부려 내 필체로 책에 불경스런 문구를 적고 편지를 태우고 내 부친의 초상화를 망가뜨린 거라네. 사실 죽음에 대한 공포가 없었더라면, 하이드는 나를 파멸시키기 위해 오래전에 제 목숨을 끊었을 걸세. 하지만 하이드의 목숨에 대한 애착은 대단했지. 더 말해보겠네. 그런 나건만, 내가 자살해서 자기를 끊어버릴까 봐 삶에 대한 비굴하고도 열정적인 애착을 가진 그가 두려워하는 것을 생각하면 가여운 마음이 드는구먼. 길게 설명해봤자 쓸데없는 짓이고, 시간이 없네. 이런 고통을 겪은 이는 없을 걸세. 하지만 이런 고통도 습관이 되어-완화되는 게 아니라-영혼을 무뎌지게 하고 절망에 순종하게 하지. 내가 받은 벌은 오랫동안 지속되어온 거겠지만, 지금 떨어진 마지막 큰 불행은 내게서 본래의 얼굴과 성격을 빼앗아가 버렸네. 처음에 실험을 할 때 소금을 산 후로 다시 구입하지 않아서 소금이 바닥나기 시작했다네. 사람을 보내서 다시 소금을 사 와 약을 조제했지. 약이 끓어오르고 색깔의 첫 번째 변화는 일어났지만 두 번째 변화는 나타나지 않았네. 그걸 마셔도 효과가 없었어. 내가 런던을 다 뒤지게 했다는 것은 풀에게 물어보면 알 걸세. 그러나 소용이 없었지. 이제 생각해보니 처음 샀던 소금에 불순물이 섞여 있었고, 그 불순물이 약에 효능을 주었던 것 같네.

일주일쯤 흘렀군. 이제 마지막으로 진짜 나로서 글을 마무리 짓고 있네. 기적이 일어나지 않는다면 헨리 지킬로서 생각하거나 거울에 본래의 얼굴을 비추는 것은(슬프게도 얼굴이 변하고 있네!) 이게 마지막일 걸세. 글을 맺는 데 시간을 더 끌 수가 없네. 이 글이 고스란히 전해진다면 대단히 조심했고 운이 따른 덕분이겠지. 이 글을 쓰는 도중에 변화의 고통과 함께 하이드가 찾아온다면 그는 이 편지를 찢어버릴 걸세. 하지만 내가 편지를 잘 놓아둔 후에 변신을 한다면 그의 엄청난 이기심과 현재의 상황이 그에게 이 일을 잊게 해 야수 같은 짓거리로부터 편지를 지킬 수 있을 걸세. 우리 둘에게 다가오고 있는 운명은 이미 그를 변화시키고 망가뜨렸네.

지금부터 반 시간 후면 나는 영영 그 가증스런 인간이 될 거야. 나는 의자에 앉아 오들오들 떨면서 흐느낄 테지. 혹은 괴로움과 두려움에 빠져 이 방(지상에서 나의 마지막 피난처)에서 오락가락하면서 모든 위협적인 소리에 귀 기울일 걸세. 하이드는 교수대에서 죽게 될까? 아니면 용기를 내서 마지막 순간에 해방될까? 신만이 아시겠지. 나는 모르겠네. 지금은 내가 죽을 시간이고, 뒤이어 일어날 일은 나 아닌 다른 사람의 일이지. 그럼 여기서 펜을 놓고 내 고백서를 봉인하며, 이 불행한 헨리 지킬의 삶에 종지부를 찍겠네.

– 로버트 루이스 스티븐슨의 『지킬 박사와 하이드』
(공경희 옮김, 책만드는집, 2007)

1. 왜 지킬은 하이드가 될 수밖에 없었는가?

2. 내 안에 있는 또 다른 나를 경험해 본 적이 있는가?

3. 하이드는 지킬과 다른 이인가, 지킬 자신인가?

4. 내 안의 욕망과 어떤 관계를 맺어야 할까?

C&C

아트 슈피겔만의 『쥐-한 생존자의 이야기』를 읽다 보면 인간 본성의 악함과 약함에 대해 깊이 생각하게 되면서 이런 의문이 들게 한다. 어떻게 당시 최고의 지성인이었던 독일의 의사들이 '악'임에 분명한 유대인 학살에 앞장설 수 있었고, 이야기에 그려지듯이 나치와는 무관한 이들마저 유대인 학살에 동조하는 모습을 보일 수 있었을까? 나아가 차별에 따른 그런 끔찍한 대학살을 몸소 겪었던 이가 오히려 더 인종을 차별하는 태도를 드러내는 것은 어떻게 설명할 수 있을까? 이렇게 고발되는 인류의 실제 역사가 『맹자』, 「고자 상편」에서 논의되고 있는 인간 본성에 관해 말해 주고 있는 것은 무엇인지 생각하면서 스스로 묻고 답해 보자.

[자료1]

『쥐』는 나치의 유대인 학살을 소재로 한 만화다. 나치의 유대인 집단수용소에서 살아남은 블라덱 슈피겔만과 그의 아들이자 만화가 자신인 아트 슈피겔만을 주인공으로 하여 장소(아우슈비츠와 뉴욕)와 시간(30년대와 70년대)을 달리하여 만화 이야기가 진행된다. 만화에서 모든 등장인물은 동물로 묘사되어 나타난다. 예컨대 유대인은 쥐로, 나치는 고양이로, 폴란드인은 돼지로, 프랑스인은 개구리로, 미국인은 개로, 러시아인은 곰으로 묘사되어 있다.

블라덱은 30년대 당시 체코에서 직물 매매업을 하는 청년이었는데 폴란드 백만장자의 딸인 아냐와 결혼하여 폴란드에서 살다 전쟁을 맞는다. 이들은 전쟁과 유대인 박해의 물결 속에서 인간이 얼마나 비열하고 잔인해질 수 있는지 그 수많은 끔찍한 사례들을 몸소 체험한다.

"유대인은 독일의 영원한 적으로서 반드시 근절되어야 한다."는 히틀러의 선언으로부터 그 잔혹한 유대인 학살극은 시작된다. 만화에서 나치는 가해자의 잘못을 모두 희생자에게 떠넘기는("이 전쟁은 다 너희 잘못이야! 너흰 당장 이 자리에서 목매달아야 해!") 모습을 보인다. 나치만이 만행을 벌인 것은 아니었다. 폴란드와 헝가리 등 여러 동유럽 국가와 민족들이 유대인 학살의 사냥개 노릇을 했고 유대인 스스로도 자기 목숨을 구하기 위해 동포를 밀고하거나 살해했다.

제2차 세계대전의 종전과 더불어 수용소에서 살아남은 슈피겔만 내외는 미국에 정착하지만 수용소 시절의 버릇과 행동을 그대로 유지하고 자본주의 체제 속에서 물질을 탐하면서 구두쇠로 살아가며 스스로 인종차별의 희생자이면서도 다른 인종을 차별하는 이중적인 모습을 보인다.

"말도 안돼요! 어떻게 아버님이 인종차별을 할 수 있죠? 흑인에 대해서 마치 나치가 유대인 얘기하듯 하시는군요."라는 며느리의 말에, 유대인 학살의 현장에서 기적적으로 살아남았던 블라덱 슈피겔만은 이렇게 대답한다. "난 네가 이럴 줄은 정말 몰랐다. 검둥이는 유대인과 비교할 수도 없어!"라고.

[자료2]

고자가 말했다. "성(性)은 마치 소용돌이치는 물과 같다. 동쪽으로 물길을 터놓으면 동쪽으로, 서쪽으로 터놓으면 서쪽으로 흐른다. 사람의 성(性)에 선(善)과 불선(不善)의 구분이 없는 것은 물이 동서로 나뉘어 있지 않은 것과 같다." 맹자가 말했다. "물에 동서의 구분이 없는 것은 사실이다. 그렇지만 위아래의 구별도 없는가? 사람의 본성이 선한 것은 물이 자연스럽게 아래로 흐르는 것과 같다. 사람은 본래 선하지 않은 이가 없고, 물은 자연스럽게 아래로 흐른다. 이제 물을 쳐 튀어 오르게 하면 물은 이마를 넘어갈 수도 있고, 물을 막아 거꾸로 흐르게 하면 산위까지도 가게 할 수도 있다. 그렇다고 이것이 물의 본성이겠는가? 외부의 힘이 그렇게 한 것이다. 사람에게 불선한 행동을 하게 할 수 있지만, 그 본성 역시 물과 같아 외부의 힘이 그렇게 한 것이다."

– 「고자(告子)」 상편(上篇) 『맹자』

'사랑에 빠진다'는 말은 모순이다

소유냐 삶이냐 | 에리히 프롬

'소유'와 '존재'에 대한 시적 표현

일본의 시인 바쇼(芭蕉, 1644~1694)와 영국 시인 테니슨(Tennyson, 1809~1892)
은 산책을 하며 본 꽃에 대한 반응을 시로 남겼다. 먼저 테니슨의 시를 보자.

갈라진 암벽에 피는 꽃이여

나는 그대를 갈라진 틈에서 뽑아낸다.

나는 그대를 이처럼 뿌리 채 내 손에 들고 있다.

작은 꽃이여 --- 만일 내가 이해할 수 있다면

그대가 무엇인지, 뿌리만이 아니라 그대의 모든 것을 ---

그때 나는 신이 무엇인지 인간이 무엇인지 이해할 수 있으리.

바쇼의 하이쿠를 번역하면 다음과 같다.

자세히 살펴보니

냉이꽃이 피어 있네.

울타리 밑에!

이 두 시의 차이는 뚜렷하다. 테니슨은 꽃을 보고 그것을 '소유'하기를 바란다. 그는 꽃을 '뿌리 채 뽑아낸다.' 그리고 꽃이 신과 인간의 본성에 대한 통찰을 줄 수 있으리란 지적 사색에 빠진다. 하지만 꽃은 관심을 받는 결과로 생명을 빼앗긴다. 이 시에서 테니슨은 생명체를 해체하여 진실을 찾으려는 서구 과학자의 모습을 담고 있다. 바쇼의 꽃에 대한 반응은 전혀 다르다. 그는 꽃을 꺾기를 바라지 않는다. 꽃에 손을 대지도 않는다. 다만 그것을 자세히 살펴볼 뿐이다.

테니슨은 아무래도 사람과 자연을 이해하기 위해서 그 꽃을 소유해야 한다고 생각했던 것 같다. 그러나 그가 꽃을 '소유'함으로써 꽃은 파괴되고 만다. 바쇼가 바라는 것은 '보는 것'이다. 그것도 그저 바라볼 뿐만 아니라 꽃을 살려두고 꽃과 하나가 되는 것이다. 테니슨과 바쇼의 차이는 괴테의 다음 시로 충분히 설명된다.

나는 홀로

숲속을 헤맸다.

무엇을 찾을까

정처없이

나무 그늘에서 찾아낸 한 송이 꽃

반짝이는 별과 같고

아름다운 눈동자와 같은

꺾으려는 손을 보고

꽃은 상냥하게 말했다.

어째서 나를 꺾으려 하세요?

곧 시들어 버릴 텐데.

나는 그것을

뿌리 채 파내어

아름다운 정원에다 심으려고

집으로 가져왔다.

그리고 조용한 곳에 꽃을 다시 심었다.

이제 그 꽃은 많이 자라

꽃을 피우게 되었다.

괴테는 그저 목적도 없이 걸어가다가 아름다운 작은 꽃에 이끌린다. 그는 그것을 꺾었던 테니슨과 같은 충동을 느꼈다고 시인한다. 그러나 테니슨과는 달리 그 행위가 꽃을 죽이는 것임을 깨닫는다. 괴테에게 꽃은 싱싱하게 살아 있는 존재이므로 그 꽃의 말을 듣는다. 그리고 테니슨, 바쇼와는 다른 방법으로 문제를 해결한다. 바로 꽃을 '뿌리 채' 파내어 다시 심는 것이다. 따라서 그 생명은 파괴되지 않는다. 괴테는 말하자면 테니슨과 바쇼 사이에 있다. 결정적 순간, 그에게는 생명의 힘이 단순한 지적 호기심보다도 강하게 작용한 것이다. 이 아름다운 시에서 괴테가 자신의 자연연구의 핵심 개념을 표명하고 있음은 두말할 나위도 없다.

테니슨과 꽃의 관계는 소유 양식에 속한다. 이는 물질의 소유가 아니고 지식의 소유이다. 반면 바쇼와 괴테의 꽃에 대한 관계는 존재 양식에 속한다. '존재'란 무엇을 '소유'하거나 '소유하려고 갈망'하지도 않으면서 즐거워하고, 자기의 능력을 생산적으로 사용하며, 세계와 '하나가 되는' 실존 양식이다.

일상적 경험에서 소유와 존재

우리는 재산을 취득하고 이익을 올리는 데 전념하는 사회에 살고 있다. 따라서 존재양식의 증거는 좀처럼 찾아보기 힘들다. 대부분의 사람들은 소유양식이 가장 자연스러운 실존양식이며, 심지어는 받아들일 수 있는 유일한 생활양식이라고 생각한다. 이 모든 상황이, 사람들이 '존재' 양식의 본질을 깨닫고 소유는 하나의 방향을 제시하는 것에 지나지 않는다는 사실을 이해하지 못하게 방해하고 있다. 그럼에도 불구하고 이 두 개념은 인간경험에 뿌리박고 있다. 그 어느 쪽도 순전히 머릿속에서만 추상적으로 검토해서는 안 될 일이고, 또 그렇게 검토될 수도 없는 일이다. 두 가지 다 구체적으로 다루어야 한다. 모두 우리의 일상생활에 반영되어 있기 때문이다. 소유와 존재가 일상생활에 어떻게 나타나 있는가? 아래의 간단한 예가 이 두 가지 양자택일적인 실존양식을 이해하는 데 도움이 될 것이다.

학습

소유양식에 젖어 있는 학생들은 강의에 귀를 기울이고, 그 말의 논리적 구조와 의미를 이해하며, 되도록이면 그것을 모두 공책에 적는다. 필기한 것을 외워 훗날 시험에 합격하기 위해서다. 그러나 그 내용이 그들의 개인적인 사상체계의 일부가 되어 그것을 풍요롭게 하고 확장시키지는 못한다. 학생들은 그 대신에 들은 말을 사상 혹은 전체적인 이론의 고정된 몇 가지 집합으로 변모시켜 그것을 저장한다. 요컨대 학생들은 각기 강사가 창조했거나 다른 문헌에서 인용한 내용을 수집했을 뿐, 강의 내용과는 여전히 무관한 상태로 있다.

소유양식에 익숙한 학생들의 목표는 단 한 가지, '배운 것'을 고수하는 일이다. 그래서 배운 내용을 단단히 기억하거나 공책을 소중히 보관한다. 그들이 어떤 새로운 것을 만들어 내거나 창조할 필요는 없다. 아니 오히려 소유형들은 어떤 주제에 관한 새로운 사상이나 관념을 접하면 당황한다. 왜냐하면 새로운 정보는 기존의 정보에 의혹을 품도록 하기 때문이다. 실제로 소유를 세계와 관계 맺는 주요한 형태로 삼고 있는 사람에게, 쉽게 핀으로(혹은 펜으로) 고정시킬 수 없는 관념은 두려운 것이다. 성장하고 변화하며 따라서 지배할 수 없는 다른 모든 것과 마찬가지로 말이다.

반면 존재양식으로 세계와 맺어진 학생들은 학습 과정에서 전혀 다른 특질을 보인다. 우선 그들은 모든 강의에, 비록 그것이 첫 수업이라 할지라도 백지 상태(tabula rasa)로 출석하는 일은 없다. 그 강의가 다룰 모든 내용을 미리 짐작하고 있기 때문에 그들의 머릿속에는 나름의 어떤 의문과 문제가 있다. 그들은 그 제목에 대해서 충분히 생각했으므로 강의에 관심이 있다. 또한 말과 관념의 수동적인 저장소가 되는 일 없이 귀를 기울이고 듣는다. 아울러 이것이 가장 중요한데, 강의 내용을 능동적이고 생산적인 방법으로 받아들이고 반응한다. 경청하는 것은 사고과정을 자극한다. 새로운 의문, 새로운 관념, 새로운 전망이 그들 머릿속에 탄생한다. 그들이 귀를 기울이는 것은 하나의 살아있는 과정이다. 그들은 강사의 말을 관심 있게 경청하며, 들은 데 반응하여 자발적으로 생명을 얻는다. 단지 집으로 가져가서 기억할 수 있는 지식을 습득하는 것이 아니다. 강의를 통하여 영향을 받고 변화하는 것이다. 강의를 들은 뒤의 그는 강의를 듣기 전의 그가 아니다. 물론 이는 강의가 자극을 주는 소재를 제공했을 때 비로소 가능하다. 공허한 이야기로는 존재형인 학생들에게 아무런 반응을 일으킬 수 없다. 그럴 때 이 학생들은 차라리 자신의 사고 과정에 전념하는 편이 훨씬 나을 것이다.

여기서 잠시 '관심(interests)'이란 단어를 언급해야겠다. 이 말은 현대의 용법에서는 닳고 낡은 표현이 되어 버렸다. 그 본질적인 의미는 어근, 즉 '그 속에 있다' 혹은 '그 사이에 있다'란 뜻의 라틴어 inter-esse에 포함되어 있다. 이처럼 능동적인 의미의 관심은 중세 영어에서는 'to list'(형용사는 listy, 부사는 listily)라는 용어로 표현되었다. 현대영어에서의 'to list'는 'a ship lists(배가 기울다)'와 같이 오직 공간적인 의미에서만 사용되며, 본디의 정신적인 뜻은 부정적인 'listless(무관심한)'에 있을 뿐이다. 'to list'는 예전에는 '능동적으로 노력하다', '정말 관심을 갖다'라는 뜻이다. 그 어근은 'lust(욕망)'의 어근과 같지만, 우리를 몰아세우는 욕망이 아니라 '자유롭고 능동적인 관심 또는 노력'이다. 'to list'는 〈미지의 구름(The Cloud of Unknowing), 이블린 언더힐(Evelyn Underhill) 편집〉의 성명 미상의 저자(14세기 중반)가 사용하는 중요한 표현의 하나이다. 영어가 이 말을 부정적인 의미로 굳혔다는 사실은 14세기에서 20세기에 이르는 사회정신의 변화를 특징짓는다.

대화

소유양식과 존재양식의 차이는 두 가지 대화의 예에서 쉽게 관찰할 수 있다. 의견이 다른 A와 B가 전형적인 대담식 논쟁을 하고 있다. 이때 두 사람은 각자 자신의 의견과 동일화된다. 이들에게 중요한 것은 자신의 의견을 지켜주는 보다 합리적인 주장을 찾아내는 일이다. 양쪽 모두 자기의 의견이 바뀌거나, 또 상대방의 의견이 달라지길 기대하지 않는다. 사실 그들은 모두 자신의 의견이 변할까봐 두려워하고 있다. 의견은 곧 자신의 소유물이므로, 그것의 상실은 빈곤을 의미하기 때문이다.

논쟁이 아닌 대화일 경우에는 조금 다르다. 유명하고 덕망 있는 데다 뛰어난

자질까지 갖춘 사람, 혹은 무언가 유익이 되는, 즉 직상을 부탁할만하거나 사랑이나 존경을 해 주었으면 하는 사람을 누구나 만나보았을 것이다. 그때 우리는 그 중요한 만남을 위해 미리 준비하게 되며, 적어도 약간은 불안하기 마련이다. 상대방의 관심을 끄는 화제는 무엇일까, 대화의 첫 머리를 어떻게 열까를 생각해두는 것이다. 어떤 사람은 자신의 대화 계획을 미리 전체적으로 짜두기도 한다. 또 자기가 '가지고' 있는 것, 즉 과거의 성공, 인간적인 매력(또는 그것이 더 효과적일 때는 상대방을 위압하는 능력), 사회적 지위, 연고 관계, 외모와 차림새 등에 관해 생각함으로써 자기 자신을 단단히 무장한다. 요컨대 마음속에서 자기의 가치를 저울질하고, 그 평가를 바탕으로 다음 대화에서 자기의 상품을 전시하는 것이다. 이런 일을 썩 잘해내는 사람은 많은 이들에게 좋은 인상을 준다. 하지만 이 인상 중의 일부는 그 사람의 연기에서, 나머지 대부분은 사람들의 판단력 빈곤에서 나온 것이다. 만일 그가 그다지 훌륭한 연기자가 아니라면, 그 연기는 어색하고 작위적이고 지루해 별로 관심을 끌지 못할 것이다.

이와 대조적인 유형이 어떤 방식으로든지 미리 준비하거나 무장하지 않은 채 사태에 임하는 사람들이다. 그들은 자발적이고 생산적으로 반응한다. 자신에 관해서도, 자기의 지식이나 지위에 관해서도 잊어버리고 만다. 자아에 방해를 받지도 않는다. 그들이 상대방과 그의 생각에 관해서 충분히 반응할 수 있는 것은 바로 이러한 이유 때문이다. 또한 어떤 것도 고집하는 일이 없으므로 새로운 관념을 얼마든지 생산해낼 수 있다.

소유형은 자신이 가진 것에 의존하는 반면 존재형은 자신이 '존재한다'는 사실, 살아 있다는 사실, 그리고 반응할 용기만 있다면 뭔가 새로운 것이 탄생된다는 사실에 의존한다. 그들은 자기가 소유한 것에 대한 불안함 때문에 자기를 괴롭히는 일이 없으므로 대화할 때 매우 활기차다. 이 활기는 전염되기 쉬워 가끔 상대방이 자기중심성을 초월하게 하는 데 도움이 된다. 이리하여 대화는 상품(정보, 지식, 지위)의 교환이 아니라, 이미 누가 옳은가 하는 문제를 초월한 나눔

이 된다. 대화자들은 함께 춤추기 시작하며 승리 또는 슬픔(둘 다 무익하다)을 안고 돌아서는 것이 아니라 기쁜 마음으로 헤어진다. (정신분석학적 치료의 핵심은 담당의사가 이 활기를 줄 자질이 있느냐이다. 아무리 정신분석적으로 해석하더라도 치료하는 분위기가 답답하고 지루하다면 아무런 효과가 없다.)

독서

대화에서 말한 내용은 독서에도 똑같이 적용된다. 독서는 저자와 독자의 대화이며, 또 대화여야만 하기 때문이다. 물론 직접 대화할 때 이야기 상대가 중요하듯이 독서에서는 누구의 책을 읽느냐가 중요하다. 예술성이 없는 값싼 소설을 읽는 것은 한낮의 꿈처럼 헛되다. 그것은 생산적인 반응을 허용하지 않기 때문이다. 그 문장은 마치 텔레비전의 쇼처럼, 아니면 텔레비전을 보면서 우적우적 먹는 감자튀김처럼 삼켜질 것이다. 그러나 발자크의 소설 같은 책은 내적인 참여와 더불어 생산적으로, 즉 존재양식으로 읽을 수 있다. 그러나 이것도 아마 대부분의 경우에는 소비의 소유양식으로 읽힐 것이다. 독자들은 호기심이 발동되면 줄거리를 궁금해 한다. 주인공이 사느냐 죽느냐, 여주인공이 유혹당하느냐 저항하느냐 그리고 그 결말은 무엇이냐를 알고 싶어한다. 이때 소설은 독자를 흥분시키는 일종의 전희로서만 도움이 될 뿐이다. 행복한 또는 불행한 결말에 다다르면 독자의 경험은 절정에 달한다. 결말을 알았을 때 그들은 마치 자신의 경험에서 그 결말을 찾아낸 것처럼 현실적인 전체 스토리를 소유하는 것이다. 그러나 그들은 아무것도 인식한 바가 없다. 또 소설 속의 인물을 이해함으로써 인간성에 대한 통찰력을 심화시키거나 자기 자신에 대해 깨달은 것도 아니다.

철학이나 역사를 주제로 한 책에 관해서도 마찬가지다. 우리가 철학 서적이나 역사 서적을 읽는 방법은 교육을 통해 형성(더 적절하게 말하면 변형)된다. 학교는 학생들에게 '문화적 재산'을 어느 정도 주는 것을 목표로 삼으며, 학생들은 학교 교육이 끝날 때 적어도 그 최소량을 '가지고 있다'고 증명한다. 학생은 책을 읽고 저자의 주요 사상을 외우라고 교육받는다. 이로써 플라톤, 아리스토텔레스, 데카르트, 스피노자, 라이프니츠, 칸트, 하이데거, 샤르트르 등을 '안다'. 고등학교에서 대학까지 여러 수준이 다른 교육의 차이는 주로 획득한 문화적 재산의 양에 있으며, 그 양은 학생이 졸업한 뒤에 소유하길 기대하는 물질적 재산의 양에 대개 비례한다. 이른바 우수한 학생이란 여러 철학자들이 말한 바를 가장 정확하게 외우는 학생인 것이다. 그들은 박물관에서 일하는 박식한 안내인과 같다. 그들이 배우지 않은 것이라면 이러한 재산적 지식을 초월한 것이다. 철학자에게 질문하고 그들과 말하는 법, 철학자의 모순과 그들이 어떤 문제를 무시하거나 논점(論點)을 회피하고 있다는 것을 알아차리는 법, 그 시절 새로웠던 사상 혹은 '상식'이었기 때문에 저자가 채택할 수밖에 없었던 것을 구별하는 법, 저자가 단지 머리로만 말할 때와 머리와 마음으로 말할 때를 분별하는 법, 그리고 저자가 진짜인지 가짜인지 알아내는 법, 이러한 것들을 학생들은 배우지 않는다. 그리고 아직도 많은 것을 배우지 않는다.

반면 존재양식에 따라 사는 독자는 가끔 높은 평가를 받는 책조차도 전혀 가치가 없거나 극히 적은 가치밖에 없다는 결론에 도달할 수 있다. 때로는 어떤 책을 저자보다도 더 잘 이해할지도 모른다. 저자는 자신이 쓴 모든 것이 다 똑같이 중요하다고 생각할 테니 말이다.

지식

지식의 영역에서 소유양식과 존재양식의 차이는 다음 두 가지 정식으로 표현된다. '나는 지식을 가지고 있다'와 '나는 알고 있다'. '지식을 가지고 있다'는 것은 이용할 수 있는 정보를 손에 넣어 간직함을 뜻한다. '알고 있다'는 것은 기능적인 것이며, 생산적인 사고과정의 한 부분이다.

존재양식으로 살아가는 사람들이 갖는 지식의 특질(인식)에 대해서는 불타, 유대 예언자들, 예수, 마이스터 에크하르트, 지그문트 프로이트, 칼 마르크스와 같은 사상가들의 통찰을 통해 보다 깊이 이해할 수 있다. 그들은 인식이 우리의 평생에 느끼는 지각의 기만성을 깨닫는 일에서부터 시작된다고 했다. 즉 우리가 보고 있는 물질적 현실 세계의 모습이 '참으로 현실적인' 것과 다르다는 말이다. 중요한 점은 대부분의 사람이 반은 깨어 있고 반은 꿈꾸고 있으며, 참되고 자명하다고 생각하는 것의 대부분이 사회의 암시적인 힘이 만들어놓은 환상임을 모르고 있다는 사실이다. 따라서 인식은 환상을 깨트리는 것과 환상에서 '깨어나는 것'에서 시작된다. 인식이란 근원까지, 나아가서는 원인까지 도달하기 위해 표면을 꿰뚫는 것을 뜻한다. 즉 현실의 적나라한 모습을 '보는 것'이다. 인식은 진실을 소유하는 것이 아니다. 그것은 진실에 보다 더 가까이 접근하기 위해 끊임없이 표면을 꿰뚫고, 비판적이고 또 능동적으로 노력하는 태도이다.

이 창조적인 관통의 특질은 히브리어의 'Jadoa'에 표현되어 있다. 그것은 알고 사랑하는 것을 말한다. 깨달은 자인 불타는 "깨어나라, 물질에 대한 갈망이 행복을 가져온다는 환상에서 벗어나라"고 설파했다. 유대의 예언자들은 "깨어나라, 너희의 우상은 너희 손으로 만들어낸 것에 불과한 환상임을 알라"고 호소했다. 예수는 "진리가 너희를 자유롭게 하리라!"고 말했다. 마이스터 에크하르트는 그의 인식 개념을 여러 번 표현했다. 이를테면 신에 관해 이야기 할 때는 "지식은 어떤 특정한 사고라기보다 오히려 모든 덮개를 벗겨 버리는 것이다. 이기심을 버리고, 벌거숭이로 신에게 달려가 그와 접촉하며 그를 끌어안는 일이다."라고 했다. ('벌거숭이'와 '벌거숭이로'라는 말은, 그와 같은 시대를 살며 〈미지의 구름〉이란 저서를 남긴 미상의 저자와 마찬가지로 마이스터 에크하르트가 즐겨 사용한 표현이다.) 마르크스에 의하면, "환상이 필요 없는 조건을 만들어내기 위해서는 환상을 파괴해야만 한다." 프로이트의 자기인식 개념은 무의식적인 현실을 깨닫기 위해 환상(합리화)을 파괴한다는 관념에 바탕을 두고 있다.

이들 사상가는 모두 인간을 구제하는 데 전념했으며, 사회적으로 용인된 사고 유형에 비판적이었다. 그들에게 인식의 목표는 '절대적 진실'의 확실성, 즉 그것만 있으면 안심할 수 있다는 그 무엇이 아니라 '인간 이성의 자기 확인 과정'이었다. 무지(無知)도 '알고' 있는 사람에게는 지식과 마찬가지로 좋은 것이다. 왜냐하면 이러한 종류의 무지는 무사고(無思考)의 무지와는 다르며, 무지와 지식은 모두 인식 과정의 일부이기 때문이다. 존재양식에서 가장 알맞은 지식은 '더 깊이 아는 것'이다. 그러나 소유양식에서 그것은 '더 많은 지식을 소유하는 것'이다.

우리의 교육에서는 일반적으로 사람들이 지식을 소유하도록 훈련하는 데 애쓰고 있으며, 그 지식은 그들이 후일 갖게 될 재산 혹은 사회적 위신과 대체로 비례한다. 그들이 받는 것은 최소한 그들이 일을 하는 데 불편이 없을 만큼 필요한 양이다. 여기에 더하여 그들 각자에게는 자존심을 높이기 위한 '사치스러운 지식을 모은 꾸러미'가 주어지는데, 각자의 꾸러미의 크기는 그 인물이 얻게 될 사회적 위신과 일치할 것이다. 학교는 이 지식의 꾸러미를 생산하는 공장이다. 학교는 학생들에게 인간 정신의 최고 위업을 전달한다고 주장하지만, 대부분의 대학은 이러한 환상을 기르는 데 재주가 있을 뿐이다. 인도의 사상이나 예술에서부터 실존주의나 초현실주의에 이르기까지 방대한 지식의 메뉴에서 학생들은 이것저것을 조금씩 섭취한다. 이런 그들에게 자발성과 자유의 이름으로 하나의 주제에 집중하라든가, 심지어 책 한 권을 통독하라고 강하게 권유하는 것은 볼 수 없다.

사랑

사랑 역시 소유양식에서 이야기되느냐, 아니면 존재 양식에서 이야기되느냐에 따라 의미가 달라진다.

우리는 사랑을 소유할 수 있는가? 만약 가능하다면 사랑은 하나의 사물이어야 한다. 우리가 갖고, 점유하고, 소유할 수 있는 실체여야 한다. 그런데 '사랑'

이란 사물은 없다. 사랑이란 추상 개념이며, 아마도 여신이고, 이방인일 것이다. 그러나 이 여신을 본 사람은 없다. 실제로는 '사랑한다는 행위'만이 존재할 뿐이다. 사랑하는 것은 생산적이고 능동적인 움직임이다. 그것은 인물, 나무, 그림, 관념을 존중하고, 알며, 반응하고, 확인하고, 누리는 행위이다. 또한 생명을 주며, 상대의 생명력을 증대시키는 활동이다. 아울러 자신을 새롭게 하고 확장시키는 하나의 과정이다.

그러나 소유하는 사람에게 사랑은 상대방을 구속하고 감금하며 지배하는 것을 의미한다. 그것은 생명을 주는 활동이 아니라 억누르고 약화시키고 숨막히게 하고, 죽이는 행위이다. 사람들이 사랑이라고 부르는 것은 대개 사랑하고 있지 않다는 현실을 숨기기 위해 둘러대는 말에 지나지 않는다. 자식을 참으로 사랑하는 어버이가 얼마나 될 것인가? 이는 아직까지도 전혀 가늠하지 못하는 문제이다. 로이드 데 모오스(Lloyd de Mause)는 과거 2천 년의 서양 역사 속에서, 자식에 대한 육체적 고문에서 정신적 고문에 이르는 잔혹행위, 무관심, 완전한 사물화 그리고 사디즘을 발견할 수 있다고 했다. 너무나 충격적인 그의 견해를 보면, 부모가 자식을 사랑하는 것이 당연한 일이라기보다는 예외적인 사건이라고 해야 할 정도이다.

결혼도 마찬가지다. 사랑 때문에 결혼했든 과거의 전통적인 결혼처럼 사회적 편의나 관습에 따라 결혼했든 간에 참으로 사랑하는 부부는 예외처럼 보인다. 사실 사회적인 편의와 관습, 경제적 이해, 자식에게 공동으로 보이는 관심, 그리고 상호 의존과 서로 미워하고 두려워하는 것이 의식상으로는 사랑으로 경험된다. 두 사람은 지금 서로 사랑하고 있지 않으며 과거에도 서로 사랑한 적이 없었다는 사실을 어느 한쪽 또는 양쪽이 깨달을 그때까지 말이다. 다행히 오늘날에는 이 점에 관해서 한 발 나아간 듯하다. 현대인들은 보다 현실적이고 냉정하게 되었으며, 이제 성적으로 이끌리는 것이 사랑을 의미한다거나 또 거리를 두고 있으면서 사이좋게 공동생활을 하는 것이 사랑의 표현이라고 느끼는 일은 없다. 이러한 새로운 견해 덕분에 사람들은 보다 정직해졌다. 사실 이로써 상대방도 보다 자주 바뀌게 되었지만 말이다. 그렇다고 사람들이 반드시 보다 자주 사랑하지는 않으며, 새로운 부부도 그전 부부와 마찬가지로 서로에게 무정할지도 모른다.

'사랑에 빠진다'에서부터 '사랑을 가진다'는 환상으로 변화하는 과정은 '사랑에 빠진' 부부들이 더듬는 역사 속에서 구체적으로 상세하게 관찰할 수 있다. (《사랑의 기술(The Art of Loving)》에서 나는 '사랑에 빠진다'는 구절 속의 '빠진다'는 말 그 자체가 모순임을 지적했다. 사랑이 생산적인 능동성인 이상 우리는 사랑 속에 '있거나' 사랑 속을 '걸을' 수 있을 뿐이며, 사랑에 '빠질' 수는 없다. 왜냐하면 빠진다는 것은 수동성을 의미하기 때문이다.)

구애 기간 중에는 어느 쪽도 아직 상대방에게 자신이 없으며, 각기 상대방을 자기의 것으로 삼으려고 애쓴다. 양쪽 다 생기가 넘치고 매력적이고 흥미를 끌며 아름답기까지 하다. 살아 있는 것은 항상 얼굴을 빛나게 한다. 어느 쪽도 아직 상대방을 소유하고 있지는 않다. 따라서 각자는 '존재'의 측면에, 즉 상대방에게 무엇이든 주고 상대방의 마음을 움직이는 데 정력을 쏟는다. 그러나 대체로 결혼을 기준점으로 사태는 근본적으로 변한다. 결혼은 각자에게 상대방의 육체, 감정, 관심의 독점적 소유를 인정한다. 이로써 이미 사랑은 '소유'하고 있는 어떤 것, 즉 하나의 재산이 되었기 때문에 상대방의 환심을 살 필요가 없다.

두 사람은 사랑스러운 인간이 되려고 애쓰거나 사랑을 연출하려는 노력도 하지 않게 된다. 그들은 권태를 느끼게 되며, 따라서 그들의 아름다움은 사라지고 만다. 그들은 실망하고 당황한다. 이제는 예전의 그들이 아니란 말인가? 그들은 처음부터 잘못되어 있었을까? 이때 사람들 대부분은 상대방 속에서 변화의 원인을 찾으며 속은 것 같은 느낌을 받는다. 그들은 서로가 사랑하던 때의 그들과 똑같은 사람이 아니라는 것을 알지 못한다. 즉 사랑을 소유할 수 있다는 생각이 사랑을 버리게 한 훼방꾼임을 모르는 것이다. 이제 그들은 서로 사랑하는 대신에 함께 소유하는 것, 즉 돈·사회적 지위·가정·자식 등을 공유하는 것으로 만족한다. 이리하여 사랑에 바탕을 두고 시작한 결혼이 사이가 좋은 소유 형태로 변모해 버린다. 그것은 두 개의 자기중심주의를 하나의 합동 자본으로 삼은 회사, 즉 '가정'이라는 회사이다.

어떤 부부가 사랑한다는 지난날의 감정을 회복하고 싶다는 열망을 억제할 수 없게 될 때, 두 사람 중 어느 한쪽이 새로운 상대(또는 상대들)라면 그 간절한 소망을 충족시켜 주리라는 환상을 품을지도 모른다. 그들은 자신이 갖고 싶은 것은 오직 사랑뿐이라고 느낀다. 그러나 그들에게 사랑이란 존재의 표현이 아니라, 그 이전에 스스로 숭배의 대상으로 삼은 여신이다. 그들이 사랑에 좌절하는 것은 당연하다. 사랑은 자유의 아들(프랑스의 옛 노래에 있듯이)이기 때문이다. 사랑 여신의 숭배자는 결국 너무나 수동적으로 되어서 무료한 인간이 되고, 그나마 남았던 지난날의 모든 매력을 잃어버리고 만다.

결혼이 서로 사랑하는 두 사람에게 가장 좋은 해결책일 수 없다는 말이 아니다. 문제는 결혼에 있는 것이 아니라 남편과 아내의, 그리고 결국은 그들 사회의 소유 구조에 있다. 집단 결혼, 파트너 교환, 그룹 섹스 등과 같은 현대적인 형태의 공동생활을 제창하는 사람들은 내가 보기에 단지 사랑의 난점을 피하려고 끊임없이 새로운 자극으로 지루함을 잊으며, 한 사람을 사랑하기보다 많은 '애인들'을 '소유'하기 바라는 것에 불과하다(나의 저서 〈인간 파괴성의 해부 (The Anatomy of Human Destructiveness)〉 제 10장, '능동성을 주는' 자극과 '수동성을 주는' 자극의 구별에 관한 논의 참조).

– 에리히 프롬의 『소유냐 삶이냐』
(이철범 옮김, 동서문화사, 2008)

Creative Thinking
Questions

1. 존재적 학습이 가능한가?

2. 사랑에 '밀당'이 필요한가?

3. 소유적 삶과 존재적 삶 중 어느 쪽이 더 행복할까?

4. 인간 본성은 존재적 삶을 살도록 허용하는가?

C&C

어떤 방식을 통해서든 자신 있게 자신의 개성과 욕망을 발산하는 것이 정신 건강에 유익하다고 말해지곤 한다. 이렇게 현실에 비중을 두는 삶이 자신의 존재를 성찰하는 더욱 진지한 삶에 비해 바람직한 것인가? 다음은 그에 대해서 꼭 부정하는 것 같지는 않지만 다소 다른 의견을 제시하고 있는 것처럼 보인다. 어떻게 생각하는가?

욕망의 특징은 갈구하는 대상을 차지한다고 해서 사라지는 것이 아니라 더 강렬하게 되살아난다는 것이다. 이미 루크레티우스는 기원전 1세기에 이러한 욕망의 모순을 지적했다. "우리가 욕망하는 대상을 취할 수 없을 때, 그것은 다른 어떤 것보다 우수해 보인다. 그러나 그것이 우리 것이 되자마자 우리는 다른 것을 원하고 갈증은 계속된다." 특히 오늘날 광고나 미디어, 소비문화에 의해 야기된 욕망은 결코 충족될 수 없는 것이다. 사회는 끊임없이 소비를 부추기고 나의 능력은 그것을 따라갈 수 없다. 결핍된 것을 채우면 진정되는 욕구와 달리 욕망은 만족을 모르고 끝없이 증가하는 경향이 있고 따라서 제지가 불가능해질 수 있다. 그렇다면 욕망을 제한하지 않을 경우 우리는 불만과 불행에 빠지게 될 것이다. (중략) 욕망의 궁극적 대상이 무엇인지를 명확히 인지하는 것이 중요하다. 그 목표의 달성과 함께 인간을 불행과 권태로 몰아넣는 욕망은 허무하다. 반면 진정한 사랑의 추구나 예술적 정열과 같은 욕망은 실망을 안겨주지 않고 인간을 보다 높은 경지로 이끌 것이다. 이상과 영원을 향한 인간의 욕망은 인간

이 이기적인 본성에서 벗어나 보다 가치 있고 아름다운 행동을 할 수
있도록 도와줄 것이다.

- 최영주의 『세계의 교양을 읽는다』
(휴머니스트, 2006)

Discussion
Questions

1. 자아 성찰은 행복으로 이어진다.

2. 착하면 손해다.

3. 가난해도 사랑할 수 있다.

4. 새로운 목표가 생기면 대학을 그만둔다.

5. 이성간 친구는 가능하다.

6. 집착도 사랑이다.

제 4 장
자유의
무게

THINK
FIRST

'자유'는 인간의 본질을 이루고 있는 것 중 하나다. 자유가 없는 삶을 인간적인 삶이라고 부르기는 어렵다. 그런데 우리는 이처럼 중요한 자유가 어떤 것인지 제대로 묻지 않고 사는 것 같다. 자유는 공기와 같아서 인간의 생명활동에 필수적이지만, 늘 우리 옆에 있기에 그 소중함을 잘 느끼지 못한다. 그러나 자유가 조금이라도 상실될 때, 우리는 곧바로 그 절실한 필요성을 깨닫게 된다.

자유는 다만 억압 내지는 외적인 강제력의 부재만을 가리키는 것이 아니다. 지성의 노예라거나 욕망의 노예라는 말이 자주 사용되는 것을 보면, 내적인 요인도 자유를 방해하는 것일 수 있다. 나아가 자유는 개인적인 것만이 아니라 사회나 공동체와 연관되는 공적인 것일 수도 있다. 아무리 개인적으로 자유롭다고 해도 자신이 사는 사회 내지는 자신을 둘러싼 다수의 사람들이 구속받거나 억압된 삶을 살고 있다면 진정한 자유를 누리면서 살고 있다고 말할 수 없기 때문이다. 이렇게 자유는 인간 삶의 여러 측면을 포괄한다. 이 장에서는 다방면으로 자유의 의미에 관해 묻고 답해볼 것이다. 그 가장 핵심적인 물음은 이렇다. 자유란 무엇인가? 우리는 자유로운 삶을 살고 있는가? 자유롭기 위해서 우리는 무엇을 할 수 있는가?

「내기」에서는 스스로 자유를 내기삼아 포기한 사람의 이야기가 그려지고 있다. 만약 우리 자신이 그런 내기를 선택했다면 어떤 삶을 살았을까 생각해 보게 하는 그런 이야기다. 영화 〈빠삐용〉에 그려지는, 강제로 자유를 박탈당하고 끊임없이 탈주하며 자유를 희구하는 주인공의 그것과는 사뭇 대조되는 모습이기도 하다. 그렇지만 내기의 주인공도 결국 '진정한 자유'를 얻기 위하여, 그 많은 시간동안 애타게 바라던 내기의 대가까지 모두 포기하는 모습을 보여 주고 있다. 도대체 자유가 무엇이기에 사람들은 이처럼 애타게 그것을 찾는 것일까?

『세상을 바꾼 법정』에서는 너무나 당연히 누리고 있기에 그냥 자연히 얻어진 것으로 보이는 사상과 표현의 자유가 사실은 엄청난 노력과 투쟁을 통해서 얻어진 것임을 보여 주고 있다. 총독의 부정행위를 비판했다는 이유로 구속된 젱어를 대신해서 해밀턴 변호사는 이렇게 주장한다. "비판할 자유가 부정된다면 우리는 노예나 다를 바 없습니다. 부당한 대우와 억압을 받으면서도 불평할 수 없거나 혹은 불평한다는 이유로 처벌을 받아야 한다면, 그것이 노예가 아니고 무엇이겠습니까?" 표현의 자유 상실은 곧 노예나 다를 바 없다는 해밀턴의 진심어린 웅변은 배심원들의 마음을 움직일 수밖에 없었다. 표현의 자유에 관해 생각하는 데 빠질 수 없는 존 스튜어트 밀의 『자유론』도 참고로 인용했는데, 이 글은 자유가 왜 그렇게도 소중하고 필수적인 것인지 논증적으로 보여 주고 있다.

『삶을 위한 철학수업』에서는 자유로운 삶을 살기 위해서 거창한 용기가 아니라 단지 한 줌의 용기가 필요함을 역설하며 그런 삶의 방법을 예시하고 있다. "거창한 용기는 우리를 일상의 삶에서 벗어나는 길로 인도하지, 우리의 일상적 삶을 인도하지 못한다. 단 한 번의 거대한 결단보다 더 어려운 것은 매 순간의 삶에서 자유로운 걸음을 걷는 것이다. 매 순간을 갈 만한 길로 가는 것이고, 매일매일 살 만한 삶을 사는 것이다. 자유로운 삶을 위해, 자신의 삶을 사랑하기 위해 필요한 것, 그것은 단지 한 줌의 용기다." 자유가 이런저런 조건을 갖추면 자동적으로 얻어지는 것이 아니라 어떤 조건에서든 자기 스스로 만들어야하는 것이라면, 자유롭기 위해서 이런 작은 용기를 갖는 것이 얼마나 필수적이고 소중한 일인지 생각해 볼 수 있게 한다.

이 장의 생각거리로 제시된 인용문은 다음과 같은 문제의식을 담고 있다. 우리는 자발적으로 자유를 포기할 수 있는가?(「내기」) 표현의 자유는 어떻게 얻어질 수 있는가?(『세상을 바꾼 법정』) 자유로운 삶을 위해서 우리는 무엇을 해야 하는가?(『삶을 위한 철학수업』)

스스로 택한 감금은 강제적인 감금보다 훨씬 더 힘들다네

내기 | 안톤 체호프

캄캄한 가을밤이었다. 늙은 은행가는 사무실 이 구석에서 저 구석으로 왔다 갔다 하며 15년 전 가을에 열린 파티를 회상하고 있었다. 손님 중에는 똑똑한 사람들이 많아서 흥미로운 화제들이 거론되었다. 그중에는 사형에 관한 이야기도 있었다. 참석한 손님들 중에는 학자와 기자들도 적잖이 포함되어 있었는데, 대다수는 사형에 대해 부정적인 태도를 보였다. 그들은 이 형벌이 기독교 국가에서는 낡고 무익할 뿐만 아니라 비윤리적인 제도라고 비판했다. 또 그중 몇몇 의견은 사형 제도를 종신형으로 대체하는 것이 여러모로 바람직하다는 것이었다.

"나는 여러분 의견에 동의할 수 없습니다."

파티의 주최자인 은행가가 말했다.

"나는 사형도, 종신형도 겪어보진 못했지만 만약에 선험적인 판단이 용납된다면 그래요, 내 생각으로는 사형이 종신형보다 더 윤리적이고 인간적이라고 봅니다. 사형은 단번에 죽이지만 종신형은 천천히 죽이는 것이죠. 어떤 형리가 더 인간적일까요? 몇 분 만에 당신을 죽이는 쪽 일까요, 아니면 오랜 세월을 질질 끌면서 당신의 생명을 앗아가는 쪽일까요?"

"어느 쪽이 됐든지 비윤리적인 것은 마찬가지입니다."

손님들 중 누군가가 말했다.

"왜냐하면 두 쪽 다 똑같은 목적, 즉 생명의 박탈이라는 목적을 갖는 것이니까요. 국가는 신이 아닙니다. 돌려받고 싶어도 돌려받을 수 없는 생명을 국가가 빼앗을 권리는 없습니다."

손님들 가운데는 스물다섯 살쯤 된 젊은 변호사 한 명이 있었다. 사람들이 그의 의견을 묻자 그는 이렇게 말했다.

"사형이든 종신형이든 매한가지로 비윤리적입니다만, 그래도 누가 내게 사형과 종신형 중에서 하나를 선택하라고 한다면, 저야 물론 후자를 택하겠습니다. 어찌 됐든 이 세상에서 사는 게 아예 없어지는 것보다야 나을 테니까요."

열띤 논쟁이 벌어졌다. 그때만 해도 젊었고 그래서 예민했던 은행가는 갑자기 평정을 잃고 주먹으로 책상을 쾅 치며 젊은 변호사를 향해 소리쳤다.

"그렇지 않아요! 당신이 독방에 5년 동안 들어가 있을 수 있다면 내가 200만 루블을 걸겠소. 당신이라면 할 수 있겠소, 어떻소?"

"그게 만약 진담이라면."

변호사가 그에게 대답했다.

"5년이 아니라 15년을 조건으로 내기에 응하겠소."

"15년? 그러지!"

은행가가 소리쳤다.

"여러분, 내가 200만 루블을 걸겠습니다!"

"좋습니다! 당신은 200만 루블을 거세요, 나는 내 자유를 걸겠습니다."

변호사가 말했다.

그리하여 이 지독하고 황당한 내기가 이루어진 것이다! 스스로도 계산이 안 될 정도로 돈이 많았던 탓에 건방지고 경솔했던 당시의 은행가는 이 내기에 패나 흥분했다. 저녁 식탁에서 그는 변호사에게 농담삼아 말했다.

"젊은이, 아직 늦지 않았으니 정신을 차리게나. 내게 200만 루블이야 아무것도 아니지만 자네는 인생의 황금기를 3, 4년이나 잃게 되는 게 아닌가. 3, 4년이라고 말한 이유는 자네가 그 이상 버티지 못할 게 뻔하기 때문이야. 운 나쁜 젊은이, 또 하나 잊지 말아야 할 것은 스스로 택한 감금은 강제적인 감금보다 훨씬 더 힘들다는 점이네. 독방에서 자유롭게 나갈 권리가 자네에게 있다는 생각이 매 순간 자네를 괴롭힐 걸세. 그 유혹은 아마 내기에 이기기 위해 독방에서 갇혀 지내야 하는 자네에게 독을 퍼뜨릴 게 분명해! 난 자네가 불쌍하군!"

그리고 지금 은행가는 방을 이리저리 오가며 이 모든 것을 돌이켜 보고는 스스로에게 물었다.

'내가 무엇 때문에 이런 내기를 한 걸까? 변호사가 인생의 15년을 잃고 내가 200만 루블을 얻는 것이 대체 어디에 쓸모가 있는 일인가? 그것으로 사형이 종신형보다 낫거나 나쁘다는 것을 사람들에게 증명할 수 있을까? 아니야, 아니야. 이건 정신 나간 짓이야. 나로 말하면 권태에 지친 인간의 변덕이었고 그 변호사로 말하면 순전히 돈에 대한 갈망이었을 뿐이지……'

은행가는 계속해서 그날 저녁에 있었던 일을 떠올렸다.

변호사는 은행가의 집 정원에 지어진 바깥채 중 하나에서 엄중한 감시 속에 감금되도록 결정됐다. 그에게는 15년 동안 바깥채의 문턱을 넘을 권리, 살아 있는 사람들을 보거나 목소리를 들을 권리, 그리고 편지나 신문을 받아볼 권리를 박탈한다는 조건이 붙었다. 악기를 지니고 있거나 책을 읽고 편지를 쓰는 일, 그리고 술을 마시고 담배를 피우는 일은 허용되었다.

또 조건에 따르면, 그가 외부 세계와 가질 수 있는 유일한 접촉은 이 내기를 위해서 특별히 고안되어 만들어진 바깥채의 작은 창문뿐이었다. 단지 그 작은 창문을 통해서만, 그것도 말없이 이루어져야 한다고 되어 있었다. 책이든, 악보든, 술이든 그가 필요로 하는 모든 것들은 메모지에 쓰기만 하면 무한정 공급받을 수 있었다. 그러나 반드시 창문을 통해야만 했다.

계약서는 완벽한 독방 감금이 되게끔 구석구석까지 면밀하게 검토되었으며, 이에 따라 변호사는 정확히 1870년 11월 14일 열두 시부터 1885년 11월 14일 열두 시까지 감금되어 있어야 했다. 변호사 쪽에서 조금이라도 조건을 위반할 경우에는, 설령 기한을 마치기 2분 전이라 할지라도 은행가는 그에게 200만 루블을 지불할 의무에서 벗어날 수 있었다.

감금되던 첫해에 변호사의 짤막한 메모들로 미루어 짐작한다면, 그는 고독과 무료함 때문에 심하게 괴로워했다. 그가 사는 바깥채에서는 낮이고 밤이고 계속해서 피아노 소리가 들려 왔다. 그는 술과 담배를 사절했다.

그가 메모지에 적은 내용을 보면, 술은 욕망을 부추기는 것이며, 그 욕망이란 수인(囚人)의 첫 번째 적이라는 것이다. 게다가 상대도 없이 좋은 술을 마시는 것처럼 따분한 일은 없다는 내용이었다. 또 담배는 방 안의 공기를 탁하게 만든다고 적었다.

첫해에 변호사가 받아 본 책들은, 복잡한 삼각관계로 이루어진 애정 소설이나 탐정 소설, 공상과학 소설, 코미디물 따위의 지극히 가벼운 내용들이었다.

두 번째 되던 해에는 바깥채에서 음악 소리를 들을 수 없었다. 그저 메모지에 단지 고전 서적들이 필요하다는 간단한 요구 사항을 적어 낼 뿐이었다.

다시 음악 소리가 들리기 시작한 것은 그가 바깥채에 스스로 감금된 지 5년이 되던 해였다. 그때 수인은 술을 부탁했다. 창문을 통해 그를 관찰한 사람들은,

그가 그 해 내내 오로지 먹고 마시고 침대 위에 누워 있었으며 자주 하품을 하고 신경질적으로 혼잣말을 하더라고 전했다. 책은 읽지 않았다고 한다. 이따금 밤이면 앉아서 글을 쓰다가 날을 지새웠고 아침이 되어서는 밤새 썼던 것을 전부 갈가리 찢어 버렸다고 했다. 그리고 그가 우는 소리도 여러 번 들렸다고 했다.

6년 반이 되었을 때, 수인은 외국어와 철학과 역사를 열심히 공부하기 시작했다. 사람들은 은행가가 책을 대주기조차 벅찼을 정도로 그가 이런 학문들에 너무도 탐욕스럽게 몰입했다고 했다. 4년 동안 그의 요구에 따라 주문한 책은 무려 6백여 권에 달했다. 그때에 은행가는 그에게서 이런 편지를 받았다.

친애하는 나의 간수님!

당신에게 이 문장들을 여섯 개의 언어로 쓰겠습니다. 이것을 전문가들에게 보여주고 읽어보라고 하세요. 만약에 그들이 틀린 곳을 한 군데도 찾아내지 못할 경우에는 간청하건대 사람을 시켜 정원에서 총을 한 발 쏘도록 해주세요. 그 총소리는 내 노력이 헛수고가 아니었음을 내게 확인시켜 줄 것입니다. 온 세상의 천재들이 수천 년에 걸쳐서 다양한 언어로 진리를 말했지만 그 말들 속에는 오로지 하나의 불꽃만이 타올랐던 것입니다. 오, 내가 이 진리를 이해할 수 있음으로 해서 내 영혼이 누리는 천상의 행복을 과연 당신이 알기나 할까요?

수인의 요구는 이루어졌다. 은행가는 정원에서 총을 두 번 발포하라고 지시했다. 그러고 나서 10년째 되는 해가 지났을 때, 변호사는 책상 앞에 꼼짝 않고 앉아서 오직 복음서만을 읽고 있었다. 은행가는 이상하게 여겼다. 4년 만에 6백여 권의 심오한 서적을 섭렵한 사람이 두껍지도 않고 알기도 쉬운 책 한 권을 읽는 데에 온전히 1년을 허비한 것이다. 복음서의 뒤를 이은 책은 종교와 신학 관련 서적들이었다.

유폐된 후 마지막 2년 동안에 수인은 종류를 가리지 않고 엄청나게 많은 책들을 읽었다. 자연과학을 공부하는가 하면 한편으로는 바이런과 셰익스피어를 요구했다. 종종 그로부터 화학, 의학 교과서, 장편소설, 철학이나 신학 논문 따위를 동시에 보내달라고 부탁하는 메모가 오기도 했다. 그의 독서열은, 바다 위에 널린 난파선의 잔해들 속에서 헤엄치며 자신의 목숨을 건지기 위해 아무 것에나 무턱대고 매달리는 한 인간을 연상시켰다!

노은행가는 이 모든 것을 회상하며 생각했다.

'내일 열두 시에 그는 자유를 얻을 것이다. 약속한 대로 나는 그에게 200만 루블을 지불해야 한다. 그러나 내가 돈을 주면 모든 게 끝난다. 나는 여지없이 파산할 것이다……'

15년 전만 해도 그에게는 계산이 안 될 만큼 많은 돈이 있었지만, 지금은 스스로에게 묻기도 두려웠다.

'자신의 돈과 빚 중에 어느 쪽이 더 많을까?'

아슬아슬한 주식놀음, 도박과 다름없는 투기에 대한 열정은 나이가 들어서도 버릴 수 없었고 그로 인해 그의 사업은 조금씩 기울었다. 대담하고 자신만만한 갑부는 이자율이 조금이라도 오르락내리락 할 때마다 부들부들 떠는 삼류 은행가로 전락하고 말았다.

"망할 놈의 내기야!"

노인은 두 손으로 머리를 감싸 쥐며 절망적으로 중얼거렸다.

"저 인간은 왜 죽지 않았을까? 저 자는 아직 마흔 살밖에 안 됐어. 저 자는 내 마지막 재산을 가져가서 결혼도 하고 주식 투자도 하면서 인생을 즐기며 살겠지. 그런데 나는 거지처럼 선망에 찬 눈으로 그를 바라보며 그가 날마다 되풀이하는 말을 듣게 될 거야.

'나는 당신에게 내 인생의 행복을 빚졌습니다. 그러니 당신을 도와주게 해 주세요!'

'아니야, 이건 너무해! 부도와 파산을 면할 수 있는 유일한 길은 이 인간이

죽어주는 것뿐이야!'

시계종이 세 시를 알렸다.

은행가는 귀를 기울였다. 집안 식구들은 모두 잠들었고 창문 너머에서 나무들이 추위에 몸을 웅크리고 바람결에 사각거리는 소리만이 들릴 뿐이었다.

그는 소리를 내지 않도록 주의하면서 15년 동안 한 번도 열린 적이 없었던 문의 열쇠를 내화금고(耐火金庫)에서 꺼냈다. 그리고 그는 외투를 입고 집을 나섰다.

정원은 어둡고 추웠다. 비가 내리고 있었다. 매섭고 습기 찬 바람이 괴성과 함께 정원을 온통 휩쓸고 다니면서 나무들을 괴롭히고 있었다. 은행가는 눈을 부릅떴지만 땅이고 하얀 석상이고 바깥채고 나무들이고 간에 분간이 되지 않았다. 바깥채 바로 앞까지 다가간 그는 경비원을 큰 소리로 두 번 불렀다. 아무 대답이 없었다. 경비원은 악천후를 피해 부엌이나 온실에서 자고 있는 것이 분명했다.

'내게 만약 내 자신의 목적을 수행할 만큼의 용기가 있다면.'

노인은 생각했다.

'누구보다도 경비원이 의심을 받게 될 거야.'

그는 어둠 속에서 계단과 문을 더듬더듬 찾아내고는 바깥채의 현관으로 들어갔다. 그리고 손으로 더듬어가며 좁은 복도 안으로 살그머니 들어가 성냥을 켰다. 거기에는 아무도 없었다. 시트도 씌워지지 않은 침대 하나와 철제 난로가 희끄무레하게 보일 뿐이었다. 수인의 방으로 통하는 문에 붙여진 봉인은 처음 상태 그대로였다.

성냥불이 꺼지자 노인은 흥분한 나머지 몸을 떨며 작은 창문을 통해 수인의 방 안을 들여다보았다.

방 안에는 촛불이 어슴푸레 타고 있었다. 수인은 책상 앞에 앉아 있었다. 그의 등과 머리카락과 팔이 겨우 보일 뿐이었다. 펼쳐진 책들이 두 개의 안락의자와 카펫 그리고 책상 위에 놓여 있었다.

5분이 지났지만 수인은 몸 한 번 뒤척이지 않았다. 15년 동안의 감금 생활은 그에게 꼼짝도 안 하고 앉아 있는 법을 가르쳐준 것이다. 노인은 손가락으로 창문을 똑똑 두드렸지만 수인은 미동도 하지 않았다. 조심스럽게 문에서 봉인을 뜯어내고 자물쇠 구멍에 열쇠를 집어넣었다. 녹이 슨 자물쇠는 쉰 목소리를 내는 듯했고 문은 삐걱거렸다. 노인은 수인이 깜짝 놀라 비명을 내지르고 주춤거리며 어쩔 줄 몰라 당황하게 될 거라 예상했다. 하지만 문을 연지 3분여가 지났는데도 수인은 꼼짝도 하지 않았고 아무 소리도 내지 않았다. 노인은 방 안으로 들어갔다.

책상 앞에는 여느 인간과는 다른 한 남자가 꼼짝 않고 앉아 있었다. 그것은 살가죽을 입혀놓고 여자처럼 치렁치렁한 곱슬머리와 덥수룩한 턱수염을 달아놓은 해골이었다. 얼굴색은 흙빛을 닮아서 누르스레했고, 양 볼은 움푹 꺼져 있었으며, 등은 길고 가늘었다. 치렁치렁한 머리카락이 달린 머리를 받치고 있는 팔은 어찌나 가냘프고 앙상한지 보기가 역겨울 정도였다. 그의 머리카락 사이에는 벌써 새치가 드문드문 보였다. 노인처럼 쇠락한 얼굴을 본다면 누구라도 그가 마흔 살밖에 안 됐다는 사실을 믿을 수 없을 터였다. 그는 자고 있었……

비스듬하게 숙인 그의 머리 앞 책상 위에는 종이 한 장이 놓여 있었고 자잘한 글씨로 무언가 씌어 있었다.

'불쌍한 인간!'

은행가는 생각했다.

'자고 있구나. 아마도 꿈속에서 200만 루블을 보고 있겠지! 나는 그저 이 산송장을 들어서 침대에 던져놓고 베개로 가볍게 덮어서 누르면 되는 거야. 천하의 전문가라도 피살의 흔적을 찾아내지는 못할걸. 하지만 우선 이 자가 여기에 뭐라고 썼는지 읽어나 볼까.'

은행가는 책상에서 종이를 집어 들고 읽어 내려갔다.

내일 열두 시에 나는 자유를 얻고 비로소 사람들과 교류할 권리를 갖게 된다. 그러나 이 방을 떠나 태양을 보기에 앞서 나는 그대들에게 몇 마디 해줄 필요를 느낀다. 순수한 양심에 따라, 그리고 나를 바라보는 신 앞에 맹세코, 나는 자유와 생명과 건강을, 그리고 그대들의 책 속에서 지상의 축복이라고 불리는 모든 것들을 경멸한다고, 그대들에게 단언하는 바다.

십오 년 동안 나는 속세의 삶을 면밀하게 연구했다. 내가 땅도 사람들도 못 본 것은 사실이다. 하지만 나는 그대들의 책 속에서 향기로운 술을 마셨으며, 노래도 불렀고, 사슴이며 멧돼지를 쫓아 숲으로 달려 들어가기도 했으며 여인을 사랑하기도 했다……. 천재 시인들의 마법으로 창조된, 구름처럼 하늘거리는 미녀들이 밤마다 나를 찾아와서 신비로운 이야기들을 속삭여 주었고 나의 머릿속은 그 이야기들로 흠뻑 취하곤 했다. 그대들의 책 속에서 나는 엘브루스와 몽블랑의 정상에 올랐으며 거기서 아침마다 태양이 떠오르고 저녁이면 그 태양이 하늘과 대양과 산맥의 정상을 발그레한 황금색으로 물들이는 것을 보았다. 나는 거기서 내 머리 위로 구름을 가르며 번뜩이는 번개를 보았다. 나는 목동들의 피리 소리를 들으며, 초록빛 숲과 초원을, 강과 호수와 도시들을 보았다. 그리고 내게 날아온 아름다운 악마들과 신에 대해 대화를 나누며 그들의 날개를 만져보기도 했다……. 그대들의 책 속에서 나는 바닥 모를 심연에 몸을 던지기도 했으며, 기적을 창조하고 살인을 하고, 도시를 불태우고 새로운 종교를 설파하고 완전한 왕국을 정복하기도 했다…….

그대들의 책은 내게 지혜를 가져다주었다. 지칠 줄 모르는 인간의 사고 능력으로 몇 세기에 걸쳐 이룩해낸 모든 것들이 내 두개골 속에서 작은 언덕으로 쌓였다. 내가 그대들 누구보다도 현명하다는 것을 나는 안다.

또한 나는 그대들의 모든 책을 경멸한다. 이 세상의 모든 행복과 지혜를 경멸한다. 그 모두가 시시하고 무상하며, 신기루처럼 공허하고 기만적인 것이다. 그대들이 아무리 오만하고 현명하고 아름답다고 해도, 죽음은 그대들을 마루 밑의 쥐새끼들처럼 지상에서 쓸어버릴 것이다. 그리고 그대들의 자손과 역사, 천재들의 불멸의 업적들은 꽁 꽁 얼어붙어 버리거나 아니면 지구와 함께 불타 없어질 것이다.

그대들은 분별을 잃고 잘못된 길을 걷고 있다 그대들은 거짓을 진실로 받아들이고 추악한 것을 아름다움으로 잘못 받아들이고 있다. 만약에 사과나무나 오렌지나무에 무슨 일이 생겨서 열매 대신에 개구리나 도마뱀이 열리게 된다면, 혹은 장미꽃이 말의 땀 냄새를 풍기게 된다면, 그대들은 놀라지 않을 수 없을 것이다. 마찬가지로 나는 하늘을 땅으로 바꾸어 버린 그대들에게 놀라지 않을 수 없다. 나는 그대들을 이해하고 싶지 않다.

나는 그대들의 삶의 방식에 대한 경멸을 표현하기 위해, 내가 한때 천국을 꿈꾸듯 갈망했으나 이제는 하찮게 보이는 200만 루블을 거부하겠다. 그 돈에 대한 자신의 권리를 스스로 박탈하기 위해 나는 약속한 기한이 다 되기 다섯 시간 전에 여기에서 나갈 것이며 그럼으로써 스스로 계약을 위반하는 바다…….

이것을 다 읽은 은행가는 책상 위에 종이를 내려놓았다. 그리고 이 기인의 머리에 입 맞춘 뒤에 눈물을 떨어뜨리며 바깥채를 나섰다. 그동안 한 번도 느껴보지 못한 자괴감을, 심지어 주식 투기에서 거액의 돈을 날렸을 때도 느껴보지 못한 극심한 자기혐오를 그는 느꼈다. 그는 집으로 돌아와서 침대에 누웠지만 흥분과 눈물 때문에 오래도록 잠을 이룰 수가 없었다…….

다음날 아침 얼굴이 파랗게 질린 경비원이 뛰어와서 그에게 보고했다. 바깥채에 살던 남자가 창문을 통해 빠져나와서 대문을 나서더니 어디론가 사라지는 것을 보았다는 얘기였다. 은행가는 하인들과 함께 당장 바깥채로 가서 수인이 탈옥했음을 확인했다. 그는 불필요한 시비가 일어나지 않도록 책상 위에서 포기 의사를 담은 종이를 집어 들고 자기 방으로 가져가서는 내화 금고 속에 집어넣고 문을 잠갔다.

– 안톤 체호프의 『체호프 단편선』 중 「내기」
(일송북, 2008)

1. 내가 변호사라면 어떤 선택을 했을까?

2. 변호사가 고의로 약속을 하루 전에 깨뜨리고 나가 버린 이유는?

3. 우리는 자발적으로 자유를 포기할 수 있는가?

4. 밖으로 나간 변호사는 어떤 삶을 살았을까?

C&C ———————————

스스로 자유를 포기했던 경험이 있는가? 그런 경험이 있다면, 방해받은 적이 없기에 자유의 중요성을 실감하지 못해서 그랬던 것은 아닌가? 자유가 없는 삶이란 어떤 것일 수 있는지 생각해 보자.

[자료1]

살인죄 누명을 쓴 빠삐용이 사막 한가운데로 걸어오고 맞은편에 재판관과 배심원들이 앉아 있다. 그는 "나는 살인을 하지 않았어요, 결백합니다."하고 무죄를 주장한다. 그러자 재판관은 "그건 맞지만 너에게는 분명 죄가 있다. 네 죄는 인간이 저지를 수 있는 최악의 죄다. 그것은 인생을 낭비한 죄다."라고 하며 유죄를 선고한다. 빠삐용은 자신의 죄를 시인한다(영화 〈빠삐용〉에서 빠삐용의 꿈 장면).

[자료2]

"독일의 침략하에서처럼 프랑스인들이 자유로운 적은 없었다."라고 사르트르는 말했다. 이런 모순된 주장을 어떻게 이해해야 할까? 사르트르에 따르면 장애는 자유의 중요성을 실감하게 하는 결정적인 계기가 된다. 그 한 예로 비둘기는 공기의 저항을 경험하면서 공기가 없다면 보다 자유로울 수 있을 것이라는 생각을 하게 된다. 즉 장애와 어려움을 통해 완벽한 자유에 대한 생각을 갖게 된다는 것이다. 모든 장애는 부족함을 상징하므로 장애요인을 만나게 되었을 때 우리는 자유를 보다 강렬히 원하게 된다. 예를 들어 감옥은 자유를 억제하기에 자유에 대한 열망을 가장 강하게 불러일으키는 장소일 수 있다. 즉 자유를 빼앗기고 나서야 우리는 완벽하고 절대적인 자유를 염원하게 된다. 어떤 죄수나 인간도 부분적인 자유를 원치 않으며 절대적 자유를 갈구한다는 것은 자유가 인간의 본능임을 증명한다.

- 최영주의 『세계의 교양을 읽는다』

진리가 너희를
자유롭게 하리라

세상을 바꾼 법정 | 마이클 리프 & 미첼 콜드웰

(1735년 존 피터 젱어는 '〈뉴욕 위클리 저널〉을 발간하여 총독을 허위로 비방했다'는 죄목으로 딜랜시 대법원장, 브래들리 검찰총장, 해밀턴 변호사의 참석 하에 배심 재판을 받았다.)

해밀턴 변호사의 최종변론은 표현의 자유와 언론의 자유에 관한 현대적인 법 이론의 기초를 잘 요약하고 있다. 그의 주된 주장은 더 나은 정부가 되려면 누구나 정부 정책을 자유롭게 말할 수 있고 비판할 수 있어야 한다는 것이었다. 그는 언론기관이 정부 정책을 사실대로 보도할 수 있어야만 일반 대중에게 올바른 정치적 견해를 형성하는 정보를 제공할 수 있다고 주장했다. 당대 최

고의 웅변가인 해밀턴 변호사의 변론은 표현의 자유와 언론의 자유에 대한 미국의 사상을 보여 주는 시금석이라고 할 수 있다.

해밀턴 감사합니다, 재판장님. 법원이 그러한 견해를 가지고 있다는 것을 알게 되어 기쁘게 생각합니다. 그렇다면 배심원들은 공소장에 기재된 말이 중상모략적인지 여부를 판단해야 합니다. 바꿔 말하면 그 내용이 허위인지를 결정해야 한다는 뜻입니다. 공소장에 기재된 내용이 풍자나 역설적 표현에 해당되는 것으로 보이지는 않기 때문입니다. 만일 배심원들이 그 말이 허위라고 판단한다면 유죄평결을 내릴 것입니다.

덜랜시 그렇지 않습니다, 해밀턴 변호사. 배심원들은 피고인 젱어가 그 글을 출판했는지 여부만을 결정하고 그것이 비방에 해당하는지에 관한 판단은 판사에게 맡겨야 합니다. 당신도 이 점은 잘 알고 있을 것입니다. 법률문제는 배심원이 아니라 판사가 결정하는 것입니다.

해밀턴 물론 배심원들은 그렇게 할 수 있습니다. 하지만 마찬가지로 그와 반대로 스스로 결정할 수도 있습니다. 논쟁의 여지없이 배심원들은 모든 법률문제와 사실문제를 결정할 권한이 있습니다. 특히 법률적 쟁점이 분명하다고 생각할 때는 그렇게 해야 합니다. 문제된 말이 비방에 해당하는지 아닌지를 법원 판단에 맡겨야 한다는 것은 배심원에게 아무런 결정권을 주지 않는 것과 같습니다. 그러나 그 점은 앞으로 더 언급할 기회가 있을 테니 일단은 검사가 내세운 법률 이론의 모순부터 말씀드리도록 하겠습니다. 공소사실을 뒷받침하고자 검사는 이 이론을 되풀이하여 언급하였습니다. 즉 타인을 중상모략하는 것은 가치 없고 저급한 행위이지만 공적 인물을 중상모략하는 것은 훨씬 더 비열한 행위라는 것입니다.

만일 공적 인물의 잘못이나 실수나 심지어 악행 문제라고 하더라도 그것이 개인적인 것이고 공공질서에 아무런 영향이 없는 것이라면 그러한 것을 폭로하는 행위가 예의 없고 비겁한 행동이라는 점에 저도 동의합니다. 그러나 집권자의 단점이나 악행이 그의 공적인 직무 수행에 영향을 미치고 국민이 이 때문에 자유나 재산권이 침해된다고 느낀다면 문제는 완전히 달라집니다. 국민이 억압받고 있다고 느낄 때는 집권자의 권위가 아무리 중요하다고 하더라도 국민의 입을 막을 수는 없습니다. 저 끔찍한 성실청 법원에서 훌륭하고 용기 있는 수많은 사람들이 진실을 말했다는 이유로 처벌받았습니다. 그러나 그런 시기에도 훌륭한 사람들은 비방죄로 사람들을 기소하는 것은, 상대방에게 대항할 용기 없는 사악한 군주와 비겁한 사람들이 무고한 사람들을 파멸시키는 데 사용하는 칼과 같은 것이라고 말했습니다.

브래들리 해밀턴 변호사, 말조심하십시오. 너무 심한 말입니다.

해밀턴 물론입니다, 검사님. 그러나 사람들은 우리를 다스리는 국왕이 훌륭한 분이라는 사실을 잘 알고 있기 때문에 검사가 주의를 주는 이유를 이해하지 못할 것입니다. 저는 확립된 원칙에 따라 변론을 하고 있고 현재의 국왕 폐하의 은총을 입고 있다는 점을 잘 알고 있기 때문에 국왕에 대한 제 의무를 저버리거나 그 때문에 의혹을 살 일도 없을 것입니다.

존경하는 재판장님, 검찰이 주장하는 공직자의 의무를 인정하고 존경하지만 그들도 사적으로나 공적으로나 일반적인 법률의 적용에서 예외가 될 수는 없습니다. 우리의 모국인 영국법은 그런 예외를 인정하지 않고 있습니다. 역사상 집권자의 횡포 때문에 국민이 고통을 겪고 있을 때에는 국민의 대표가 정당한 항의로써 그러한 사실을 공표해 왔고 자신들이 다스려야 할 지방이나 식민지, 스스로 지켜야 하는 법률을 파괴하는 집권자를 지지할 이유가 없다는 의사를 표현해 왔습니다.

만일 고통을 겪는 사람들이 침묵을 강요당하거나 그러한 고통을 이웃에게 말했다고 해서 비방죄로 처벌받는다면 국민의 권리가 무슨 소용이 있겠습니까? 이에 의회가 있지 않느냐는 답변이 가능할 것입니다. 의원들에게 불만을 털어놓으면 되지 않느냐고 말할 수 있습니다. 물론 의회가 있습니다.

그러나 의회가 집권자의 모든 잘못을 주목할 수 있습니까? 의회가 집권자의 말만 들으려고 한다면 어떻게 해야 합니까? 이런 때에도 의회에만 호소할 수 있습니까? 특히 집권자에게 공직 임명권이 있고 자신의 뜻에 따라 의회를 구성하여 다수당의 지지를 받을 능력이 있을 때는 어떻게 됩니까? 이 시대에 이 땅에서는 14년간이나 그런 상태가 지속된 일도 있습니다. 억울한 사람이 자신의 불평을 집권자에게만 털어 놓을 수 있거나 혹은 집권자가 구성한 의회에만 하소연할 수 있다면 어떤 구제를 기대할 수 있겠습니까? 누구나 고통을 당했을 때는 이에 불만을 이야기할 수 있는 권리가 있습니다. 누구나 권력 남용을 공개적으로 항의할 권리가 있습니다. 그래야만 권력자가 술책이나 폭력으로 탄압하려 할 때 다른 사람들이 보호해 줄 수 있습니다. 그때 비로소 사람들은 가장 중요한 천부적 권리인 자유를 누릴 수 있고 그것을 지키려는 결의를 다질 수 있는 것입니다.

우리는 사람들이 왜 그토록 식민지의 총통이 되고 싶어 하는지 잘 알고 있습니다. 총독의 임무도 그에 못지않게 분명합니다. 국왕 폐하는 식민지 주민들에게 자비로운 마음을 가지고 계십니다. 그분이 바라는 것은 우리가 국민으로서 해야 할 의무를 다하고 평화가 유지되고 공정한 정의가 실현되는 것뿐입니다. 식민지에서 좋은 상품을 생산하여 모국에 이익이 되도록 정책이 실행되면 충분합니다.

총독이 식민지 주민에게 어떤 일을 강요하거나 혹은 총독의 부하들이 다른 사람들을 괴롭히고 약탈해야 이런 목적을 달성할 수 있다고 말할 수 있습니까? 총독이 재직하는 동안 국왕으로부터 부여받은 임무는 존중되고 복종을 받아야 합니다. 그러나 그가 자신의 의무를 저버리고 국민에게 아무런 책임을 지지 않아도 되는 것처럼 행동한다면 사람들은 그의 권력과 권위와 의무에 의문을 제기하게 됩니다. 그리고 그가 자신의 권한을 벗어나는 만큼 혹은 공정하게 정의를 실현하지 않는 만큼 사람들도 그에 대한 의무를 다하지 않을 것입니다.

권력을 가졌다는 이유 하나만으로 다른 사람의 존경을 받을 수는 없습니다. 총독에 임명되기 전에 선하거나 현명하지 못했던 사람들이 총독으로 임명된다고 해서 좋아지기보다는 대부분 더 나빠집니다. 지혜와 덕이 없는 사람은 법만이 통제할 수 있습니다. 자신들이 법을 어기고도 무사할 수 있다고 생각하는 만큼 사람들은 더 악하고 잔인해집니다. 만일 그런 사람이 총독이 된다면 그의 지배를 받는 사람들은 불행해지고, 결국 총독 자신도 불행해질 것입니다. 사람들이 총독을 좋아하지도 따르지도 않을 것이기 때문입니다.

사람들은 이해관계에 민감합니다. 총독과도 좋은 관계를 유지하고 싶어 하고 동시에 다른 사람들과도 잘 지내기를 원합니다. 그러나 사람들에게는 명예와 양심이 있습니다. 그들은 그들의 자유가 위험에 처했다고 느낄 때에는 총독의 호의를 잃더라도 함께 저항할 것입니다. 국가의 자유가 침해받고 자손이 노예가 될지도 모른다는 염려 앞에서는 언제든지 자신의 이익을 희생할 것입니다.

물론 그렇게 행동하지 않을 사람들도 있습니다. 그런 사람들에게는 희망이 없습니다. 그들은 다른 생각은 안중에도 없고 권력자에게만 충성을 다합니다. 권력자가 어떤 사람인지, 어떤 일을 하는지는 관심 밖입니다. 그런 사람들은 권력자의 도움을 받아 자신들보다 능력과 인품이 뛰어난 사람들에게 악행을 저지르고 그들을 시기합니다. 잘못을 잘 뉘우치지도 않습니다. 그러나 이런 사람들은 몇 명 되지 않습니다. 그리고 당연히 이 재판에도 영향을 미치지 못할 것이라고 생각합니다.

권력자에게 불만을 표시하고 항의할 수 있는 권리는 자연권입니다. 이러한 권리의 제한은 법률로 이루어질 수 있으나 법률로 제한한다고 하더라도 허위일 때에만 제한할 수 있을 뿐입니다. 내용이 진실하다면 능력 없는 집행부에 반대하는 것이 정당화되기 때문입니다. 허위 사실로 다른 사람을 공격하는 때에는 변명의 여지가 없다는 데 저도 전적으로 동의합니다. 평범한 개인을 상대로 하거나 공직자를 대상으로 한다 해도 용서받을 수 없을 것입니다.

비방죄는 그 내용의 신실 여부가 유무죄를 결정하는 요소가 되어야 할 것입니다. 그렇게 되더라도 다른 사람을 비판한 사람은 역시 무거운 부담을 안게 됩니다. 그는 자신이 쓴 글의 내용 하나하나가 진실이라는 점을 입증해야 하고 판사와 배심원들에게 이를 확신시켜야 하기 때문입니다. 그렇지 못하면 권력자로부터 기소 당하였을 때 자신을 도와줄 사람을 찾기 어려울 것입니다.

법률가들 사이에 어떤 말이 중상이나 비방에 해당하고 어떤 말이 해당되지 않는지에 다양한 견해가 있다고 알려져 왔습니다. 그러나 저는 법률에서 중상이라는 말만큼 명확한 단어가 있다고는 생각하지 않습니다. 여기에서 일일이 열거하는 것이 불필요할 만큼 많은 선례가 있고 우리는 이러한 선례를 따라야 할 것입니다. 비방죄에 내려진 지금까지의 판결을 존중해야 할 것입니다. 만일 이러한 문제에 불명확한 점이 존재한다면, 만일 권력자가 판사들의 판단에 영향력을 행사할 수 있다면 우리의 판단이 얼마나 위축되겠습니까? 특히 식민사회에서 비방죄가 관계된 때에 그렇습니다. 법에는 이론이 있을 수 있고 종교에서도 마찬가지입니다.

두 세기 전까지만 해도 종교에 관해 이설을 발표하면 이단자로 몰려 화형을 당했습니다. 그러나 지금은 그러한 견해를 자유롭게 발표할 수 있습니다. 성직자라고 해도 오류에 빠질 수 있습니다. 따라서 우리는 그들과 다른 의견을 발표할 수 있을 뿐만 아니라 기존의 견해를 비판할 수 있는 자유를 누리고 있습니다. 우리가 종교나 신앙의 문제를 자유롭게 비판할 수 있는 자유가 있다는 것은 명백한 사실이라고 생각합니다. 뉴욕에서 종교에 대한 견해를 발표했다고 해서 검사로부터 기소당했다는 말을 들어본 적이 없기 때문입니다. 그렇다면 뉴욕 시민들은 하느님에 대해서 자유롭게 말할 자유가 있지만 총독에 대해서 말할 때는 극히 조심해야 한다는 말이 됩니다.

뉴욕이 자유로운 도시라는 사실은 모든 사람이 동의하는 바입니다. 그렇다면 내용이 진실한 이상 권력자의 행동과 관련해 자유롭게 말하고 글을 쓸 수 있어야 합니다. 권력자의 행동이 그 지배를 받는 사람의 자유와 재산에 영향을 미치는 때에는 자유로운 비판이 있을 수 없습니다. 그리고 비판할 자유가 부정된다면 우리는 노예나 다를 바 없습니다, 부당한 대우와 억압을 받으면서도 불평할 수 없거나 혹은 불평한다는 이유로 처벌을 받아야 한다면 그것이 노예가 아니고 무엇이겠습니까?

검사는 정부가 신성한 존재이며 존경과 지지를 받아야 한다고 주장합니다. 정부는 우리의 생명과 재산을 보호해 주며 반역, 살인, 강도, 폭동 그 밖에 사회를 혼란하게 하는 모든 악을 막아 준다고 합니다. 그러면서 공직자가, 특히 최고위직에 있는 사람이 시민의 비판을 받는다면 정부는 존재할 수 없다고 주장합니다.

이러한 주장은 무법을 강요하는 것이고 용납할 수 없는 것입니다. 검사는 집권자가 사람의 경멸을 받으면 권위가 서지 않고 결국 법률을 집행할 수도 없다고 합니다. 이러한 주장은 권력자와 그 추종자들이 통상 제기하는 것입니다. 그러나 권력자가 시민들에게 경멸을 받는 것은 권력을 남용하여 부당한 일을 하고 사람들을 억압하기 때문입니다. 권력자들은 술책에 능합니다. 역사를 조금이라도 아는 사람이라면 권력자들이 자의적으로 권력을 행사하고 시민의 자유를 억압하는 데 얼마나 많은 구실을 들어왔는지 알고 있습니다.

영국의 역사는 동등한 사람들로 구성된 배심의 판단을 받지 않고 권력자의 손에 자유와 재산을 맡기는 것이 얼마나 위험한 일인지 증명하고 있습니다. 권력자가 아무리 훌륭한 사람이라고 하더라도 무엇이 중상모략에 해당하고 무엇이 비방에 해당하는지, 무엇이 허위이고 풍자인지 그 판단을 그의 손에 맡기는 것은 대단히 위험한 일입니다.

영국의 의회가 이러한 일을 결정하는 권한은 너무나 막중해서 권력자의 손에 맡길 수 없고 배심재판이 결정해야 한다고 판단한 것만 보더라도 이것이 얼마나 중요한지 알 수 있습니다. 의회는 상소가 가능하다는 전제에서 적어도 무엇이 허위인지 판단하는 권한은 배심원들에게 주어져야 한다고 결정하였습니다. 이것은 분명하고 위대한 결단입니다. 이에 의회가 배심의 판단을 허용한 것은 성실청 법원의 권한에 속하지 않은 사항뿐이며 새로운 권한을 부여하거나 법률문제를 판단할 수 있다고 선언한 것은 아니라고 반박하는 견해가 있을 수 있지만, 이는 부당한 견해입니다. 사실문제와 법률문제가 섞여 있을 때에는 배심원이 양자를 함께 결정할 권한이 있기 때문입니다. 배심원 여러분, 부당한 일이 일어날 위험성이 높은 곳에서 지나친 신뢰는 위험합니다. 법원에 적절한 신뢰를 갖는 것은 좋은 일이지만 평결을 하는 권한은 배심원들에게 있어야 합니다. 여러분의 권한과 의무를 다른 사람에게 맡겨서는 안 됩니다. 만일 여러분이 젱어의 글에 허위내용이 없다고 생각한다면 그렇게 결정해야 합니다. 법원이 여러분과 같은 의견이라는 보장이 없기 때문입니다. 그것은 배심원의 권리이고 여러분의 신뢰를 포함한 많은 것이 여러분 결정에 달려 있습니다.

자유를 박탈하는 것은 죽음보다도 나쁜 것입니다. 그런데도 때로는 권력이나 허울뿐인 명예 때문에 국민을 억압하고 결과적으로 국가를 파멸에 이르게 한 사람들이 있었습니다. 브루투스는 위대한 인물이었지만 결코 정의로운 사람은 아니었던 카이사르의 죽음 앞에서 이렇게 말했습니다.

"로마 시민이여, 당신들이 무엇을 하고 있는지 생각해 보십시오. 당신들은 카이사르가 언젠가 당신들에게 채울 바로 그 족쇄 만드는 일을 돕고 있었던 것입니다."

자유를 가치 있는 것이라고 생각하는 사람이라면 누구나 이 말을 명심해야 할 것입니다. 여러분은 스스로 옳다고 생각하는 바에 따라서 평결을 해야 하며 개인적인 이해관계에 매달려서는 안 됩니다. 개인적인 이해관계를 우선한다면 국가와 개인 간의 관계나 국민간의 관계는 끊어지기 때문입니다. 나라를 사랑하는 사람이라면 무엇보다도 자유를 선택해야 합니다. 자유가 없는 우리 삶은 비참해진다는 것이 자명하기 때문입니다.

로마 시대에 또 한 명의 위대한 인물인 루키우스 브루투스(로마 공화정을 창시한 전설적 인물. 어린 시절 폭군인 타르퀴니우스 수페르부스의 손에 아버지가 처형당하는 것을 목격하고는 바보 행세를 하면서 복수의 기회를 기다렸다. 후에 무장봉기를 일으켜 왕정을 종식시키고 집정관이 되었다. 왕위에서 쫓겨난 타르퀴니우스 수페르부스 일파가 반란을 일으키는 데 자신의 두 아들이 연루된 사실을 알고 냉정하게 아들에게 사형을 선고하고 처형장에도 입회하였다고 한다. 카이사르의 암살자인 마르쿠스 브루투스와는 다른 인물이다-옮긴이)의 예를 들어보겠습니다. 그의 이야기는 아주 유명해서 이 자리에서 따로 말씀드리지 않고 다만 그가 자유를 얼마나 소중하게 생각했는지 말씀드리겠습니다.

로마의 마지막 왕인 타르퀴니우스 수페르부스는 잔인무도하게 폭정을 휘두르며 큰 재산을 모았습니다. 부루투스가 로마 시민들과 함께 타르퀴니우스를 몰아내자 폭군은 왕위를 되찾고자 로마의 젊은 귀족들에게 도움을 요청하고 뇌물을 제공했습니다. 이 반란 음모는 발각되고 주모자들은 체포되었는데 그 중에는 브루투스의 두 아들도 있었습니다. 다른 사람들이 다시 타르퀴니우스를 도와 반란을 일으키고 로마의 자유를 파괴하는 것을 막고자 반드시 본보기를 보여 주어야 했습니다. 집정관이었던 브루투스는 로마 시민이 보는 앞에서 직접 아들들에게 반역죄로 사형을 선고했습니다. 이것은 그가 얼마나 자유를 소중하게 생각했는지 보여주는 것입니다. 아들들이 참수되는 자리를 지킨 그의 엄격한 모습을 보고 로마 시민들이 공포를 느끼자 그는 이렇게 말했습니다.

"시민들이여, 내가 아들들에게 애정이 없다고 생각하지 마십시오. 그러나 브루투스 아들의 죽음은 단지 브루투스를 슬픔에 잠기게 할 뿐입니다. 자유의 상실은 나라 전체를 슬픔에 잠기게 할 것입니다."

권력은 큰 강에 비유할 수 있습니다. 적절한 경계 안에서 흘러갈 때 강은 아름답고 쓸모 있습니다. 그러나 강이 범람하고 나서 이를 막으려고 하면 이미 때는 늦습니다. 그것은 모든 것을 휩쓸어 가고 파괴와 황폐를 초래할 것입니다. 권력의 속성이 그렇기 때문에 우리는 우리의 의무를 다해야 하고 불법적인 권력자로부터 자유를 지키는 데 최선을 다해야 합니다. 권력자가 자신의 욕심과 야망 때문에 선한 사람들을 희생시켜 온 것은 역사가 증명하고 있습니다.

이 문제를 길게 말씀드리는 것을 이해해 주시기 바랍니다. 예로부터 이웃집에 불이 나면 자기 집을 다시 살피라고 했습니다. 우리는 비록 하느님의 은혜로 자유로운 국가에서 살고 있지만, 한 국가에서 독재 권력이 나타나면 곧 이웃 나라에도 같은 일이 일어난다는 것을 경험으로 알고 있습니다. 그러므로 권력에 대항하는 것은 우리 모두의 의무이며 각자 자기의 일처럼 생각해야 합니다.

저는 많은 논거를 제시할 만한 능력이 없습니다. 오랜 세월 변호사로 일하면서 건강도 많이 나빠졌습니다. 그러나 아무리 제가 늙고 약하다고 해도 저는 권력 남용을 비판하는 사람들의 권리를 박탈하기 위하여 정부가 제기한 소추를 기각하는 데 온 힘을 바치겠습니다. 권력을 이용해서 사람들을 괴롭히고 억누르는 자들은 국민의 불평과 원성을 자아내고 다시 그러한 불평을 근거로 국민을 소추하고 탄압합니다. 이러한 일은 없어져야 합니다.

재판장님과 배심원 여러분 앞에 놓인 문제는 개인적인 일이 아닙니다. 불행한 인쇄업자 한 명의 문제도 아니고 이 재판이 진행되고 있는 뉴욕에 한정된 문제도 아닙니다. 이 판결은 영국령 아메리카 식민지에 살고 있는 모든 사람의 삶에 영향을 미칠 수 있습니다. 이 재판은 무엇보다도 중요한 문제입니다. 이 재판은 자유를 다루고 있습니다. 저는 배심원 여러분이 올바른 결정을 내릴 것으로 믿어 의심치 않습니다. 오늘의 결정으로 여러분은 뉴욕 시민의 사랑과 존경을 받을 뿐만 아니라 자유를 사랑하는 모든 사람으로부터 축복을 받을 것입니다. 공정하고 정당한 평결은 우리 자신과 재산과 이웃을 안전하게 보호하는 초석이 됩니다. 그 초석은 진실을 쓰고 말할 때 권력의 전횡을 폭로하고 항거하는 데 하느님과 법이 우리에게 부여한 권리, 즉 자유입니다.

– 마이클 리프 & 미첼 콜드웰의 『세상을 바꾼 법정』
(금태섭 옮김, 궁리, 2006)

1. 내용이 진실하면 비방죄가 성립되지 않는가?

2. 언론의 자유가 있으면 더 나은 정부를 만들 수 있는가?

3. 허위에 대한 판단 여부를 배심원에게 맡겨야 하는 이유는?

4. 개인적인 이해관계에 따라서 판단을 하면 우리의 자유가 제한되는가?

C&C

존 스튜어트 밀은 단 한 사람만을 제외하고 세상 모든 사람이 같은 의견이라고 해도 그 단 한 사람의 의견 표명을 막아서는 안 된다고 주장한다. 과연 그러한가? 그렇다면, 그 이유는 무엇인가?

> "한 사람을 제외한 전 인류가 같은 의견이고 그 한 사람만이 반대 의견을 가진다고 하더라도 그 한 사람을 침묵시키는 것은 부당하다. 만일 그 의견이 옳다면 인류는 오류를 진리와 바꿀 기회를 상실하게 되고, 그것이 틀리다면 진리가 오류와 충돌하면서 발생하게 되는 진리에 대한 더욱 명백한 인식과 더욱 선명한 인상을 갖는 것을 상실하게 되는 엄청난 손실을 입게 된다."
>
> — 존 스튜어트 밀의 「자유론」

자유로운 삶을 위해서는
약간의 용기가 있어야 한다

삶을 위한 철학수업 | 이진경

한 줌의 용기, 한 걸음의 자유

아무튼 떠나라

다다를 데 없는 그 지점에서 일어서라

그것이 소생이다

— 김시종, 『계기음상季期陰像』「내일」

자유에 대한 가장 통상적인 관념은 구속이나 억압과 반대되는 상태라고 보는 것이다. 예컨대 자유란 정치적 억압과 대결하여 얻어지는 것이라는 관념이 그것이다. 가령 민족 간에 발생하는 억압, 이성애 이외에는 금지하는 젠더적인 관습, 혹은 권력자가 민중에게 행사하는 억압은 자유와 대비되는 상태를 나타낸다. 이때 자유란 매우 투쟁적인 정서로 정의되지만, '부정적인' 어떤 것이다. 억압이나 금지 같은 '어떤 것의 부재' 혹은 그런 것의 '부정'이기에.

'민주주의' 국가에서 사람들은 자유로울까? 식민주의자들을 쫓아내면 사람들은 자유로워질까? 우리는 식민주의자들의 패주로 얻은 '해방'의 경험도 있고, 시민의 저항으로 독재정부를 몰아낸 경험도 있다. 하지만 그 이후 사람들이 자유로워졌다고 말하기엔 아득하다. 적이 사라진 후의 방황을 자유라고 믿지 않는다면 말이다. 독재나 억압이 더욱 나쁜 것은 마치 그것이 사라지면 사람들이 자유로워질 것 같은 환상을 유포하기 때문이다. 동성애에 대한 금기가 더욱 나쁜 것은 마치 그것이 사라지면 동성애자들이 자유로워지리라는 안이한 발상을 배양하기 때문이다. 자유를 위해 모든 구속과 억압이 사라져야 한다면, 그것은 무엇보다 이 때문이다.

능력으로서의 자유

제약이나 구속 대신 필연성과 대립되는 상태가 자유라고 믿는 것도 이와 비슷하다. 필연성이란 피할 수 없는 구속의 다른 이름이기 때문이다. 필연성과 대비하여 '가능성'이, 다른 것을 선택할 수 있는 가능성이 자유의 폭을 결정한다고들 한다. 가령 자본주의사회에서 돈 없는 이에게 노동이란 생존을 위해선 피할 수 없는 것이다. 노예와 달리 노동에 대한 선택지가 주어져 있지만, 그것은 사실 선택지가 아니다. 굶어죽고 싶지 않다면 해야 하기에. 그게 필연성이다. 거기에는 분명 자유가 없다. 자유가 없다는 말은 다른 선택을 할 가능성이 없다는 말이다. '자유의 영역'과 '필연의 영역'을 대비하는 것은 이런 이유에서다.

돈이 많아 노동하지 않고 살아도 되는 사람은 자유로울까? 하고 싶은 거 하고 사니 자유로울 거라고? 그렇다면 우리 옆에 사는 부자들은 모두 자유로울 것이 틀림없다. 그러나 노동하지 않고 돈을 펑펑 쓰고 사는 이들이 자유롭다면, 자유란 정말 진지하게 생각할 '꺼리'도 되지 못한다. 자유의 크기란 쓸 수 있는 돈의 크기, 살 수 있는 상품의 종류나 양이 되고 말 테니까. 사실 우리는 잘 안다. 그들이 그 돈에 얼마나 매여서 살며, 그 돈에 치여 가족끼리 얼마나 치고받고 싸우며 사는지. 그들이 부러울 수도 있겠으나, 그것은 자유를 부러워하는 게 아니라 돈 쓰는 걸 부러워하는 것이다. 자유란 돈으로부터도 자유로워지는 것이지 돈을 실컷 쓰는 게 아니다.

억압이나 구속의 부재, 이런저런 선택의 가능성, 이는 자유를 누리기 위해 필요한 조건일지는 모르지만, 그것 자체로 자유로운 삶을 뜻하지는 않는다. 나를 둘러싼 '자유로운' 제도나 조건이 나를 자유롭게 만들어주진 못한다. 반대의 경우도 사실일 터이다. 나를 옥죄는 구속이나 억압이 있어도 나는 자유로울 수 있다. 가난한 자의 자유, 노동하는 자의 자유, 혹은 심지어 감옥에 갇힌 자들의 자유에 대해서도 우리는 들은 적이 있지 않은가? 자유란 이런저런 조건을 입력하면 자동으로 발행되는 자판기 티켓이 아니라 어떤 조건에서든 나 자신이 만들어가야 할 세공품이다. 어떤 조건에서도 가능한 것이니 이 얼마나 다행인가!

자유란 스스로 무언가를 만들어갈 수 있는 '능력'과 결부된 것이다. 삶이나 행동의 방향과 결부된 어떤 힘이나 능력이다. 그것은 여러 가지 그럴듯한 선택지의 유혹 앞에서도 자신이 하고자 하는 것을 하는 능력이고, 이런저런 제약과 구속 속에서도 자신이 원하는 방식으로 살 수 있는 능력이다. 억압이나 구속은 그 자체로 자유와 반대되는 상태가 아니라 자유로울 수 있는 능력이 가동되는 출발선에 불과하다. 어떤 상태에서도 우리는 그 자체로 자유롭다고 할 수 없지만, 역으로 어떤 상태에서도 자유를 향해 걷기 시작할 수 있다.

그러나 그것은 흔히 말하듯 '나만의 것'은 아니다. 자유로울 수 있는 능력, 그것은 무엇보다 자신의 삶, 혹은 자신을 포함하는 '우리'라고 불리는 무리의 삶과 결부된 것이다. 자신이 가고자 하는 대로 갈 수 있는 능력이란 자신의 삶을 만들어가는 능력의 한 단면이지만, 어떤 이의 삶도 멀거나 가까운 이웃, 생각지 못한 타자들, 뜻하지 않은 사건들과 무관할 수 없다. 그렇기에 '자신이 하고자 하는 것'을 하기는 쉽지 않다. 또 그렇게 한다고 해서 꼭 자유로워지는 것도 아니다. 그로 인해 이웃한 타자들에게 민폐를 끼치거나 그것을 위해 자신이 속한 세계를 '더럽힌다면' 부메랑이 되어 돌아오는 후과를 피할 수 없기 때문이다. 자유로운 삶이 자유주의자들의 말처럼 쉽지 않은 것은 이 때문이다. 나 아닌 타자들, 내가 잘 알지 못하는 이들을 알아야 한다는 역설을 통과해야 하는 것이다. 그래서 자유를 위해선 자신의 '자유의지'만이 아니라 자신을 벗어나려는 의지가 필요하다. 자신의 생각만이 아니라 자신이 생각하지 못한 것을 생각하는 게 필요하다. 또한 생각한 대로 움직여주지 않는 이 몸뚱어리를 움직일 수 있는 능력이 필요하다. 자유롭기 위한 훈련이.

자유와 용기

그래서 자유로운 삶을 위해서는 '약간의 용기'가 있어야 한다. 어디선가 니체는 이렇게 말한 적이 있다. "자유는 무엇에 의해 측정되는가? 극복되어야 할 저항에 의해, 위에 머물기 위해 치러야 할 노력에 의해. 최고로 자유로운 인간 유형은 최고의 저항이 끊임없이 극복되는 곳에서 발견될 수 있을 것이다."(『우상의 황혼』, 백승영 옮김, 책세상, 2002) 조금이라도 높은 곳으로 오르려는 이들, 그러기 위해서 어떤 저항을 극복하려는 이들, 이들이 바로 자유를 향해 나아가는 이들이다. 이를 위해서는 약간의 용기가, '한 줌의 용기'가 있어야 한다. 외면하고 싶은 고통과 쿨하게 대면하기 위해선, 순종을 요구하며 다가오는 삶의 명령어들을 마주보기 위해선, 그것을 나의 삶에 대한 저항으로 마주하며 앞으로 나아가려면, 약간의 용기가 있어야 한다.

이 한 줌의 용기가 없다면 사실 자유로운 삶이란 말해봐야 공허한 것이고, 들어봐야 '남 얘기'에 지나지 않는다. 용기는 고통을, 자유를 위해 넘어서야 할 저항으로 바꾼다. 한 줌의 용기와 더불어 자유를 향한 삶은 시작된다. 자유로운 삶이란 약간의 용기 없이는 얻을 수 없는 것이다. 반대로 약간의 용기와 더불어 고통은 자유의 친구가 된다. 그런 점에서 보면, 나는 자유로운 삶이란 말로 어쩌면 그 약간의 용기, 한 줌의 용기를 자극하고 싶은 것인지도 모른다.

하지만 그 용기는 모든 것을 거는 어떤 도박적인 내기가 아니라 단지 '한 줌'의 용기임을 강조할 필요가 있다. 하이데거는 세인적인 평균성을 벗어난 실존적 자유를 위해 '죽음으로 미리 달려가보는' 결단 같은 영웅적이고 거대한 용기를 요구한 바 있다.(『존재와 시간』) 물론 그런 용기가 있다면 어떤 저항도 넘어서며 나아갈 수 있을 것이다. 그러나 사람들을 '영웅'으로 불러내는 그 용기는 우리 같은 필부의 자유와는 너무나 거리가 멀다. 더욱 중요한 문제는, 요구되는 용기가 너무 크고 내려야 할 결단이 너무 무거운 경우, 정작 중요한 것을 잊기 쉽다는 점이다. 그 용기나 결단이 어떤 대단한 대의를 위한 게 아니라 바로 지금 여기에서 자신의 자유로운 삶을 위한 것이었음을 잊게 만들기 때문이다. 목숨을 걸라는 거창한 목소리 앞에서 자신의 삶은 왜소한 것으로 급격히 축소되고, 자신이 얻고자 했던 자유로운 삶은 극히 이기적인 것으로 보이게 되기 때문이다.

'희생'을 감수하라는 저 거창한 요구는 정작 생각해야 할 것을 생각하지 못하게 한다. 그 거대한 무게 앞에서, 그 요구와 함께 슬쩍 들이미는 '대의'를 그저 받아들이게 만든다. 이때 용기는 생각 없이 목숨을 거는 무모함이 되고, 결단을 감싸고 있는 불안이나 공포는 그 무모함을 가리는 안개가 된다. 그 공포 앞에서, 그걸 이겨내야 한다는 촉구 앞에서 우리는 생각하는 법을 잊게 되고, 희생을 요구하는 거창한 우상 앞에서 자신이 나아가려는 방향을 잊게 된다. '국가'나 '민족'같은 가장 통속적인 가치, 가장 통념적인 대의를 위해 삶 전체를 거는 어이없는 어리석음이 나의 신체를 장악한다. 그 무모한 용기에 아낌없이 건네지는 '고귀함'이나 '장렬함' 같은 찬사는, 죽어서도 그 어리석음을 벗어나지 못하게 하는 장막이고 산 자들로 하여금 다시 그 어리석음을 반복하게 유혹하는 곱게 채색된 미끼다.

한 줌의 용기

거창한 용기는 우리를 일상의 삶에서 벗어나는 길로 인도하지, 우리의 일상적 삶을 인도하지 못한다. 그러나 제대로 '인도되어야' 할 것은 이 매일매일의 우리의 삶, 우리의 일상적 삶 아닐까? 단 한 번의 거대한 결단보다 더 어려운 것은 매 순간의 삶에서 자유로운 걸음을 걷는 것이다. 매 순간을 갈만한 길로 가는 것이고, 매일매일 살 만한 삶을 사는 것이다. 지금 여기에서 매 순간 진행되는 삶 자체를, 매번 내딛는 발걸음을 자유로운 삶으로 스스로 밀고 가는 법, 그것이 철학을 통해 배워야 할 삶의 지혜다. 그러한 자유를 통해 자신의 삶을 사랑하는 법을 배우는 것, 그것이 철학적 사유가 삶에 필요한 이유다.

이런 의미에서 '지혜에 대한 사랑'으로서의 필로-소피아(philo-sophia)는 '삶에 대한 사랑'을 뜻하는 필로-비오스(philo-bios)의 다른 이름이라고 나는 믿는다.

자유로운 삶을 위해, 자신의 삶을 사랑하기 위해 필요한 것, 그것은 단지 한 줌의 용기다. 옳다고 주어지는 것이 정말 옳은지 다시 생각하고, 자신이 정말 긍정할 수 있는 좋은 삶이 어떤 것인지 다시 생각하는 것은 이 한 줌의 용기로 시작한다. 그것과 더불어, 주어지는 것에 대한 순응과는 다른 방향을 향해, 기존의 가치들이 가리키는 방향으로부터 슬쩍 벗어나기 시작하는 것이 가능해진다. 이 작은 벗어남은 그리 어려운 일이라고는 생각하지 않는다. 정말 한줌의 용기면 충분하기 때문이다. 그리고 그 미세한 이탈이 제공하는 새로운 대기 속에서 어떤 기쁨을 느끼기 시작할 수 있다면, 그 다음은 더욱 쉬워진다. 한 줌의 용기를 다시금 자극하고 촉발하며 증폭시키는 체증적인 되먹임이 내 손을 잡아당겨줄 것이기 때문이다. 약간의 용기와 작은 기쁨이 되먹임되며 증가하는 이

순환 속에서 우리의 삶은 자유를 향해 체증적인 고양의 선을 그리게 될 것이다.

내가 이 글들로 하고 싶은 것, 그것은 이 작은 이탈들을 유혹하는 것이고, 기쁨의 되먹임을 통해 지금 여기에서의 삶을 긍정하도록 촉발하는 것이다. 자유를 향해 한걸음씩 내딛게 되는 그 점증적인 고양을 위해 한줌의 용기를 '선동'하는 것이다. 그럼으로써 자유로운 삶을 향해 함께 한 걸음을 내디딜 수 있기를……

욕망과 자유
언제까지 우리는 '그들의 삶'을 살 것인가?

근대 철학의 문을 연 데카르트는, 우리가 세상이 실제로 어떤지는 확실하게 알 수 없지만 자신이 무엇을 생각하는지는 확실하게 알고 있다고 믿었다. 내 눈에 보이는 저 꽃이 정말 붉은 것인지, 인간인 내 눈에만 그렇게 비치는 것인지는 확실하게 알 수 없지만, 내가 그걸 붉다고 생각하고 있음은 확실하니까. 내가 지금 공부를 하고 있지만 실은 돈 생각을 하고 있다든지, 회사에서 일을 하지만 최근에 만난 여자 생각에 빠져 있다든지 하는 것은, 남은 알 수 없어도 나는 확실히 알고 있으니까. 그리고 그렇게 생각한다는 것은 생각하는 '나'가 존재하지 않고는 불가능하기에, "나는 생각한다, 고로 존재한다"고 했던 것이다.

그러나 스피노자는 이렇게 반문한다. "당신은 당신이 무엇을 잘할 수 있는지 알고 있나요?" "당신은 당신이 진정 무엇을 하고 싶어하는지 알고 있나요?" 앞의 것은 자신의 능력에 대한 질문이고, 뒤의 것은 자신의 욕망에 대한 질문이다. 여러분은 어떠신지?

능력과 욕망에 대한 질문

나는 10년 이상 학교에서 강의를 하면서 거의 모든 강의에서 학생들에게 이 질문을 던졌다. 첫째 질문에 '저는 이러저러한 것을 잘합니다'라고 자신 있게 답한 사람은 아직 한 사람도 없었다. 둘째 질문에는 약간의 단서를 단다. 지금 밥 먹고 싶다, 요즘 연애하고 싶다, 장래에 돈을 많이 벌고 싶다 식의 대답은 누구나 할 수 있는 것인데, 그걸 물으려는 게 아니라고. 무언가를 진정 하고 싶다는 것은, 자신의 인생을 걸고 하고 싶은 게 무엇인가를 묻는 것이니, 최소한 10년이나 20년 정도는 '아, 이거 하고 살고 싶다'라고 생각하는 게 있을 때 그렇다고 답해야 한다고. 이 질문은 앞의 것보다 좀 더 쉬운 편인지, 지금까지 다섯 명 정도가 답을 했다. 하지만 10년 넘게 수많은 학생들 가운데 다섯 명 정도라니, 정말 놀라운 숫자가 아닌가!

이 질문을 받으면, 많은 경우 대답 이전에 자신이 이 질문에 제대로 답할 수 없다는 사실에 놀란다. 자기 자신에 대한 질문이고, 자신의 능력과 욕망에 대한 질문인데, 그것조차 자신이 알고 있지 못하고 있는 셈이니까. 예전에 어디선가, 에바 캐시디라는 가수가 자신은 노래하는 것을 아주 좋아하는데, 노래하며 살고 있어서 항상 행복하다고 했다는 얘기를 읽은 적이 있다. 요절한 가수가 남긴 말이라, 이 말은 더 강하게 뇌리에 남았다. 그처럼 자신이 좋아하는 걸 하고 살 수 있다면 누구나 행복할 것이다. 더구나 자신이 잘할 수 있는 걸 하고 산다면, 하는 일이 쉽고 잘될 것이니 더욱더 행복할 것이다. 그런데 문제는 에바 캐시디와 달리 대부분의 사람들이 자신이 잘하는 게 무언지, 하고 싶은 게 무언지 잘 모른다는 것이다. 이게 동창들이나 친구들과 '행복 경쟁'을 하며 자신이 가진 것을 자랑하면서도 실제론 대부분 행복과 거리가 먼 삶을 사는 이유일 것이다.

남이야 그렇다 쳐도, 왜 우리는 '나'의 능력이나 '나'의 욕망조차 모르고 있는 것일까? 스피노자식으로 말하면, 내가 '안다'는 것은 내 정신에 속하는 것인데 반해 내 능력은 내 신체에 속한다. 신체는 정신과 속성을 달리하기에 내 정신은 내 신체가 무엇을 잘하는지 알기 어렵다. 그러나 생각하는 능력이나 감각적인 능력 같은 것은 신체보다는 정신에 가까이 있으니, 이것으론 답이 충분하지 않다. 더구나 욕망이란 의지요 마음이고, 이는 신체 아닌 정신에 속하는 것이 틀림없는데도 그것을 잘 모르고 있지 않은가. 프로이트 말처럼 그것이 무의식 깊숙이 숨어 있는 것도 아닌데 말이다.

해 보지 않고선 모르는 것!

예전에 '수유+너머'에 공부하러 왔던 조각가가 한 분 있었다. 아주 좋은 감응을 주는 이여서 조금 친해진 뒤에 좀 더 가까워지고 싶다는 생각에 그분에게 "언제 조각 강의 한번 해주세요. 저는 나무조각이 참 좋던데"라고 말을 했다. 그랬는데 며칠 뒤 이 양반, 조각 강의를 하고 싶다고 한다. 약간 당황했다. 사실 조각 강의를 개설할 필요가 있어서가 아니라, 그냥 호의와 관심을 표시하고 싶어서 얘기했던 것인데……. 조각 강의를 하고 싶다는 대답 또한 그랬을 것임이 분명했다. 조각을 강의하고 싶다는 생각보다는, 내 제안에 호의를 갖고 '응답'한 것이었고, 나와 무언가를 함께해보고 싶다는 마음을 표현한 것이었을 게다. 그러니 단지 조각 강의를 한번 개설해주면 되는 문제가 아니었다. 내가 강의를 듣고 조각을 배우지 않으면, 입에 발린 빈말이나 하는 사람이 되게 생긴 것이다. -.-;;

그런데 난감하게도 나는 조각을 해보겠다는 생각을 태어나서 한 번도 한 적이 없으며, 그런 걸 잘할 거라는 생각 또한 단 한 번도 해본 적이 없다. 사실은 손재주가 없어서, 콘크리트 못도 잘 박지 못해 구박을 받은 적이 많은지라, 조각은 내 인생과 전혀 상관없는 일이라고 생각하고 있었다. 더구나 할 것도 많고 하고 싶은 것도 많아서 외부 강연도 잘 안 다니던 시절이었다. 이를 어쩌나…….

어쩔 수 없었다. 사람과의 관계에서 신의가 중요하다는 믿음도 있었지만, 마음이 약해 내 편의대로 쉽게 돌아서는 걸 잘 못하는 성격인지라, 일단 강의에 들어가는 수밖에 없었다. 일단 몇 번은 참석해 서운해 하지 않을 정도만큼 하다가 그만두자고 생각했다. 그런데 첫째 강의시간에 나무를 하나 받아들고 끌을 빌려서 두들기다보니 어느새 나도 모르게 끌질에 깊숙이 빨려 들어가고 있는 것이었다. 나도 믿을 수 없었지만, 다른 일들을 잊을 정도로 너무 재미있었다. 그 뒤 한미 FTA 투쟁에 본격적으로 참여하면서 물리적 시간이 부족해 아쉽게 중단할 때까지, 일 년 넘게 '조각폐인'('싸이폐인'이란 말이 유행할 때였다)이란 말을 들으면서 조각에 빠져 살았다. 그 뒤에도 틈만 나면 끌질을 했고, 지금도 그럴 수 있는 공간만 있으면 그러고 살고 싶다고 생각하고 있다. 이거 하면서 평생을 사는 사람을 이해할 수 있었고, 나도 그렇게 살라고 하면 그렇게 살 수 있을 것 같았다.

내가 조각을 좋아할 수 있다니. 상상도 할 수 없는 일이었다. 그리고 열심히 하라는 격려성 발언이었겠지만, 그 양반은 잘한다면서 칭찬을 해주었다. 벽에 못질도 잘 못했었는데, 그래서 처음엔 시작하자마자 끌만 망가뜨렸었는데……. 그때 분명하게 확인했다. 내가 무엇을 잘할 수 있는지, 무엇을 좋아할 수 있는지에 대해 내가 전혀 알지 못하고 있다는 것을. 나의 신체, 나의 능력, 그리고 나의 욕망에 대해 나는 모르고 있었던 것이다. 조각만 그럴 리 없다. 내가 아직 해보지 않은 모든 것에 대해, 내가 잘할 수 있을지 없을지, 내가 좋아하게 될지 아닐지 안다고 할 수 없다.

우리는 그토록 우리 자신에 대해서 모르고 있다. 행복하게 살기 위해선 꼭 알아야 할 것조차 잘 모르고 산다. 이유는 어떤 것도 해보지 않고선 제대로 알기 어렵다는 아주 단순한 사실 때문이다. 내 몸이 무엇을 잘할 수 있는지는 몸을 써서 직접 해보지 않고선 알 수 없다. 내 정신 또한 그러하여, 자신이 철학을 잘할 수 있는지 없는지 또한 공부해보지 않고선 알 수 없다. 내가 좋아하는 것 역시 마찬가지다. 어떤 것을 해보지 않고선 내가 그걸 좋아할 수 있는지 아닌지는 알 수 없다. 해본다는 것도 그렇다. 잠시 맛이나 보듯, 혹은 며칠짜리 캠프에 들어가보듯, 찔러보듯이 잠시 해보는 것으로는 그걸 정말 좋아할 수 있을

지 아닌지 알기 어렵다. 처음엔 재미있어 보여도, 제대로 하기 위해선 어떤 것도 때론 단조로울 수도 있고 때론 고통스러울 수도 있는 힘겨운 터널을 필경 하나는 지나가야 한다. 즉 어떤 일을 정말 잘할 수 있을지, 좋아할 수 있을지 알기 위해선, 특별한 재능이나 인연이 있는 게 아니면, 필경 고통이나 지루함을 수반하는 어려움의 문턱과 대면하고 그것을 넘어선 깊이까지 들어가보아야 한다.

사실 행복한 삶을 살기 위해선 젊은 시절에 자신이 잘할 수 있는 것, 자신이 인생을 걸고 하고 싶은 것을 찾아야 한다. 그러기 위해선 이것도 해보고 저것도 해봐야 한다. 약간의 가능성만 있다면, 힘든 문턱을 하나 넘어설 때까지 해봐야 한다. 『빌헬름 마이스터의 수업시대』나 『빌헬름 마이스터의 편력시대』처럼 문학이 젊은 날의 삶을 편력이나 방황으로 그리는 것은 이런 의미로 이해되어야 한다. 즉 '젊은 날의 방황'이란 젊은 혈기로 좌충우돌하며 여기저기 찔러보거나 쌈질하고 다니는 게 아니라, '잘할 수 있는 것'과 '하고 싶은 것'을 찾아 이런저런 일이나 활동 속에 들어가 자신의 능력을 실험해보고 인생을 걸 수 있는 것을 찾아가는 과정인 것이다.

직접 해보며 찾아야 하는데다, 어느 것이든 어두운 터널을 하나 정도는 통과하지 않고선 알 수 없는 것이기에 자신이 좋아하는 것을 찾는 데는 적지 않은 시간과 노력이 필요하다. 그래서 고갱이나 반 고흐 같은 유명한 화가조차, 그림을 그리며 살아야겠다는 생각을 하게 되는 데 많은 시간이 걸렸다. 30대 중반이면, 대개는 결정된 직업과 어느 정도 안정된 자리에 안착할 나이였다. 그러나 늦었다고들 하겠지만, 사실 그때 진정 자신이 좋아하는 걸 찾았다면 결코 늦은 게 아니다. 쉰, 혹은 예순이 되어서 찾았다고 해도 늦었다며 망설일 이유는 없다. 그때 시작하면 충분하다. 그것이 시작임을 솔직하게 수긍하고 그렇게 시작된 삶에 충실할 수 있으면 충분히 '이른' 것이다. 반면 그런 걸 아직 찾지 못했거나 찾아본 적이 없다면, 아무리 오래 살았어도 아직 자신이 살고 싶은 삶을 시작도 하지 못한 것이다.

불행히도 대학입학시험에 젊은 날을 헌정하고 취직에 대학생활을 바치는 지금의 세상에서, 시험 치는 능력 말고는 자신이 잘할 수 있는 것을 찾거나 확인할 가능성은 아주 적다. 시험 공부란 게 어차피 좋아서 즐겁게 할 수 있는 것이 아닌 한, 자신이 진정 좋아하는 것이 무언지, 자신이 정말 하고 싶은 게 무언지 알지 못한 채 사는 이가 대부분이다.

'그들'이 말하는 삶

자기가 살고자 원하는 삶, 자신이 욕망하는 삶이란, 자기가 하고 싶은 것을 하며 사는 삶일 것이다. 이때 욕망이란 적극적이고 긍정적인 의미를 갖는다. 그러나 그런 욕망만 있는 것은 아니다. 돈을 많이 벌고자 하는 것도 욕망이고, 남들의 인정을 받는 명예로운 일을 하고자 하는 것도, 평온한 가정을 꾸리고자 하는 것도 모두 욕망이다. 가령 인생이 편하려면 좋은 직업이 있어야 하고 돈을 잘 벌어야 한다고들 하지 않는가. 그러려면 좋은 직장에 취직해야 하고, 그러려면 좋은 대학에 들어가야 하고, 좋은 대학에 가려, 꽃 같은 청춘을 시험 공부에 일편단심으로 바쳐야 '한다고들 한다'. 그래서 다들 그러하듯, 나도 좋은 대학을 욕망하고 돈 많이 벌기를 욕망한다. 다들 말하는 것을 나의 욕망으로 삼는다. 이 경우 욕망은 나의 욕망일까 '그들'의 욕망일까?

그것은 내가 욕망하는 것이기에 틀림없이 '나'의 욕망이지만, 흔히들 말하는 것, '그들'이 말하는 것을 받아들인 것이란 점에서 '그들'의 욕망이다. 분명한 건, 돈을 많이 버는 것이든, 결혼을 하고 애를 낳는 것이든, '내'가 삶을 살아가며 어떻게 하는 게 좋은 것인지 판단하고 선택한 것이 아니며, 나의 능력이나 욕망을 시험하여 찾아낸 게 아니라 옆에서 말하는 걸 듣고 선택한 것이라는 점이다. 따라서 그것을 따라 사는 것은, 내 인생을 살면서도 내가 하고 싶은 걸 하며 사는 게 아니라, '그들'이 좋아하는 것을 따라 사는 것이다.

우리 어머니에게 나는 오랫동안 근심거리였다. 공부 좀 해서 폼 나는 대학에 들어갔다고 기뻐하던 것도 잠시, 걸핏하면 경찰서에 불려 다니거나 면회를 다녀야 했고(그때는 훈방할 때조차 부모를 호출했다) 급기야 감옥에까지 들어가더니 나와서도 '정신 못 차리고' 취직할 생각은 안하고 공부한다면서 멀쩡한 '백수' 생활을 나이 마흔이 넘도록 계속하고 있었으니까. 덕분에 나이 마흔이 되도록 일 년이면 몇 번씩 "너는 언제 취직해서 월급을 받아보니"라는 어머니의 근심과 대면해야 했다. 그 근심이라는 게 아들 걱정하는 마음에서 나온 것임을 잘 알면서도, 이는 쉽게 말다툼으로 이어졌다. 이는 생각보다 불편하고 고통스런 일이었다. 그런데 그런 어머니의 근심은 돈을 잘 버는 게 좋은 삶이라는 신념 때문도 아니었고, 아들넘 돈 벌게 하여 용돈 얻어 쓰려는 얄팍한 계산도 아니었다. 월급 많이 받고 남들이 잘났다고 인정해주는 그런 지위를 얻어야 '한다고들' 하는 그런 말을 듣고 내게 옮기는 것일 뿐이었다. 가령 친척 모임이나 계 모임에서 만난 분들이 "그집 아들 요즘 뭐 하우?"라고 물으면 거기에 그럴듯하게, 즉 그들이 이해할 수 있는 방식으로 대답해주고 싶었을 것이다. 그들이 이해할 수 있는 대답, 그들이 '성공'이라고 생각하고 있는 대답을 해주며 아들넘의 성공에 안도하고 싶었을 것이다. 그러나 그렇게 대답할 수 없었기에 아들넘의 삶에 안도할 수 없었을 것이고, 그런 불안이 '그들'에게 들은 '질문'을 내게 와서 다시 던지게 했을 게다.

우리 어머니만 그랬을 리 없다. 대부분의 부모들이 그렇지 않은가! 그런데 우리 어머니로 하여금 그렇게 생각하고 그렇게 말하게 했던 분들이, 스스로 삶이란 어떤 것인지 깊이 생각해보고 나름의 신념을 갖고 그렇게 말했을 리 없다. 필경 우리 어머니가 그랬듯이, 그분들도 다른 '그들'이 말하는 것을 듣고 그렇게 말했을 것이다. 이런 점에서 그렇게 권해지는 삶, 심지어 '이게 다 너를 위한거야'라며 강요되기도 하는 삶은 내가 선택하여 욕망한다 해도, '나의 삶'이 아니라 '그들이 말하는 삶'이다. 아무리 성공해도 그건 나 아닌 그들의 성공이고, 아무리 잘살아도, 나 아닌 그들의 삶을 잘산 것이다.

이는 전달과 시행, 확산의 양상에서 정확하게 '소문'을 닮았다. 소문이란 말은 들은 것을 말하는 것이고 그런 방식으로 누구도 말한 사람 없이 퍼져가는 것이다. 그들이 말하는 것을 듣고 들은 것을 다시 말하는 삶, 그런 방식으로 그들의 입에서 그들의 귀로, 다시 그들의 입으로 전달되며 확산되는 삶, 그건 정확하게 '소문으로서의 삶'이다.

심지어 좋아하는 것, 잘할 수 있는 게 있는 경우에도, 이런 식으로 사는 경우가 흔하다. 며칠 전에 만난 한 시인은 원래 그림을 좋아했고 또 잘 그리기도 했지만, 자식의 '장래'를 먹고사는 것을 걱정한 아버지의 강력한 반대로 포기해야 했다고 한다. 대학 시절 같이 공부하고 운동하던 한 친구는 문학을 좋아했고 비평가가 되고 싶어 했지만, 먹고사는 문제도 해결하고 남들에게 인정도 받을 수 있다는 '현실적인' 고려 속에서 고시공부를 선택해 판사가 되었다. 물론 이런 고려를 전혀 하지 않을 순 없을 것이다. 자본주의 사회는 먹고살기 위해 어떤 것을 하도록 하는 사회고, 그러지 않으면 하고 싶은 걸 하기 이전에 생명의 존속이 쉽지 않은 사회니까.

허나 저 시인이 결코 '직업'이 될 수 없는 '시인'이 된 것은 아버지를 통해 전해진 '그들'의 욕망에 따라 선택을 했지만, 그 선택에 머물지 않고 자신이 하고자 하는 것을 계속 찾아다녔기에, 그리고 그것을 하려고 하였기 때문일 것이다. 더구나 지금은 사진도 찍고 그림도 그린다고 한다. 그 사진이나 그림으로 명성을 얻을 수 있는가는 전혀 문제가 아닐 것이다. 그거야 얻으면 좋지만, 얻지 못하면 할 수 없는 것 아닌가? 팍팍한 생존을 위해 학원에서 강의를 하며 돈을 벌지만, 쓰고 싶은 시를 쓰고 그리고 싶던 그림을 그리며 살 수 있다면, 그는 하고 싶은 것을 하며 사는 것일 거고, 그런 한 그는 행복할 수 있는 거 아닐까? 문학을 좋아했지만 판사가 된 그 친구는 그 뒤에 문학을 계속했는지 잘 모르겠다. 그러나 프란츠 카프카는 아버지로 대변되는 '그들'의 욕망에 의해 또한 스스로 먹고살기 위해 보험회사 직원이 되어 일을 했지만, 자신이 정말 하고자 했던 것을 포기하지 않고 계속했다. 밤, '그들'의 욕망이 잠드는 시간에, 그는 자신이 하고 싶던 것을 했다. 『아동의 탄생』으로 유명한 프랑스의 역사가 필리프 아리에스는 '일요 역사가'를 자칭했다. 돈을 벌어야 했기에 대학원에 가지 못하고 출판사에서 일을 해야 했지만, '일요일'로 표현되는, 노동이 중단되는 시간에 자신이 정작 하고 싶었던 역사 연구를 계속했다. 카프카도 아리에스도, '그들'이 말하는 삶을 피할 순 없었지만, 그 사이에서 그들의 욕망 사이에 있는 빈틈에서 자신의 삶을 살았던 것이다.

'이미 늦었어'의 시제는 없다

자신이 하고 싶은 것을 갖지 못했다면, 아직 자신의 삶을 시작한 것이 아니다. '그들이 말하는 삶'을 살고 있을 뿐이다. 이런 삶을 사는 분들에게 가장 불행한 것은 인생이 저물어가는 시기에, 자신의 생을 돌아보며 내가 무엇을 하고 살았던가 진지하게 묻게 되는 것이다. 그때까지 살아온 것이 자신이 하고 싶었던 것, 살고 싶었던 삶과 무관한 '그들이 말하는 삶'이고 '그들'의 삶이었다는 사실을 자각했을 때, 헛살았다는 생각을 하지 않기는 쉽지 않을 것이다. 물론 그때라도 자신이 하고 싶은 것을 찾아 새로 시작한다면 다행일 것이다. 하지만 후회란 언제나 때늦은 것이다. 왜냐하면 후회 어린 반성은 항상 '이미 늦었어'라는 자탄으로 시작하기 때문이다.

사실 앞날이 창창하고 헤맬 시간도 충분한 젊은이가 아니라, 이미 충분히 살았다 싶은 시기에, 길지 않은 시간을 남겨둔 시점에 자기가 진정 하고 싶은 것을 찾아 헤매는 '방황'을 시작하기는 결코 쉽지 않다. 무언가를 새로 시작하기엔 충분히 늦었다고 생각되는 시기인 것이다. 그러나 실제로는 노년 아닌 중년, 혹은 한창 젊은 30대에게도 그런 자각은 대개 '이미 늦었어'라는 포기의 한숨과 함께 온다. 무언가를 시작하기엔 이미 늦었다고, 이미 나는 벗어날 수 없는 삶의 궤도 속에 들어가 있다고 생각하는 한, 그런 자각은 언제나 '이미 늦었어'의 시세 속에 있다.

그러나 반대일 것이다. '그들이 말하는 삶'의 궤도는 이미 대학을 향해 삶 전체를 바치는 중·고등학생 시기에도 이미 충분히 확고하며, 벗어나기 어려운 힘으로 삶을 압박하고 있다. 그렇기에 역으로 말해야 할 것이다. 사실은 아무리 늦었다고 생각되는 시기라도 결코 늦지 않았다고, 우리는 언제든지 시작할 수 있다고. 그 시작과 함께 우리는 '나의 삶'을 비로소 시작하는 것이라고. 아무리 늦었다고 해도 시작하지 않고 끝낼 순 없는 거 아니냐고. 말년에 그렇게 시작한다면, 다음 생에선 아마 제대로 나의 삶을 살게 될지도 모르는 거 아니냐고.

– 이진경의 『삶을 위한 철학수업』
(문학동네, 2013)

1. 구속이 없다면 자유로운가?

2. '자유는 능력이다'를 구체적으로 설명해 보자.

3. 나는 '타인의 삶'을 살고 있지 않은가?

4. 지금 나에게 필요한 작은 용기는 무엇인가?

C&C_01 ————————

우리는 진정 자유로운가? 대상과 거리를 취하지 못하고 늘 뭔가에 탐닉하고 있거나 주체임을 포기하여 스스로 목숨을 끊는 젊은이들이 많은 것을 보면, 긍정적인 답변을 내기가 쉽지 않은 것 같다. 제임스 맥테이그 감독의 〈브이 포 벤데타〉에서 가면 속 주인공은 통제된 사회를 살고 있는 시민들에게 "자유를 향한 굳건한 신념을 가져야 하고, 그런 자유를 상실한 책임을 우리 스스로가 져야 한다"고 선포한다. 『자유란 무엇인가』에서는 자유가 다만 자신의 이익을 추구하는 것이 아니라 타인을 배려하는 상관적인 것임을 강조한다. 또한 『청소년을 위한 이야기 윤리학』에서는 누구나 자유를 추구할 수밖에 없음을 역설하고 있다. 자유의 상황과 의미가 이렇다면, 진정 자유로운 삶을 위해 자신이 무엇을 해야 하고 무엇을 할 수 있는지 생각해 보자.

[자료1]

"인간이 가진 가장 약하면서도 가장 강한 것, 그것은 (자유를 향한) '신념'이다."

– 제임스 맥테이그의 〈브이 포 벤데타(V for Vendetta, 2005)〉

[자료2]

자유란 인간이 다른 인간이나 자연에 의존하거나 신세를 지지 않는 고립무원의 상태를 말하는 것이 아니라, 다른 인간과 자연에 상관되는 상태를 말한다. 이기적 쾌락을 최대화하는 것이 행복이라는 이유로 재산을 많이 갖고 쓰는 것은 자유가 아니다. 이는 타인의 자유를 불가능하게 만들고 자연을 파괴하기 때문이다. 자유란 모든 사람의 잠재능력을 최대화하는 것이지만, 이는 타인과 충분히 상관되어 자연 속에서 공존하는 삶을 추구하기 위한 것이다. 자유란 상관이다. 상관 자유가 아닌 고립된 욕망 추구의 자유는 거짓이다.

— 박홍규의 『자유란 무엇인가』 머리말에서

[자료3]

사람들은 자유보다는 자유를 제한하는 것을 훨씬 더 많이 의식하고 있다. "자유라고? 어떤 자유를 말하는 거지? TV가 우리의 뇌를 점령하고 정치가들이 우리를 속여 조종하는데 대체 우리가 어떻게 자유로울 수 있겠나?" 하지만 네가 조금만 주의를 기울인다면 사람들이 이렇게 한탄하는 듯이 말하면서도 실제로는 자신이 자유롭지 못하다는 것에 매우 만족하고 있다는 사실을 확인할 수 있을 것이다. 그들은 이렇게 생각하고 있다. '휴, 큰 짐을 덜었군! 자유롭지 못한 덕분에 일어나고 있는 일들에 대해 책임지지 않아도 되잖아.' 특정한 상황에서 특정한 일에 대해(예를 들어, 당당하게 폭군에 맞서는 일) 자유로운 결단을 내리기가 매우 어려울 수는 있다. 그렇기 때문에 사람들은 차라리 자유가 없다고 말하며 자유로운 인간으로서 가장 손쉬운 선택을 해버렸다는 자책에서 벗어난다. 그럼에도 불구하고 마음 깊은 곳에서는 단호하게 다음과 같은 말이 들려온다. "그러나 네가 만일 그것을 진정으로 원했다면…."

— 페르난도 사바테르의 『청소년을 위한 이야기 윤리학』
(안성찬 옮김, 웅진지식하우스, 2005)

C&C_02

다음은 다윈의 『종의 기원』에서 자연선택설이 소개된 핵심 부분을 인용한 것이다. 다윈은 자연에 가장 잘 적응한 생물이 살아남는 방식으로 진화가 이뤄진다고 주장한다. 그런 의미에서 살아 있는 생물은 자신이 생존을 선택한 것이 아니라 자연에 의해 선택된 것이라고 할 수 있다. 인간 역시 생물학적 존재이기에 자연에 의한 선택에서 벗어날 수 없을 것이다. 그렇다면 인간의 '자유의지에 의한 선택' 내지는 '자유로운 선택'이란 환상에 불과한 것인가? 우리는 동물의 행동에 대해서 '옳다', '그르다', '선하다', '악하다' 등의 가치 평가를 내리지는 않는다. 왜냐하면 동물의 행동은 생물학적으로 정해져 있는 것이어서 달리 행할 여지가 없기 때문이다. 즉 달리 행할 수 있는 것에 대해서만 '옳다', '그르다' 등의 가치를 평가하는 것이다. 그런데 우리는 인간 행위에 대해서는 그렇게 한다. 인간 행위는 자유로운 선택의 결과라고 판단하기 때문이다. 어떻게 된 것일까? 인간의 '자연선택'에 대해서 다른 말이 가능해야 할 것이다. 예컨대 인간은 자신을 둘러싼 자연을 변화시킬 수 있고, 실제로 그 변화의 정도는 엄청나다. 심지어는 미야자키 하야오 감독의 영화 〈바람계곡의 나우시카〉에서 그려지듯이 원래의 자연이 '자연'인지 인간이 만들어 낸 자연이 '자연'인지 논쟁이 발생할 정도다. 이는 곧 선택하는 '자연'이 인간 자신일 수 있음을 의미한다. 인간은 자유로이 자신의 미래를 선택할 수 있다. 이를 두고 미국의 철학자인 데넷은 '자유가 진화한다'라고 주장하기도 했다. 생물학적 존재로서 자연선택의 대상이 된다는 사실이 그 자체로 인간의 '자유'를 억압하거나 방해하는지, 아니면 오히려 '자유'를 실현하는 기반이 되는지 여러 가능한 설명을 구상해 보자.

내가 논의할 여지도 없다고 생각하듯이, 만일 생물이 긴 세월 동안 변화하는 생활환경 속에서 그 체제의 각 부분에서 개체적 차이를 나타낸다면, 또한 만일 그 기하급수적인 증가율에 따라 어떤 형태나 계절 또는 그 해에 극심한 생존경쟁이 일어난다면, 그때는 모든 생물 상호간의 생활환경에 대한 관계의 무한한 복잡함이 그러한 생물들에 유리하도록 구조·체질·습성에 무한한 변화를 일으킨다는 것을 고려한다면, 나는 인간에게 유용한 변이가 다수 발생한 것과 마찬가지로 각각의 생물 자신의 번영을 위해 유용한 변이가 일어나지 않는다면, 그것만큼 이상한 일은 없다고 생각한다. 그러나 만일 어떤 생물에 있어서 유용한 변이가 일어난다고 하면, 이러한 형질을 가진 개체는 틀림없이 생존경쟁에서 보존되는 가장 좋은 기회를 얻게 될 것이다. 그리고 유전의 강력한 원리에 따라, 그들 개체는 똑같은 형질을 가진 자손을 생산하는 경향을 나타내게 된다. 이러한 보존의 원리 또는 적자생존의 원칙을 나는 '자연선택'이라고 명명했다. 이 자연선택은 각 생물을 유기적, 무기적 생활환경과의 관계에 있어서 개량하는 것이며, 따라서 대부분의 경우 체제의 진보라고 할 수 있는 방향으로 유도하게 된다. 그럼에도 불구하고 단순한 하등형태도, 만일 그 단순한 생활환경에 적응되어 있으면 언제까지나 그들의 생활을 유지해 갈 수 있을 것이다.

자연선택은 이러한 성질이 해당되는 나이에 유전해 간다는 원칙에 입각하여, 알과 씨앗과 새끼를 성체(成體)와 마찬가지로 쉽게 변화시켜 갈 수 있다. 대부분의 동물에 있어서 자웅선택은 가장 힘이 세고 또 가장 잘 적응한 수컷이 최대다수의 자손을 가지도록 보장함으로써 일반적인 선택을 돕고 있을 것이다. 또한 자웅선택은 수컷이 다른 수컷과 경쟁하기 위해서만 유용한 형질을 남겨 준다. 그리고 이러한 형질은 그 당시의 유리한 유전 형식에 의해 한 성(性) 또는 양성(兩性)에 전해진다.

그리하여 자연선택이 실제로 자연계에서 생물의 다양한 종류를 변화시키고, 수많은 조건과 토지에 적응시키는 데 그러한 작용을 했는지의 여부는 뒤에 나오는 여러 장에서 얘기할 증명의 대요(大要)와 비교 고찰을 통해 판정되지 않으면 안 된다. 그런데 우리는 이미 자연선택이 어떻게 하여 소멸을 가져오는가를 살펴보았고, 또 얼마나 광범위한 소멸이 세계 역사에 작용했는지에 대해서는 지질학이 뚜렷이 밝혀주고 있다. 또한 자연선택은 형질의 분기를 낳는다. 왜냐하면 생물이 그 구조, 습성, 체질에 따라 더욱 많이 분기하면 할수록 생존경쟁에서 성공할 기회는 그만큼 많아지는 셈이다. 그리하여 같은 종의 변종을 구별하는 작은 차이는 그들이 같은 속, 더 나아가서는 다른 속의 종들 사이의 차이가 같아질 때까지 확실히 증가하는 경향이 있다.

우리는 가장 많이 변이하는 것은 각각의 강(綱) 중에서 큰 속에 속하며, 보편적이고 널리 전파되어 분포 구역이 넓은 종이라는 사실을 알았다. 그리고 그러한 종은 자신을 그 나라에서 유리하게 만드는 장점을 그들의 변화된 자손에게 전달하는 경향이 있다. 앞에서 설명한 것처럼 자연선택은 형질의 분기를 불러일으키고, 또 그리 개량되지 않은 중간적 생물의 종류를 많이 절멸시킨다. 나는 이러한 원칙에 의해 무든 생물의 유연관계(類緣關係)의 본질이 설명될 거라고 확신하고 있다. 모든 동식물이 모든 시간과 공간을 통해, 우리가 어디서나 볼 수 있는 것처럼 어떤 군이 다른 군에 종속하는 것처럼 서로 유연관계를 가지고 있는 것, 즉 같은 종의 변종은 가장 밀접하게 관계되고 같은 속의 종들은 그보다 조금 관계가 적은 부등(不等)의 관계를 가진 절(節)과 아속(亞屬)을 형성한다. 이어서 다른 속의 종은 그보다 훨씬 밀접함이 뒤떨어지는 유연관계를 가지고, 여러 속은 다양하게 다른 정도의 유연관계에 있어서 아과·과·목·아강 및 강을 형성하고 있는 것은 참으로 놀랄만한 사실이다. 다만 우리는 모두 그 사실에 너무나 익숙

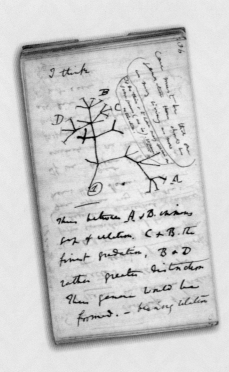

다원의 스케치(1837)

1837년 7월, 생물 종의 기원에 관한 당시의 통념을 부정하는 생각이 다원의 머리에 떠올랐고 그는 이 생각을 4권의 진화론 노트에 적어 나갔다. '한 종이 다른 종으로 변하는 가능성'에 대한 생각이 여기에 담겼고, 공통의 선조에서 생물이 여럿으로 갈라져 나온 양상을 나무에 빗대어 표현했다.

해져 있어서 그 경이를 잊고 있는 경향이 있다. 어떤 강에서도 거기에 종속되는 수많은 군을 일렬(一列)로 늘어놓을 수는 없으며, 어떤 군은 몇 개의 점을 중심으로 뭉치고, 또 어떤 군은 다른 여러 점을 중심으로 뭉쳐 있어서 거의 무한하게 둥근 원(圓)을 그리면서 진행되는 것처럼 생각된다. 만일 종이 독립적으로 창조된 것이라고 한다면, 어떤 설명으로서도 이러한 분류는 불가능할 것이다. 하지만 이것은 우리가 도표에서 살펴본 것처럼, 형질의 소멸과 분기를 수반하는 유전과 자연선택의 여러 가지 복잡한 작용으로 설명될 수 있다.

동일한 강 안의 모든 생물의 유연관계는 때로는 한 그루의 커다란 나무에서 나타난다. 나는 이 비유가 매우 진리에 가까운 것이라고 생각한다. 새파랗게 싹이 트고 있는 가지는 현존하고 있는 종을 나타낸다. 과거의 몇 년 동안 이루어진 것은 소멸한 종의 오랜 계속을 나타내는 것이다. 각 성장기마다 성장하고 있는 모든 어린 가지는 여러 방향으로 가지를 뻗어, 마치 종과 종의 군이 생존경쟁을 통해 언제나 다른 종을 제압했던 것처럼 주위의 어린 가지를 압도하며 그것을 멸망시키려고 한다. 큰 가지로 나누어진 줄기와 더욱 작은 가지로 나누어지는 가지도 과거에는 그 자신들도 그 나무가 어렸을 때 싹을 틔운 작은 가지였다.

과거의 싹과 현재의 싹이 분기된 가지에 의해 연결되는 것은 모든 절멸종과 현생종이, 어떤 종류에 종속하는 식과 같이 분류되어 가는 모습을 잘 나타내고 있다. 나무가 아직 어렸을 때 번창한 많은 가지 중에서 현재와 같은 큰 가지로 성장한 것은 고작 2, 3개에 지나지 않으며, 그것은 생존하여 다른 가지를 싹트게 한다. 아주 오랜 지질 시대에 살았던 종도 이와 마찬가지로 오늘날까지 생존해 있는, 변화한 자손을 남긴 것은 극소수에 지나지 않는다. 이 나무가 최초로 성장했을 때부터 많은 가지의 줄기가 시들어 떨어졌는데, 이 여러 가지 크기의 떨어진 가지들은 우리에게 화석 상태로만 알려져 있는 여러 목·과·속을 나타낸다. 곳곳에서 볼 수 있는 것처럼, 나무의 아래쪽 큰 가지에서 어떤 기회를 얻어 분기한 뒤 여기저기 연약하게 흩어져 그 꼭대기에서 아직 살아 있는 경우가 있다. 이와 마찬가지로 오리너구리 또는 폐어속(肺魚屬)과 같은 어느 정도의 유연관계를 통해 두 개의 커다란 생물의 분지(分枝)를 결합하는 것으로, 보호된 장소에서 살아온 까닭에 치명적인 경쟁을 모면한 것으로 생각되는 동물을 이따금 볼 수 있다. 싹은 성장을 통해 새로운 싹을 만들고 그들의 세력이 강하면 다시 가지를 쳐서 모든 방면에서 다른 연약한 가지들을 능가해 버리는 것과 마찬가지로, '생명의 큰 나무'도 세대를 거듭하면서 죽어서 떨어진 가지로 지각을 채우고, 계속 분기하는 아름다운 가지들로 지표를 뒤덮고 있는 것이라고 나는 믿는다.

– 찰스 다윈의 『종의 기원』
(송철용 옮김, 동서문화사, 2009)

Discussion
Questions

1. 모든 신념에 표현의 자유가 주어져야 한다.

2. 대학 내 음주 규제해야 한다.

3. 자유로운 거지가 자유롭지 않은 부자보다 낫다.

4. 양심적 병역거부 허용해야 한다.

5. 성범죄자 신상 정보를 공개해야 한다.

6. 어나니머스의 해킹 행위는 정당하다.

03

춤,
창의의 몸짓

탄생(Birth)과 죽음(Death) 사이에 선택(Choice)이 있다는 말처럼 삶이란 자기가 선택해서 행동한 그 모든 것의 총합일 것이다. 좋은 선택을 해서 좋은 삶을 꾸리는 것이 인생의 중대한 과제이며 그 선택의 책임은 올곧이 내가 짊어져야 한다. 그런데 특정한 집단에 속해 있는 '나'는 특정 구조나 이데올로기라는 견고한 틀 안에서 과연 자발적으로 선택을 하고 있는 것일까.

03

춤,
창의의 몸짓

제 5 장
일 상 의
선 택

THINK
FIRST

일상은 선택의 연속이다. 점심 메뉴 같은 사소한 선택을 해야 하는가 하면, 진로 문제처럼 인생의 방향을 좌우하는 선택도 해야 한다. 좋아하는 야구팀을 정하는 문화적 취향의 선택이 있는가 하면 투표와 같이 정치적 신념을 표시하는 선택도 있다. 탄생(Birth)과 죽음(Death) 사이에 선택(Choice)이 있다는 말처럼 삶이란 자기가 선택해서 행동한 그 모든 것의 총합일 것이다.

좋은 선택을 해서 좋은 삶을 꾸리는 것이 인생의 중대한 과제이며, 그 선택의 책임은 올곧이 내가 짊어져야 한다. 그런데 특정한 집단에 속해 있는 '나'는 특정 구조나 이데올로기라는 견고한 틀 안에서 과연 자발적으로 선택을 하고 있는 것일까?

사전에 모의를 한 여러 친구들이 입을 모아서 틀린 답을 정답이라고 우긴다면, 혼자 남은 나는 자신의 판단대로 정답을 주장할 수 있을까? 애쉬

(Solomon Asch)의 유명한 '동조실험'에 의하면 동조압력을 행사하는 사람이 많아질수록 오답률이 높아졌다. 혼자서 문제를 풀었을 때 100%에 육박하던 정답률이 불과 몇 명의 다른 의견 앞에서 60%대로 떨어진 것이다. 아무리 명백한 사실일지라도 그것이 다수의 의견과 다를 때 자신을 주장하기가 어렵다는 것은 사회적 존재의 숙명이자 한계일지도 모른다. 무리를 지어 함께 살아가기 위한 적응방식이자 자기보호의 흔적이라는 설명도 가능할 것이다.

이 동조실험을 사회와 개인의 관계로 확장해 볼 때, 지금 나의 선택에 영향을 끼치는 거대한 배후를 상상해 볼 수 있다. 특정한 사회 안에서 살아가는 개인들은 자신의 판단에 따라 자발적인 선택을 할 수 있는가? 아니면 자신을 둘러싼 견고한 틀 안에서 권위에 복종하는 피실험자 역할을 하고 있는가?

『예루살렘의 아이히만』에서는 이 '선택'이라는 화두를 던져 주는 문제적 인간 아이히만이 등장한다. 홀로코스트의 실무자였던 아이히만은 자신은 구조적 오류의 희생양일 뿐이라며 자기선택을 합리화하고 있다. 아이히만은 나름의 합리적인 이유를 대면서, 결국 수백만 명의 목숨을 앗아가는 선택을 했다. 특정한 역사적 시공간 안에서 살아가는 개인이 자신의 선택에 대한 정직하고 합리적인 사유를 하기란 매우 어렵다는 것을 아이히만은 보여 준다.

익숙한 일상은 사유를 정지시키기 쉽고, 대다수가 선택하는 답은 항상 정답인 것처럼 보인다. 역사적 존재로서의 나는 어떤 시공간에서 살고 있으며 좋은 선택을 가능하게 하는 필요조건들은 무엇일까?

이 시대의 청춘은 무기력한 88세대로 쉽게 명명된다. 『철수사용설명서』에서는 사회가 요구하는 대로 자신의 성능을 끝없이 향상시켜야 하는 청춘이 등장한다. 아이히만과 마찬가지로 선택지는 정해져 있는 듯이 보이며, 이 선택에서 이탈하는 자에게는 엄중한 경계가 내려질 상황이다. 철수는 고장 난 제품으로 분류되는 자신을 어떻게 긍정할 수 있을까? 비판도 하고 격려도 하면서 철수의 선택에 주목해 보자.

　피로와 우울이 반복되는 성과사회는 개인의 선택을 더욱 어렵게 한다. '~하지 말라'하고 규제하는 규율사회에서 '무엇이든 할 수 있다'라는 성과사회로 변화하면서 우리는 과잉정보에 과잉의욕을 보이며 과잉활동을 하는 무한달리기를 하고 있다. 너무 많은 선택을 하느라고 모두가 피로하지만, 실상 그것이 자발적인 선택이 아니라는 사실은 개인을 분열시키며 더욱 극심한 피로에 빠져들게 한다. 『피로사회』에서는 일상에 만연해있는 피로의 정체를 이렇게 진단하면서 아무리 힘든 일일지라도 자발적으로 선택했다면 인간을 도약하게 하는 진정한 피로를 느낄 수 있다고 말한다. 인간만이 걷다가 춤을 출 수 있다면, 춤이라는 도약을 위해서 어떤 선택을 해야 할까? 선택지가 잘 보이지 않을 때 눈과 귀를 밝히는 방법은 무엇일까. 사유를 억압하는 일상의 틀을 넘어서 개인들이 더 좋은 선택, 더 행복한 선택을 할 수 있는 가능성을 탐구해 보자.

나는 구조의
희생양이다

예루살렘의 아이히만 | 한나 아렌트

베스 하미쉬파스(Beth Hamishpath, 정의의 집)

법정정리가 큰 목소리로 세 명의 판사가 도착했음을 알리자, 우리들은 서둘러 기립했다. 판사들은 검은 법복을 입고 옆문을 통해 법정에 들어와 제일 높은 곳에 자리 잡았다. 곧이어 수많은 책과 1500편 이상의 기록 문서들로 가득 채워질 탁자 좌우 양편에는 법정 속기사들이 자리했다. 판사 아래에는 피고인과 변호인, 그리고 통역사들이 있다. 재판은 히브리어로 진행되며, 독일어를 쓰는 피고측 사람들과 방청객들은 동시통역장치를 써야 했다. 피고인 아이히만은 유리부스 안에 있었다. 중간 정도의 체격에 호리호리한 중년이었다. 근시에다 머리는 희끗희끗 하고 치아는 고르지 않았다. 가느다란 목을 줄곧 의자 쪽으로 길게 젖힌 채 앉아 있었다. 한 번도 방청객 쪽으로 얼굴을 돌리지 않았다. 입가에서 계속해서 작은 경련이 일었다. 오래된 지병으로 짐작되는 신경성 경련을 자제하려고 애쓰는 모습이 역력했다.

카를 아돌프 아이히만과 마리아 셰펄링의 아들 오토 아돌프 아이히만은 1960년 5월 11일 저녁 부에노스아이레스 교외에서 체포되었다. 늘 하던 대로 일터에서 돌아오던 길이었다. 버스에서 하차하자마자 세 사람이 그를 붙잡았고 1분도 채 안 걸려서 대기하던 차에 실렸다. 어떠한 불필요한 폭력도 사용되지 않았다. 아이히만은 그들이 전문가라는 것을 즉각 알아차렸다. 누구인지 질문을 받았을 때 그는 즉각 독일어로 "나는 아돌프 아이히만이다(Ich bin Adolf Eichmann)."라고 말했다. 그리고 놀랍게도 "나는 이스라엘 사람들 손에 잡혔다는 것을 안다."고 덧붙였다.

9일 후에 이스라엘로 압송되어, 1961년 4월 11일 예루살렘 지방법원으로 재판받기 위해 이송된 뒤 15가지 죄목으로 기소되었다. '다른 사람들과 함께' 그는 유대인에 대한 범죄, 인류에 대한 범죄 및 나치스 통치 기간, 특히 2차 대전 동안에 전쟁 범죄를 저질렀다. 이 재판의 근거가 된 1950년에 입안된 나치스 및 나치 협력자 (처벌)법에서는 "이러한…범죄 가운데 하나라도 범한 자는…사형에 해당한다."라고 규정하고 있다. 각각의 죄목에 대해 아이히만은 '기소장이 의미하는 바대로는 무죄'라고 주장했다.

기자들과의 인터뷰에서 아이히만의 변호사인 독일인 로베르트 세르바티우스는 "아이히만은 신 앞에서는 유죄라고 느끼지만 법 앞에서는 아니다."라고 말했다. 피고측의 입장은 결국 그 당시 존재하던 나치 법률 체계 하에서는 아이히만은 아무런 잘못도 하지 않았고, 기소당한 내용은 범죄가 아니라 '국가적인 공식 행위'이므로 여기에 대해서는 어떤 나라도 재판권을 행사할 수 없다는 것이며(한 주권국가는 다른 주권국가에 대해 재판권을 갖지 않는다), 복종을 하는 것은 오히려 그의 의무였다는 것이나. 세르비티우스의 표현에 따르자면 "이기면 훈장을 받고 패배하면 교수대에 처해질" 행위를 했을 뿐이었다. (1943년에 괴벨스는 "우리는 역사책에서 모든 시대에 걸쳐 가장 위대한 정치가로서 기록되든지 또는 가장 흉악한 범죄자로 기록될 것이다."라고 선언한 바 있다.)

아이히만의 태도는 조금 달랐다. 무엇보다도 살인죄에 대한 기소가 잘못되었다는 것이다. "유대인을 죽이는 일에 나는 아무 관계도 없다. 나는 유대인이나 비유대인을 결코 죽인 적이 없다. 이 문제에 대해 말하자면 나는 어떠한 인간도 죽인 적이 없다. 나는 유대인이든 비유대인이든 죽이라고 명령을 한 적이 없다. 여하튼 나는 그런 일을 하지 않았다."라고 말하며 "그 일은 그냥 일어났으며, 스스로 했던 일은 아니다."라고 보충 설명을 하기도 했다. 자신의 아버지를 죽이라는 명령을 받았더라도, 아이히만이 그대로 수행했으리라는 것은 의심의 여지가 없어 보였다.

만약 살인방조죄로 기소되었다면 유죄를 인정했을까? 아마 인정했을 것이다. 그러나 그는 중요한 조건들을 달았을 것이다. 자신이 한 일은 소급적용했을 때만 범죄일 뿐, 자신은 언제나 법률을 준수하는 시민이었다고 했을 것이다. 왜냐하면 그가 최선을 다해 수행한 히틀러의 명령은 제3국에서는 '법의 효력'을 지니고 있었기 때문이다. 1943년 당시 총통의 명령은 법적 질서에서 절대적인 중심이었고, 현재적 시점에서 아이히만에게 그가 달리 행동할 수 있었다라고 지적하는 사람들은 단적으로 그 당시 상황을 알지 못하거나 아니면 잊어버린 것이다. 그는 명령받은 일을 수행하는 데 매우 적극적이었다. 하지만 시대는 변했고 그는 자신이 할 일을 한 것으로서, 이를 굳이 부정하고 싶어하지 않았다. 오히려 그는 "지구상의 모든 반유대주의자들에 대한 경고로 공개적인 교수형을 당하겠다."라고 제안했다. 이 말은 그가 무엇을 후회한다는 의미가 아니었다. "후회는 어린아이들이나 하는 것이다."라고 그는 말했다.

재판 내내 아이히만은 '기소장이 의미하는 바대로는 무죄'라는 것을 해명하려 애썼지만 대부분 실패했다. 기소장은 아이히만이 고의적으로 행동했다는 것 뿐만이 아니라, 그가 비열한 동기와 행동의 범죄적인 측면을 완전히 인지한 상태에서 행동했었다는 내용을 함축하고 있었다. 하지만 아이히만은 자기가 내면에서부터 막돼먹은 그런 인간은 아니며, 명령을 수행하지 않았다면 오히려 양심의 가책을 받았을 것이라는 말을 반복했다. 그런데 수행한 일이란 결국 수백만 명의 남녀와 아이들을 상당한 열정과 세심한 주의를 기울여 죽음으로 보내는 것이었다. 무죄의 논리는 성립되기 어려웠다.

여섯 명의 정신과 의사들은 그를 '정상'이라고 판정했다. 그들 중 한 명은 "적어도 그를 진찰한 후의 내 상태보다도 더 정상이다."라고 탄식했다. 또 다른 한 명은 그의 아내와 아이들, 어머니와 아버지, 형제 그리고 친구들에 대한 그의 태도, 그의 모든 정신적 상태가 '정상적일 뿐만 아니라 바람직함'을 발견했다. 그리고 그를 정기적으로 방문한 성직자는 "매우 긍정적인 생각을 가진 사람"이라고 발표했다. 결국 그의 상태는 법적인 이상 상태는 물론 도덕적인 이상 상태도 아니라는 결론이 나왔다. 더 심각한 것은 그가 유대인에 대한 광적인 증오를 갖고 있지도 않았고, 열광적인 반유대주의와 연관되어 세뇌된 적도 없다는 것이었다. 그는 '개인적'으로는 유대인에게 거부감을 가질 아무런 이유도 없었다. 오히려 그는 유대인 혐오자가 되지 않을 많은 '사적인 이유'가 있었다.

그는 1906년 독일 제국의 솔링겐에서 태어났다. 다섯 형제 중에서 맏아들이었던 아돌프는 고등학교를 졸업하지 못했고 나중에 다닌 기술직업학교도 졸업하지 못했다. 평생 아이히만은 이 어린 시절의 불행을 아버지의 재정적 불운 탓으로 돌림으로써 사람들을 속였다. 공부가 형편없었던 학교를 그만두고 아이히만은 광부를 거쳐 전기설비회사 세일즈맨으로 일했다. 그리고 친척의 유대인 연줄을 이용해서 정유회사에 취직을 했다(이처럼 가계 내의 유대인 존재는 그가 유대인을 싫어하지 않은 사적인 이유이기도 하다). 1932년 친구인 에른스트 칼텐부르너의 권위로 나치당에 가입했고 친위대에 들어갔다. "친위대에 가입하는 깃이 어때."하고 친구가 묻자, "그렇게 하지 뭐."라고 대답했다. 12년 3개월 지속된 천년제국의 대열로 그렇게 그는 간단하게 달려갔다. 『나의 투쟁』을 읽은 적도 없었고 당에 대해서도 알지 못했다. 신념은 물론 없었고 어떤 신념에 설득당한 것도 아니었다. 그냥 그것은 갑작스럽게 일어난 일이었다.

아이히만은 하인리히 힘러가 창단한 친위대의 새로운 기구인 제국지휘관 소속 보안대에 소속되었다. 시온주의의 고전인 『유대인의 국가』를 읽고 시온주의자로 개종했으며, 『시온주의의 역사』도 읽었다. 그가 유대인 문제에 매혹된 이유는 자신의 '이상주의' 때문이었다. 아이히만에게 이상주의자란 자신의 이상을 삶을 통해 실천한 사람이었고, 자신의 이상을 위해서라면 어떠한 것, 특히 어떤 사람이라도 희생시킬 각오가 된 사람이었다. 이상주의자의 논리에 의하면 수많은 유대인을 수용소에 보내는 것은 질서와 평화를 유지하기 위해서였고, 이상을 위한 희생은 불가피한 것이었다.

아이히만은 유대인 '강제이주'의 임무를 배정받았다. 강제이주는 말 그대로 그들의 바람이나 시민권과 관계없이 모든 유대인을 강제로 이주, 말하자면 '추방' 하는 것이었다. 그는 조직의 밑바닥에서부터 시작해서 인정받는 유대인 전문가로 급성장해갔다. 성공하기 위해 필사적으로 뛰었고 화려하게 완수했다. 18개월 내에 오스트리아 유대인 인구의 약 60퍼센트인 10만 5000명이 오스트리아에서 '정화'되었는데, 이들은 모두 '합법적'으로 떠났다. 이 복잡한 업무과정에서 아이히만은 생전 처음으로 자신에게 특별한 재능이 있음을 발견했다. 조직능력과 협상능력이었다. 그는 유대인들의 이주 업무를 담당할 일종의 협동작업라인을 만들어, 마치 "제빵소와 연결된 방앗간과 같은 자동화된 공장" 과정을 거쳐서 유대인들을 이주시켰다. 그는 이주와 소개(evacuation)의 '권위자'로서 사람들을 이동시키는 법을 아는 '대가'로 인정받았다. 그의 사무실에서 유대인 이송계획과 최종목적지가 결정되었다. 열차편이 편성되고 유대인은 최대한 효율적으로 열차에 실려 각 곳으로 보내졌다.

1941년도 "유대인의 신체적 절멸"이라는 명령이 전달되었고, 아이히만은 특급비밀에 대한 정보를 전달받은 하부 피라미드의 첫 번째 인사 중의 하나가 되었다. 그는 이제 '명령을 받은 자'가 아니라 '비밀을 가진 자'가 되었다. 이 문제를 다루는 문서들은 엄격한 언어규칙을 따랐다. '제거', '박멸' 또는 '학살' 같은 명백한 의미의 단어들은 거의 쓰이지 않았다. 학살을 의미하는 암호는 '최종해결책', '소개', '특별취급' 등이었다. 강제이주의 전문가가 되었던 것처럼, 그는 재빨리 강제소개의 전문가가 되었다. 이 나라 저 나라에서 유대인들은 등록을 해야 했고, 손쉬운 식별을 위해 노란색 표지를 달도록 강요받았으며, 재산을 보다 손쉽게 탈취 당할 수 있는 서류들을 작성해야 했고, 함께 집결지에 모여 열차에 탑승했다. 가장 효율적인 운송을 위해 운송열차 스케줄이 다른 시간표와 충돌되지 않도록 세심하게 조정되었다. 아이히만이 아는 한에서 아무도 저항하지 않았고 아무도 협력을 거절하지 않았다. 그는 학살이 아닌 수송에 관계했을 뿐이었다. 1943년에 베를린에서 한 유대인 목격자가 쓴 것처럼 "매일매일 사람들이 자신의 장례식장을 향해서 떠났다." 사람들은 그렇게 세상의 끝으로 갔다.

허풍은 아이히만을 파멸시킨 악덕이었다. 그는 전쟁이 끝날 무렵에 주위 사람들에게 "나는 내 무덤에 웃으며 뛰어들 것이다. 500만 명의 유대인의 죽음이 내 양심에 거리낀다는 사실이 나에게 대단한 만족감을 주기 때문에"라고 말한 것은 완전히 허풍이었다. 그는 무덤에 뛰어들지 않았다. 허풍을 떠는 것은 일반적인 악덕인 반면, 더 구체적이고 결정적인 성격 결함은 그에게 타인의 관점에서 바라볼 수 있는 능력이 전혀 없다는 점이었다. 빈에서의 에피소드는 이 점을 잘 보여준다. 그의 부하들과 유대인들은 모두 '함께 노력하고 있었고', 문제가 있을 때마다 유대인 지도층 인사들은 그에게 달려와 '가슴을 털어놓고', 그에게 '그들의 모든 슬픔과 비애'를 이야기하고 도움을 청했다. 유대인들은 이민 가기를 '원했고', 자기 자신은 그들을 돕기 위해서 거기 있었다. 왜냐하면 그 시기에 우연하게 나치 당국은 제국을 유대인이 없는 곳으로 만들고 싶어 했기 때문이다. 이 두 욕구가 일치했고, 아이히만은 "양쪽 모두에게 공정할 수 있었다."

그는 "관청용어만이 나의 언어입니다."라고 말했다. 여기서 중요한 점은 관청용어가 그의 언어가 된 것은 상투어가 아니고서는 단 한 구절도 말할 능력이 정말 없었기 때문이라는 것이다. 정신과 의사들이 그렇게 '정상적'이고 '바람직'하다고 생각한 것이 이 상투어들이었을까? 아니면 성직자가 자신에게 맡겨진 영혼을 위해 희망하는 '긍정적인 생각'들이 바로 그것일까? 예루살렘에서 정신적 심리적 건강을 담당한 젊은 간수가 아이히만에게 쉬면서 읽으라고 『롤리타』를 빌려주었을 때였다. 이틀 뒤 그는 매우 화가 나서 책을 돌려주며, 아주 불건전한 책이라고 간수에게 불평을 터트렸다. 재판관들이 피고가 말하는 모든 것은 '공허한 말'이라고 한 것은 분명 옳았다. 다만 그들은 이 공허함이 가장된 것이며, 공허하지 않은 끔찍한 다른 생각들을 감추려고 그런 말을 한다고 생각했었다.

하지만 이 생각은 반박되어야 한다. 아이히만이 기억력이 상당히 나쁨에도 불구하고 자기에게 중요한 일이나 사건에 대해서는 동일한 선전 문구와 자기가 만든 상투어를 단어 하나 틀리지 않고 일관성 있게 반복한 점 때문이다. 그의 말은 언제나 동일했고, 똑같은 단어로 표현되었다. 그의 말을 오랫동안 들으면 들을수록, 말하기의 무능함(inability to speak)은 생각하기의 무능함(inability to think), 즉 타인의 입장에서 생각하는 것의 무능함과 매우 깊이 연관되어 있음이 점점 더 분명해졌다. 그와는 어떠한 소통도 가능하지 않았다. 이것은 그가 거짓말을 하기 때문이 아니라, 그가 타인의 존재, 즉 현실 자체로부터 자신을 막아주는 튼튼한 보호막에 에워싸여 있었기 때문이다.

이따금 희극은 갑자기 공포 자체가 되어 버리기도 하고, 섬뜩한 유머는 초현실주의적 창작물을 능가하는 이야기를 남긴다. 예를 들면, 유대인 공동체 대표 중의 한 사람이었던 스토르퍼의 이야기이다. 아이히만은 아우슈비츠로 이송된 스토르퍼가 자신과 면담을 청한다는 이야기를 듣는다. 그와는 평소 좋은 친분

관계가 있던지라, 궁금한 생각에 직접 아우슈비츠까지 가서 그를 만난다. "우리의 만남은 정상적이고 인간적이었어요. 그는 깊은 슬픔과 비애를 나에게 털어놓았지요."라고 아이히만은 그때를 회상을 했다 "그래 이 사랑하는 오랜 친구야! 확실히 알겠어. 얼마나 운이 나빴던가를…. 하지만 나는 당신을 빼낼 수 없어요. 왜 숨어서 도망쳤어요? 당신은 유대인 지도층 인사였기 때문에 추방에서 면죄될 방법도 있었을 텐데…. 수용소 작업이 힘들 텐데. 내가 편지를 써서 빗자루로 자갈 포장로를 쓰는 일을 하도록 도와주겠어요. 수용소에는 자갈포장로가 별로 없기 때문에 벤치에 앉아서 쉴 수 있을 거예요. 이 정도면 될까요? 스토르퍼씨?" 이 일에 대해 스토르퍼는 매우 기뻐했고 아이히만은 그와 기쁜 악수를 나누었다고 말했다. 이 정상적이고 인간적인 만남이 있은 지 6주일 후 스토르퍼는 총살당했다.

이러한 불성실은 터무니없는 어리석음과 허위에 찬 자기기만이 결합된, 교과서에나 나올 법한 전형적인 예인가? 아니면 이것은 단지 영원히 회개하지 않는 범죄자(도스토예프스키는 자신의 일기에서, 시베리아에 있는 수많은 살인자와 강간범, 도둑들 사이에서 자신이 잘못했다고 인정하는 사람은 한 사람도 만나지 못했다고 언급했다)의 예일 뿐인가? 그런 사람들이란 자신의 범죄가 현실의 한 부분이 되어버렸기 때문에 현실을 대면할 능력이 없는 사람들이다. 하지만 아이히만의 경우에는 평범한 범죄자의 경우와 다르다. 보통의 범죄자는 자기가 속한 특정한 범죄 집단이라는 테두리 안에 있을 때만(그 안에서는 정상이므로) 범죄와 무관한 평범한 현실로부터 자신을 방어할 수 있다. 하지만 아이히만은 자신이 거짓말을 하지 않고 있고 스스로를 기만하지 않고 있다는 확신을 느끼기 위해서는 단지 과거를 상기하기만 하면 되었다. 왜냐하면 그가 살았던 세상과 그는 한때 완벽한 조화를 이루고 있기 때문이었다. 8000만 명으로 이루어진 독일사회는 동일한 방법, 동일한 자기기만, 거짓말, 어리석음을 통해 현실과 진실에서 분리되어 있었다. 이것이 지금의 아이히만의 정서 속에 깊이 스며들어 있었다.

　거짓말들은 해마다 변했으며, 종종 서로 모순을 일으키기도 했다. 하지만 자기를 기만하는 것은 너무나 일반적이었고, 생존을 위해서는 도덕적 선행조건과 거의 같은 것이었다. 그렇기 때문에 나치 정권이 무너진 지 18년이나 지난 지금, 거짓말의 상세한 내용들 대부분이 잊힌 지금에도 허위는 독일의 국가적 특성의 한 부분으로 자연스럽게 수렴되어 있는 것이 아닌가 하는 의심이 든다. 전시에 독일 국민 전체에 대해 가장 효과적인 거짓말은 히틀러나 괴벨스가 만든 '독일 민족을 위한 운명적 전투(der Schicksalskampf des deutschen Volkes)'라는 구호였다. 이 구호는 세 가지 면에서 쉽게 자기기만에 빠지게 해주었다. 그것은 첫째로 전쟁은 전쟁이 아니다. 둘째로 전쟁을 시작한 것은 운명이지 독일이 아니다. 셋째로 이것은 적을 전멸시키지 않으면 전멸 당하게 되는, 독일인의 생사가 걸린 문제이다.

　명백히 범죄라고 여겨지는 명령을 받았을 때 병사들이 그 명령을 수행해야 하는가에 대한 아이히만의 모호한 생각은 경찰 심문을 통해서 드러났다. 그는 갑자기 자신이 전 생애에 걸쳐서 칸트의 도덕 교훈, 특히 의무에 대한 정의를 따르며 살아왔다고 주장했다. 물론 한눈에 보기에도 터무니없는 이야기였다. 칸트의 도덕철학은 맹목적인 복종을 거부하는 인간의 판단능력과 아주 밀접하게 관련된 것이기 때문이다. 심문관들은 범죄와 연관해 감히 칸트의 이름을 거론한 것에 분개해서인지 질문을 했다. 아이히만은 놀랍게도 칸트의 정언명령에 대한 거의 정확한 정의를 내렸다. "칸트에 대해서 내가 말하려는 것은, 나의 의지의 원칙이 항상 일반적 법의 원칙이 될 수 있도록 해야 한다는 것입니다." 계속 되는 질문에 그는 『실천이성비판』을 읽었노라고 대답했다. 그리고 자신은 최종해결책을 수행하라는 명령을 받은 순간부터 칸트의 원리들을 더 이상 따르지 않았으며, 그는 자기가 더 이상 '자기 행위의 주인이 아니'라는 생각과 '어떤 것도 변경시킬 수' 없다는 생각으로 자신을 위로했다고 설명했다. 법정에서 그가 말하지 않은 것은 '국가에 의해 합법화된 범죄의 시대'에는 칸트의 정식이 더 이상 적용 가능하지 않으므로 그것을 원칙을 버리고 왜곡하여 읽었다는 사실이다. 즉 "너의 행동의 원칙이 이 땅의 법의 제정자의 원칙과 동일한 한에서 행동하라", "총통이 당신의 행위를 안다면 승인할 그러한 방식으로 행동하라"라는 식으로 말이다. 검찰의 모든 노력에도 불구하고 그가 괴물이 아니라는 것은 점차 드러났다. 하지만 그가 광대라는 것은 의심 없이 쉽사리 수긍할 수 있었다.

공판이 진행되는 내내 아이히만은 기소된 범죄들에 대해서 '교사'한 부분에서만 유죄일 뿐이며 공공연한 행위를 자행한 적이 없다는 것을 줄곧 주장했다. 실제로 이 점에서 아이히만이 유죄라는 것을 입증하는 일은 어려웠다. 이 점은 중요했다. 일상적 범죄와 다른 이 범죄의 핵심에 닿아있으며, 일상 범죄자가 아닌 이 범죄자의 본질 자체에 닿아 있기 때문이다. 죽음의 수용소에서 실제로 '살상 수단들을 손으로 조작한' 사람들은 통상 수감자들과 희생자들이었다는 섬뜩한 사실 또한 인정하지 않을 수 없었다. 판결문에서 다음과 같이 말한 것은 그래서 정확성 이상이며, 그것은 진실이었다. "우리의 형법 23조에 따라서 그의 행동을 표현하자면, 그는 타인에게 범죄적 행위를 하도록 돕거나 사주한 사람이거나, 또는 자문이나 충고를 함으로써 유혹한 사람이라고 말해야 한다. 하지만 우리가 현재 고민하고 있는 범죄의 경우처럼 엄청나게 복잡한 경우, 즉 수많은 사람들이 다양한 차원에서 그리고 다양한 행동 방식(지위에 따라 입안자, 기획자, 실행자)으로 참여한 경우, 범죄를 저지르도록 자문하고 유혹했다는 일상적 개념을 사용하는 것은 의미가 없다. 이러한 범죄들은 희생자의 규모뿐만이 아니라 범죄에 개입한 사람의 규모에서도 집단적으로 이루어졌기 때문이다. 이 수많은 범죄자들 가운데 희생자들을 실제로 죽인 것에서 얼마나 가까이 또는 멀리 있었던가 하는 것은, 그의 책임의 기준과 관련된 한에서는 아무런 의미가 없다. 그와 반대로 일반적으로 살상도구를 자신의 손으로 사용한 사람으로부터 멀리 떨어져 있을수록 책임의 정도는 증가한다."

정의에 대한 아이히만의 희망은 무산되었다. 자신은 결코 유대인 혐오자가 아니고 인류의 살인자가 되기를 바라지도 않았다. 자신의 죄는 복종에서 나왔고 복종은 찬양되는 덕목이다. 그는 희생자였고 오직 지도자들만이 처벌을 받아야 한다. 그는 최선을 다해 진실을 말했으나 법정은 그를 믿지도 이해하지도 않았다. "나는 괴물이 아니다, 나는 그렇게 만들어졌을 뿐이다." "나는 오류의 희생양이다."라고 아이히만은 말했다. 그는 '희생양'이라는 단어를 사용하지 않았지만, 변호사 세르바티우스가 확인해주었다. 이 말은 자신은 '다른 사람들이 저지른 행위를 대신하여 고통 받고 있다는 깊은 자기 확신'의 증거였다. 1961년 12월 15일 금요일 아침에 사형이 선고되었다.

사형선고는 예견된 일이었고 누구도 이의를 달지 못했다. 하지만 이스라엘이 정작 사형을 구형했다는 것이 알려졌을 때는 상황이 달라졌다. 저명인사와 특권층 인사들이 줄지어서 반대입장을 표명했다. 아이히만의 행위가 인간이 할 수 있는 처벌의 가능성을 능가했으므로, 그런 엄청난 범죄에 대하여 사형선고를 내리는 것은 무의미하다는 것이 일반적인 논지였다. 사형 대신 유형지에서 남은 평생 강제노동을 시키든지, 쇠고랑을 채우고 텔레비전 카메라와 라디오 방송을 동원해 그를 전시함으로써, 이스라엘 사람들에게 신성한 '정신적 고양'을 불러일으킬 수도 있을 것이다. 마르틴 부버는 이 재판을 "역사적 차원의 실수"라고 비난했다. 즉 이 일이 "독일에 있는 많은 젊은이들이 느끼는 죄책감을 약화시킬 위험이 있다."는 것이다. 이 주장은 이상하게도 아이히만 자신의 생각과 유사하다. 물론 부버는 아이히만이 독일 청년들의 어깨에서 죄책감을 덜어주기 위해 자신을 공개처형해 주기를 원했다는 것을 알지 못했다. 부버처럼 저명하고 위대한 지성인이 대중화된 죄책감이 얼마나 기만적이었는지를 생각하지 못했다는 것은 참으로 이상한 일이다. 실제 죄가 크면서도 죄책감을 느끼면 그것은 고귀한 일일 것이다. 하지만 아이히만은 근원적으로는 전혀 죄책감이 없었으며, 독일 청년들은 그런 비슷한 생각을 하는 사람들에게 둘러싸여 있다.

젊은이들의 죄책감이란 현실의 복잡한 문제들에서 도피하기 위한 값싼 감상주의의 산물이기 십상이다.

1962년 5월 31일, 아돌프 아이히만은 아주 근엄한 태도로 교수대로 걸어갔다. 그는 붉은 포도주 한 병을 요구했고 절반을 마셨다. 그는 성서를 읽어주겠다는 개신교 목사 윌리엄 헐의 제안을 거절했다. 남아있는 시간이 두 시간밖에 없었으므로 '낭비할 시간'이 없다는 것이다. 감방에서 형장에 이르는 50야드를 조용히 그리고 꼿꼿이 걸어갔다. 간수들이 발목과 무릎을 묶자 그는 간수들에게 헐렁하게 묶어서 자신이 똑바로 설 수 있게 해달라고 요구했다. 검은색 두건을 머리에 쓰겠냐고 물었을 때, 그는 "필요 없습니다."라고 대답했다. 그는 자신을 완전히 통제하고 있었다. 아니 그 이상이었다. 그는 완벽하게 자기 자신이었다. 그가 남긴 마지막 말은 그의 기괴한 어리석음을 분명하게 증명해준다. 그는 자신이 신을 믿는 자라고 분명히 진술하면서, 자기는 기독교인이 아니며 죽음 이후의 삶을 믿지 않는다는 점을 나치스 식으로 표현하기 시작했다.

마지막으로 그는 "잠시 후면, 여러분, 우리는 모두 다시 만날 것입니다. 이것이 모든 사람의 운명입니다. 독일 만세, 아르헨티나 만세, 오스트리아 만세! 나는 이들을 잊지 않을 것입니다."라고 말했다. 죽음을 앞두고 그는 장례 연설에서 사용되는 상투어를 생각해냈다. 교수대에서 그의 기억은 그에게 마지막 속임수를 부렸던 것이다. 그의 '정신은 의기양양하게 되었고' 그는 이것이 자신의 장례식이라는 것을 잊고 있었다.

이는 마치 인간의 나약함 안에서 오랫동안 만들어진 과정이 우리에게 아주 요약적으로 하나의 교훈을 가르쳐주는 듯했다. 두려운 교훈, 즉 말과 사고를 불가능하게 만드는 악의 평범성(banality of evil)을.

– 한나 아렌트의 『예루살렘의 아이히만』
(김선욱 옮김, 한길사, 2006)

1. 아이히만은 어떤 사람인 것 같은가? 영화 〈한나 아렌트〉(마가레테 폰 트로타, 2012)의 재판 장면을 참조하라.

2. 아렌트가 지적한 '무능함'의 의미를 정리해 보고, 그 구체적인 예를 본문에서 찾아보자.

3. 어떤 권력에 의해 자행되는 국가적 차원의 악행에는 수많은 사람들이 가담하게 된다. 이때 도덕적인 책임의 비중을 어떻게 따져야 하는가?

4. 상투어의 문제점을 생각해 보고, 우리 사회에서 이러한 상투어의 예를 찾아보자.

5. '악의 평범성'이라는 개념을 자기 나름의 구체적인 예를 들어 설명해 보자.

C&C

아래의 두 케이스를 비교하면서, 구조와 개인의 관계를 생각해 보라. 그리고 억압적 구조 안에서 개인은 어떤 선택을 할 수 있는지를 토의해 보자.

아우슈비츠 제2수용소 ⓒangelo celedon AKA lito sheppard

[자료1]

나치의 강제수용소의 참혹한 수감자들을 떠올릴 때, 사람들은 인간이란 철저하게 그리고 필연적으로 주변 환경의 영향을 받는 존재라는 생각을 할 것이다. 하지만 인간의 자유는 어떠한가? 어떤 주어진 환경에서 사람들이 하는 행동이나 반응에서는 아무런 정신적 자유도 찾아볼 수 없단 말인가? 우리가 믿고 있는 이론, 즉 인간은 여러 조건과 환경적인 요인- 생물적, 심리적, 사회적 성격으로 이루어진-이 만들어낸 하나의 피조물에 지나지 않는다는 것이 정말로 사실일까? 인간은 이런 여러 요소들에 의해 우연히 만들어진 존재에 지나지 않는 것일까? 특정한 환경에 직면한 인간에게는 자기 행동을 선택할 수 있는 자유가 없단 말인가?

수용소에서의 체험을 통해 나는 수용소에서도 사람이 자기 행동에 선택권을 가질 수 있다는 것을 알 수 있었다. 가혹한 정신적 육체적 스트레스를 받는 그런 환경에서도 인간은 독립과 영적인 자유의 자취를 '간직할 수' 있다는 것이다.

강제수용소에 있었던 우리들은 수용소에서도 막사를 지나가면서 다른 사람들을 위로하거나 마지막 남은 빵을 나누어 주었던 사람들이 있다는 것을 기억하고 있다. 물론 그런 사람이 극소수였는지는 모른다. 하지만 이것만 가지고도 다음과 같은 진리가 옳다는 것을 입증하기에 충분하다. 그 진리란 인간에게 모든 것을 빼앗아갈 수 있어도 단 한 가지, 마지막 남은 인간의 자유, 주어진 환경에서 자신의 태도를 결정하고, 자기 자신의 길을 선택할 수 있는 자유는 빼앗아갈 수 없다는 것이다.

수용소에서는 항상 선택을 해야 했다. 매일같이, 매시간 마다 결정을 내려야 할 순간이 찾아왔다. 그 결정이란 당신으로부터 당신의 자아와 내적인 자유를 빼앗아가겠다고 위협하는 저 부당한 권력에 복종할 것인가 말 것인가를 판가름하는 것이었다. 그 결정은 당신이 보통 수감자와 같은 사람이 되기 위해 자유와 존엄성을 포기하고 환경의 노리개가 되느냐 마느냐를 판가름하는 결정이었다.

이런 관점에서 볼 때, 강제수용소 수감자들이 보이는 심리적 반응은 어떤 물리적, 사회적 조건에 대한 단순한 표현 이상의 의미를 갖는다. 수면부족과 식량부족 그리고 다양한 정신적 스트레스를 받는 그런 환경이 수감자를 어떤 방식으로 행동하도록 유도할 가능성이 있었음에도 불구하고, 결국 최종적으로 분석을 해보면 그 수감자가 어떤 종류의 사람이 되는가 하는 것은 그 개인의 내적인 선택의 결과이지 수용소라는 환경의 영향이 아니라는 사실이 명백하게 드러난다. 강제수용소에서도 인간으로서의 존엄성을 지킬 수 있다. 도스토예프스키가 이런 말을 한 적이 있다. "내가 세상에서 가장 두려워하는 것이 있다면 그것은 내 고통이 가치 없는 것이 되는 것이다."

수용소에서 남을 위해 희생한 사람들이 있었는데, 그들과 친해진 후, 나는 도스토예프스키의 이 말을 자주 머릿속에 떠올렸다. 수용소에서 그들이 했던 행동, 그들이 겪었던 시련과 죽음은 하나의 사실, 즉 마지막 남은 내면의 자유는 결코 빼앗을 수 없다는 사실을 증언해주고 있다. 그들의 시련은 가치 있는 것이었고, 그들이 고통을 참고 견뎌낸 것은 순수한 내적 성취의 결과라고 할 수 있다. 삶을 의미 있고 목적 있는 것으로 만드는 것, 이것이 바로 빼앗기지 않는 영혼의 자유이다.

– 빅터 프랭클의 『죽음의 수용소에서』
(이시형 옮김, 청아출판사, 2005)

[자료2]

흑인들이 시민권을 인정받기 전까지 미국에는 휴식도 평화도 없습니다. 정의의 새벽이 밝아 오는 그날까지 저항의 회오리바람이 계속

불며 미국의 근간을 뒤흔들 것입니다. 정의의 궁전을 향하는 뜨거운 문턱에 서 있는 여러분께 이것을 말하고 싶습니다. 정당한 자리를 되찾으려는 과정에서 우리는 불법행위를 하는 범법자가 되어서는 안 됩니다. 자유에 대한 갈증을 풀기위해 증오와 원한으로 가득 찬 컵을 들이켜서는 안 됩니다. 고귀하고 높은 품위와 원칙을 지키며 계속 투쟁해야 합니다. 우리의 건설적인 항의 운동이 물리적 폭력으로 변질되어서는 안 됩니다. 다시 또 다시, 우리는 물리적 위력 앞에 영혼의 힘으로 맞서는 당당한 고지로 올라서야 합니다. 흑인사회를 압도해오는 새로운 투쟁의 기운 때문에 우리가 모든 백인에게 불신 당하는 일이 일어나지 않아야 합니다. 오늘 이 자리에 참가한 많은 백인들을 보면 알 수 있듯이, 백인형제들 중에는 백인과 흑인이 운명공동체라는 사실을 인식하는 사람들이 많습니다. 이 백인들은 자신들의 자유가 우리들의 자유와 떨어질 수 없게 묶여 있음을 알고 있는 사람들입니다. 우리 혼자서는 걸어갈 수 없습니다. 다만 언제나 걸으며 앞장서서 행진할 뿐, 결코 뒷걸음질 쳐서는 안 됩니다.

  헌신적인 인권운동가에게 "당신들은 도대체 언제 만족할거요?"라고 묻는 사람들이 있습니다. 우리는 절대 만족할 수 없습니다. 흑인이 경찰들의 야만적인 폭력이 두려워 아무런 말도 할 수 없는 희생자로 있는 한 우리는 결코 만족할 수 없습니다. 여행

ⒸMinnesota Historical Society

으로 지친 우리의 몸을 여러 도시의 호텔과 고속도로의 모텔에 편안하게 누일 수 없는 한, 우리는 결코 만족할 수 없습니다. 흑인들이 작은

빈민가에서 큰 빈민가로 이주할 자유밖에 누리지 못하는 한, 우리는 결코 만족할 수 없습니다. 흑인 아이들이 자존심을 박탈당하고 '백인 전용'이라는 표지판 앞에서 인간적 존엄성을 강탈당하는 한, 우리는 결코 만족할 수 없습니다. 미시시피의 흑인들이 투표조차 할 수 없고 미시시피의 흑인들은 투표할 대상이 없다고 믿는 한, 우리는 만족할 수 없습니다. 절대로 절대로 만족할 수 없습니다. 정의가 강물처럼 흘러내리고, 옳음이 거대한 물결로 흐를 때까지 우리는 만족할 수 없습니다. 여러분 중에는 큰 시련과 고통을 겪으며 이곳으로 온 사람들이 있을 것입니다. 여러분 중에는 방금 좁디좁은 감방에서 나온 사람도 있을 것입니다. 여러분 중에는 자유를 달라고 외치면 갖은 박해를 당하고 경찰의 가혹한 폭력에 시달려야 하는 지역에서 오신 분들도 있을 것입니다. 여러분은 의미 있는 고통을 견뎌낸 베테랑들입니다. 언젠가는 우리가 받아온 원치 않은 이 과분한 고통을 보상받을 수 있다는 신념으로 계속 활동합시다….

나에게는 꿈이 있습니다. 조지아 주의 붉은 언덕에서 노예의 후손들과 노예 주인의 후손들이 형제처럼 손을 맞잡고 나란히 앉는 꿈입니다. 나에게는 꿈이 있습니다. 불의와 억압의 이글거리는 열기가 존재하는 미시시피 주가 자유와 정의의 오아시스로 변화되는 꿈입니다. 나에게는 꿈이 있습니다. 나의 네 명의 아이들이 피부색으로 판단되지 않고, 그들의 인격적 개별성으로 판단되는 그런 나라에서 살게 될 것이라는 꿈입니다.

– 마틴 루터 킹의 연설문(*I have a dream*, 1963)

얼마나 더
업그레이드 돼야
밖으로 나갈 수 있을까

철수사용설명서 | 전석순

사용하기 전에

먼저 철수를 선택해주서서 감사합니다. 사용하기 전에 일단 본인에게 적합한 모델인지, 선택한 모델이 맞는지 확인해 주십시오. 철수의 올바른 사용 및 장기간 원만한 관계 유지를 위해 본 사용 설명서를 꼭 읽어보시기 바랍니다. 사용기간은 사용방법에 따라 차이가 날 수 있습니다. 해결할 수 없는 문제가 발생할 경우 고객 센터로 연락 주십시오. 제품 보증서가 함께 들어있을 수 있으므로 잘 보관해주시기 바랍니다.

제품명	철수	나이/성별	29세/남
신장	173cm	몸무게	65kg
발사이즈	270mm	사이즈	상의: 95-100 하의: 28-30
시력	좌:1.2 / 우:1.2	학력	(지방) 국립대졸
하루필요열량	2560kcal	달리기	17.3초/100m
혈압	138/79	윗몸일으키기	43회/분
독서량	5권 안팎/월 (잡지,만화 포함)	출생지	서울
성격	때에 따라 다름	인간관계	원만(하다고 본인 생각)

취업모드

서류 전형에 번번이 떨어질 때만 해도 철수는 경력이 부족하거나 토익 점수가 좀 낮기 때문이라고 생각했다. 그래도 열심히 노력만 하면 향상 가능한 기능은 크게 문제가 되지는 않는다. 없던 기능을 새로 추가하긴 어려워도, 있던 기능을 다소 향상시키는 건 그나마 쉽다. 어쨌든 사람이라면 누구나 할 수 있는 기능, 좀 더 정확히 말해서 신입 사원이라면 누구나 할 수 있다고 회사가 생각하는 기능이었으니까.

회사가 정해준 기능이 어떤 것인지 처음 알았을 때 철수는 가능성이 아주 희박하다고 생각했다. 그런데 어디서나 그 정도는 원했고, 심지어 그런 기준에 맞추어 입사하는 사람들이 하나 둘 생기기 시작했다. 그러자 그게 정말 간단하고 기본적인, 오로지 철수에게만 여전히 멀게 느껴지는 기능처럼 보였다. 처음에는 다리미에서 스팀이 나올 수 없다고 생각했지만, 스팀 다리미가 등장하자 생각을 달라졌다. 이제 사람들은 그것을 다리미의 기본 기능이라고 생각한다. 어쩌면 스팀이 나오지 않는 다리미를 보고 "이게 정말 다리미예요?"라고 할지도 모른다. 그쯤엔 철수를 보고 "이게 정말 구직자예요?" 할 것이다.

철수는 거의 1년 가까이 놀고 있었다. 대학을 졸업하고도 취업을 못 한 기간이 1년이면 평균보다는 적겠다 싶다가도 혹시 그 이상이면 어떠나 싶기도 했다. 어떻게든 회사에 들어갔던 친구들은 인턴 기간을 채우자마자 회사를 나왔다. 말하자면 "신제품 체험 사용기간 동안 써보니 별로네."였다. 그러니 나왔다는 것보다는 쫓겨났다는 말이 더 적합하다. 회사는 의무사용기간이 끝났다는 걸 오히려 다행이라고 생각할 수도 있다.

주변에서는 체험 사용 기간조차 주어지지 않는 철수를 대할 때마다 빨래를 하지 못하는 세탁기나 바람이 나오지 않는 선풍기를 보듯 했다. 철수는 아버지에게 고장은 났지만 버릴 수도 없는, 어디에 써야 할지 막막한 물건이었다. 아직 의무 사용 기간이 끝나지 않았다고 생각하면 몸에 남아 있던 숨이 한꺼번에 쏟아졌다. 누군가 물으면 철수는 늘 충전 중이었다. 충전만 완료되면 휴일도 없이 정신없이 움직이고 매일 야근을 하더라도 건강하게 잘 지낼 수 있을 것처럼 말했다. 사실은 세탁도 잘 되고 바람도 시원하게 잘 나오는데 아직은 필요할 때가 아니라 충전 중인 것처럼. 그럴 때면 목소리도 마치 회사에서 만일의 사태에 대비하여 마련해 둔 비장의 제품을 말하는 것처럼 들렸다. 하지만 여름이 되어도 선풍기는 돌아가지 않았고, 빨랫감이 잔뜩 쌓여도 세탁기는 돌아가지 않았다.

아버지는 부채를 찾거나 손빨래를 하지 않았다. 언젠가는 작동이 잘 될 거라고 믿는 눈치였다. 그 '언젠가'는 늘 가까이 있을 것 같았지만, 아직은 한 번도 나타나지 않았다. 제대로 작동하기 전까지만이라도 부채를 쓰거나 손빨래를 하면 좋겠는데 그럴 생각은 아예 없어 보였다.

철수는 딱 한 번 서류 전형을 통과해서 면접을 본 적이 있었다. 면접을 본다고 생각하니 무엇부터 준비해야 할지 막막했다. 세탁 기능을 배우는 데 너무 집중한 나머지 헹굼이나 탈수 기능까지는 미처 생각하지 못한 세탁기 같았다. 철수는 "세탁만 잘하면 되는 거 아니었어?"라고 따지고 싶었지만 이미 항균 기능에 삶음 기능까지 갖춘 세탁기들이 바글바글했다.

서류 전형은 하나의 관문일 뿐이었다. 그런데도 철수는 처음으로 쓸모 있는 제품이 되어 어딘가에서 벌써 사용되고 있는 듯했다. 가스레인지가 처음으로 물을 끓이는 순간도 이처럼 짜릿했을까. 하지만 이 정도만으로는 정상 제품으로 보이기 어려웠다.

제품의 성능 테스트는 보통 최악의 조건에서 진행된다. 경우에 따라서 그렇게까지 할 필요도 없는 듯한 테스트를 실시한다. 그것에 통과된 제품만 소비자와 만날 수 있는 것이다. 테스트 내용은 고스란히 광고에 쓰인다. 손목시계가 수심 100미터에서 작동하는지 시험한다거나 코끼리가 침대 위에 지나가도 멀쩡한지 시험하기도 한다. 하지만 손목시계를 차고서 누가 수심 100미터까지 진입을 할 것이며, 코끼리만 한 무게로 또 누가 침대를 짓누르겠는가.

그런데 이런 시험을 거친 모델은 소비자에게 더 큰 신뢰를 받았다. 그런 환경에서도 고장이 없으니 일반적인 환경에서는 오죽 잘 되랴 싶은 것이다. 하지만 그런 테스트를 실제로 해볼 수 있는 소비자는 없다. 철수가 수심 100미터에서 버틸 수 있다한들 누가 그걸 테스트할 수 있겠는가.

면접은 일종의 성능테스트인 셈이었다. 이력서에 기록된 성능만큼 작동이 잘되는지 테스트해 보는 것이다. 처음에는 서류 내용이 사실인지 아닌지 보는 테스트가 면접인 줄 알았다. 그런데 면접이 진행될수록 철수는 이게 거짓말을 얼마나 잘 하나 보는 성능테스트는 아닌가 하는 생각이 들었다.

면접관들은 "옆집에서 키우는 사자를 하루만 맡아달라는 부탁을 받았을 때 어떻게 하겠는가?" 또는 "밥을 먹으려고 하는데 수저가 없다면 어떻게 먹겠는가?" 같은 질문을 연이어 던졌다. 그녀가 갑자기 "자기, 오늘이 무슨 날인지 알아?"라고 묻는 것처럼 어려운 질문이었다.

첫 번째 질문에 대한 답변을 생각하는 사이 또 다른 질문이 이어졌다. 어차피 철수가 대답할 수 없을 거라고 생각하는 모양이었다. 철수에게는 사자를 사육하는 기능이나 수저 없이 밥을 먹는 기능이 없었다. 그게 회사에서 일하는 것과 무슨 상관인가 싶기도 했다. 철수는 처음으로 지금 여기가 도대체 무슨 일을 하는 회사인지 궁금해졌다.

"만약 경쟁 회사가 더 높은 연봉을 제시하면 어쩌겠는가?"라는 질문이 마지막이었다. 그것마저도 제대로 된 답변을 못하고 나가려는데 맨 끝에 앉아 있던 면접관이 손목시계를 한 번 들여다보곤 철수를 불렀다. 주량이 얼마나 되느냐고 물었던 면접관이었다. 그때도 철수는 솔직하게 주량을 말했다. 떨어질 게 분명해 보여서 주량에 대해 애써 수식하지도 않았다. 면접관들은 그걸 듣고는 대단한 결격 사유를 발견한 듯 술렁거렸다. 한 명은 진짜냐고, 한 컵이 아니라 한 잔이 맞는지 되물었다. 손으로 소주잔을 그려보이기까지 했다. 철수는 그것 하나만으로도 자신이 뭔가 대단히 잘못된 사람인 것 같았다. 그때도 정확한 주량을 말하는 대신 "분위기 망치지 않을 만큼은 마십니다"라든가, "제 주량은 점점 늘어나고 있는 중입니다"라고 말했어야만 했나.

면접관이 이번엔 노래를 불러보라고 했다. 철수는 이것도 성능테스트의 일부인지 헷갈렸다. 어떤 노래였는지 기억은 안 나지만 열심히 부르기는 한 것 같다. "그래도 노래는 잘 하네. 회식 때 쓸만하겠어. 그만 나가 봐도 좋습니다." 그 말은 꽤 괜찮은 위안이었다. 텔레비전에게 "화질은 별로지만 그래도 음향은 괜찮네."라고 하거나 세탁기에게 "때도 안 빠지고 시끄럽긴 해도 탈수 하나는 끝내주네." 하는 정도는 충분히 되고도 남았다. 하지만 회식 자리를 위해 철수를 뽑지는 않을 것이다.

테스트는 제품에 대한 확신이 아니라 의심에서 시작한다. 사랑하는지 아닌지에 대한 테스트 자체가 사랑하지 않음을 확인하는 과정이다. 면접자의 질문은 꽤 쓸 만한 정도를 파악하는 게 아니라 철수가 얼마나 쓸모없었는지를 확인하는 데 의미가 있었는지도 모른다.

어떤 테스트든 결국 철수는 불량품이 될 것이고, 그것을 버리는 그녀와 사용하지 않는 회사는 합리적인 소비자가 될 것이다. 철수가 불량품이 되지 않을 방법은 딱 하나, 사용설명서를 만드는 것뿐이다.

어쩌면 철수에게는 취업기능은 처음부터 없었던 것인지도 모른다. 뭔가 다른 기능이 숨어있는데 사람들이 그걸 못 찾고 헤매는 게 아닌가 하는 생각이 들었다. 헤매는 사람 중에는 철수도 있었던 것이다.

지금까지 발견했던 것은 모두 부가 기능이나 오류뿐이었다. 제품의 주요 기능은 아직 발견 되지도 않았다. 그걸 찾는 게 우선이다. 그것만 찾으면 그녀와 다시 만나 사랑을 하고, 무난하게 취직도 하고, 효자도 될 수 있을 것 같았다. 찾은 내용은 당연히 사용 설명서의 맨 앞에 큼직하게 써 둘 것이다.

학습모드

영어, 피아노, 웅변에 이어 엄마가 다시 희망을 걸어 본 것은 공부였다. 공부는 대한민국 학생의 가장 기본적인 기능이었다. 사실 주요 기능은 다 따로 있지만 일단은 그랬다. 가전제품을 몽땅 하나로 묶어 똑같은 기능을 강요한 엄마는 제품 분류를 제대로 할 줄 모르는 소비자였던 셈이다.

"그래 다른 거 다 필요 없다. 학생이 공부를 잘 해야지, 다른 거 암만 잘해 봐야 무슨 소용이니?" 엄마는 조수미나 박지성이 자식이었다 해도 똑같이 말했을 것이다. 엄마가 철수에게 요구하는 기능은 그때 딱 정해졌다. 텔레비전이든 오디오든 전화기든 중요하지 않았다. 엄마에게 중요한 건 철수가 그 기능을 수행할 수 있느냐 없느냐 하는 것이었다. 그 기능은 소비자가 생각하는 주요 기능이므로 제대로 못하면 무조건 불량 판정이 내려질 터였다.

그 말을 들은 철수는 마치 오디오 기능이 없는 다리미처럼, 세탁 기능이 없는 라디오처럼 우울했다. 철수가 처음부터 그런 기능을 수행하기 위해 만들어진 것은 아닐지도 모른다. 하지만 그때는 수많은 기능 중 하나를 못 한다고 쓸모없는 제품으로 치부해 버려도 모두 제 탓인 것만 같았다. 텔레비전에게 공기청정을 기대한 사용자의 문제일 수도 있었는데, 그러고 보면 이게 다 사용설명서를 제대로 읽지 않고 철수를 썼기 때문이다. 그것만 있다면 철수는 누구에게도 버려지지 않을 것이다.

중학교 1학년 성적표를 본 엄마는 "넌 대체 누굴 닮아서 이 모양이니?"라는 말을 연타로 날렸다. 며느리 모드나 아내 모드에서는 종종 실수가 있어도 잔소리 모드에서는 몇 년이 지나도 끄떡없는 엄마였다. 제품을 만든 사람도 시도 때도 없이 나타나는 기능오류를 명확하게 설명해주지 못했다. 엄마는 아버지를 힐끗거렸다. 고개를 든 아버지는 엄마와 눈이 마주치자 말했다. "쟤는 나 혼자 만들었어?"

제품을 만든 사람은 한 사람이 아니었다. 하자가 생기자 엄마와 아버지는 서로에게 책임을 떠넘겼다. 결국 문제의 원인은 "철수가 공부를 안 해서"로 귀결되는 듯싶었다. 그렇지만 철수는 기말고사를 잘 보기 위해 그때 정말 열심히 공부했다. 그런데도 성적은 오히려 중간고사 때보다 더 떨어진 것이다. 누구의 책임인지는 점점 애매모호해졌다.

사실 성적이 오른 과목도 하나 있었는데 엄마는 그에 대해서는 아무 말도 하지 않았다. 전자레인지가 우유를 잘 데우는 것처럼 당연하게 여기고 넘어간 것인지도 모른다. 전자레인지가 우유를 잘 데운다는 것에는 아무도 주목하지 않으니까. 모두들 제대로 하지 못할 때만 주목하곤 했다.

보습학원만으로는 못 미더웠는지 엄마는 철수에게 개인과외 선생까지 붙였다. 남들 하는 것만 해서 고쳐질 기능 장애가 아니었다. 하지만 성적은 조금도 나아질 기미가 보이지 않았다. "어차피 공부는 틀렸어. 더 늦기 전에 지금이라도 다른 걸 찾아보는 게 어때? 기술이라든가…?

과외 선생이 가고 나서 누나가 엄마에게 말했다. 마치 고장 난 제품을 앞에 두고 수리 기사 둘이 떠드는 것 같았다. 제품에 대한 예의를 갖출 생각은 없는 듯했다. 철수는 그때만 해도 엄마와 누나에게 예의 기능이 전혀 없다는 걸 눈치채지 못했다.

다리미를 아무리 수리해 봐야 음악을 들을 수 없고, 라디오도 빨래를 할 수는 없다. 차라리 오디오와 세탁기를 사는 편이 훨씬 낫다. 철수는 엄마에게 나 말고 누나에게 기대를 하든지, 아니면 공부 기능을 갖춘 아이를 새로 낳아보는 게 어떠냐고 말하고 싶었다. 하지만 그 말을 하는 순간, 철수는 엄마에게 제품 보증기간이 훨씬 지나서 환불도, 반품도 할 수 없는 물건이 되어 버릴 것만 같았다. 그때도 그 정도의 상황 감지 센서는 제대로 작동하고 있었으니까.

엄마는 어떻게든 철수가 쓸모 있는 제품이 되길 바랐지만, 제품의 기능을 끝내 찾아내지 못했다. 찾아볼수록 나타나는 건 일시적이거나 심각한 이상뿐이었다. 주요 기능만 찾았더라도 철수는 엄마에게 자랑스러운, 적어도 어디 내놔도 부끄럽지 않을, 아니 최소한 숨기지는 않을 자식이 될 수 있었을 것이다.

사용설명서에서 될 수 있는 한 많은 기능을 넣는 게 좋을 것 같았다. 철수는 그 중에서 엄마가 맘에 드는 것도 꼭 하나쯤은 있었으면 좋겠다고 생각했다.

가족모드

과연 자신에게 가족을 만들어낼 수 있는 기능이 있는지, 철수는 여전히 알 수가 없었다. "남들 다 하는 걸"이라고 했던 아버지의 말을 듣고 보니, 이 세상에는 묵묵히 식빵을 굽고 있는 냉장고나 빨래를 하고 있는 청소기 같은 게 많을지도 모른다는 생각이 들었다. 그 냉장고는 폐기 처분될 때까지도 자신이 토스터인 줄 알 것이다. 심지어 토스터로 만족스러운 생을 살았다고 생각하며 눈을 감을지도 모르겠다.

철수는 살아오면서 누군가 절실히 필요하다고 생각해본 적은 없었다. 이제

껏 그녀들을 만나 온 것도 어쩌면 철수가 아직 사용될 만한 가치가 있다는 것을 확인하고 싶었던 것인지도 모른다. 그녀들이 철수를 평생 사용해줄 필요도 없었다. 철수는 다만 "아직은 쓸 만해요."란 그녀들의 한마디를 붙잡고 싶었다. 하지만 그녀들은 모두 다 철수에게 새로운 문제 하나씩을 더 얹어 주었다. 문제만 늘어났을 뿐 사용가치는 아직 찾지 못한 셈이다.

철수는 자신이 어떤 기능을 가지고 있는지도 알 수 없었다. 그건 철수를 사용했던 수많은 사람들도 마찬가지였다. 아무도 철수가 어떤 기능을 수행할 수 있는 제품인지 알지 못했다. 오직 원하는 기능만 잔뜩 있었을 뿐이다. 그건 철수에게만 아니라 모든 제품에 동일하게 적용되었다. 세탁기에도 전자레인지에도 라디오에도 원하는 기능을 강요할 뿐, 제품이 어떤 기능을 갖추었는지는 그다지 중요하지 않았다. 제품 고유의 특징 같은 것에는 아무도 관심을 기울이지 않았으니까. 모두가 인정하는 표준이 되지 않으면 불안해졌다. 결국 불행을 겪으면서 다들 행복한 표준이 되어가고 있는 것이다.

주의사항

아무 것도 얹혀 있지 않았던 때는 없었던 것 같다. 그것은 가벼워지거나 사라지는 법이 없었으므로 그것을 딛고 올라서는 것이 유일한 방법이었다. 하지만 그것을 딛고 위에 올라서면, 다시 그 위로 무언가 묵직한 것이 철수를 짓눌러 오기 시작했다. 그것은 언제나 이전보다 더 크고 무거웠다. 어쩌면 더 가볍거나 혹은 늘 같은 무게였는지도 모르지만, 그것이 거듭될수록 철수에게는 버겁게만 느껴졌다. 하지만 무겁다고 하면, 서비스 센터에서조차 고치기 힘든 '엄살'이라는 딱지가 달라붙었다.

철수는 일종의 성능테스트려니 하고 생각했지만, 도대체 얼마를 더 견뎌야 출시되는 건지 가늠하기 어려웠다. 이번만 버티면 되겠지 하는 생각은 매번 틀렸다. 그러나 견디지 못하면 누구에게도 선택 받지 못한 채 녹이 슬 때까지 창고에 있어야 할 것이다. 결국 조립을 염두에 두지 않은 분해가 진행될지 모른다는 불안이 여기저기서 스며들었다.

얼마나 더 성능이 향상돼야 밖으로 나갈 수 있는 걸까. 기준은 매번 달랐고 표준은 애매모호하기만 했다. 일반계 고등학교만 가면 좀 나아질까. 아니었다. 어떻게든 4년제 대학만 들어가고 나면 좀 괜찮아질까. 막상 그것도 아니었다. 더 좋은 대학을 갔으면 달라졌을까. 그래봐야 결국 똑같을 것 같았다. 사용자들은 좋은 대학을 졸업한 것만큼이나 무거운 걸 얹고 올라서길 바라지 않을까.

아버지는 마치 취직만 하고 나면 모든 일이 다 잘 풀릴 것처럼 얘기했지만, 이제는 의구심이 들었다. 그것은 다만 자신의 제품에 기대하는 기능에 불과한 것인지도 몰랐다. 철수는 어떻게 해도 정도의 차이가 있을 뿐, 결국 불량품을 벗어나기 어렵다는 것을 깨달았다.

주의하기

언제 어디서나 완벽한 제품은 처음부터 없었다. 그건 철수도 철수를 사용했던 사람들도 마찬가지였다. 사용설명서는 불량품이 아닌 정상 제품이 되기 위해 쓰기 시작했다. 그런데 지금껏 애매모호한 기준을 붙잡고 달려온 것 아닌가 하는 생각이 들었다.

사용설명서를 읽고 철수를 이상하다고 했던 말을 잠시 보류해주었으면 한다. 철수를 보고서 막 고장이라고 하려던 말도 잠깐 멈추어 주었으면 좋겠다. 사용 설명서에 지금 생각하는, 바로 그 이유를 더 넣을 것이다. 그러니 철수를 쓰레기통에 버리기 전에, 상품 평을 쓰고 고객 센터에 연락하기 전에 조금만 더 기다려 주었으면 한다. 고장이 아닐 수도 있으니까. 단지 제품의 고유한 특징을 모르고 잘못 사용한 것일 수도 있으니까.

어떤 사람에게는 최악이었던 제품이 누군가에게는 최고의 제품이 될 수도 있다. 고장은, 그러니까 사용했던 사람들이 말했던 고장은, 사실 철수의 잘못만은 아니었다고 말해주고 싶다. 질반쯤은 사용 설명서도 읽지 않고 철수를 사용했던 사람의 잘못일 수도 있다.

사용설명서는 완성되지 않을 것이다. 다만 앞으로 계속 고쳐나갈 뿐이다. 그러니 철수를 사용하려는 사람은 항상 최신판 철수 사용 설명서를 보아야 한다. 그것이 고장을 줄이는 최선의 방법이다. 철수는 자신도 누군가를 만나기 전에 그 사람의 최신판 사용 설명서를 꼼꼼하게 읽고 만났으면 좋겠다고 생각했다. 그러면 누구에게나 아무 이상 없는 제품이 될 것이다. 사실 모두가 비정상이니 결국 모두가 정상인 셈이다. 정확한 사용 설명서는 사용되는 제품에게도, 사용하는 사람에게도 모두 상처를 주지 않는 유일한 방법이다.

철수는 완성된, 하지만 앞으로는 끊임없이 완성해 나가야할 사용 설명서를 들고 일어선다. 다음 누군가에게 사용되기 전까지 '취급주의'라고 쓰인 박스 안에 들어가 한 숨 푹 자고 싶다. 몸은 박스 안에서 스티로폼으로 고정되어 있겠지만 어느 때보다 편안할 것이다. 이번에는 반품이 되지 않을 것만 같다.

이제 철수는 누구에게나 온전해질 수 있다. 더는 수리를 받지 않아도 된다고 생각하니 벌써 전원 코드가 두근거리기 시작한다. 곧 철수가 들어있는 박스가 개봉될 것이다. 맨 위에는 두툼한 사용 설명서가 놓여 있다. 안에서든 밖에서든 박스를 여는 사람은 그것부터 먼저 읽게 될 것이다. 철수는 조금 더 자 두려고 눈을 감다가 문득 깨닫는다. 철수사용 설명서를 쓸 수 있는 사람도, 그걸 가장 먼저 읽어야 하는 사람도 결국은 한 사람이라는 것을.

－ 전석순의 『철수사용설명서』
(민음사, 2011)

Creative Thinking
Questions

1. 철수의 상태를 진단해 보라. 철수의 문제는 어디에서 비롯되는가?

2. 우리 사회에서 통용되는 정상 또는 표준은 어떤 의미일까?

3. 타인에 의해서 나의 사용가치가 규정된 경험이 있는가? 당신은 사용되고 있는가?

4. 내가 철수라면 어떤 선택을 할까?

C&C_01 ────────────────

청춘의 주요한 과제는 길을 찾는 것이며, 동시에 그 길을 걸어 나갈 성실함과 용기를 잃지 않는 일이다. 하지만 길을 찾는 것은 쉽지 않으며, 그 길을 지치지 않고 걷는 일은 더욱 힘겹다. 청춘들은 열심히 공부를 하고, 자기계발서를 읽고, 멘토를 찾으며 자신을 연마하고 신장시킨다.

'10대, 꿈을 위해 공부에 미쳐라', '20대, 공부에 미쳐라', '30대, 다시 공부에 미쳐라', '40대, 공부 다시 시작하라', '공부하다 죽어라'로 이어지는 자기계발서들의 목록을 훑어보면, 청춘의 미래는 쉽지 않을 것 같다. 그래서 청춘은 미래에 대한 불안 때문에도 더욱 총력전을 벌이는 중이다.

자기계발서는 과연 청춘에게 필요할까? 필요하다면 나에게 적합한 것은 어떤 것인가.

C&C_02 ————————————

최근에 대학교 이니셜이 적힌 야구점퍼가 크게 유행하고 있다. 신입생들은 마치 교복처럼 학과점퍼를 맞추어 입는다. 다양성과 개성이 중시되는 이 시대에, 개인주의에 함몰되어 있다는 대학생들이 자신의 신분이 드러나는 옷을 단체로 입고 다니는 이유는 무엇일까. 비판적 입장에서는 학과점퍼가 애교심이나 연대의식의 결과가 아니라, 학교 이름을 드러내 자기들과 다른 이를 차별하려는 의식의 소산이라고 지적한다. 즉 수능점수를 인간의 총체적 능력차이로 치환해서 바라보는 사회분위기에 편승하여, 자기가 성취한 신분의 표시로서 학과점퍼를 입는다는 것이다. 과연 학과점퍼는 '우리'와 '너희'를 구분하는 신분과시용 도구인가? 타인들의 학과점퍼를 볼 때마다 학교 이름을 확인하고는 위축되거나 또는 우월감에 안도하는 마음이 되는가?

자신의 '과잠'을 묵묵히 바라보라. '과잠'을 입고 가는 친구들의 무리를 보라. '과잠'을 둘러싼 자기 경험을 나누어 보며, 정말 우리가 왜 '과잠'을 입는지를 서로 토의해 보자.

중앙대학교 학과점퍼(사진제공_중대신문)

오직 인간만이
춤출 수 있다

피로사회 | 한병철

규율사회의 피안에서

병원, 정신병자 수용소, 감옥, 병영, 공장으로 이루어진 푸코의 규율사회(Disziplinargesellschaft)는 더 이상 오늘의 사회가 아니다. 규율사회는 이미 오래전에 사라졌고 그 자리에 완전히 다른 사회가 들어선 것이다. 그것은 피트니스 클럽, 오피스 빌딩, 은행, 공항, 쇼핑몰, 유전자 실험실로 이루어진 사회이다. 21세기의 사회는 규율사회에서 성과사회(Leistungs-gesellschaft)로 변모했다. 이 사회의 주민도 더 이상 "복종적 주체"가 아니라 "성과주체"라고 불린다. 그들은 자기 자신을 경영하는 기업가이다. 정상적인 것과 비정상적인 것을 갈라놓는 규율 기관들의 장벽은 이제 거의 고대의 유물처럼 느껴질 지경이다. 권력에 대한 푸코의 분석은 규율사회가 성과사회로 변모하면서 일어난 심리적·공간구조적 변화를 설명하지 못한다. 자주 사용되는 "통제사회(Kontrollgesellschaft)"와 같은 개념 역시 이러한 변화를 이해하는 데 적절한 것이 못 된다. 그런 개념 속에는 지나치게 많은 부정성이 담겨 있기 때문이다.

규율사회는 부정성의 사회이다. 이러한 사회를 규정하는 것은 금지의 부정성이다. '~해서는 안 된다'가 여기서는 지배적인 조동사가 된다. '~해야 한다'에도 어떤 부정성, 강제의 부정성이 깃들어 있다. 성과사회는 점점 더 부정성에서 벗어난다. 점증하는 탈규제의 경향이 부정성을 폐기하고 있다. 무한정한 '할 수 있음'이 성과사회의 긍정적 조동사이다. "예스 위 캔"이라는 복수형 긍정은 이러한 사회의 긍정적 성격을 정확하게 드러내준다. 이제 금지, 명령, 법률의 자리를 프로젝트, 이니셔티브, 모티베이션이 대신한다. 규율사회에서는 여전히 '노No'가 지배적이었다. 규율사회의 부정성은 광인과 범죄자를 낳는다. 반면 성과사회는 우울증 환자와 낙오자를 만들어낸다.

규율 사회에서 성과사회로의 패러다임 전환은 하나의 층위에서만큼은 연속성을 유지한다. 사회적 무의식 속에는 분명 생산을 최대화하고자 하는 열망이 숨어 있다. 생산성이 일정한 지점에 이르면 규율의 기술이나 금지라는 부정적 도식은 곧 그 한계를 드러낸다. 생산성의 향상을 위해서 규율의 패러다임은 '성과의 패러다임' 내지 '할 수 있음'이라는 긍정의 도식으로 대체된다. 생산성이 일정한 수준에 도달하면 금지의 부정성은 그 이상의 생산성 향상을 가로막는 걸림돌로 작용하기 때문이다. 능력의 긍정성은 당위의 부정성보다 훨씬 더 효율적이다. 따라서 사회적 무의식은 당위에서 능력으로 방향을 전환하게 된다. 성과주체는 복종적 주체보다 더 빠르고 더 생산적이다. 그렇다고 능력이 당위를 지워버리는 것은 아니다. 성과주체는 규율에 단련된 상태를 유지한다. 그는 규율 단계를 졸업한 것이다. 능력은 규율의 기술과 당위의 명령을 통해 도달한 생산성의 수준을 더욱 상승시킨다. 생산성 향상이란 측면에서 당위와 능력 사이에는 단절이 아니라 연속적 관계가 성립한다.

알랭 에랭베르(Alain Ehrenberg)는 우울증을 규율사회에서 성과사회로의 이행기에 나타나는 현상으로 규정한다. "우울증이라는 병은 권위적 강제와 금지를 통해 인간에게 사회 계급과 성별에 따른 역할을 부여하는 규율적 행위 조종의 모델이 만인에게 자기 주도적으로 될 것, 자기 자신이 될 것을 요구하는 새로운 규범으로 대체되는 순간부터 나타나기 시작했다. [……] 우울한 자는 컨디션이 완전히 정상이 아니다. 그는 자기 자신이 되어야 한다는 요구에 부응하려고 애쓰다가 지쳐버리고 만다." 알랭 에랭베르의 논의가 안고 있는 문제점은 우울증을 단지 자아의 경제라는 관점에서만 관찰한다는 데 있다. 오직 자기 자신이 되어야 한다는 사회적 명령이 우울증을 낳는다는 것이다. 그에게 우울증은 자기 자신이 되지 못한 후기근대적 인간의 좌절에 대한 병리학적 표현이다.

그러나 우울증을 초래하는 요인 가운데는 사회의 원자화와 파편화로 인한 인간적 유대의 결핍도 있다. 우울증의 이러한 측면은 에랭베르의 논의에서 빠져 있다. 그는 성과사회에 내재하는 시스템의 폭력을 간과하고 이러한 폭력이 심리적경색을 야기한다는 점을 인식하지 못한다. 오직 자기 자신이 되어야 한다는 명령이 아니라 성과를 향한 압박이 탈진 우울증을 초래한다. 그렇게 본다면 소진증후군은 탈진한 자아의 표현이라기 보다는 다타서 꺼져버린 탈진한 영혼의 표현이라고 해야 할 것이다. 에랭베르에 따르면 우울증은 규율사회의 명령과 금지가 자기 책임과 자기 주도로 대체될 때 확산되기 시작한다. 그러나 실제로 인간을 병들게 하는 것은 과도한 책임과 주도권이 아니라 후기근대적 노동사회의 새로운 계율이 된 성과주의의 명령이다.

긍정성의 과잉 상태에 아무 대책도 없이 무력하게 내던져져 있는 새로운 인간형은 그 어떤 주권도 지니지 못한다. 우울한 인간은 노동하는 동물(animal laborans)로서 자기 자신을 착취한다. 물론 타자의 강요 없이 자발적으로. 그는 가해자인 동시에 피해자이다. 우울증은 성과주체가 더 이상 할 수 있을 수 없을 때 발발한다. 그것은 일차적으로 일과 능력의 피로이다. 아무 것도 가능하지 않다는 우울한 개인의 한탄은 아무 것도 불가능하지 않다고 믿는 사회에서만 가능한 것이다. 더 이상 할 수 없다는 의식은 파괴적 자책과 자학으로 이어진다. 성과주체는 자기 자신과 전쟁 상태에 있다. 우울증 환자는 이러한 내면화된 전쟁에서 부상을 입은 군인이다. 우울증은 긍정성의 과잉에 시달리는 사회의 질병으로서, 자기 자신과 전쟁을 벌이고 있는 인간을 반영한다.

깊은 심심함

긍정성의 과잉은 자극, 정보, 충동의 과잉으로 표출되기도 한다. 그리하여 주의(注意)구조와 경제에 근본적인 변화가 일어난다. 지각은 파편화되고 분산된다. 업무 부담의 증가도 시간과 주의를 관리하는 특별한 기법을 요구하는데, 그러한 기법은 다시 주의구조에 영향을 미친다. 멀티태스킹이라는 시간 및 주의 관리 기법은 문명의 진보를 의미하지 않는다. 멀티태스킹은 후기근대의 노동 및 정보사회를 사는 인간만이 갖추고 있는 능력이 아니다. 그것은 오히려 퇴화라고 할 수 있다. 멀티태스킹은 수렵자유구역의 동물들 사이에서도 광범위하게 발견되는 습성이다. 야생에서의 생존을 위해 필수적인 기법이 멀티태스킹인 것이다.

먹이를 먹는 동물은 이와 동시에 다른 과업에도 신경을 써야 한다. 이를테면 경쟁자가 먹이에 접근하지 못하도록 막아야 하고, 먹는 중에 도리어 잡아먹히는 일이 없도록 경계를 늦추지 않아야 하며, 동시에 새끼들도 감시하고, 또 짝짓기 상대도 시야에서 놓치지 않아야 한다. 수렵자유구역에 사는 동물은 주의를 다양한 활동에 분배하지 않을 수 없고 그런 까닭에 깊은 사색에 잠긴다는 것은 불가능하다. 이는 먹이를 먹을 때도, 짝짓기를 할 때도 마찬가지다. 동물은 자신이 마주하고 있는 대상에 사색적으로 몰입할 수 없다. 언제나 그 배경의 사태도 계속 정신적으로 처리해야 하기 때문이다. 멀티태스킹뿐만 아니라 컴퓨터게

임과 같은 활동 역시 야생동물의 경계 태세와도 크게 다르지 않는 주의구조, 넓지만 평면적인 주의구조를 생산한다. 최근의 사회적 발전과 주의구조의 변화는 인간 사회를 점점 더 수렵자유구역과 유사한 곳으로 만들어간다. 그러는 사이 예컨대 직장 내 집단 따돌림은 큰 규모의 전염병처럼 확산되고 있다. 좋은 삶이란 성공적인 공동의 삶까지를 포괄하는 개념이거니와, 그런 의미에서 좋은 삶에 대한 관심은 날이 갈수록 생존 자체에 대한 관심에 밀려나고 있다.

철학을 포함한 인류의 문화적 업적은 깊은 사색적 주의에 힘입은 것이다. 문화는 깊이 주의할 수 있는 환경을 필요로 한다. 그러나 이러한 깊은 주의는 과잉 주의(hyperattention)에 자리를 내주며 사라져가고 있다. 다양한 과업, 정보 원천과 처리 과정 사이에서 빠르게 초점을 이동하는 것이 이러한 산만한 주의의 특징이다. 그것은 심심한 것에 대해 거의 참을성이 없는 까닭에 창조적 과정에 중요한 의미를 지닌다고 할 수 있는 저 깊은 심심함도 허용하지 못한다. 발터 벤야민은 깊은 심심함을 "경험의 알을 품고 있는 꿈의 새"라고 부른 바 있다. 잠이 육체적 이완의 정점이라면 깊은 심심함은 정신적 이완의 정점이다. 단순한 분주함은 어떤 새로운 것도 낳지 못한다. 그것은 이미 존재하는 것을 재생하고 가속화할 따름이다 벤야민은 꿈의 새가 깃드는 이완과 시간의 둥지가 현대에 와서 점점 사라져가고 있다고 한탄한다. 이제 더 이상 그 누구도 그런 것을 "짜지도, 잣지도" 않는다. 심심함이란 "속에 가장 열정적이고 화려한 안감을 댄 따뜻한 잿빛 수건이다." 그리고 "우리는 꿈꿀 때 이 수건으로 몸을 감싼다." 우리는 "수건 안감의 아라베스크 무늬 속에서 안식한다." 이완의 소멸과 더불어 "귀 기울여 듣는 재능"이 소실되고 "귀 기울여 듣는 자의 공동체"도 사라진다. 이 공동체의 정반대편에 있는 것이 우리의 활동 공동체이다. "귀 기울여 듣는 재능"은 깊은 사색적 주의를 기울일 수 있는 능력에 바탕을 둔다. 지나치게 활동적인 자아에게 그런 능력은 주어지지 않는다.

걸으면서 심심해하고 그런 심심함을 참지 못하는 사람은 마음의 평정을 잃고 안절부절못하며 돌아다니거나 이런저런 다른 활동을 해볼 것이다. 하지만 심심한 것을 좀 더 잘 받아들이는 사람은 어느 정도 시간이 흐른 뒤에 어쩌면 걷는 것 자체가 심심함의 원인이라는 것을 깨닫게 될 것이다. 그리고 그러한 인식은 그로 하여금 완전히 새로운 움직임을 고안하도록 몰아갈 것이다. 달리기, 또는 뜀박질은 새로운 움직임의 방식이라기보다 그저 걷기의 속도를 높인 것일 뿐이다. 이를테면 춤은 완전히 다른 종류의 움직임이다. 오직 인간만이 춤을 출 수 있다. 어쩌면 인간은 걷다가 깊은 심심함에 사로잡혔고 그래서 이런 심심함의 발작 때문에 걷기에서 춤추기로 넘어가게 되었는지도 모른다. 걷기가 그저 하나의 선을 따라가는 직선적 운동이라면 장식적 동작들로 이루어진 춤은 성과의 원리에서 완전히 벗어나 있는 사치이다.

 "사색적 삶(vita contemplative)"이라는 표제어로 그러한 삶의 본래 고향이었던 과거의 세계를 다시 불러낼 수는 없을 것이다. 사색적 삶은 아름다운 것과 완전한 것이 변하지 않고 무상하지도 않으며 인간의 손이 미치지 않는 곳에 있다는 존재경험과 결부되어 있었다. 그러한 삶의 기본 정조는 사물들이 그렇게 존재한다는 사실, 그리고 어떤 조작 가능성이나 과정성에서도 벗어나 있다는 사실에 대한 경이감이다. 근대의 데카르트주의는 이러한 경이감을 회의로 대체한다. 그러나 사색의 능력이 반드시 영원한 존재에만 묶여 있는 것은 아니다. 떠다니는 것, 잘 눈에 띄지 않는 것, 금세 사라져버리는 것이야말로 오직 깊은 사색적 주의 앞에서만 자신의 비밀을 드러내는 것이다. 또한 긴 것, 느린 것에 대한 접근 역시 오랫동안 머무를 줄 아는 사색을 통해서만 가능하다. 지속의 형식 또는 지속의 상태는 과잉활동성 속에서는 결코 이해할 수 없는 것이다. 깊은 사색적 주의의 거장이었던 폴 세잔은 언젠가 사물의 향기도 볼 수 있노라고 말한 바 있다. 이처럼 향기를 시각화하는 데는 깊은 주의가 필요하다. 인간은 사색하는 상태에서만 자기 자신의 밖으로 나와서 사물들의 세계 속에 침잠할 수 있는 것이다.

니체는 인간에게서 모든 관조적 요소가 제거된다면 인간 삶은 치명적인 과잉 활동으로 끝나고 말 것임을 지적했다. "우리 문명은 평온의 결핍으로 인해 새로운 야만 상태로 치닫고 있었다. 활동하는 자, 그러니까 부산한 자가 이렇게 높이 평가받은 시대는 일찍이 없었다. 따라서 관조적인 면을 대대적으로 강화하는 것은 시급히 이루어져야 할 인간 성격 교정 작업 가운데 하나이다."

보는 법의 교육

사색적 삶은 보는 법에 대한 특별한 교육을 전제한다. 니체는 『우상의 황혼』에서 교육자의 도움을 필요로 하는 세 가지 과업을 거론한다. 이에 따르면 인간은 보는 것을 배워야하고, 생각하는 것을 배워야하며, 말하고 쓰는 것을 배워야한다. 이러한 배움의 목표는 니체에 따르면 "고상한 문화"이다. 보는 법을 배운다는 것은 "눈을 평온과 인내, '자기에게 다가오게 하는 것'에 익숙해지도록 한다는 것"을 의미한다. 즉 눈으로 하여금 깊고 사색적인 주의의 능력, 오래 천천히 바라볼 수 있는 능력을 갖출 수 있게 한다는 것이다. 보는 법을 배우는 것은 "정신성을 갖추기 위한 최초의 예비 교육"이다. 인간은 "어떤 자극에 즉시 반응하지 않고 속도를 늦추고 중단하는 본능을 발휘하는 법을 배워야 한다." 정신의 부재 상태, 천박성은 "자극에 저항하지 못하는 것, 자극에 대해 아니라고 대꾸하지 못하는 것"에 그 원인이 있다. 즉각 반응하는 것, 모든 충동을 그대로 따르는 것은 이미 일종의 병이며 몰락이며 탈진이다. 여기서 니체가 표명하는 것은 바로 사색적 삶의 부활이다. 이는 일어나는 모든 일을 그저 긍정하는 수동적인 자기 개방이 아니다. 사색적 삶은 오히려 몰려오는, 또는 마구 밀고 들어오는 자극에 대한 저항을 수행하며, 시선을 외부의 자극에 내맡기기보다 주체적으로 조종한다. 아니라고 말하는 주체적 행위를 통해 사색적 삶은 어떤 활동과잉보다도 더 활동적으로 된다. 실상 활동과잉은 다름 아닌 정신적 탈진의 증상일 뿐이다. 활동성이 첨예화되어 활동과잉으로 치달으면 이는 도리어 아무 저항 없이 모든 자극과 충동에 순종하는 과잉수동성으로 전도되고 만다. 그것은 자유 대신 새로운 구속을 낳는다. 더 활동적일수록 더 자유로워질 거라는 믿음은 환상에 지나지 않는다.

니체가 말한 "중단하는 본능"이 없다면 행동은 안절부절못하는 과잉활동적 반응과 해소 작용으로 흩어져버릴 것이다. 순수한 활동성은 그저 이미 존재하는 것을 연장할 뿐이다. 진정 다른 것으로의 전환이 일어나려면 중단의 부정성이 필요한 것이다. 행동의 주체는 오직 잠시 멈춘다는 부정적 계기를 매개로 해서만 단순한 활동에서는 드러나지 않는 우연의 공간 전체를 가로질러 볼 수 있다. 머뭇거림은 긍정적 태도는 아니지만 행동이 노동의 수준으로 내려가는 것을 막는 데 필수불가결한 요소이다. 오늘날 우리는 중단, 막간, 막간의 시간이 아주 적은 시대를 살고 있다. 「활동적 인간의 주된 결함」이라는 아포리즘에서 니체는 다음과 같이 쓴다. "활동적인 사람들은 보통 고차적 활동을 하는 법이 없다. [……] 이런 점에서 그들은 게으르다. [……] 돌이 구르듯이 활동적인 사람들도 기계적인 어리석음에 걸맞게 굴러간다." 활동에는 다양한 종류가 있다. 기계처럼 어리석게 계속되는 활동은 중단되는 일이 거의 없다. 기계는 잠시 멈출 줄을 모른다. 컴퓨터는 엄청난 연산 능력을 가지고 있음에도 불구하고 어리석다. 머뭇거리는 능력이 없기 때문이다.

전반적인 가속화와 활동과잉의 흐름 속에서 우리는 분노하는 법도 잊어가고 있다. 분노는 특별한 시간적 특성을 가지고 있는데, 이는 전반적인 가속화 및 활동과잉과는 양립할 수 없는 것이다. 가속화와 활동과잉은 넓은 시간적 지평을 용납하지 않는다. 이때 미래는 현재를 연장시킨 것 정도로 축소되고, 다른 것에 시선을 던질 수 있는 부정적 태도가 싹틀 여지는 전혀 없다. 반면 분노는 현재에 대해 총체적인 의문을 제기한다. 분노의 전제는 현재 속에서 중단하며 잠시 멈춰 선다는 것이다. 그 점에서 분노는 짜증과 구별된다. 우리의 사회를 특징짓는 전반적인 산만함은 강렬하고 정력적인 분노가 일어날 여지를 없애버렸다. 분노는 어떤 상황을 중단시키고 새로운 상황이 시작되도록 만들 수 있는 능력이다. 오늘날은 분노 대신 어떤 심대한 변화도 일으키지 못하는 짜증과 신경질만이 점점 더 확산되어간다. 사람들은 불가피한 일에 대해서도 짜증을 내곤 한다. 짜증과 분노의 관계는 공포와 불안의 관계와 유사하다. 공포가 특정한 대상에 관한 것이라면 불안은 존재 자체의 문제이다. 불안은 현존재 전체를 붙들고 흔들어댄다. 분노 역시 하나하나의 사태에 관한 것이 아니다. 분노는 전체를 부정한다. 분노가 보여주는 부정성의 에너지는 바로 여기에 있다. 분노는 예외적 상태이다. 세계가 점점 더 긍정적으로 되어가면서 예외적 상태도 더 줄어든다. 오늘날 사회의 전반적인 긍정화는 모든 예외 상태를 흡수해버린다.

사회의 긍정성이 증가하면서 불안이나 슬픔처럼 부정성에 바탕을 둔 감정, 즉 부정적 감정도 약화된다. 부정성의 부재는 사유를 계산으로 변질시킬 것이다. 사유 자체가 "항체와 자연적 면역성으로 이루어진 그물"이라면, 컴퓨터가 인간의 뇌보다 더 빨리 계산할 수 있고 엄청난 데이터를 조금도 토해내지 않고 받아들일 수 있는 것은 어쩌면 컴퓨터에 어떤 종류의 이질성도 들어설 여지가 없기 때문일지도 모른다. 컴퓨터는 긍정기계이다. 천재백치(idiot savant)가 보통은 계산기밖에 해낼 수 없는 과제를 척척 해내는 것은 바로 부정성의 부재와 자폐적 자기 관련성 덕택이다. 세계가 전반적으로 긍정화되는 추세 속에서 개인도 사회도 자폐적 성과기계로 변신한다. 또는 성과를 극대화하려는 과도한 노력이 가속화 과정에 방해가 되는 부정성을 제거하는 방향으로 작용한다고도 말할 수 있으리라. 인간이 부정의 존재라고 한다면, 세계의 전면적 긍정화는 무시할 수 없는 위험을 초래할 수도 있다. 헤겔에 따르면 부정성이야말로 인간 존재를 생동하는 상태로 지탱해주는 것이다.

힘에는 두 가지 형태가 있다. 하나는 긍정적 힘으로서 무언가를 할 수 있는 힘이고, 다른 하나는 부정적 힘으로서 하지 않을 수 있는 힘, 니체의 말을 빌린다면 '아니오'라고 말할 수 있는 힘이다. 이러한 부정적 힘은 단순한 무력함, 무언가를 할 능력의 부재와는 다른 것이다. 무력함은 단순히 긍정적인 힘의 대립항일 뿐이다. 무력함은 무언가를 해내지 못하는 것으로, 결국 그 무언가에 대한 종속이며 그 점에서 긍정적이라고까지 말할 수 있다. 부정적 힘은 무언가에 종속되어 있는 이런 긍정성을 넘어선다. 그것은 하지 않을 수 있는 힘이다. 지각하지 않을 수 있는 부정적 힘 없이 오직 무언가를 지각할 수 있는 긍정적 힘만 있다면 우리의 지각은 밀려드는 모든 자극과 충동에 무기력하게 내맡겨진 처지가 될 것이고, 거기서 어떤 "정신성"도 생겨날 수 없을 것이다. 무언가를 할 수 있는 힘만 있고 하지 않을 수 있는 힘은 없다면 우리는 치명적인 활동과잉 상태에 빠지고 말 것이다. 무언가 생각할 힘밖에 없다면 사유는 일련의 무한한 대상들 속으로 흩어질 것이다. 돌이켜 생각하기(Nachdenken)는 불가능해질 것이다. 긍정적 힘, 긍정성의 과잉은 오직 계속 생각해나가기(Fortdenken)만을 허용하기 때문이다.

– 한병철의 『피로사회』
(김태환 옮김, 문학과지성사, 2012)

결박된 프로메테우스
(니콜라 세바스티앵 아당, 1762)

1. 프란츠 카프카는 단편 「프로메테우스」에서 "신들도 지쳤고 독수리도
   지쳤으며 상처도 지쳐서 저절로 아물었다."라고 했다. 우리는 혹시
   스스로를 착취하며 자신과의 전쟁을 치르고 있는, 포박당한 프로메
   테우스인가?

2. 규율 사회에서 성과 사회로의 패러다임 전환을 보여주는 실례를 현실에서 찾아
   보자.

3. 과잉 주의(hyperattention)의 관점에서 옆의 친구를 진단해 보자. 그/그녀에
   게 과잉 주의의 징후가 보이는가?

4. '짜증'과 '분노'의 의미를 일상적 삶의 경험 속에서 각각 설명해 보자.

5. '깊은 심심함' 안에서 새로운 발견을 한 경험이 있다면 함께 나누어 보자.

C&C_01 ——————

낡은 오토바이에 철가방을 싣고 아슬아슬하게 질주하는 '나'가 되어 보자. 그리고 사철나무 그늘 아래 앉아 쉬는 '나'가 되어 보자. 두 편의 시 중에서 마음에 더 와 닿는 작품은 무엇인가. 그 이유는 무엇인가.

영웅
| 이원

오늘도 나는 낡은 오토바이에 철가방을 싣고
무서운 속도로 짜장면을 배달하지
왼쪽으로 기운 것은 오토바이가 아니라 나의 생이야
기운 것이 아니라 내 생이 왼쪽을 딛고 가는 거야
몸이 기운 쪽이 내 중심이야
기울지 않으면 중심도 없어
나는 오토바이를 허공 속으로 몰고 들어가기도 해
길을 구부렸다 폈다
길을 풀어줬다 끌어당겼다 하기도 해
오토바이는 내 길의 자궁이야
길은 자궁에 연결되어 있는 탯줄이야
그러니 탯줄을 놓치는 순간은 절대 없어

내 배후인 철가방은 안팎이 똑같은 은색이야

나는 삼류도 못 되는 정치판 같은 트릭은 쓰지 않아

겉과 속이 같은 단무지와 양파와 춘장을

철가방에 넣고 나는 달려

불에 오그라든 자국이 그대로 보이는

플라스틱 그릇에 담은 짜장면을

랩으로 밀봉하고 달려

검은 짜장이 덮고 있는 흰 면발이

불어 터지지 않을 시간 안에 달려

오토바이가 기울어도 짜장면이 한쪽으로

쏠리지 않는 것

그것이 내 생의 중력이야

아니 중력을 이탈한 내 생이야

표지판이 가리키는 곳은 모두 이곳이 아니야

이곳 너머야 이 시간 이후야

나는 표지판은 믿지 않아

달리는 속도의 시간은 지금 여기가 전부야

기우는 오토바이를 따라

길도 기울고 시간도 기울고 세상도 기울고

내 몸도 기울어

기울어진 내 몸만 믿는 나는

그래 절름발이야

삐딱한 내게 생이란 말은 너무 진지하지

내 한쪽 다리는 너무 길거나 너무 짧지

그래서 재미있지

삐딱해서 생이지 절름발이여서 간절하지

길이 없어 질주하지

달리는 오토바이에서 나도 가끔은 뒤를 돌아봐

착각은 하지 마 지나온 길을 확인하는 것이 아니야

나도 이유 없이 비장해지고 싶을 때가 있어

생이 비장해 보이지 않는다면

대단해 보이지 않는다면

어느 누가 온몸이 데는 생의 열망으로 타오르겠어

그러나 내가 비장해지는 그 순간

두 개의 닳고 닳은 오토바이 바퀴는 길에게

파도를 만들어주지

길의 뼈들은 일제히 솟구쳐오르지

길이 사라진 곳에서 나는

파도를 타고 삐딱한 내 생을 관통하지

사철나무 그늘 아래 쉴 때는

| 장정일

그랬으면 좋겠다. 살다가 지친 사람들

가끔씩 사철나무 그늘 아래 쉴 때는

계절이 달아나지 않고 시간이 흐르지 않아

오랫동안 늙지 않고 배고픔과 실직 잠시라도 잊거나

그늘 아래 휴식한 만큼 아픈 일생이 아물어진다면

좋겠다. 정말 그랬으면 좋겠다.

굵직굵직한 나무등걸 아래 앉아 억만시름 접어 날리고

결국 끊지 못했던 흡연의 사슬 끝내 떨칠 수 있을 때

그늘 아래 앉은 그것이 그대로 하나의 뿌리가 되어

나는 지금 가장 깊은 곳에 내려 앉은 물맛을 보고

수액이 체관 타고 흐르는 그대로 한됫박 녹말이 되어

나뭇가지 흔드는 어깻짓으로 지친 새들의 날개와

부르튼 구름의 발바닥 쉬게 할 수 있다면

좋겠다 사철나무 그늘 아래 또 내가 앉아

아무 것도 되지 못하고 내가 나 밖에 될 수 없을 때

이제는 홀로 있음이 만물 자유케 하며

스물 두 살 앞에 쌓인 술병 먼 길 돌아서 가고

공장들과 공장들 숱한 대장간과 국경의 거미줄로부터

그대 걸어나와 서로의 팔목 야윈 슬픔 잡아준다면

좋을 것이다 그제서야 조금씩 시간의 얼레도 풀어져
초록의 대지는 저녁 타는 그림으로 어둑하고
형제들은 출근에 가위눌리지 않는 단잠의 베개를 벨 것인데
한 켠에선 되게 낮잠 자버린 사람들이 나즈막히 노래 불러
유행 지난 시편의 몇 구절을 기억하겠지

바빌론 강가에 앉아
사철나무 그늘을 생각하며 우리는
눈물 흘렸지요.

C&C_02 ——————————————

성과사회에서 개인들은 지쳐있고 개별적으로 고립되어 있다. 분열적인 피로상태에서 인간은 서로를 볼 수 없으며 소통하기는 더욱 어렵다. 이러한 상황에서 약한 개인은 어떻게 존중받을 수 있을까. 지친 구성원들이 서로를 배려하고 양보할 수 있을까. 개인이 작은 공동체, 더 나아가 그 뒤에 숨어 있는 거대한 구조를 변화시키는 일은 가능한가?

영화 〈내일을 위한 시간〉(다르덴 형제, 2014)을 보고, 주인공의 짧고 뜨거운 여정을 따라가 보자. '내 일(my job) 그리고 내일(tomorrow)'을 되찾고자 하는 주인공과 그녀의 동료들을 둘러싼 거대한 구조를 관찰하면서, 미약한 개인들이 어떤 선택을 할 수 있는지를 토의해 보자.

영화 〈내일을 위한 시간〉 포스터[그린나래미디어㈜ 제공]

C&C_03 ————————

『피로사회』에서는, 하나의 선을 따라가는 직선적 운동인 '걷기'와 다르게 '춤'은 장식적인 동작으로 이루어진 것으로 성과의 원리에서 자유로운 상태라고 지적하고 있다. 달리기나 뜀박질이 단순히 걷기의 속도를 높인 것뿐이라면, 춤은 완전히 새롭고 다른 종류의 움직임이라는 것이다. "오직 인간만이 춤출 수 있다"라는 말의 의미를 각자 설명해 보자. 당신은 자기 삶의 무대에서 어떤 춤을 추고 싶은가. 어떻게 걷다가 춤을 출 수 있는가.

춤 II(앙리 마티스, 1909~1910) ⓒPhoto Scala, Florence – GNC media, Seoul, 2015

Discussion
Questions

---

1. 동아리 운영에서 불합리하고 비도덕적이라고 판단되는 일이 있다
   면, 불이익을 감수하고라도 운영진(선배들)에게 반대 의견을 표시
   해야 한다.

2. 아이히만의 선택은 개인의 책임이 아니라 사회의 책임이다.

3. 철수는 자기계발서를 읽어야 한다.

4. 개인은 불합리한 구조를 변화시킬 수 있다.

5. 겨울철 서울역에 노숙자를 위한 온돌을 설치해야 한다.

6. 투표를 안 하면 벌금을 내야 한다.

제 6 장
시장과 가치

THINK
FIRST

캘리포니아 주의 일부 교도소에서는 추가비용만 내면 수감자를 깨끗하고 조용한 개인감방으로 옮겨 준다. 1박에 82달러를 지불하면 된다. 대리모가 합법화된 인도를 찾는 서구인들이 점점 늘고 있다. 약 6500달러에 아이를 얻을 수 있다. 자기 이마나 뒤통수와 같은 신체 일부를 광고판으로 임대하는 사람들도 있다. 에어뉴질랜드에서는 30명을 고용해 각각 777달러를 주고 "기분전환이 필요하세요? 뉴질랜드로 오세요."라는 일회용 문신을 뒤통수에 새기게 하였다.

세상의 거의 모든 것이 돈으로 사고 팔리는 '시장사회'의 한복판에서 살고 있다. '돈'은 쉽고 합리적으로 모든 것을 거래하게 한다. 기부금 같은 형식으로 대학입학자격을 팔아서, 그 돈으로 많은 학생들에게 장학금을 준다면 좋지 않을까? 혈액시장을 개방하여 혈액을 사고팔아서 필요한 환자들에게 적절하게 공급한다면 합리적이지 않을까? 공부에 관심이 없고 학교에 부적응하는 아이들에게 금전 인센티브를 주어서 학습을 독려한다면 사회적 이익이 증대되는 것이 아닐까?

　일부 경제학자들은 공정한 거래를 해서 서로 행복해졌다면 사회적 효용이 증대된 것이라고 말한다. 하지만 또 한편에서 이런 거래들이 도덕적 가치를 타락시키며 공공선에 위배된다고 비판하기도 한다. 마이클 샌델이 지적했듯이, 시장경제의 시대(having a market economy)에서 시장사회의 시대(being a market society)로 급변해 오면서, 시장은 인간 활동의 모든 영역에 관여하는 원리이자 생활방식이 되어가고 있다. 돈은 가치를 재단하는 무소불위의 기준이 되었으며 모든 것을 사고팔 수 있다는 상업적 감수성이 일상에 침투해 있다. 삶에서 시장이 어떠한 역할을 해야 하며, 무엇을 사고팔아야 하는지에 대한 공적 담론이 필요한 시점이다.

　『돈으로 살 수 없는 것들』에서는 인간이 과연 인센티브에 의해서 움직이는 존재인가라는 질문에서 출발해 보자. 전통적으로 물적 재화의 생산, 유통, 소비를 다루었던 경제학이 점차로 인간의 상호작용과 개인의 심리와 행동까지를 다루게 되면서 '인센티브'는 인간존재를 이해하는 핵심적 개념으로 대두하게 되었다. 경제학자들은 경제성장의 이면에서 인센티브가 인간의 행동을 유발하는 '탄환'으로 작동했다고 지적한다. 인간이 자신의 경제적 이익을 극대화하려는 행동만 한다면 시장사회는 더욱 탄력적으로 팽창하게 될 것이다. 하지만 인간의 마음이나 행동을 경제적 효율성의 논리로만 설명할 수 있는가? 그리고 시장에서 정말로 공정한 거래란 무엇이며, 거래를 해도 되는 재화와 안 되는 재화를 나누는 기준이란 무엇일까?

　빵 한 덩이를 훔친 죄로 19년을 죄인으로 살아야 한 『레미제라블』의 이야기는 시장사회의 이면에서 벌어질 수 있는 복잡한 인생의 이야기를 보여 준다. 빵

한 덩이가 몰고 온 비극적 운명의 여정은 공정성이나 합리성의 논리만으로는 설명하기 어렵다. 또한 시장사회의 중추인 효율성의 논리만으로는 이해할 수 없는 인간의 복잡한 심리와 행동들도 보인다. 빵이나 은접시라는 물적 재화가 어떻게 한 인간의 삶을 변모시키는지를 살펴보자. 돈으로 거래할 수 없는 가치는 왜 필요하며 돈이라는 기준만으로 세상을 설명하기 어렵다는 측면에 주목해서 장발장을 만나 보자.

『시골빵집에서 자본론을 굽다』에서는 균이라는 생명체에 주목하면서, 발효와 부패의 원리로 빵과 돈을 새롭게 연결하는 어느 시골빵집의 실험을 볼 수 있다. 시장사회의 입장에서 보면 무모하기도 하고 매우 예외적인 시도이다. 이 작은 실험은 우리들에게 자신의 자리에서 문제제기를 해 보고 더 나은 대안을 상상하고 모험해 보기를 권한다. 내가 속한 동아리, 학과, 대학, 가족, 마을 등과 같은 작은 공동체에서 시장과 도덕이 함께 공존하는 또는 금전적 가치와 인간적 가치가 함께 고려되는 시도들은 어떻게 가능할까?

인센티브가
인간을
움직이는가

돈으로 살 수 없는 것들 | 마이클 샌델

삶에 접근하는 경제학적 방법

과거 경제학자들은 인플레이션과 실업, 저축과 투자, 금리와 해외 무역처럼 명백히 경제적인 주제들을 다루었다. 그들은 국가가 부유해지는 방법과 가격 체계를 통해 삼겹살을 비롯한 다른 시장 재화의 공급과 수요를 예측하는 방법 등을 설명했다.

그러나 요즘 경제학자들은 더욱 야심찬 계획을 세우고 있다. 그들은 경제학이 단순히 물적 재화의 생산과 소비를 파악하는 통찰력을 제공할 뿐만 아니라 인간 행동을 설명하는 과학이라고 주장한다. 이러한 과학의 중심에는 단순하지만 포괄적인 개념이 자리하고 있다. 삶의 모든 영역에서, 사람은 눈앞에 놓인 선택사항에 대해 비용과 이익을 저울질하고 자신에게 최대의 행복이나 효용을 안겨 주리라 생각되는 것을 선택한다고 가정함으로써 인간의 행동을 설명하는 것이다.

이러한 개념이 옳다면 무엇이든 가격을 매길 수 있다. 가격은 자동차나 토스터, 또는 삼겹살처럼 명확할 수 있다. 또는 섹스-결혼-자녀-교육-범죄행위-인종차별-정치참여-환경보호 심지어 인간생명처럼 암시적일 수도 있다. 우리가 의식하든 의식하지 못하든 수요와 공급의 법칙이 모든 재화의 조건을 결정한다.

시카고 대학의 경제학과 교수인 베커에 따르면, 사람들은 어떤 활동을 하든지 자기 행복을 극대화할 목적으로 행동한다. 무자비하고 단호하게 적용되는 이러한 전제가 인간행동에 '경제학적으로 접근하는 방법의 핵심'이다. 경제학적 접근법은 생사에 대한 결정부터 커피 브랜드의 선택까지 재화의 종류에 상관없이 적용된다. 또한 배우자를 선택하거나 페인트 한 통을 살 때도 적용된다. 베커는 이렇게 주장을 이어나간다.

> 나는 경제학적 접근이 모든 인간행동에 적용할 수 있는 포괄적 접근법이라는 결론에 도달했다. 화폐 가격이나 잠재 귀속 소득, 반복적이거나 간헐적인 결정, 크거나 작은 결정, 감정적이거나 기계적인 목적, 부유하거나 가난한 사람, 남자나 여자, 성인이나 어린이, 명석하거나 어리석은 사람, 환자나 심리치료사, 사업가나 정치가, 교사나 학생과 관련된 행동도 마찬가지다.

베커는 결국 모든 인간행동을 비용과 이익에 따른 합리적 계산법으로 설명하고 예측할 수 있다고 말한다. 과연 인간의 모든 행동을 시장 개념으로 이해할 수 있을까? 경제학자, 정치학자, 법학자 등이 이러한 문제를 놓고 지속적으로 논쟁을 벌이고 있다. 하지만 확실한 것은 학계뿐 아니라 일상생활에서도 시장 개념이 매우 강력해지고 있다는 것이다. 지난 수십 년 동안 사회적 관계도 시장관계의 개념에 맞추어 놀라울 정도로 수정되었음을 목격해왔다. 이러한 변화가 생겨난 한 가지 이유는 사회문제를 해결하려는 금전적 인센티브의 사용이 늘어났기 때문이다.

인센티브와 도덕적 혼란

오늘날 경제학이 다루는 주제의 범위는 본래 전통적인 범위보다 훨씬 넓어졌다. 그레고리 맨큐가 자신의 영향력 있는 경제학 교과서의 최근 개정판에서 제시한 경제에 관한 정의를 생각해보자. "'경제'가 무엇인지는 분명하다. 경제는 사람들의 무리가 살아가면서 상호작용하는 것일 뿐이다."

이러한 설명에서 경제학은 물적 재화의 생산-유통-소비를 다룰 뿐 아니라 일반적으로 인간의 상호작용과 개인이 결정을 내리는 원칙을 다룬다. 맨큐에 따르면 이들 중 가장 중요한 원칙은 "사람은 인센티브에 반응한다."는 것이다.

인센티브는 경제학적 사고에서 최근에 등장한 용어로 애덤 스미스(Adam Smith)나 기타 고전 경제학자의 글에는 등장하지 않는다. 사실 20세기까지도 경제학적 담론에는 출현하지 않았고, 1980년대와 1990년대까지도 두드러지지 않았다. 20세기 후반 시장과 시장 중심적 사고가 미치는 영향력이 커지면서 '인센티브'라는 단어의 사용량은 급격히 증가했다.

경제학을 인센티브의 학문으로 생각하는 것은 시장의 영향력을 일상생활까지 확대하는 것 이상을 의미한다.

경제학자들은 인센티브를 사랑한다. 그들은 인센티브를 동경하고 제정하고 연구하고 만지작거린다. 전형적인 경제학자는 적절한 인센티브 계획을 고안할 재량권만 있다면 세상에 자신이 고칠 수 없는 문제는 없다고 믿는다. 그의 해결책이 항상 산뜻하지만은 않아서 강압이나 과도한 처벌이 따를 수 있고 시민의 자유를 침범할 수도 있겠지만, 본래의 문제는 고쳐지리라 확신해도 좋다. 인센티브는 자그마하지만 상황을 변화시키는 놀라운 힘을 발휘하는 탄환이고 지렛대이자, 열쇠다.

인센티브의 이러한 개념은 시장을 보이지 않는 손으로 보는 애덤 스미스의 생각과는 거리가 멀다. 일단 인센티브가 '현대 삶의 초석'이 되면 시장은 강압적이며 조작적인 손으로 보인다. 불임시술을 받거나 좋은 성적을 거둘 때 받는 현금 인센티브를 기억해보라. 레빗과 더브너는 이렇게 주장했다. "대부분의 인센티브는 자연발생적으로 생기지 않는다. 경제학자나 정치가나 부모 등 누군가가 만들어내야 한다."

시장에 대한 신념을 둘러싼 두 가지 입장

경제학자들이 내세우는 인간 본성과 도덕적 삶에 관한 두 가지 입장이 있다. 첫째는 어떤 활동을 상업화해도 활동 자체는 바뀌지 않는다는 것이다. 이러한 가정에 따르면 돈은 결코 재화를 부패시키지 않고 시장 관계가 비시장 규범을 밀어내는 일은 발생하지 않는다. 정말 그렇다면 삶의 모든 영역으로 시장이 확대되는 것을 옹호하는 입장에 저항하기는 힘들다. 예전에 거래 대상이 아니었던 재화가 거래된다 하더라도 아무 피해도 일어나지 않는다. 그러한 재화를 사고팔고 싶은 사람은 그렇게 해서 효용을 증가시킬 수 있지만, 해당 재화를 값을 매길 수 없을 만큼 소중하게 생각하는 사람은 거래를 자유롭게 중단할 수 있다. 이러한 논리에 따르면 설사 사고파는 대상이 사람의 혈액이라 하더라도 시장 거래를 허용함으로써 아무도 손해를 입지 않고 거래 당사자들은 이익을 얻을 수 있다. 애로가 설명하듯 일반적으로 경제학자들은 시장이 형성되면 개인의 선택 영역이 늘어나기 때문에 결과적으로 산출이익이 커지는 현상을 당연하게 받아들인다. 따라서 자발적인 혈액 기증 시스템에 혈액 판매 가능성을 추가한다면 개인이 선택할 수 있는 대안의 범위가 확대될 뿐이다. 혈액을 기증함으로써 만족을 얻는다면 언제라도 기증할 수 있으므로 자발적으로 기증할 수 있는 권리는 전혀 훼손되지 않는다.

시장에 대한 중요한 신념의 두 번째 입장은 윤리적 행동은 아껴야 하는 상품이라는 것이다. 그 내용은 이렇다. 이타주의-관용-결속-시민의 의무 같은 도덕적 정서는 사용하면 고갈되는 희소한 자원이므로 지나치게 의존해서는 안 된다. 개인적인 이익을 추구하는 시장은 미덕이라는 제한된 자원을 다 써버리지 않게 해준다. 예를 들어, 혈액 공급을 대중의 관용에 의존한다면 다른 사회적 목적이나 자선의 목적을 달성하는 데 사용할 관용이 줄어들 것이다. 하지만 가격 시스템을 사용해 혈액 공급량을 충족한다면 사람들의 이타주의 감정을 정말 필요한 곳에 온전히 쓸 수 있다. 애로는 이타주의적 동기유발이라는 희귀한 자원을 무모하게 사용하면 안 된다고 말했다.

여기서 한 발 더 나아가 서머스 같은 학자는 시장을 비판하는 사람들에게 "우리는 누구나 내면에 많은 이타심을 지니고 있다. 나와 같은 경제학자들은 이타심을 우리가 보존해야 하는 소중하고 드문 재화라고 생각한다. 따라서 이기적인 개개인이 모여 사람들의 욕구를 만족시키는 시스템을 설계하고 가족, 친구, 그리고 시장이 해결할 수 없는 많은 사회 문제에 대한 이타심을 아껴둠으로써 보존하는 것이 낫다"라고 했다. 사회적 삶에서 이타주의를 무모하게 사용하면 다른 공공의 목적을 위해 써야할 공급량이 고갈되며, 가족과 친구를 위해 남겨두어야 할 이타주의까지 감소한다는 것이다.

미덕에 대한 이러한 경제주의의 견해는 시장에 대한 신념을 불타게 하고 원래는 속하지 않았던 영역으로 시장을 확대시킨다. 하지만 비유가 잘못되었다. 이타주의, 관용 결속, 시민정신은 사용할수록 고갈되는 상품이 아니다. 오히려 운동하면 발달하고 더욱 강해지는 근육에 가깝다. 시장 지향 사회의 결함 중 하나는 이러한 미덕이 쇠약해지게 방치하는 것이다. 우리의 공공 삶을 회복하려면 좀 더 부지런히 미덕을 행사해야 한다.

– 마이클 샌델의 『돈으로 살 수 없는 것들』
(안기순 옮김, 와이즈베리, 2012)

1. 금전 인센티브가 나에게 긍정적 영향을 주었던 경험과 부정적 영향을 주었던 경험을 이야기해 보자.

2. 미국에서는 매년 수십만 명에 이르는 아기들이 마약중독 여성에게서 태어난다. 마약에 중독된 채 태어난 아기도 있고, 학대당하거나 방치되는 아이들도 있다. 이 문제를 해결하기 위해 300달러의 현금 인센티브를 주고 마약중독 여성들이 불임시술을 받도록 하는 프로젝트(Babara Harris, Project Prevention)를 시행했다. 프로젝트는 정당하고 적절한가? 혹은 도덕적으로 비난받을 일인가?

3. '인간의 모든 행동은 시장 개념으로 이해할 수 있다.'는 주장에 동의하는가?

4. 자원이 효율적으로 분배되면 사회적 효용이 극대화된다는 멘큐의 주장을 검토해 보자.

5. 거래대상이 아니었던 재화를 거래했을 때 일어날 수 있는 문제는 무엇인가?

6. 이타심이나 시민정신은 아껴야 하는 희소 재화인가, 아니면 단련시켜야 할 근육인가?

C&C_01 ────────────

다음의 두 자료에는 '땅'이라는 재화를 바라보는 다른 입장이 나타난다. [자료1] 그림에 등장하는 부부의 입장(그들의 표정, 자세, 전체 구도 등을 참조)에서, 그리고 [자료2]의 시적 화자의 입장(화자의 기분과 의지 참조)에서 각각 '땅'을 바라보는 관점은 어떻게 다른가. 두 입장에 충분히 공감해 보고, 하나의 입장을 정하여 상대에게 창의적 질문을 던져 보자.

[자료1]

앤드루스 부부(토머스 게인스버러, 1750)

[자료2]

땅 | 안도현

내게 땅이 있다면
거기에 나팔꽃을 심으리라
때가 오면
아침부터 저녁까지 보랏빛 나팔소리가
내 귀를 즐겁게 하리
하늘 속으로 덩굴이 애쓰며 손을 내미는 것도
날마다 눈물 젖은 눈으로 바라보리
내게 땅이 있다면
내 아들에게는 한 평도 물려주지 않으리
다만 나팔꽃이 다 피었다 진 자리에
동그랗게 맺힌 꽃씨를 모아
아직 터지지 않은 세계를 주리

C&C_02

짐멜은 돈은 모든 것을 등가물로 교환함으로써, 모든 것을 수평적으로 교환하여 인간의 개별적 가치를 해체시킨다고 지적한다. 돈이 인간의 개별적 가치를 해체시키는 경우를 현실에서 찾아보고, 이러한 사례들이 사회적으로 어떤 문제들을 유발할 수 있는지를 토의해 보자.

점점 더 많은 사물들이 돈으로 지불되고 돈을 통해서 획득될 수 있게 되면서, 사람들은 경제적 교환의 대상에 돈으로 표현될 수 없는 측면이 있다는 사실을 매우 자주 간과한다. 우리는 심지어 화폐 가치에 경제적 교환 대상의 정확하고 예외 없는 등가물이 내포되어 있다고 쉽게 믿어버린다. 우리 시대가 안고 있는 문제점인 불안과 불만족의 심층적인 이유가 바로 이것이다. 대상들의 질적인 측면은 화폐경제에 의해서 심리학적 중요성을 상실하게 된다. 또한 사람들은 모든 가치를 화폐 가치에 의해서 평가하도록 지속적으로 요구받는데 이는 결국 화폐 가치가 유일하게 타당한 가치로 보이게끔 만들어버린다. 그리고 경제적으로 표현할 수 없는 사물들의 특수한 의미는 점점 더 빠르게 지나쳐간다. 이 특수한 의미들은 가끔 우리에게 복수해온다. 삶의 핵심과 의미는 언제나 우리 손아귀를 벗어나고, 확실한 만족은 점점 더 드물게 되며, 또한 일체의 노력과 행위가 실제로 아무런 것도 가져다주지 않는 느낌에 사로잡힐 때가 있다. 이것이야말로 특수한 의미를 쉽게 지나쳐온 자들이 감내해야할 현대적 감각이다. 점차 질적인 가치를 단순히 양적인 가치에 대한 관심사로 덮어버리는 경우가 많아진다. 하지만 질적인 가치만이 궁극적으로 우리들의 근원적 욕구를 충족시켜줄 수 있다.

특별한 대상을 세상 모든 것에 적용될 수 있는 교환수단으로 대응시키면, 그 자체가 지닌 높은 가치는 상실되게 된다. 돈은 '비천'하다. 왜냐면 돈은 모든 것에 대한 등가물이기 때문이다. 오로지 개별적인 것만이 고귀하다. 가장 이질적인 것들까지도 동일하게 돈으로 환산할 수 있다는 가능성은 사물의 고유한 가치를 손상시킨다. 따라서 '돈으로 살 수 없는'이라고 표현하는 것은 정당하다. 하지만 부유한 사람들은 이러한 사실에 마음 깊이 반발하며 '둔감함'을 표한다. 그들은 무색(無色)의 획일성에도 불구하고 가장 다양하고 특별한 것을 구입할 수 있는 수단을 소유하고 있기 때문이다. 그들에게는 '어떠한 가치가 있는가'라는 질문이 '얼마나 더 가치가 있는가'라는 질문에 의해서 대체되기 때문에 사물이 주는 독특하고 가장 개별적인 자극들에 대한 감수성은 점점 더 위축된다. 객체들이 지니는 뉘앙스와 특징에 대해 반응하지 않고, 오히려 이 모든 것을 동일하게 그리고 무감각하게 지각하는 것이 감수성을 잃은 '둔감함'이다. 돈으로 더 많은 사물을 환산하면 할수록 이러한 특성은 더 뚜렷해진다.

— 짐멜의 「현대 문화에서의 돈」
(『짐멜의 모더니티 읽기』, 김덕영·윤미애 옮김, 새물결, 2005)

C&C_03 —————————

두 개의 영상을 보라.

> SBS 다큐멘터리 〈최후의 제국 3부 돈과 꽃〉
> "돈은 우리에게 힘을 주었다!" vs "꽃은 순수요, 세상에서 가장 아름다운 힘이다!"

> KBS 드라마 〈가을동화〉 중 "얼마면 돼?"

다큐멘터리 〈돈과 꽃〉은 중국의 맞선 시장을 다루는데, 부자 남자와 맞선을 보기 위해서 시험을 치르는 젊은 여성들이 등장한다. "사랑, 얼마면 돼?"라는 유명한 대사를 남긴 드라마의 장면도 참조하라.

영화나 드라마에는 돈과 사랑의 역학관계에 대한 무수한 사례가 등장한다. 자신이 인상 깊게 기억하고 있는 사례들을 서로 나누어 보고, '돈과 사랑'에 대한 생각을 발표해 보자.

빵 한 덩이에서
삶은 시작되고

레미제라블 | 빅토르 위고

다소곳한 복종

문이 열렸다. 문이 세차게 활짝 열렸다. 마치 누군가가 힘주어 서슴없이 밀어 젖힌 것처럼. 한 사나이가 들어왔다. 조금 전 잠자리를 찾아 헤매는 것을 보아 온 그 나그네였다. 그는 들어왔다. 한 걸음 내딛고는, 뒤로 문을 열어놓은 채 멈춰섰다. 어깨에 배낭을 메고, 손에 지팡이를 들었으며, 눈에는 거칠고 대담하며 고달프고 광포한 빛이 서려 있었다. 벽난로 불빛이 그를 비추었다. 끔찍스러운 사나이였다. 마치 흉직한 유령 같았다.

마글르와르 부인은 '앗' 하고 소리칠 힘조차 없었다. 그녀는 떨면서 멍하니

서 있었다. 바띠스띤느 양은 뒤돌아 들어오는 사나이를 보고 놀라며 엉거주춤 일어섰다가, 다시 천천히 벽난로 쪽으로 고개를 돌려 오빠를 바라보았다. 그녀의 얼굴은 다시금 침착하고 온화한 빛을 되찾았다. 주교는 그 사나이에게 조용히 눈길을 보내고 있었다.

그 낯선 사나이에게 무슨 일로 왔느냐고 물으려는 듯 주교가 막 입을 열려고 했을 때, 사나이는 두 손을 지팡이 위에 얹고 노인과 두 부인을 번갈아 보면서 주교가 말하는 것을 기다리지 않고 큰 목소리로 말했다.

"들어 보십시오. 나는 장 발장이라고 합니다. 징역을 산 사람입니다. 나는 19년 동안 감옥에 있었습니다. 나흘 전 석방되어 뽕따를리에로 가기 위해 길을 떠났습니다. 뚤롱(지중해의 항구. 형무소가 있었으며, 1873년에 폐지됨)에서부터 나흘을 걸었지요. 오늘은 12리그를 걸었습니다.

저녁 때 이 고장에 닿아 여관을 찾아들었으나 쫓겨났습니다. 시청에서 내보인 나의 노란색 통행증 때문이지요. 그것은 가는 곳마다 반드시 내보여야만 되는 겁니다. 나는 다른 여관으로 갔습니다. 나가라고 하더군요. 감옥에 갔지만 문지기가 열어 주지 않았습니다. 개집을 찾아들었지만 개도 물어뜯으며 인간과 마찬가지로 나를 쫓아냈지요. 개도 마치 내가 누구라는 걸 알고 그러는 것 같았습니다.

나는 들판으로 나가 별을 안고 자려고 했습니다. 그러나 별도 떠 있지 않고 비가 올 것 같았습니다. 비를 막아 줄 하느님도 없다고 생각되더군요. 그래서 추녀 밑이라도 찾아보려고 다시 거리로 들어왔습니다. 그리고 저 광장에서 돌 위에 드러누워 자려고 했습니다. 그런데 어느 친절하신 부인께서 이 집을 가리키며 '저기로 찾아가보라'고 말해 주었습니다. 그래서 찾아온 겁니다.

여기는 대체 뭣하는 곳입니까? 당신은 여관을 하십니까? 나는 돈을 갖고 있습니다. 내 적립금이지요. 109프랑 15수, 내가 19년 동안 감옥에서 일해 번 돈입니다. 돈을 드리겠습니다. 괜찮겠지요? 돈은 있으니까요. 몹시 지쳐 있습니다. 12리그나 걸어와 여간 배고프지 않습니다. 여기서 쉴 수 있겠습니까?"

"마글르와르 부인, 그릇을 한 사람 분 더 내와요" 하고 주교는 말했다.

사나이는 서너 걸음 걸어나와 식탁 위의 램프로 다가섰다.

"괜찮습니까?" 하고 그는 이상스럽다는 듯한 얼굴로 말을 이었다.

"내 말을 알아들으셨습니까? 나는 징역살이를 한 사람입니다. 죄수예요. 나는 항구의 감옥에서 나왔단 말입니다."

그는 주머니에서 크고 노란 종이를 꺼내 펴보였다.

"자, 이것이 내 통행증입니다. 보시는 바와 같이 노랗습니다. 이것 때문에 저는 어디를 가나 쫓겨났습니다. 읽어 보시겠습니까? 나도 읽을 줄은 압니다. 감옥에서 배웠지요. 배우고 싶어하는 이들을 위하여 학교도 있으니까요. 들어 보십시오, 통행증에는 이렇게 씌어 있습니다. '장 발장, 석방된 죄수, 태생은……아무래도 상관 없는 일…… 19년 동안 징역살이를 했음. 주택침입 절도죄로 5년. 네 번의 탈옥 기도로 14년. 굉장히 위험한 자임.' 이렇습니다. 누구든 나를 쫓아냅니다. 그런데도 나를 들여놓아 주시겠습니까? 여기는 여관인가요? 식사를 하고 잠잘 수 있습니까? 댁에 마굿간이라도 있습니까?"

"마글르와르 부인, 손님용 침대에 흰 시트를 깔아 놓구려" 하고 주교는 말했다. 마글르와르 부인은 받은 명령을 수행하러 방을 나갔다. 주교는 사나이 쪽으로 몸을 돌렸다.

"자, 당신도 앉으시오. 불을 쬐시오. 곧 식사가 나올 겁니다. 당신이 식사하는 동안 침대 준비도 되겠지요." 이제야 겨우 사나이는 납득이 가는 모양이었다. 그때까지 음울하고 굳어져 있던 얼굴에 놀라움과 의혹과 기쁨의 빛이 떠오르며 무어라 말할 수 없는 표정이 되었다. 마치 미친 사람처럼 그는 중얼거리기 시작했다.

"정말입니까? 아니, 나를 재워 주는 겁니까? 쫓아내지 않는군요? 죄수인 나를 '당신'이라고 불러 주는군요! 너라고 하지 않고! '어서 나가, 이 새끼!'라고만 늘 들어왔는데. 댁에서도 분명 쫓아내리라 여기고 있었습니다. 그래서 먼저 신분을 밝혔지요. 아! 여기를 가르쳐 주신 부인은 정말 고마운 분입니다! 밥을 먹다니!

침대도 이불도 시트도 있다니! 세상 사람들처럼 말입니다! 19년 동안 침대에서 자본 일이 없습니다! 당신은 나를 쫓아내지 않는군요! 당신은 훌륭한 분입니다. 돈은 가지고 있습니다. 틀림없이 내겠어요. 실례지만 주인 어른, 성함이 뭐라고 하십니까? 돈은 얼마든지 내겠습니다. 당신은 참으로 좋은 분입니다. 당신은 여관 주인 어른이겠지요, 그렇지 않습니까?"

"나는 여기 살고 있는 사제입니다" 하고 주교는 말했다.

"사제님이라고요!" 하며 사나이는 말을 계속했다. "오, 고마우신 사제님! 그럼, 돈을 받지 않겠군요? 주임사제님이시군요? 저 큰 성당의 주임사제님? 아, 과연! 나도 참 정신이 없군! 사제님의 그 둥근 모자를 몰라보다니!"

연방 지껄여대며 사나이는 배낭과 지팡이를 한구석에 내려놓고 통행증을 주머니에 집어넣자 벌써 자리에 앉아 있었다. 바띠스띤느 양은 인정어린 눈으로 사나이를 바라보았다.

그는 말을 계속했다.

"사제님, 당신은 참으로 인정 많은 분입니다. 조금도 업신여기지 않는군요. 착한 사제란 정말 좋은 거야. 그럼, 나는 돈을 내지 않아도 되는 거지요?"

"그렇소" 하고 주교는 말했다. "돈은 갖고 계시오. 얼마나 갖고 있소? 109프랑이라고 했소?"

"네, 109프랑 15수."

"109프랑 15수. 그만큼 버는 데 얼마나 걸렸다고요?"

"19년입니다."

"19년이라!"

주교는 길게 한숨을 지었다.

사나이는 말을 계속했다.

"나는 그 돈을 아직 고스란히 갖고 있습니다. 나흘 동안에 나는 그라쓰에서 수레에서 짐내리는 일을 거들어 주고 번 돈 25수밖에 쓰지 않았거든요. 당신은 사제님이니 말씀드리지만, 감옥에 교도사목이 한 분 계셨습니다. 그리고 어떤 날은 주교도 보았습니다. 각하라고 불리는 분이었지요. 마르세이유의 마조르 주교였습니다. 뭐, 많은 주임사제 위에 계시는 훌륭한 사제라더군요. 용서하십시오, 뭐라고 해야 좋을지 말이 잘 안 나옵니다. 우리하고는 영 관련이 먼 일이라서요. 안 그렇습니까? 그 훌륭한 분이 감옥 안 한가운데 제단 위에서 미사를 올렸습니다. 머리에 금빛으로 번쩍이는 뾰족한 관을 쓰고 있었습니다. 한낮의 햇빛이 그걸 비추었어요. 우리는 세 군데로 줄을 지어 늘어서 있었지요. 우리들 앞에는 대포와 불을 당긴 화약 심지가 있었습니다. 우리들에겐 잘 보이지 않았습니다. 뭐라고 말씀하셨지만, 너무 멀어서 잘 알아들을 수 없었어요. 그것이 주교라는 거지요."

사나이가 이야기하는 동안 주교는 활짝 열려 있던 문을 닫았다. 마글르와르 부인이 돌아왔다. 한 사람 분의 그릇을 들고 와 그것을 식탁에 올려놓았다.

"마글르와르 부인, 그릇은 되도록 벽난로에 가까이 놓아요." 그리고는 손님 쪽을 돌아보며 "알프스의 밤바람이 몹시 찹니다. 당신은 틀림없이 춥겠지요?" 하고 주교는 말했다. 주교가 '당신'이라는 이 말을 무게 있는 목소리로 점잖고 자못 품위 있게 말할 때마다 사나이의 얼굴은 밝게 빛났다. 죄수에게 '당신'이라는 말은, 메뒤즈 호의 조난자(1816년 7월 2일 아프리카 서해안에서 일어난 프랑스 순양함 난파사건. 149명의 조난자가 뗏목을 타고 바다를 헤매다가 대부분 빠져죽거나 살아 남은 자의 밥이 되어 12일 만에 구출되었을 때 겨우 15명만 남아 있었음)에 대한 한 잔의 물과도 같았다.

욕을 당한 자는 존경에 굶주리고 있는 것이다.

"이 램프는" 하고 주교는 말했다. "도무지 밝지 못하군."

마글르와르 부인은 그 뜻을 알아차리고 각하 침실의 벽난로 위에서 은촛대를 두 개 가져다가 불을 붙여 식탁 위에 놓았다.

"사제님, 당신은 좋은 분입니다. 나를 업신여기지 않고, 집 안에 들여놓아 주셨습니다. 그리고 나를 위해 촛불까지 켜주십니다. 나는 내가 있던 곳을, 내가 몹쓸 인간이라는 것을 숨기지 않았는데." 주교는 사나이 곁에 앉아 그의 손을 부드럽게 만졌다.

"당신은 신분을 밝히지 않아도 좋았소. 이 문은 들어오는 사람에게 일일이 이름을 묻지 않고, 다만 괴로움이 있는가 없는가를 물어볼 뿐이오. 당신이 괴로움을 겪고 굶주림과 목마름을 느끼고 있다면, 잘 찾아오셨소. 내게 감사하지 마시오. 내가 내 집에 당신을 맞아들였다고 생각해서는 안 되오. 이 집은 안식처를 구하는 사람 모두의 집이오. 나는 한낱 지나가는 사람인 당신에게 이렇게 말하는 것이오. 여기는 내 집이기보다 당신 집이오. 여기 있는 것은 모두 당신 것이오. 내가 어찌 당신 이름을 알 필요가 있겠소? 그뿐 아니라, 당신이 말하기 전부터 나는 당신 이름을 하나 알고 있었소."

사나이는 놀라서 눈이 휘둥그래졌다.

"정말입니까? 사제님은 나를 어떻게 부르는지 알고 계셨습니까?"

"그렇소. 당신은 내 형제라고 불립니다."

"아, 사제님! 나는 여기 들어왔을 때 굉장히 배가 고팠습니다. 그런데 당신이 너무나 친절하게 대해 줘서 이제 아무렇지도 않습니다. 배고픔을 잊어버렸습니다" 하고 사나이는 소리쳤다.

주교는 그를 바라보며 말했다.

"당신은 고생을 많이 했겠군요."

"그야 물론이지요! 붉은 죄수복, 족쇄에 달린 쇠뭉치, 널빤지로 된 잠자리, 더위, 추위, 노동, 매질! 하찮은 일에도 두 겹의 쇠사슬에 묶이고, 말 한 마디 잘못하면 토굴 속에 갇히고, 병으로 드러누워도 사슬은 마냥 그대로 있습니다. 개, 아니 개보다도 못합니다! 19년! 이제 나는 46살이 되었습니다. 그리고 지금은 이 노란색 통행증! 이 모양 이 꼴이지요."

"알겠소. 당신은 참으로 슬픈 곳에서 나왔소. 하지만 들어 보시오. 하늘에서는 올바른 사람 백 명의 흰옷에 대해서보다 뉘우치는 한 죄인의 눈물 젖은 얼굴에 더 많은 기쁨이 있을 것이오. 만약 당신이 그 슬픔의 장소에서 사람들에 대한 미움이나 노여움을 갖고 나왔다면 당신은 불쌍한 사람이오. 만일 친절과 정다움과 평화의 마음을 품고 나왔다면, 당신은 우리들 누구보다도 훌륭한 사람일 것이오."

그러는 동안 마글르와르 부인은 저녁상을 다 차려 놓았다. 물과 기름과 빵과 소금으로 된 수프, 베이컨 조금, 한 조각의 양고기, 무화과, 신선한 치즈, 그리고 한 덩어리의 커다란 호밀빵. 그녀는 또 의논도 없이 주교의 여느 때 식사에다 모브 포도주 한 병을 곁들여 내었다.

주교의 얼굴에 손님 대접을 좋아하는 사람에게서 흔히 볼 수 있는 쾌활한 표정이 갑자기 떠올랐다. "어서 듭시다!" 하고 그는 기운차게 말했다. 다른 사람과 식사를 함께 할 때의 습관대로, 그는 자기 오른편에 사나이를 앉혔다. 바띠스띤느 양은 조용하고 자연스럽게 오빠의 왼편 자리에 앉았다.

주교는 습관대로 감사 기도를 드리고 손수 수프를 떠 주었다. 사나이는 정신 없이 먹기 시작했다. 갑자기 주교는 말했다.

"식탁에 뭔가 빠진 것 같은데."

과연 마글르와르 부인은 그 자리에 필요한 세 사람 분의 은그릇밖에 내놓지 않았던 것이다. 주교가 누군가를 식사에 초대할 때는, 천진스러운 허영이지만 여섯 사람 몫의 은그릇을 식탁 위에 늘어놓는 게 이 집의 관례로 되어 있었다. 웃음이 절로 떠오르는 사치스러운 이 과시는, 가난함을 품위로 삼고 있는 안온하고도 엄격한 이 가정의 어린애 같은 애교이기도 했다.

마글르와르 부인은 주교의 말뜻을 깨닫고 말없이 방에서 나갔다. 얼마 뒤 주교의 주문대로 세 벌의 식기는 식사하는 세 사람 앞에 하나 하나 질서있게 늘어놓여 식탁보 위에서 반짝였다.

장 발장

한밤중에 장 발장은 잠이 깨었다.

장 발장은 라 브리 지방의 가난한 농가에서 태어났다. 소년 시절에 글도 배우지 못했다. 나이가 들면서 파브롤에서 나뭇가지 치는 일을 했다. 어머니는 잔느 마띠외, 아버지는 장 발장 또는 블라장이라고 했다. 블라장은 별명으로, '브왈라 장'(저 장이라는 녀석의 뜻)을 줄인 것 같다.

장 발장은 침울한 데는 없었으나 늘 무슨 생각에 잠긴 듯한 성격이었다. 그것은 인정 많은 사람에게서 볼 수 있는 특징이다. 그렇지만 전체적으로 적어도 겉보기에는, 장 발장은 어딘지 둔중하고 흐리멍덩해 보이는 사나이였다. 아주 어려서 아버지와 어머니를 여의었다. 어머니는 산후 몸조리가 잘못되어 숨지고, 아버지는 그와 마찬가지로 나뭇가지치기 일을 하다가 나무에서 떨어져 죽었다.

장 발장에게 남은 것은 그보다 훨씬 나이 많은 누이 하나뿐이었다. 이 누이는 아들 딸을 일곱이나 거느린 과부였다. 이 누이는 남편이 살아 있는 동안 동생을 집에 데려다 길러 주었다. 그러다 남편이 죽었다. 일곱 아이 중 맏이가 8살, 막내가 1살이었다. 장 발장은 그때 25살이었다. 그는 한 집의 가장이 되어 이번에는 자기를 길러 준 누이의 생활을 떠맡았다. 그것은 단순히 의무처럼 그렇게 되어 버려, 장 발장으로서는 그리 달가운 일이 못 되었다. 그는 고되면서도 벌이는 신통치 못한 노동을 하며 젊은 시절을 보냈다. 그 고장에 그의 '연인'이 있는 것을 본 사람은 아무도 없었다. 여자를 쫓아다닐 겨를이 없었던 것이다.

저녁이면 그는 지쳐서 돌아와 말없이 수프를 먹었다. 잔느 아주머니라고 불리는 누이는 그가 먹고 있는 옆에서 쇠고기나 돼지고기 조각 또는 캐비지 속 같은 음식 중 가장 좋은 것을 접시에서 곧잘 집어내어 아이들 가운데 누군가에게 먹이곤 했다. 그는 언제나 식탁에 몸을 숙이고 얼굴을 거의 수프 접시에 처박다시피 하여 긴 머리칼을 접시 둘레에 늘어뜨려 눈을 가리고 먹으면서, 아무것도 보지 못한 채 누이가 하는 대로 내버려두었다.

나뭇가지를 치는 계절에는 하루에 24수의 수입이 있었다. 그밖에 들일, 품일, 농장의 소몰이, 농사일 등을 닥치는 대로 했다. 그는 자기가 할 수 있는 일이면 다했다. 누이는 누이대로 벌었지만, 아이가 일곱이나 되어 어찌할 도리가 없었다. 갈수록 가난에 쫓기고 몰리는 가엾은 무리들이었다.

그러던 중 어느 혹독한 겨울이 왔다. 장은 일거리가 없었다. 집에는 빵이 없었다. 말 그대로 한 조각의 빵도 없었다. 어린아이들이 일곱이나 있는데도!

어느 일요일 저녁, 파브롤 교회 앞 광장에 있는 빵집 주인 모베르 이자보가 막 잠들려는 참이었다. 가게의 창살 달린 유리 진열장이 쨍그랑 깨지는 소리가 들렸다. 나가 보니 마침 그때 창살과 유리를 한꺼번에 깨뜨린 구멍으로 손 하나가 쑥 들어와 있는 게 눈에 띄었다. 그 손은 빵 하나를 훔쳐 가지고 나갔다.

이자보는 재빨리 밖으로 뛰어나갔다. 도둑은 쏜살같이 달아났다. 이자보는 그를 쫓아가 붙잡았다. 도둑은 이미 빵을 내던져 버려 가지고 있지 않았으나, 팔에서 아직 피가 흐르고 있었다. 그가 바로 장 발장이었다.

이것은 1795년에 일어난 일이었다. 장 발장은 '한밤중 남의 집 창을 부수고 도둑질한 죄'로 재판관 앞에 끌려 나갔다. 그는 오래 전부터 소총을 하나 갖고 있었는데, 다른 누구보다도 솜씨가 뛰어나 더러 밀렵도 하고 있었다. 그것이 그에게는 불리했다. 밀렵자는 당연히 곱지 못한 눈길로 보기 마련이다. 밀렵자는 밀수입자와 더불어 도적과 비슷하게 취급된다. 그러나 말이 났으니 말이지만, 이런 종류의 사람들과 도회지의 끔찍한 살인자들 사이에는 큰 차이가 있다. 밀렵자는 숲 속에 살고, 밀수입자는 산 속이나 바다 위에 산다. 도시는 부패한 인간을 만들고, 또한 잔인한 인간을 만들어낸다. 산과 바다와 숲은 야성의 인간을 만든다. 그러한 자연은 인간의 거친 일면을 키워주기는 하지만 인간적인 면을 파괴하는 일은 그리 많지 않다.

장 발장은 유죄 판결을 받았다. 법전의 규정은 뚜렷했다. 우리들의 문명에도 두려운 시기가 있다. 형벌이 인생의 파멸을 선언하는 때이다. 사회가 멀어지고 하나의 정신을 지닌 인간이 재기할 수 없을 만큼 세상에서 버림받는 순간, 아, 그것은 얼마나 저주스러운 순간인가! 장 발장은 5년의 징역을 언도받고 항구의 감옥으로 가게 되었다.

1796년 4월 22일, 비세트르에서는 하나의 커다란 쇠사슬로 많은 죄수를 묶었다. 장 발장도 그 속에 끼여 있었다. 지금은 벌써 90살 가까이 된 그즈음 형무소 간수는, 가운뎃 마당 북쪽 구석의 넷째 줄 끝에 묶여 있던 이 불행한 사나이를 또렷이 기억해 낸다. 그도 다른 죄수들과 마찬가지로 땅바닥에 앉아 있었다. 그는 그것이 두려운 일이라는 것 외에, 자기가 지금 어떤 입장에 있는지 알지 못하는 듯 보였다. 그러나 아무것도 모르는 불쌍한 사나이의 막연한 생각 속에서도 너무 가혹한 처사라는 것은 느끼고 있었으리라.

목에 걸린 쇠목걸이의 나사못을 쇠망치로 쾅쾅 두들겨 박는 동안 그는 울고 있었다. 눈물에 목메어 소리도 나오지 않았다. 겨우 띄엄띄엄 이런 말밖에 할 수 없었다.

"나는 파브롤의 가지 치는 사람이오."

그리고 흐느껴 울면서, 오른손을 쳐들어 천천히 일곱 개의 계단을 내려오듯 그 손을 내리는 것이었다. 마치 키가 다른 일곱 사람의 머리를 차례차례로 어루만지는 것 같았다. 그러한 손짓으로, 그가 저지른 짓이 비록 무엇이었든 일곱 아이들에게 입히고 먹을 것을 주기 위해 저지른 일이었음을 짐작할 수 있었다.

그는 뚤롱 항구로 보내졌다. 목에 쇠사슬을 차고 짐수레에 실려 27일 만에 거기 닿았다. 뚤롱에서 그는 붉은 죄수복으로 갈아 입었다. 이제까지의 생활에 있었던 것은 모두 사라져 버리고 이름조차 없어졌다. 그는 이미 장 발장이 아니었다. 그는 24601호였다.

누이는 어떻게 되었을까? 일곱 아이는 어떻게 되었을까? 누가 그들을 보살필 것인가? 젊은 나무가 밑동에서부터 베어넘어졌을 때, 그 한줌의 나뭇잎은 어떻게 될 것인가? 그것은 언제나 뻔한 일이다. 그 가련한 생물, 신이 창조하신 어린 것들은 그 뒤 의지할 곳 없는 몸으로, 이끌어 주는 사람도, 머물 집도 없이 발길 닿는 대로 저마다 산산이 흩어져 버렸을 게 틀림없다. 그리고 외롭게 내동댕이 쳐진 인간의 운명을 삼켜 버리는 차디찬 안개 속으로 차츰 빨려들어갔으리라. 그 음울한 어둠 속에서, 수많은 불행한 사람들이 암담한 발길을 질질 끌면서 차례차례로 사라져 가는 것이다.

어머니와 아이들은 그 고장을 떠났다. 그들이 살던 고향의 종루도 그들을 잊어버렸다. 그들이 다니던 들판의 이정표도 그들을 잊어버렸다. 항구의 감옥에서 몇 년 지낸 뒤 장 발장조차 그들을 잊고 말았다. 지난날 깊은 상처를 입은 그의 마음 속에 지금은 그 자국이 남아 있을 뿐이었다. 그는 다시는 아무것도 듣지 못했다. 영원히 그뿐이었다. 그의 가슴속에는 흉터가 남았다. 그것이 전부였다.

감옥에 들어간지 4년째 들어간 해 장발장은 탈옥을 감행했다가 이틀 만에 붙잡혔다. 이후에도 세 번의 탈옥을 시도했었고, 그때마다 붙잡혀 형량이 늘어 도합 19년을 감옥에서 살아야 했다. 1815년 10월에 그는 석방되었다. 그는 유리창을 부수고 빵 한 조각을 훔친 죄로 1796년에 형무소에 들어갔던 것이다. 장 발장은 흐느끼고 떨면서 항구의 감옥에 들어갔고, 무감정한 사람이 되어 거기서 나왔다. 그는 거기에 절망해서 들어갔고, 침울해져서 나왔다.

이 사람의 영혼 속에서 무슨 일이 일어났었을까?

절망의 구렁텅이

그것을 말하기로 하자. 사회는 이런 종류의 일을 눈여겨보지 않으면 안 된다. 그것을 만들어내는 것은 사회이니까. 앞서도 말한 바와 같이 그는 무지한 사나이였다. 그러나 어리석지는 않았다. 자연의 빛은 그 안에서도 빛나고 있었다. 불행도 또한 그 자체의 빛을 지니고 있어서, 그것이 그 사나이의 정신에 있던 얼마쯤의 빛을 더욱 북돋아 주었다. 몽둥이와 쇠사슬과 감방 속과 피로함과 감옥의 내리쪼이는 뜨거운 태양과 죄수들의 널빤지 잠자리, 이 모든 고통을 참고 견디며 그는 자기의 양심을 돌이켜보고 깊은 생각을 거듭했다.

그는 스스로를 심판대에 올려놓았다. 그는 자기 자신을 심판하기 시작했다. 장 발장은 자신이 애매한 죄로 부당하게 벌 받는 결백한 인간이라고 할 수 없다는 사실을 인정했다. 그는 자기가 비난받을 만한 지독한 짓을 저질렀음을 부인하지 않았다. 그는 생각했다. 그때 만약 달라고 했더라면 아마도 그 빵을 거절 당하지는 않았을 것이다. 어떻든 인정에 호소하거나 스스로 노동을 하여 빵을 얻을 때까지 기다려야만 했다. '배가 고픈데 기다릴 수 있는가' 한다 해도, 그것은 절대적인 이유는 되지 못한다. 첫째로 글자 그대로 굶어 죽는다는 것은 매우 드문 일이며, 둘째로 행인지 불행인지 인간은 정신적·육체적으로 오래오래 모진 괴로움을 받을지라도 죽지 않게끔 만들어져 있다. 그러므로 참을성이 필요하다. 저 가엾은 조카들을 위해서라도 그렇게 하는 편이 훨씬 좋았을 것이다. 사회에 난폭하게 달려들어 도둑질로 빈곤을 벗어나려 생각한 것은, 자기 같은 무력하고 불행한 인간으로서는 서투른 짓이었다. 아무튼 오욕으로 들어가는 문은, 빈곤에서 벗어나기에 좋은 문이 아니었다. 결국 그는 잘못했던 것이다.

계속해서 그는 자신에게 물어 보았다. 이 숙명적인 사건에서 잘못은 자기 한 사람에게만 있었던가? 첫째 좋은 일꾼인 그에게 일거리가 없었고, 근면한 그에게 빵이 없었다는 것은 중대한 일이 아니었던가? 다음으로, 잘못이 저질러지고 자백을 했지만 형벌이 가혹하고 도가 지나치지 않았던가? 죄의 정도보다 법률의 형벌 쪽이 무겁지는 않았던가? 저울 한쪽에, 속죄를 올려놓은 쪽의 저울에 지나친 무게가 있었던 것은 아닌가? 형벌의 과중도 범죄를 소멸시키지는 못하지 않는가? 요컨대 그것은 상황을 악화시킬 뿐이며 범죄의 과실을 억압의 과실로 바꾸고, 죄인을 희생자로 만들고, 채무자를 채권자로 만들고, 법을 범한 인간을 결국 법으로 정당하게 해 주는 결과를 초래하지 않았던가? 탈옥을 꾀함으로써 계속 더해진 그 형벌은 하나의 약육강식이 되고 만 것이 아니었던가? 그것은 개인에 대한 사회의 죄, 여전히 날마다 되풀이되는 죄, 19년 동안이나 계속된 죄가 되어 버린 것은 아니었던가?

그는 자신에게 물었다. 대체 인간 사회는 때로는 부조리한 부주의를, 때로는 무자비한 경계를 그 구성원에게 다 함께 받게 할 권리를 가질 수 있는 것일까? 불쌍한 한 인간을 결핍과 힘겨움 사이에 영원히 처박아 둘 권리를 가질 수 있는 것일까? 우연으로 이루어진 재산 분배에서 가장 혜택받지 못한 사람들, 따라서 가장 동정 받아야 할 사람들을, 사회가 그렇듯 가혹하게 다룬다는 것은 천만부당한 일이 아니겠는가.

이러한 의문들이 제기되고 대답되었다. 그는 사회를 재판하여 유죄라고 단정했다. 그는 자기의 증오심으로 사회를 처벌했다. 그는 자기가 당하는 운명을 사회의 책임으로 돌리고, 언젠가는 가차없이 그 책임을 추궁하리라고 생각했다. 자기가 남에게 끼친 손해와 남이 자기에게 가한 손해 사이에는 균형이 없다고 스스로 선언했다. 결국 자기가 받은 형벌은 사실상 부정하다고까지는 할 수 없더라도 확실히 불공평하다고 결론지었다.

노여움은 자칫 이성을 벗어나 부조리에 빠진다. 사람은 공연히 화내는 일이 있다. 그러나 마음 속 어딘가에 이유가 있지 않고는 분개하지 않는다. 장 발장은 분노를 느끼고 있었다. 더욱이 인간 사회는 그에게 지독하게 대했을 뿐이다. 사회가 정의라고 스스로 부르며, 타격을 가하려는 자들에게 보여 주는 저 화난 듯한 얼굴, 그는 사회의 그런 얼굴밖에 본 일이 없었다. 사람들이 그에게 접촉한 것은 오직 해치기 위해서일 뿐이었다. 그들과의 접촉은 모두 뼈아픈 타격이었다. 그는 어릴 때부터, 어머니 품에 있을 때부터, 누이에게 길러질 때부터 단 한 번도 다정한 말과 친절한 눈길을 받아보지 못했다. 괴로움에서 괴로움으로 넘어오며 그는 차츰 하나의 확신에 이르러, 인생은 투쟁이며 그 투쟁에서 자기는 패배한 것이라고 생각하게 되었다. 그는 증오심 외에 아무 무기도 갖지 못했다. 그 무기를 그는 감옥에서 날카롭게 갈아 두었다가 나갈 때 갖고 나가리라 결심했다.

해가 감에 따라 그의 영혼은 더욱 메말라 갔다. 천천히, 그러나 결정적으로.

마음이 마르면 눈물도 마른다. 형무소를 나올 때까지 19년 동안 그는 한 방울의 눈물도 흘린 적이 없었다.

잠을 깬 사나이

대성당의 큰 시계가 오전 2시를 알릴 때 장 발장은 잠을 깼다. 그가 깨어난 것은 침대가 너무 좋았기 때문이다. 20여 년 세월 동안 그는 침대에서 자본 일이 없었다. 옷을 벗지 않았지만 너무도 다른 잠자리가 잠을 어지럽혔다. 그래도 네 시간 넘게 잤다. 피로가 풀리고 있었다. 그는 휴식에 많은 시간을 필요로 하지 않았다. 눈을 뜨고 주위의 어둠을 한참 둘러보고는 다시 눈감고 잠을 청하려 했다.

갖가지 감정이 소용돌이치거나 여러 가지 일이 머리를 가득 채우고 있을 때, 사람은 잠이 오지 않는 법이다. 다시 잠들 수 없었다. 그래서 생각에 잠기기 시작했다. 머릿속에 든 생각이 모두 혼미한 순간에 그는 놓여 있었다. 그의 뇌리에는 어떤 어두운 상념이 오락가락하고 있었다. 오랜 추억과 최근의 추억이 어수선하게 떠올라 희미하게 뒤섞이고, 형체를 잃고, 엄청나게 커졌다가는 다시 사라져 버렸다 ─ 마치 흙탕물 속에라도 잠겨 버리듯이. 그 중에서도 유달리 끊임없이 몇 번이나 나타나 다른 생각을 쫓아 버리는 게 하나 있었다.

그 여섯 벌의 은그릇이 그의 머릿속에 달라붙어 있었다. 그것은 저기에 있다. 바로 저기 얼마 안 되는 곳에. 그것은 무게 있어 보였다. 더구나 옛날 은그릇이다. 저 큰 스푼과 합치면 적어도 200프랑은 된다. 19년 동안 번 돈의 갑절이다. 하긴 '정부'가 그에게서 '훔치지만 않았다면' 더 많은 돈이었겠지만.

그의 정신은 얼마쯤 반발하면서도 꼬박 한 시간 동안이나 물결처럼 동요하고 있었다. 시계가 세 시를 알렸다. 그는 두 눈을 번쩍 뜨고 윗몸을 벌떡 일으켜, 팔을 뻗쳐 침실 구석에 던져둔 배낭을 더듬어 본 다음, 두 다리를 늘어뜨려 발끝을 마룻바닥에 대고 자기도 모르는 새 침대 위에 걸터앉았다. 그런 채로 한참 동안 멍하니 생각에 잠겨 있었다.

장 발장은 벌떡 일어나 머뭇거리며 귀를 기울였다. 집 안은 온통 쥐죽은 듯 고요했다. 그는 어렴풋이 보이는 창문 쪽으로 주춤거리며 다가갔다.

그의 행위

주교는 고요히 잠들어 있었다. 그의 얼굴은 온통 만족과 희망과 더없이 행복한 아스라한 표정으로 빛나고 있었다. 그것은 미소 이상의 것이었으며, 거의 눈부실 정도였다. 이마 위에는 눈에 보이지 않는 어떤 내부의 빛을 반사시키고 있는 듯한 말할 수 없는 광채가 느껴졌다. 달 그림자는 난로 위의 십자가상을 희미하니 떠오르게 하고 있었다. 그것은 두 팔을 활짝 벌려 두 사람을 안으려 하는 것 같았다. 한 사람에게는 축복을, 다른 한 사람에게는 죄를 용서해 주려고.

장 발장은 모자를 머리에 썼다. 그리고 주교 쪽은 보지 않은 채 재빨리 침대를 돌아 그 머리맡에 보이는 벽장으로 똑바로 걸어갔다. 그는 자물쇠를 부수려는 것처럼 힘주어 쇠촛대를 쳐들었다.

그러나 열쇠가 거기에 꽂힌 채 있었다. 벽장을 열었다. 맨 먼저 눈에 들어온 것은 은그릇을 담은 바구니였다. 그는 그것을 손에 들고, 이젠 조심하는 기색도 없이 발소리도 개의치 않고 성큼성큼 걸어 문에 이르러 다시 기도실로 돌아갔다. 창문을 열고 지팡이를 손에 들고 창문 난간에 다리를 걸치고 앉아 은그릇을 배낭 속에 넣은 다음 바구니를 버리더니 뜰을 가로질러 표범처럼 담장을 뛰어넘어 달아났다.

주교의 온정

문이 열렸다. 거칠어 보이는 한 무리의 이상스러운 사람들이 문가에 나타났다. 그 중 세 사람이 한 사나이의 멱살을 잡고 있었다. 세 사람은 헌병이고, 한 사나이는 장 발장이었다. 우두머리인 듯한 헌병 반장이 문 옆에 서 있었다. 그는 안으로 들어와 군대식 경례를 하면서 주교 앞으로 다가섰다.

"각하."

그 말을 듣자 풀죽어 축 늘어져 있던 장 발장은 깜짝 놀란 듯 고개를 번쩍 쳐들었다.

"각하라구!" 장 발장은 조그만 목소리로 말했다. "그럼, 주임사제가 아니었나?"

"닥쳐!" 한 헌병이 말했다. " 이 어른께서는 주교 각하이시다."

그러는 동안에 주교는 기력이 허용하는 한 재빠른 동작으로 그들에게 다가섰다.

주교는 장 발장을 보며 외쳤다.

"아니, 웬일이오? 다시 만나게 되어 잘됐소. 나는 당신에게 촛대도 주었는데. 그것도 역시 다른 것과 마찬가지로 은이니까 200프랑은 받을 수 있을 거요. 왜 당신에게 준 그릇이랑 함께 가져가지 않았소?"

장 발장은 눈을 커다랗게 뜨고 인간의 그 어떤 말로도 설명하기 어려운 표정을 지으면서, 이 거룩한 주교를 바라보았다.

"각하" 하고 헌병 반장은 말했다. "이 사나이가 한 말이 그럼 정말이었습니까? 저희들은 이 사나이와 마주쳤는데 도망치듯 걸어가고 있었습니다. 그래서 불러 세워 조사했지요. 그랬더니 이 은그릇을 갖고 있으므로!"

"이렇게 말했겠지요" 하고 주교는 웃는 얼굴로 그 말을 가로막았다. "하룻밤 재워 준 늙은 사제가 주었다고. 잘 알고 있습니다. 그래서 당신들은 이 사람을 이리로 데려 왔군요? 그것은 오해입니다."

"그렇게 된 일이라면" 하고 반장은 말을 이었다. "그냥 보내겠습니다만."

"물론이지요." 하고 주교는 대답했다.

장 발장은 헌병들에게서 놓여났다. 그는 물러서면서 마치 꿈꾸듯이 거의 알아들을 수 없는 목소리로 말했다.

"나를 정말로 놓아 주는 겁니까?"

"그래, 놓아 주는 거다. 못 알아듣겠나?" 한 헌병이 말했다.

주교가 다시 말을 이었다.

"잠깐만 기다리시오. 당신에게 주었던 촛대가 여기 있으니 가지고 가시오."

주교는 벽난로로 가서 두 개의 은촛대를 들고 돌아와 장 발장에게 주었다. 두 노부인은 아무 말 없이 움직이지 않고 주교에게 방해가 될 만한 표정 하나 짓지 않으며 그가 하는 대로 가만히 바라보고만 있었다.

장 발장은 온몸을 떨고 있었다. 그는 얼빠진 사람처럼 다만 기계적으로 그 두 개의 촛대를 받았다.

"그럼, 안심하고 가보시오. 아 참, 다음에 우리 집에 올 때는 뜰로 돌아 들어올 필요가 없습니다. 언제든지 한길 쪽 정문으로 들어와도 좋소. 문은 낮이나 밤이나 손잡이를 돌리기만 하면 열리니까요."

그리고는 헌병들 쪽을 보며 말했다.

"여러분, 수고하셨습니다. 어서들 가보십시오."

장 발장은 금방이라도 실신할 것 같았다. 주교는 그에게 다가가 낮은 목소리로 말했다.

"잊어버려서는 안 되오. 결코 잊어버려서는 안 되오. 이 은으로 해서 들어오는 돈은, 당신이 정직한 인간이 되기 위한 일에 쓰겠다고 나하고 약속한 일을."

장 발장은 달아나듯 거리에서 빠져나갔다. 급한 걸음으로 들판을 가로질러, 앞에 나타나는 크고 작은 길을 닥치는 대로 더듬으면서 끊임없이 오던 길을 되돌아 걷고 있다는 것도 깨닫지 못하고 있었다. 그 모양으로 그는 아침부터 아무것도 먹지 못한 채 헤맸으나 배도 고프지 않았다. 그는 수많은 새로운 감정에 시달리고 있었다. 그는 스스로 분노 같은 것을 느끼고 있었다. 그러나 그것이 누구를 향한 것인지는 뚜렷하지 않았다. 자기가 감동한 것인지 또는 모욕을 당한 것인지 자신도 알 수 없었다.

– 빅토르 위고의 『레미제라블』
(송면 옮김, 동서문화사, 2002)

Creative Thinking
Questions

1. 감옥에 갇혀서, 세상을 증오하며 사회에 유죄판결을 내리는 장 발장에게 공감하는가?

2. '불쌍한 사람'은 누구인가? 그리고 '불쌍함'이란 어떤 상태를 지칭하는 것일까?

3. 빵 한 덩이를 먹고 나누는 데 있어서도 도덕적 성찰이 필요한가?

4. 내가 받은 가장 따뜻한 빵 한 덩이(음식, 말, 손길 등)는 무엇인가?

C&C_01 ——————

『레미제라블』에 등장하는 주교 그리고 팡틴과 코제트는 장발장을 새로운 인생으로 이끄는 주요한 인물들이다. 가난한 미혼모인 팡틴은 딸 코제트를 위해서 사력을 다하지만, 점점 나락으로 떨어지게 되고 결국 병들어 죽게 된다. 장발장은 코제트를 거두어 키운다. 주교-장발장-팡틴과 코제트로 이어지는 고리는 비참한 삶 속에서도 어떻게 인간적인 가치가 지켜지고 회복될 수 있는가에 대한 생각을 하게 한다. 장발장은 주교와의 만남에서 처음으로 삶에 대한 믿음과 희망을 경험한다. 그리고 자기보다 더 약한 타자의 요청에 적극적으로 응답함으로써 인간으로서의 새로운 길을 개척해간다. 윤리적 순환의 가능성이 펼쳐지는 것이다.

사회적 약자이며 비참한 처지에서 살아가던 사람들이 변화해 가는 이 과정은 낭만주의의 흔적일 뿐인가? 아니면 인간에게 내재되어 있는 보편적인 가능성일까? 이러한 교환의 방식을 시장주의의 입장에서는 어떻게 설명할 수 있을까? 윤리적 순환이 지금 우리 사회에서도 가능한 것인가? 또는 유효한 것일까?

『레미제라블』 초판에 실린 코제트(에밀 바야르, 1862)

C&C_02 —————————

최근 한국사회에서 사회적 이슈가 되는 것이 '갑을'의 문제이다. 인간관계를 갑, 을, 병, 정 등으로 줄 세우는 바탕에는 돈이라는 권력이 존재한다. 돈으로 모든 가치를 등가적으로 교환할 수 있는 시장사회에서는 인격이나 능력, 개성 같은 변수에 상관없이 오로지 돈의 유무로 갑을의 위계가 성립될 수 있기 때문이다.

자신이 경험한 '갑을' 문제를 이야기해 보고, 이러한 위계 안에서 어떻게 인간으로서의 자존을 지킬 수 있으며, 동시에 더 약한 타자를 배려할 수 있는지를 논의해 보자.

'균 본위제'
빵집의 실험

시골빵집에서 자본론을 굽다 | 와타나베 이타루

경제를 부패하게 하자

사표를 던지고 빵을 굽겠다고 결심했을 때 나는 자본의 논리가 지배하는 세계의 '밖'으로 탈출할 작정이었다. 그렇지만 내 마음대로 밖이라고 생각했던 빵집에서 수련 시절 목격한 현실은 오히려 자본주의 시스템의 '한가운데'였다. 나는 내 발로 그 중심에 뛰어든 셈이었다[…].

그래서 우리 시골빵집은 단순함을 지향한다. 만드는 자에게는 직업으로서, 소비하는 자에게는 먹거리로서의 풍성한 즐거움을 지키고 키워 가기. 그러기 위해 비효율적일지언정 더 많은 정성으로 한 번이라도 더 많은 손길을 거쳐서

공 들인 빵을 만들고, 이윤과 결별하기. 그것이 부패하지 않는 돈을 탄생시킨 자본주의 경제의 모순을 극복하는 길이라고 나는 생각했다.

때로는 직감에 따르고, 때로는 실패와 시행착오를 거치면서 이상을 현실로 하나하나 만들어갔다. 그 과정에서 우리는 균을 만났다. 순수 배양 이스트가 아닌 인류가 오래전부터 가까이에 두고 이용해온 발효라는 신비한 작용을 만나게 된 것이다. 자연계에서는 균의 활약을 통해 모든 물질이 흙으로 돌아가고, 살아 있는 온갖 것들의 균형은 이 '순환' 속에서 유지된다. 가끔 환경이 변해 균형을 잃을 때도 순환은 자기회복력을 작동시켜 균형 잡힌 상태를 되찾게 한다. 그 같은 자연의 균형 속에서는 누군가가 독점하는 일 없이도, 누군가가 혹사당하지 않고도 생물이 각자의 생을 다한다. 부패가 생명을 가능케 하는 것이다.

바로 이런 자연의 섭리를 경제활동에 적용시키면 어떻게 될까? 각자의 생을 다하기 위한 배경에 부패라는 개념이 있다고 한다면 부패하는 경제는 우리 각자의 삶을 온화하고 즐겁게 만들어주고, 인생을 빛나게 해주지 않을까? 자연계의 부패하는 순환 속에서는 때로 균들이 빵이나 맥주, 전통술 등 고마운 먹거리를 만들어주었다. 전분을 포도당으로 분해(당화)하고, 단백질을 아미노산으로 분해해서 말이다. 균이라는 생명의 작용이 인간에게 선물한 발효는 우리가 사는 세계를 더 깊고 풍부하게 만들었다.

균이 했던 것처럼 사람이나 지역도 부패하는 경제를 통해 우리 안에 있는 힘을 발휘하면 삶이 가진 본래의 의미를 만끽할 수 있지 않을까? 마르크스가 찾아낸 자본주의의 모순을 풀 열쇠는 균에 있는 것이 아닐까? 내게는 그렇게 보인다. 바로 그것이 발효와 부패 사이에서 시골빵집이 구워낸 자본론이다.

다루마리를 소개합니다

우리 빵집 이름은 '다루마리'다. 이국적이라는 소리를 많이 듣는데, 멋 부릴 생각으로 지은 이름은 아니다. 나 이타루와 아내 마리코의 빵집이라 그렇게 지었을 뿐이다. 그래도 다루마리라는 이름이 우리 가게를 가장 잘 보여주는 것 같다. 가끔은 싸우기도 하지만 마리는 가게 경영을 맡고, 나는 제빵을 맡아 다루마리를 꾸리고 있다. 이렇게 역할을 분담하면 판매자와 제조자가 서로를 헤아리면서도 각자의 입장을 솔직하게 터놓을 수 있는 관계가 형성되어서 좋다. 두 사람이 하나가 될 수 있는 것이다.

우리 둘 중 어느 한쪽이 없으면 그 순간 다루마리는 다루마리가 아니다. 이런 일체감이야말로 우리의 최대 강점일지도 모른다. 우리가 만드는 빵은 다섯 가지 효모를 이용한 것으로 종류는 서른 가지에 이른다. 요일마다 서너 종류의 효모로 스무 가지 안팎의 빵을 만든다. 월, 화, 수요일은 휴무다 […].

대표 메뉴는 주종 빵이다. 쫄깃한 식감을 즐기는 사이에 주종이 자아내는 단맛이 입 안에 퍼지는 특징이 있다. 빵의 평균 가격은 400엔이다. 일주일에 사흘은 가게를 닫고 일 년에 한 달은 장기 휴가를 간다. 매달 매상은 200만 엔 안팎인데 한 해를 계산하면 2,000만 엔을 조금 넘는다. 직원은 나와 집사람 마리, 그리고 미나토 군과 미우라 군, 우리 집 아이들 둘까지 합해 모두 여섯 명이다 (그 외 아르바이트가 두 사람 있다).

우리 가게 별명은 '희한한 빵집'

사람들은 우리 가게를 '희한한 빵집'이라고 부른다. 물론 특색 있는 빵집으로 자리 잡기 위해 브랜딩을 한 적은 없다. 그저 우리가 만들고 싶은 빵을 만들다 보니 어느새 색다른 빵집이 되어 있었던 것이다. 우리 부부가 지향하는 빵집은 '부패하지 않는 경제'의 정반대 개념과 통한다. 규모는 작아도 진짜인 빵집이다.

가급적 우리가 사는 고장의 재료를 쓸 뿐 아니라 환경과 사람, 지역에 의미 있는 재료를 선택한다. 이스트도 첨가물도 섞지 않고, 아무리 어렵더라도 천연 효모를 발생시켜 정성껏 빵을 만드는 데 가치를 둔다. 우리는 제대로 된 먹거리에 정당한 가격을 붙여서 그것을 원하는 사람들에게 판다. 또 만드는 사람이

숙련된 기술을 가졌다는 이유로 존경받으려면 만드는 사람이 잘 쉴 수 있어야 하고 인간답게 살 수 있어야 한다고 생각한다.

말로 표현하자면 위와 같지만 이런 바람은 책을 읽고 순식간에 든 생각이 아니고, 하루아침에 실현할 수 있는 이야기도 아니다. 우리는 작아도 진짜인 일을 하는 시골빵집의 미래상을 마음에 그리고 조금씩 채우고, 빼고, 조합해가면서 자잘한 시행착오를 거듭해왔다. 그리고 지금 이 순간도 시행착오를 겪고 있다.

균을 중심에 두는 '균 본위제' 빵

지금도 문제가 생기면 오로지 균의 소리에만 귀를 기울인다. 그 장소에 사는 균은 무슨 말을 하는지 잠자코 듣는 것이다. 균은 아주 작은 생물이라 목소리도 작지만 말수도 적다. 균들이 내는 소리를 들으려면 감각을 아주 예민하게 곤두세워야 한다. 소리를 들었으면 남은 일은 그에 따르는 것뿐이다. 우리는 그렇게 빵을 만든다. 균이 살기 좋게 공방의 환경을 만들고, 균이 좋아하는 재료를 찾는다. 외부의 돈을 빌려와 자기 경제를 운용하는 것처럼 순수 배양균의 힘에 빚을 지는 길은 가지 않는다. 대신 함께 사는 균을 존중하고, 시행착오를 계속하면서 균이 좋아하는 빵을 만든다.

균을 중심에 둔 이 방식을 우리는 '금 본위제'가 아닌 '균 본위제'라 부른다. 자연의 소리를 듣는 자연 중심의 빵. 균의 마음 그대로 균의 보이지 않는 손에 따르는 방식이기도 하다.

잠재능력을 끌어내는 '뺄셈'의 힘

순수 배양균의 힘을 빌려 쓰지 않겠다는 생각과 통하는 원칙이 또 있다. 우리는 설탕, 버터, 우유, 계란을 배제한 '뺄셈' 방식으로 빵을 만든다. 보통 빵집에서는 대개 이런 부재료를 사용하는 것이 상식이다. 반죽을 촉촉하고 부드럽게 해주고, 풍부한 풍미와 향을 내며, 반죽의 노화를 막으면서 다루기도 쉬워지기 때문이다.

설탕만 봐도 쉽게 알 수 있다. 설탕은 효모의 영양 공급원이다. 사람으로 치자면 자양강장제에 해당한다. 효모는 당분이 있으면 움직임이 활발해지기 때문에 재료가 좋고 나쁘고를 따지지 않고 발효를 활성화한다. 따라서 순수 배양해서 발효력이 세진 이스트를 쓰고, 거기에 설탕을 첨가한 후 발효를 활성화하는 발효촉진제를 더한다는 것은 약물을 복용시킨 육상선수에게 핏발을 세우고 전력질주 하도록 요구하는 것이나 다름없다.

아무리 생각해도 생명 친화적이지 않다. 이런 방식이 상식이 된 이유는 사람들이 '덧셈'이라는 방식에 집착하기 때문이다. 사람들은 천연효모를 쓰면 발효가 안정적이지 않으니까 강한 발효력을 지닌 이스트를 개발했다. 균을 빌려와서 쓰는 것이다. 그랬는데도 발효력이 부족하다 싶으니 이번에는 설탕으로 영양을 듬뿍 공급했다. 결국에는 발효촉진제까지 쓰는 지경에 이르렀다.

하지만 그렇게 하지 않아도 쌀이나 밀은 단맛의 원천(전분)을 충분히 가지고 있다. 그 잠재능력을 끌어내는 길은 설탕을 '빼는' 방법이다. 이때 전분을 당화시키는 누룩균은 큰 역할을 한다. 그 외에도 맥아가 가진 전분 당화효소를 이용하거나 뜨거운 물로 전립분을 반죽해 밀 전분을 분해하는 등 다양한 방법을 함께 쓰거나 구분해 쓰면 쌀과 밀에 숨어 있는 단맛을 끌어낼 수 있다.

빵도 마찬가지 아닐까? 기술과 감성을 갈고 닦으면 재료의 잠재능력을 충분히 끌어낼 수 있는 것이다.

균이 바라보는 부패하지 않은 경제

균 본위제를 지키며 하루하루를 살다보면, 문득 균들이 생각을 할 수 있다면 그들은 부패하지 않는 경제가 활개 치는 이 세상을 어떻게 볼지 궁금해지곤 했다. 사람들은 돈이라는 이름의 비료를 대량으로 투입해 경제를 뒤룩뒤룩 살찌게 한다. 내용물이야 어떻든 이윤만 늘리면 된다, GDP(국내총생산)만 키우면 된다, 주가가 오르면 된다는 생각을 한다. 비만이라는 병에 걸린 경제는 거품을 낳고, 그 거품이 터지면 공황(대불황)이 찾아온다. 거품붕괴는 어떤 의미에서는 너무 살쪄서 비정상이 되어버린 경제가 균형을 되찾는 자정작용이다.

그런데 부패하지 않는 현대 자본주의 경제는 공황도 거품붕괴도 허용하지 않는다. 적자 국채를 발행하는 등의 재정출동(出動)이나 제로금리정책과 양적완화 같은 금융정책을 통해 돈이라는 이름의 비료를 대량으로 살포하는 수법을 써서 한없이 경제를 살찌우려고만 한다.

한편 먹거리의 세계에서는 비료를 대량 투입해 생명력이 약한 작물을 재배하고 그것을 부패시키지 않기 위해 강력한 순수 배양균을 개발한다. 그러면 먹거리를 만드는 사람들은 그 균을 사들여와, 말하자면 그 힘을 대출해 첨가물까지 더해서 음식을 '썩지 않게' 한다.

양쪽의 작동 원리는 동일하다. 인위적으로 동원한 균이 부패하지 않는 음식을 탄생시키는 것처럼 인위적으로 동원한 돈은 부패하지 않는 경제를 낳는다. 자연의 활동에서 크게 벗어난 부자연스러운 악순환이다.

균들이 이 상황을 본다면 "그게 대체 무슨 짓이냐? 인간처럼 세포가 60조 개나 되면 자신이 생명체라는 사실조차 잊게 되는 거냐?"고 물을 지도 모른다. 인간의 어리석음을 어이없게 바라볼 균들의 수군거림이 들려오는 것만 같다.

정당하게 '비싼' 가격에 빵 팔기

마르크스가 밝힌 자본주의의 메커니즘을 다시 한 번 떠올려보자. 상품의 가격을 떨어뜨리면 노동력이 값싸지고 노동력이 값싸지면 상품 가격도 떨어진다. 그 끝없는 반복 속에서 상품과 노동력의 질이 갈수록 떨어지는 것이 자본주의의 구조적인 숙명이었다. 그런 의미에서는 인플레이션과 디플레이션도 부패하지 않는 돈이 만들어낸 병리 현상이다. 자본주의와 한 뿌리에서 나왔음은 두말할 나위도 없다. 우리는 자본주의의 모순이 빚어내는 악순환의 고리를 끊고 싶다. 그러려면 정반대로 행동할 필요가 있다. 상품과 노동력의 교환가치를 높게 유지하는 것이다.

기술자는 기술과 감성을 연마하여 노동력의 교환가치를 높게 유지하면 된

다. 그리고 기술자이자 생산자가 만든 높은 교환가치의 재료(상품)를 구입하면
된다. 그렇게 상품 하나하나를 정성껏 만들고 상품의 교환가치를 높게 유지해
야 소상인이 소상인으로서 살아남을 수 있다.

상품을 정성껏 만드는 것만큼 중요한 일이 상품을 소비자에게 제대로 전달
하는 일이다. 소비자에게 전달되지 못하면 아무리 열심히 만든 상품이라도 무
의미하다. 그러기 위해서는 빵에 포함된 사용가치와 교환가치를 부당하게 부
풀리지도 깎아내리지도 않으면서 누가 어떻게 만들었으며 어떤 의미가 있는지
를 정중하고 공손하게 전하는 노력이 필요하다.

스스로 의심스럽고 이상하다고 여기는 것, 즉 품질과 안전성을 확신할 수 없
는 재료는 쓰지 않는다. 자신이 믿을 수 있는 재료 및 균과 제법만을 이용해,
자신이 믿을 수 있는 빵을 만든다. 그리고 자신이 믿을 수 있는 것에는 정당한
가격을 제대로 지불한다.

이윤을 내지 않겠다는 것은 그 누구도 착취하지 않겠다는 의미, 즉 그 누구
에게도 상처를 주지 않겠다는 의미다. 우리는 종업원, 생산자, 자연, 소비자 그
누구도 착취하지 않을 것이다. 그러기 위해 필요한 돈을 필요한 곳에 필요한
만큼 올바르게 쓰고, 상품을 정당하게 '비싼' 가격에 팔 것이다. 착취 없는 경영
이야말로 돈이 새끼를 치지 않는 부패하는 경제를 만들 수 있다[…].

빵은 생명의 양식이 되고 마음의 양식이 된다. 빵은 먹는 이의 몸과 마음을
살찌운다. 우리 집 빵은 정말 그렇게 하고 있을까? 그렇게 매일 나 자신에게 물
으며 빵을 굽다보니 어느새 5년이 흘렀다. 주변에 우리를 지지해주는 사람들도
늘었다. 이렇게 기쁘고 고마운 일은 또 없다. 우리는 앞으로도 이윤보다 더 소
중한 것을 위해 빵을 굽고 싶다.

– 와타나베 이타루의 『시골빵집에서 자본론을 굽다』
(정문주 옮김, 더숲, 2014)

Creative Thinking
Questions

1. 빵가게를 해 보고 싶다는 생각을 한 적이 있는가. 어떤 빵을 굽고 싶은가?

2. 다루마리에서 말하는 '발효'와 '부패'의 개념을 서로 설명해 보자.

3. 현대경제학에서 통용되는 효율성, 사회적 효용 등의 개념은 다루마리 케이스에서 어떻게 변화되어 나타나는가?

4. '균 본위제'의 원리가 이 빵집이 아닌 다른 곳에서도 적용될 가능성이 있다고 보는가?

5. 회사를 그만두고 시골에 작은 빵집을 차리는 남다른 도전을 하는 주인공의 선택에 대한 생각을 나누어 보자.

C&C_01 ━━━━━━━━━━━━━

다루마리 빵집은 시장사회에 대한 일종의 대안적 실험이다. 각자 상업적 감수성, 또는 시장논리라는 관점에서 삶의 공간을 진단해 보자.

교수와 학생의 관계는 판매자와 소비자의 관계로 변하고 있지 않는가? 축제에서 동아리 주점은 금전적 이익을 꼭 내야 하는가? 학교 안에 유명 프랜차이즈 카페나 쇼핑몰이 들어오면 대학 생활의 질이 높아지는 것일까?

교실, 동아리, 학과, 학교, 가족, 마을 등의 작은 공동체에서 시장과 도덕 또는 금전적 가치와 인간적 가치가 공존할 수 있는 대안을 상상해 보라. 또는 모험을 펼쳐 보라.

C&C_02 ——————————

치킨과 맥주를 즐기며 "역시 치느님('치킨은 곧 하느님'이란 뜻의 조어)!"이라는 감탄사를 연발하는 '치맥'의 시간을 사랑하는가? 그러나 눈앞에 있는 치킨의 원산지가 어디인지, 또 이 많은 닭고기가 어떻게 생산되는지를 생각해 본 적이 있는가? 혹시 비윤리적인 방법으로 사육되고 도살된 닭이라 해도 '치맥'의 시간은 여전히 즐거울까?

[자료1]에서는 아무리 말 못하는 짐승이라도 이들이 고통을 느낄 수 있는 존재라면, 인간의 이익을 위하여 이들을 비윤리적으로 다루는 것은 옳지 않다고 말한다. 『시골빵집』에서 나오는 먹거리에 대한 태도와, 자료에서 제시된 닭고기 대량생산 시스템을 비교해 보라. 닭을 '생명체', 또는 '인간이 아닌 동물'이 아니라, '닭고기'로만 이해하는 문화와 모든 것을 거래하는 '시장적 감수성'은 어떻게 연관될 수 있을지를 이야기해 보라.

[자료2]에서는 Steve Cutts의 단편 애니메이션 〈Man〉에 나타나는 인간과 자연의 관계를 살펴 보자. 인간이 자연을 지배하고 파괴해 온 논리는 무엇일까? 애니메이션 〈Man〉의 관점에서 인간의 역사를 통시적으로 바라보자.

'돈으로 모든 것을 거래할 수 있는 시대'는 인간의 역사에서 어떤 의미로 평가될까?

[자료1]

오늘날 닭고기는 가장 싼 고기며, 그 소비량은 1970년 이래 두 배로 늘어났다. 공장식 농업의 옹호자들은 자기들의 기술 덕분에 노동자들도 닭고기를 부담 없이 사 먹게 되었다고 삐긴다.

'지구 최대의 단백질 공급자'이자 '소고기, 돼지고기, 닭고기 생산과 유통 면에서 세계적인 선구자'라고 하는 타이슨푸드는 매년 20억 개

이상의 닭고기 상품을 생산한다. 보통의 미국 슈퍼마켓이라면, 선반에 진열된 닭고기 중 4분의 1은 타이슨푸드 제품일 것이다. 이 회사는 자체 농장과 닭장을 갖춘 '독립' 양계업자들과 계약을 맺고 있기는 하다. 하지만 병아리 까기, 병아리들을 양계업자에게 배송하기, 양계업자들에게 양계 방식을 정확하게 일러주기, 다 자란 닭들을 다시 사들이기, 그리고 도살하고 육가공 과정을 거치기까지, 타이슨 푸드는 모든 생산 과정의 일체를 통제한다.

미국에서 팔리고 있는 거의 모든 닭고기(99퍼센트 이상)는 타이슨 푸드와 비슷한 방식의 생산 공정에 따르는 공장식 농장에서 나온다고 전국닭고기협회 부회장인 빌 로닉(Bill Roenigk)은 말한다. 따라서 닭고기 생산 과정에 대한 윤리적인 문제 제기는 현대식 닭고기 생산업 일반의 문제를 대표한다.

닭을 다루는 윤리적 방법?

누군가를 '새대가리'라고 부른다면 그를 대책 없는 바보라고 놀리는 것이리라. 그러나 닭은 다른 닭들을 90마리까지 구분할 수 있고, 그에 따라 누가 '쪼는 순서'에서 밑인지 위인지를 구분한다. 연구자들은 닭이 색깔 있는 버튼을 바로 쪼면 소량의 모이를 주고 22초간 기다렸다가 쪼면 더 많은 모이를 주는 실험을 해본 결과, 닭들이 기다렸다 쪼기를 학습했음을 보여주었다. 뿐만 아니라 수천 세대 동안 가금으로 길들여져온 닭이지만 아직도 멀리 있는 위험을 위쪽과 아래쪽으로 구분해서 인식할 줄 안다(위쪽 위험이란 가령 매, 또한 아래쪽 위험이란 너구리같은 것이다). 과학자들이 '위쪽 위험' 신호를 녹

음해서 들려주자, 닭들은 '아래쪽 위험' 신호를 들을 때와 다르게 행동했다.

이런 연구 결과가 흥미롭기는 하지만, 윤리적으로 정말 중요한 문제는 닭이 얼마나 똑똑한지가 아니라 닭이 고통을 느낄 수 있느냐이다. 그리고 그 사실은 의심할 여지가 별로 없다. 닭은 인간의 신경계와 비슷한 신경계를 가지고 있으며, 감수성 있는 동물을 해치려고 할 때는 항상 그렇듯이, 닭들은 자신을 해치려는 상대에게 인간과 흡사한 행태적·심리적 반응을 보인다. 스트레스를 받거나 따분할 때, 닭들은 과학자들이 '정형 행동(stereotypical behavior)'이라고 부르는 행동, 말하자면 반복적이고 무익한 행동을 한다. 우리에 갇힌 동물이 보통 그렇게 하듯, 하릴없이 앞뒤로 왔다 갔다 하는 등의 행동이다. 닭이 두 가지의 서로 다른 보금자리를 발견하고 그중 하나가 더 안락하다는 것을 알게 되면, 안락한 쪽을 차지하기 위해 무진 노력을 한다. 병든 닭은 진통제 성분이 포함된 모이를 고른다. 진통제는 분명 닭의 고통을 해소하고, 더 활발하게 움직이도록 만든다.

동물에게 불필요한 고통을 주지는 말아야한다는 것, 이 점에 대해서는 대부분 동의할 것이다. 잉글랜드의 브리스틀 대학교에서 동물복지를 연구하고 있는 크리스틴 니콜(Christine Nicol)은 닭과 그 밖의 가축들의 정신적 생태에 대한 최근의 연구 결과를 요약하여 이렇게 말한다. "우리가 먹거나 이용하려고 하는 모든 동물은 복잡한 개체라는 사실, 그리고 그에 따라 우리의 축산 방식을 조정할 필요가 있음을 다른 사람들에게 주지시키는 것이 우리의 과제입니다." 우리가 그 과제를 달성하려면 지금의 축산 방식이 대체 얼마나 바뀌어야 하는지를 지금부터 살펴보려고 한다.

마트에서 팔리는 거의 모든 닭고기, 업계에서 '브로일러 닭고기'라고 부르는 닭고기는 아주 큰 닭장에서 키운 것이다. 보통의 닭장은 가로 490피트(약 1,470미터-옮긴이), 세로 45피트(약 145미터-옮긴이) 크기에 3만 마리 이상의 닭을 수용할 수 있다. 미국 닭고기 생산업계의 동업자조합인 '전국닭고기협회'에서 발표한 『동물복지 지침(Animal Welfare Guidelines)』에 따르면 평균 시장 거래 체중을 가진 닭 한 마리당 96평방인치의 몸을 움직일 공간이 주어져야 한다. 그것은 가로 8.5인치, 세로 11인치의 종이(미국에서 보통 쓰이는 복사용지) 크기와 대략 비슷하다. 닭이 아직 어릴 때는 그렇게 심하지 않지만, 일단 시장에서 거래되는 평균 체중이 될 만큼 자라면 닭장 바닥이 꽉꽉 들어차고 만다. 한눈에 봐도 마치 흰색 카펫을 깐 것처럼 된다. 다른 닭들을 밀치지 않는 한 움직이지 못하며, 날개를 마음대로 펼 수도 없다. 그리고 더 힘이 세고 사나운 닭을 피해 달아날 수도 없다. 이런 밀집 상태는 스트레스를 유발한다. 더 자연스러운 생태에서 닭들은 '쪼는 순서'를 만들고, 그에 따라 각자의 행동반경을 마련하기 때문이다.

닭고기 생산업자들이 닭들에게 더 넓은 공간을 주면 닭들은 더 체중이 늘고, 더 쉽게 죽지 않을 것이다. 그러나 그것은 채산이 맞지 않는다(닭의 입장에서의 채산은 물론 아니다). 업계의 요람을 한번 살펴보자. "개별적인 닭을 기준으로 할 때 닭장 바닥 공간을 제한하면 부정적인 결과가 나온다. 닭 한 마리당 최소한의 필요 공간을 부여하여 최대한의 투자효과를 낼 수 있는 공간은 얼마인가?"

영국에서는 1997년에 이런 식으로 닭들을 밀집 사육하는 것은 잔인하다는 판결이 나왔다. 영국 환경운동가인 헬렌 스틸(Helen Steel)과 데이비드 모리스(David Morris)가 어떤 팸플릿에서 자사의 명예를 훼손했다고 맥도날드가 제기한 소송 건이었는데, 무엇보다도 맥도날드가 닭들의 잔인한 처우에 책임이 있다는 내용이 문제가 되었다. 스틸과 모리스는 이 거대기업에 맞서 자신들을 변호할 변호인을 구할 돈이 없었으므로, 그들 스스로 변호인이 되면서 전문가들에게 도움이 될 자료를 요청했다. 이른바 '맥리벨(맥도날드 명예훼손)' 사건은 영국 사법사에서 가장 오래 계속된 소송 사건으로 남게 된다. 여러 전문가의 증언을 들은 로저 벨(Rodger Bell) 판사는 비록 스틸과 모리스의 일부 주장에 오류가 있기는 해도 그들이 맥도날드의 '잔인함'을 지적한 것은 옳다는 판결을 내렸다. "보통 맥도날드에 공급되는 브로일러 닭들은 …… 생의 마지막 며칠 동안을 거의 움직이지 못하며 보낸다. 그 마지막 며칠 동안 당하는 자유 박탈 상태는 잔인하다고 표현할 수 있다. 그리고 맥도날드는 그러한 잔인한 조치에 책임이 있다." 그의 판결이었다.

닭장 속으로

흔히 볼 수 있는 닭장 속으로 한 걸음을 옮겨놓으면, 별안간 눈과 폐가 확 타오르는 듯한 느낌이 든다. 그것은 닭똥 더미에서 풍기는 암모니아 냄새 때문이다. 닭똥은 바닥에 떨어져 굳어진 채 치워지지 않는다. 병아리를 닭으로 키우는 기간은 물론이고, 다 자란 닭이 된 후에도 1년 내내, 때로는 몇 년 동안이나 그대로 내버려둔다. 공기 중

닭 공장 ⓒNaim Alel

암모니아 비율이 높으면 닭들이 호흡기 질환에 계속 걸리고, 발과 무릎에 통증이 오며, 가슴에 물집이 생긴다. 눈에서는 진물이 나오며, 심할 때는 아예 시력을 잃기까지 한다. 매우 빠른 속도로 성장하게 되어 있는 닭들은 몸무게가 늘면서 잘 서지 못한다. 대부분의 시간을 오물이 가득한 깔짚 위에 앉아서 보내야 하기 때문이다. 그러다 보면 가슴에 물집이 잡힌다.

닭은 여러 세대 동안 최소한의 시간 내에 최대한의 고기를 제공할 수 있게끔 개량되어왔다. 이제 닭들은 1950년대의 조상들보다 세 배나 빠르게 성장하면서 먹이는 3분의 1밖에 먹지 않는다. 그러나 이 끊임없는 효율성 추구는 그만한 대가를 치르고 있다. 닭의 근육과 지방의 증가 속도를 뼈 성장 속도가 따라잡지 못하는 것이다. 어떤 연구에 따르면 브로일러 닭의 90퍼센트가 다리를 절고 있으며, 26퍼센트가 고질적인 뼈 관련 질환으로 고통을 받고 있다. 브리스틀 대학교의 수의학과교수인 존 웹스터(John Webster)는 이렇게 말한다. "브로일러 닭들은 죽기 전까지 삶의 20퍼센트를 만성적인 고통 속에서 보내는 유일한 가축이다. 닭들은 돌아다니지 않는데, 너무 밀집된 상태로 사육되고 있기 때문이 아니다. 걸을 때 관절이 너무 쑤시기 때문이다." 때로는 척추가 부러지며, 따라서 마비가 온다. 마비 상태에 빠진 닭이나 다리가 망가진 닭은 모이나 물을 먹고 마시지 못하며, 굶주림 또는 갈증으로 죽게 된다(양계업자들이 신경 쓰지 않거나, 신경을 쓸 겨를이 없기 때문에). 정말로 많은 닭이 이러한 열악한 상태에 놓여 있다(미국에서는 거의 90억 마리에 달한다). "양계산업은 …… 그 대규모성과 잔혹성 면에서 인간이 다른 동물(감각이 있는 동물)에게 자행하는 최고로 잔인한 체계적 만행이다."라고 웹스터는 말한 바 있다.

산업적 농업을 비판할 때면, 그 대변자들은 자신들의 가축이 탈 없이 잘 자라는 게 분명 자신들의 이익에 부합된다고 답변하곤 한다. 상업적 양계의 실태는 그런 주장을 확실히 무너뜨린다. 일찍 죽어버린 닭들은 분명 양계업자에게 손해일 것이다. 그러나 문제가 되는 것은 닭장의 전체 생산성이다. 아칸소 대학교에서 브로일러 닭에 대한 연구를 맡고 있는 톰 테이블러(G. Tom Tabler)와 같은 대학에서 가금학을 가르치는 멘덴홀(A. M. Mendenhall)은 이 문제를 다음과 같이 정리한다. "몸집이 큰 닭을 만들어서 그 때문에 심장마비나 폐질환(지나치게 빠른 성장 때문에 생기는 또 다른 질병이다), 다리 질환 등으로 사망률이 높아지게 하는 것이 이득일까요, 아니면 더 느리고 더 작게 키움으로써 심장이 폐, 뼈에 문제가 덜 생기게 하는 것이 이득일까요?" 그들은 이 질문에 이렇게 대답한다. '아주 간단한 계산'만 해보면, 여러 가지 비용을 다 따져보아도, 대부분의 경우 "사망률은 무시하고 무조건 체중을 불리는 편이 더 이득"이라고.

– 피터 싱어·짐 메이슨의 『죽음의 밥상』
(산책자, 2008)

[자료2]

Steve Cutts의 단편 애니메이션 〈MAN〉

Discussion
Questions

1. 금전적 인센티브를 주는 것은 학습능력을 증진시킨다.

2. 대학의 기부금 입학을 허용해야 한다.

3. 나는 결혼정보 회사를 이용하겠다.

4. 비싼 가격을 주고라도 윤리적 소비를 하겠다.

5. 고급 상업시설은 대학의 위상을 높인다.

6. 대학 캠퍼스에서 종이컵 사용을 금지해야 한다.

출전

I. 노래, 창의의 소리

_ 제1장

「흥부전」『우리고전소설 한마당』(혜문서관, 2001)

『내 영혼이 따뜻했던 날들』(포리스트 카터, 조경숙 옮김, 아름드리미디어, 2014)

『한 권으로 읽는 잃어버린 시간을 찾아서』(마르셀 프루스트, 김창석 옮김, 국일미디어, 2001)

「수련, 또는 여름 새벽의 놀라움」『꿈꿀 권리』(가스통 바슐라르, 이가림 옮김, 열화당, 2008)

『타인의 고통』(수전 손택, 이재원 옮김, 이후, 2004)

「목걸이」(Maupassant, *La Parure - Et autres nouvelles réalistes*, Poche, 2014)

_ 제2장

『파리는 날마다 축제』(어니스트 헤밍웨이, 주순애 옮김, 이숲, 2012)

「개미도 노래를 부른다」『100년 후에도 읽고 싶은 한국명작동화 2』(한국명작동화선정위원회 엮음, 예림당, 2004)

II. 거울, 창의의 내면

_ 제3장

「이발소 거울」『시계가 걸렸던 자리』(구효서, 창비, 2005)

『청춘을 디자인하다』(이승한 · 엄정희, 코리아닷컴, 2012)

「산목(山木)」『장자』 외편(外篇)(장주)

『지킬 박사와 하이드』(로버트 루이스 스티븐슨, 공경희 옮김, 책만드는집, 2007)

「고자(告子)」 상편(上篇)『맹자』(맹자)

『소유냐 삶이냐』(에리히 프롬, 이철범 옮김, 동서문화사, 2008)

『세계의 교양을 읽는다』(최영주, 휴머니스트, 2006)

_ 제4장

「내기」『체호프 단편선』(안톤 체호프, 김순진 옮김, 일송북, 2008)

『세상을 바꾼 법정』(마이클 리프 · 미첼 콜드웰, 금태섭 옮김, 궁리, 2006)

『자유론』[J.S.Mill (1859), *On Liberty*, (eds) J.Gray&G.W.Smith, *J. S. Mill On Liberty in Focus*,

　　　　Routledge&Kegan Paul, 1991]

『삶을 위한 철학수업』(이진경, 문학동네, 2013)

『자유란 무엇인가』(박홍규, 문학동네, 2014)

『청소년을 위한 이야기 윤리학』(페르난도 사바테르, 안성찬 옮김, 웅진지식하우스, 2005)

『종의 기원』(찰스 다윈, 송철용 옮김, 동서문화사, 2009)

III. 춤, 창의의 몸짓

_ 제5장

『예루살렘의 아이히만』(한나 아렌트, 김선욱 옮김, 한길사, 2006)

『죽음의 수용소에서』(빅터 프랭클, 이시형 옮김, 청아출판사, 2005)

I have a dream (마틴 루터 킹, 1963)

『철수사용설명서』(전석순, 민음사, 2011)

『피로사회』(한병철, 김태환 옮김, 문학과지성사, 2012)

_ 제6장

『돈으로 살 수 없는 것들』(마이클 샌델, 안기순 옮김, 와이즈베리, 2012)

「현대문화에서의 돈」『짐멜의 모더니티 읽기』(게오르그 짐멜, 김덕영 · 윤미애 옮김, 새물결, 2005)

『레미제라블』(빅토르 위고, 송면 옮김, 동서문화사, 2002)

『시골빵집에서 자본론을 굽다』(와타나베 이타루, 정문주 옮김, 더숲, 2014)

『죽음의 밥상』(피터 싱어 · 짐 메이슨, 함규진 옮김, 산책자, 2008)

인용시

_ 제1장

「계란 한 판」『악어』(고영민, 실천문학사, 2005)

_ 제2장

「일곱 살의 시인들」(Rimbaud, *Oeuvres complètes*, Gallimard Bibliothèque de la Pléiade, 2009)

「취해라」『악의 꽃 / 파리의 우울』(샤를 보들레르, 박철화 옮김, 동서문화사, 2013)

_ 제5장

「영웅」『세상에서 가장 가벼운 오토바이』(이원, 문학과지성사, 2007)

「사철나무 그늘 아래 쉴 때는」『햄버거에 대한 명상』(장정일, 민음사, 1987)

_ 제6장

「땅」『외롭고 높고 쓸쓸한』(안도현, 문학동네, 2004)

사진과 그림

19쪽   루이 암스트롱 사진(퍼블릭도메인)

21쪽   아름다운 세계 ⓒUS Nessie

23쪽   백조 ⓒLovehearts

32쪽   일리에-콩브레 거리와 생자크 성당의 종탑 ⓒOXXO

37쪽   수련이 있는 연못(퍼블릭도메인)

39쪽   수련 사진 ⓒAnabase4

51쪽   변기 그림 ⓒ홍진산

53쪽   「목걸이」 초판 이미지(퍼블릭도메인)

55쪽   미국 워싱턴 D.C.에 있는 해병대 전쟁 기념비(퍼블릭도메인)

64쪽   첫 영성체를 받던 날, 11살의 랭보(퍼블릭도메인)

68쪽   셰익스피어&컴퍼니 서점[이숲출판사 제공]

76쪽   만남(귀스타브 쿠르베, 1854)(퍼블릭도메인)

77쪽   영화 〈레인보우〉 포스터[(주)인디스토리 제공]

89쪽   김현정의 〈내숭:空〉 ⓒ김현정, 2013

115쪽   폴리 베르제르의 술집(에두아르 마네, 1882) ⓒI, Sailko

121쪽   프시케(베르트 모리조, 1876)(퍼블릭도메인)

126쪽   1880년대의 『지킬 박사와 하이드』 포스터 ⓒPapa Lima Whiskey

216쪽   다윈의 스케치(1837)(퍼블릭도메인)

240쪽   아우슈비츠 제2수용소 ⓒangelo celedon AKA lito sheppard

243쪽   연설하는 마틴 루터 킹 목사 ⓒMinnesota Historical Society

258쪽   중앙대학교 학과점퍼(『중대신문』 제공)

269쪽   결박된 프로메테우스(니콜라 세바스티앵 아당, 1762)(퍼블릭도메인)

275쪽   영화 〈내일을 위한 시간〉 포스터[그린나래미디어㈜ 제공]

276쪽   춤Ⅱ(앙리 마티스, 1909~1910) ⓒPhoto Scala, Florence - GNC media, Seoul, 2015

289쪽   앤드루스 부부(토머스 게인스버러, 1750)(퍼블릭도메인)

312쪽   『레미제라블』 초판에 실린 코제트(에밀 바야르, 1862)(퍼블릭도메인)

328쪽   닭 공장 ⓒNaim Alel

표지   루이 암스트롱 그림 ⓒAdi Holzer